Le contrat

Karachi, l'affaire que Sarkozy voudrait oublier

Autres ouvrages
de Fabrice Lhomme

Le Procès du Tour, *Denoël, 2000*
Renaud Van Ruymbeke : le juge, *Éditions Privé, 2007*

Fabrice Arfi
Fabrice Lhomme

Le contrat

Karachi, l'affaire que Sarkozy voudrait oublier

Stock

ISBN 978-2-234-06239-9

À la mémoire de Michael R. Matkoski,
mort pour la France ;
À sa fille Jane

F. L.

À Alice

F. A.

Trois personnes peuvent partager un secret
à condition que deux d'entre elles soient mortes.

Aphorisme prêté à Benjamin Franklin

Il n'est point de secrets que le temps ne révèle.

Jean Racine, *Britannicus*

Préface

Enquêter sur l'affaire de Karachi, c'est un peu comme essayer d'ouvrir un coffre-fort enfoui dans les sous-sols de l'État – sans en avoir la clé, bien entendu. Rares sont ceux qui veulent faire le casse avec vous. Un ancien ministre ira jusqu'à confier sa crainte d'être assassiné, s'il venait à être trop bavard sur le sujet. Enquêter sur l'affaire de Karachi, c'est d'emblée tomber dans une atmosphère très particulière, où la peur et la paranoïa sont la règle. C'est, par exemple, rencontrer un agent du renseignement qui enlève la carte SIM et la batterie de son portable à chaque rendez-vous. Entendre un homme politique de haut rang vous enjoindre de vous méfier des écoutes téléphoniques. Interroger un ancien des services secrets, qui vous explique qu'investiguer sur les dessous des ventes d'armes, c'est mettre sa vie en danger.

C'est aussi discuter avec Magali Drouet, active porte-parole des familles des victimes de l'attentat de Karachi, sous la surveillance évidente d'un inconnu, qui ne l'a pas lâchée ce jour de janvier 2010 qu'elle avait décidé de passer à Paris. L'écouter confier que sa maison a été « visitée », sans que rien n'ait été volé. Découvrir, au sortir d'un rendez-vous avec l'ancien Premier ministre Dominique de Villepin – il est vrai qu'on était en pleine affaire Clearstream[1] –, deux hommes effectuant des repérages auprès de votre voiture, notant sa plaque d'immatriculation, avant de prendre la fuite une fois repérés…

Paranoïa ? Peut-être. Mais, s'il est difficile de faire la part entre les fantasmes et la réalité, tout cela traduit au moins un climat. Nous devons cependant à la vérité de dire que nous n'aurons été, ni l'un ni l'autre, l'objet de la moindre pression ou menace en deux années d'enquête sur cette affaire.

Vue la sensibilité du sujet, de nombreuses personnes rencontrées ont accepté de se confier à la seule condition que ce soit *off the record*. Toutefois, cet ouvrage ne contient aucune citation anonyme, ce type de témoignage n'ayant aucune valeur et n'étant opposable à quiconque. Seuls ont été retenus les propos des témoins qui ont accepté de les assumer.

Ce livre est un puzzle. Un immense puzzle, à la fois politique, diplomatique, industriel, militaire et financier. Un jeu de patience dont les pièces ont été – parfois à dessein – disséminées dans plusieurs parties du globe (au Pakistan et en France, mais aussi en Afghanistan, aux États-Unis, en Suisse ou au Luxembourg), dispersées dans plusieurs dossiers judiciaires, « gelées » dans les scellés de la police, mises à l'abri dans des coffres blindés, quand elles n'étaient pas protégées par le secret défense… Des milliers de documents et une centaine de témoignages plus tard, il a fallu recoller les morceaux. Assembler des pièces dont

1. Au mois de septembre 2009, à la veille de l'ouverture du procès Clearstream, Dominique de Villepin avait affirmé avoir été filé, quelques mois auparavant, par des véhicules du ministère de l'Intérieur.

certaines semblaient parfois sans rapport les unes avec les autres. À l'évidence, il en manque encore quelques-unes. Les rassembler toutes est impossible, mais il en a été réuni suffisamment ici pour dessiner un tableau parfaitement compréhensible, et peu reluisant. Effrayant, même.

Car l'histoire que narre *Le Contrat* n'est pas de celles que l'on raconte aux enfants. La morale n'y a pas sa place. L'opacité, le secret, l'ombre y jouent les premiers rôles. Elle a pour cadre les arrière-cuisines de la République, d'où se dégage parfois un fumet peu ragoûtant.

Grâce à l'opiniâtreté de certains, à la conscience d'autres, il a été possible de se glisser dans les failles du gigantesque « mur du silence » qui protège les grands contrats militaires. Car, comme autant de poupées russes, d'autres affaires se sont emboîtées dans celle du contrat Agosta au fil de cette enquête : celles des frégates de Taïwan, du contrat Sawari II avec l'Arabie saoudite, et bien d'autres encore... De fait, ce livre est à la fois une contre-enquête sur un attentat terroriste et une plongée dans l'univers des ventes d'armes, avec ses intermédiaires, ses commissions et leur corollaire tabou, les rétrocommissions – le trou noir de la République. Le sang et l'argent.

L'objectif de cet ouvrage ? Comprendre, tout simplement.

D'abord, comprendre pourquoi l'attentat de Karachi, qui a coûté, le 8 mai 2002, la vie à quinze personnes dont onze Français, demeure huit ans après les faits un immense et frustrant point d'interrogation. Qui, ce jour-là, a fait exploser le bus de la Direction des constructions navales (la DCN, rebaptisée DCNS en 2007) devant l'hôtel Sheraton de Karachi ? Quel est le commanditaire de cet acte, et pourquoi a-t-il été commis ?

Les questions sont toujours là, obsédantes, pour les proches de ces pères, frères, oncles, maris, de tous ces ouvriers d'État tués au sud du Pakistan, un matin de mai 2002. Pendant des années, le juge en charge de l'enquête en France, Jean-Louis Bruguière, s'est accroché à une thèse, une seule, servie sur un plateau par les autorités pakistanaises. Simple, efficace, logique. Celle d'un attentat commis par l'organisation Al-Qaida afin de protester contre l'engagement militaire français en Afghanistan après le 11-Septembre.

Documents et témoignages à l'appui, ce livre peut aujourd'hui démontrer que non seulement cette thèse ne résiste pas à l'examen des faits, mais que l'ex-juge Bruguière s'est abstenu pendant des années de regarder ailleurs, de creuser d'autres sillons d'enquête, d'explorer d'autres pistes vers lesquelles les éléments de son dossier le menaient pourtant naturellement. Comme s'il y avait des territoires interdits. Des lieux proscrits. Des hypothèses qu'il ne serait même pas possible d'émettre. Le nouveau magistrat en charge du dossier, Marc Trévidic, n'a pas eu ces pudeurs. C'est pourquoi il a décidé de tout reprendre à zéro, quitte à chercher là où la raison d'État s'impose habituellement.

Comprendre, ensuite, ce que sont les grands contrats d'armement et les arrière-pensées qui président parfois à leur conclusion. En particulier le contrat Agosta. C'est-à-dire la vente en 1994, par le gouvernement d'Édouard Balladur, de trois sous-marins au Pakistan. C'est précisément dans le cadre de l'exécution du contrat Agosta que onze techniciens français de la DCN et quatre Pakistanais ont été tués dans l'attentat de Karachi, huit ans plus tard...

Au fil de l'histoire secrète d'Agosta que nous avons tenté de reconstituer pas à pas, le plus fidèlement possible, de terribles soupçons ont émergé. Et si ce contrat, qui au final aura coûté beaucoup plus d'argent aux finances de l'État français qu'il ne lui en aura rapporté, avait eu pour seul objet de financer illégalement une partie de la vie politique française, tout particulièrement la campagne présidentielle d'Édouard Balladur, en 1995 ? Les témoignages et documents inédits que nous avons pu réunir pour ce livre sont loin d'apaiser ce soupçon – c'est une litote. « Il faut suivre l'argent », nous recommanda l'expert-comptable en charge du compte de campagne du Premier ministre candidat, paraphrasant « Gorge profonde », le fameux informateur des journalistes à l'origine du Watergate. Suivre l'argent... une mission qui relève de la gageure lorsqu'il s'agit de valises de billets.

Vieilles histoires que tout cela, objectera-t-on. Pas si sûr. Car un acteur majeur de ce thriller politico-financier occupe aujourd'hui le premier plan de la vie politique française. Porte-parole de la campagne présidentielle malheureuse d'Édouard Balladur en 1995, il était aussi, au même moment, ministre du Budget. À ce titre, il a eu à connaître les moindres détails du contrat Agosta et l'a autorisé, malgré son montage financier absurde, ses intermédiaires sulfureux et l'étonnante précipitation mise à les imposer dans ce juteux marché. Il est depuis le mois de mai 2007 le chef de l'État français. Nicolas Sarkozy, qui aime pourtant à jouer de son image de leader politique que les « affaires » n'ont jamais atteint, se trouve *de facto* mêlé à un scandale, qui a d'ailleurs bien failli exploser quelques mois avant son élection à l'Élysée, comme le relate cet ouvrage.

Ironie de l'histoire : l'homologue pakistanais de Nicolas Sarkozy était, lui aussi, déjà aux premières loges lors de la signature du contrat Agosta. Surnommé dans son pays « Monsieur 10 % », Asif Ali Zardari, devenu président en 2008 après un long séjour en prison, est suspecté d'avoir prélevé sa dîme sur le marché des sous-marins...

Nicolas Sarkozy ne s'est exprimé qu'une fois sur cette affaire d'États. C'était au mois de juin 2009, au détour d'une mémorable conférence de presse, à Bruxelles. Interrogé sur les révélations contenues dans un rapport rédigé par un ancien agent du contre-espionnage français employé par la DCN, selon lequel l'attentat de Karachi aurait été le fait de militaires pakistanais furieux de ne pas avoir touché l'intégralité des commissions occultes promises au moment de la signature du contrat Agosta, le chef de l'État balaya la question d'un haussement d'épaules : « C'est une fable », trancha-t-il, entre deux tics nerveux. Pour le juge Trévidic, la piste évoquée par ce rapport baptisé « Nautilus » est au contraire « cruellement logique ». Personne aujourd'hui ne peut dire qui, du président ou du juge, a raison.

Une chose paraît acquise, toutefois. En insistant sur le caractère absurde, selon lui, de la thèse établissant un lien direct entre les commissions versées à la faveur de la vente de trois sous-marins au Pakistan et l'attentat de Karachi – lien que, de fait, aucune preuve ne vient conforter pour l'heure –, Nicolas Sarkozy a cru pouvoir occulter les suspicions de corruption et de financement politique illicite qui planent sur le contrat Agosta. « Personne ne réparera les torts commis, mais tous les torts seront oubliés », pronostiquait sombrement Milan Kundera dans *La Plaisanterie*. *Le Contrat* n'est rien d'autre que cela, finalement. Le récit d'une histoire tragique dont les victimes demandent toujours réparation, mais que beaucoup voudraient oublier. Et faire oublier.

I

Le sang

1

« Chantage »

Dans l'enceinte silencieuse des arsenaux de Cherbourg, un homme paraît bien seul face aux morts en ce lundi 13 mai 2002. Contrairement aux autres, il n'a personne à sa droite ou à sa gauche, ni devant, ni derrière. Un pupitre transparent hérissé d'un micro est posé a côté de lui. Il est raide dans son long manteau noir, le visage fermé. Ses yeux sont tournés, comme tout le monde, vers les cercueils. Et, comme tout le monde, un peu perdus dans le vide, aussi. Il a soixante-dix ans. Depuis une semaine, il est pour la seconde fois le premier personnage du pays.

Jacques Chirac vient d'être réélu au poste suprême avec un score digne d'une république bananière (82 %) face au candidat d'extrême droite, Jean-Marie Le Pen. Le 8 mai, trois jours après ce triomphe en trompe-l'œil, la France s'est réveillée en sursaut. Quinze personnes, dont onze travailleurs de l'État français, ont été tuées dans un attentat commis à plus de 6 000 kilomètres de Paris, au sud du Pakistan.

Le bus qui transportait des ouvriers et des techniciens de la Direction des constructions navales (DCN), en mission à l'autre bout du monde pour honorer un important contrat d'armement international signé huit ans auparavant, a explosé en pleine rue, à Karachi, la capitale économique du pays. Ce sont leurs cercueils que tous, anonymes, officiels ou proches, regardent fixement sous la grisaille de Normandie, cinq jours après le feu et le sang.

Évidemment, la pluie s'est invitée à Cherbourg. La ville, qui vit au rythme des chantiers navals militaires depuis le XIXe siècle, pleure sous ses parapluies. L'hommage est national. Les militaires sont au garde-à-vous. Les plus hautes personnalités de l'État sont présentes : le président Chirac, son tout nouveau Premier ministre, Jean-Pierre Raffarin, la ministre de la Défense, Michèle Alliot-Marie.

La foule, aussi, est là, massive, plantée sans un bruit sur la Plage verte de Cherbourg où roulent les tambours de l'hommage militaire, à l'ombre d'une statue de Napoléon. Arrivée par la rue de l'Abbaye et l'avenue Cessart, la foule est confinée derrière une longue rangée de barrières métalliques. Elle ne pourra pas s'approcher plus près de ses morts. Il y a dix mille personnes, peut-être plus, diront les journaux télévisés du soir.

Les onze cercueils, rapatriés la veille du Pakistan par un avion militaire Hercules C-130, sont alignés sous une grande tente carrée, chacun recouvert d'un drapeau bleu-blanc-rouge et surmonté de la photo du défunt. En ce jour de mai, les esprits sont en novembre. Cela se comprend. Ici, tout le monde – ou presque – connaît au moins un salarié des arsenaux. Petite virgule normande de 26 000 habitants, Cherbourg comptait en 2002 plus de 3 000 personnes travaillant directement ou indirectement pour le compte de la DCN. Les rues de la ville sont vides, les commerçants ont baissé les stores et accroché des rubans noirs au fronton de leurs échoppes.

Télés, radios et journaux ont fait le déplacement en nombre pour « couvrir » l'événement. Neuf mois après le 11-Septembre et le début d'une nouvelle ère géopolitique mondiale, l'attentat de Karachi constitue l'acte terroriste le plus important que des ressortissants étrangers aient jamais essuyé au Pakistan, cet étrange pays à la fois nouvel allié des États-Unis dans leur guerre contre le terrorisme et gigantesque atelier d'un fondamentalisme religieux meurtrier où certaines factions de l'État cultivent, dans le domaine, la plus parfaite ambiguïté.

Le président de la République va parler, tandis que le vent fait claquer dans un ciel de bronze les lourds drapeaux français qui flottent sur Cherbourg. Tenant son texte à deux mains, Jacques Chirac évoque d'un ton légèrement chevrotant une « France en deuil ». « Cherbourg est meurtrie », dit-il. « Je m'incline devant nos morts. Je rends hommage à leur courage, à leur dévouement, à leur compétence professionnelle exemplaires », poursuit le chef de l'État, promettant que « la nation ne les oubliera pas ». Il parle d'un « crime monstrueux ». La voix se raffermit, Jacques Chirac jure que « ses auteurs seront punis ». « Il ne peut y avoir de sanctuaire pour les terroristes [...]. Nous ne céderons ni à la menace, ni au chantage », tonne le président.

Personne ne s'attarde alors sur ce mot : chantage.

Personne, hormis peut-être quelques initiés aux intrigues secrètes de la République, ne peut alors imaginer que, six ans plus tard, ce mot-là résonnera, loin des discours officiels, comme la possible clé de décryptage d'une inimaginable affaire d'États derrière laquelle s'entrechoquent ventes d'armes, pots-de-vin, financement politique occulte et terrorisme. Mais quel terrorisme : islamiste ou d'État ? Ou peut-être les deux ?

Dans les jours qui suivent l'attentat de Karachi, la France semble en effet avoir des raisons de s'interroger sur le profil des commanditaires de l'attentat et une éventuelle implication des redoutables services secrets pakistanais, l'Inter-Services Intelligence (ISI), dans la tuerie. Une note du 23 mai 2002 du général Philippe Rondot, coordinateur du renseignement et des opérations spéciales (CROS) au ministère de la Défense, où il fait figure de plaque tournante des services secrets français à lui tout seul, peut en témoigner.

Le document fait état d'un entretien que le militaire a eu ce jour-là en fin d'après-midi avec Dominique de Villepin, nouveau ministre des Affaires étrangères et ex-secrétaire général de l'Élysée. Les deux hommes, qui seront bientôt au cœur du scandale Clearstream, se connaissent depuis longtemps et s'estiment. À côté de la mention « attentat de Karachi », Philippe Rondot écrit : « interrogations sur le rôle de l'ISI. » En dessous, en regard de l'intitulé « la menace terroriste », il griffonne aussi : « La France n'est pas précisément ciblée. »

Un mois plus tard, le 26 juin 2002, nouvelle note. Cette fois, le militaire fait référence à un rendez-vous matinal avec Philippe Marland, directeur du cabinet de la ministre de la Défense, Michèle Alliot-Marie. À la rubrique « mission au Pakistan », le général, à qui l'on doit notamment l'arrestation du terroriste Carlos, écrit : « On remonte la filière sur les attentats de Karachi. » Le maître espion évoque alors une piste mais la suite de la phrase est malheureusement rendue… illisible par son écriture à la fois ronde et brouillonne. On ne saura donc pas quelle est cette « piste[1] ». À la ligne suivante, on peut toutefois lire : « Fermer le consulat général ? »

1. Sollicité par l'intermédiaire de son avocat, Me Éric Morain, Philippe Rondot n'a pas souhaité nous rencontrer pour s'expliquer sur ses notes.

Cette question en appelle inévitablement une autre. Pourquoi la France se demande-t-elle si elle doit fermer sa représentation diplomatique à Karachi ? Deux possibilités : soit par mesure de sécurité, soit de rétorsion.

La seconde hypothèse rappelle que, huit ans après les faits, l'interrogation majeure reste posée. Qui a vraiment tué les employés de la DCN ? Est-ce Al-Qaida, comme les autorités françaises et pakistanaises n'ont eu de cesse de le marteler ? L'organisation d'Oussama Ben Laden voulait-elle punir la France pour sa participation à la guerre en Afghanistan contre les talibans, thèse officielle qui, à force d'avoir été répétée pendant des années, s'est imposée comme une vérité intangible ? Ou existe-t-il un hideux « chantage » d'une autre nature derrière tout cela ?

« Vous allez rire »

Jacques Chirac clôt son discours de Cherbourg. Il part s'incliner devant chacun des onze cercueils, énonçant un à un les noms de tous les morts français de Karachi, reportés sur un petit bout de papier qu'un aide de camp a discrètement fait glisser dans la main présidentielle.

Cédric Bled
Jean-Michel Chevassut
Jean-Pierre Delavie
Thierry Donnart
Claude Drouet
Bernard Dupont
Pascal Groux
Jacques Laurent
Daniel Le Carpentier
Jean-Yves Leclerc
Pascal Leconte

Ce 13 mai 2002, les familles des victimes sont dévastées par la douleur. Par la colère, aussi. Elles se sentent prisonnières d'une cérémonie en grande pompe qu'elles n'ont ni souhaitée ni choisie, condamnées à étaler leur peine au grand jour, devant une armée de photographes et de cameramen, contraintes d'accepter toutes sortes d'honneurs en bleu-blanc-rouge dont elles ne voulaient pas forcément.

Les onze morts français de Karachi sont tous faits chevaliers de la Légion d'honneur à titre posthume, alors que certains des défunts tenaient en horreur ce type de liturgie républicaine. C'était le cas du mari de Gisèle Leclerc. Jean-Yves, mécanicien-dieséliste de cinquante et un ans, accomplissait à Karachi sa dernière mission à l'étranger avant la retraite. Il n'aurait sans doute pas apprécié pareille grandiloquence. « C'était un ouvrier. Il n'avait pas honte de le dire. Les honneurs, ça ne l'intéressait pas le moins du monde », raconte aujourd'hui sa fille, Sandrine[1].

Même indignation rentrée chez les Drouet. Claude, le père, cinquante ans, chef d'équipe charpentier à la DCN, est mort à Karachi deux mois avant son retour définitif en France, prévu pour le 28 juin 2002. Sa fille Magali, petit bout de femme au caractère bien trempé, n'a toujours pas digéré d'innombrables détails qui lui font dire aujourd'hui que les familles ont été, durant ces jours de « deuil national », de simples « pions » pris dans un tourbillon où se mêlaient voyeurisme médiatique, opportunisme politique et indélicatesse officielle.

Elle-même employée de la DCN, Magali Drouet se souvient de l'instant où elle a appris la disparition de son père, à la cellule de crise mise en place par la préfecture maritime de Cherbourg. Après avoir décliné son identité, une femme travaillant aux services administratifs lui a annoncé du but en blanc : « Votre père est mort. » Elle a

1. Entretien avec les auteurs.

demandé : « C'est tout ? » Elle s'est entendu répondre : « Oui, c'est tout. »

Elle se souvient d'une réflexion de l'assistante sociale de la DCN qui, tout sourire, a lancé à sa mère, au lendemain de l'attentat : « Vous allez rire, mais j'ai besoin de l'adresse du dentiste de votre mari. » La maman de Magali Drouet n'a pas ri du tout. « Une telle inhumanité, ça laisse sans voix[1] », commente, dépitée, Magali Drouet, sept ans plus tard.

Elle se souvient qu'elle n'a pas même pu voir la dépouille de son père : les cercueils étaient déjà scellés à leur arrivée à Cherbourg.

Elle se souvient, comme Sandrine Leclerc, de cette réflexion d'une élégance rare lâchée par un cadre de la DCN lors d'une réunion au Cercle naval de Cherbourg, trois jours avant la cérémonie : « On paie les obsèques, d'accord, mais n'allez pas non plus faire construire des mausolées. »

Elle se souvient qu'à l'heure des condoléances, pendant la cérémonie du 13 mai, la ministre de la Défense Michèle Alliot-Marie a glissé à sa famille : « Si vous avez le moindre problème, vous avez mon numéro, n'hésitez pas. » « Ce qui, bien entendu, était faux, on ne nous avait laissé aucun numéro », soupire-t-elle.

Elle se souvient du crépitement des flashes lors de la cérémonie et de la publication dans deux hebdomadaires nationaux de photographies en gros plan de sa petite sœur, douze ans à l'époque. En protestant auprès d'un des magazines, elle s'était entendu dire par une responsable du service photo : « Ah, oui, mais c'est de votre faute, vous aviez posé. »

Elle se souvient qu'il ne fallait surtout pas refuser la Légion d'honneur pour son père, parce que, ainsi que

1. Entretien avec les auteurs.

l'avait énoncé doctement un officiel, cela pouvait ouvrir droit à des avantages fiscaux pour les veuves et des aides scolaires pour les enfants.

Elle se souvient qu'il avait vraiment beaucoup plu et fait très froid le jour où la République s'était déplacée à Cherbourg pour son père.

Avec le recul des ans, Magali Drouet se souvient, elle aussi, de ce petit mot prononcé par le président de la République – chantage –, d'abord passé inaperçu, mais dont elle envisage désormais le terrible sens caché qu'il pouvait recouvrir. Qui a vraiment fait « chanter » la France le 8 mai 2002, et surtout, pourquoi ? Une question qui la hante.

50 à 60 kg de TNT

Il est 7 h 45 du matin à Karachi, ce mercredi 8 mai 2002, quand le bus Mercedes de la marine pakistanaise mis à la disposition de la DCN a été réduit, en l'espace de quelques secondes, à l'état de carcasse fumante. Cité de toutes les cultures et de tous les réfugiés du sous-continent indien, mais aussi des conflits inter-ethniques et religieux, la mégapole (18 millions d'habitants aujourd'hui) vit depuis des années au rythme des attentats. Les employés des arsenaux de Cherbourg y étaient en mission pour participer à la livraison du dernier des sous-marins d'attaque conventionnel de type Agosta (modèle 90B précisément), vendus par la France au Pakistan dans le cadre d'un accord conclu en 1994. Montant du contrat : 5,4 milliards de francs, soit 825 millions d'euros.

Ce type de sous-marin tire son nom d'une bataille navale ayant eu lieu au large du port d'Agosta – aujourd'hui nommé Augusta, il est situé dans la province de Syracuse, en Sicile – le 22 avril 1676 entre la marine française de l'amiral Duquesne et les forces hispano-néerlandaises.

Du sang avait coulé, déjà...

Par rapport aux Agosta de première génération, les Agosta 90B, petit bijou de la technologie française, présentaient de nombreux avantages : un système de propulsion anaérobie qui augmente de trois à quatre fois la durée de plongée silencieuse des sous-marins, des missiles antinavires de pointe, une double coque en acier plus résistante, un équipage réduit de 57 à 36 hommes, un seul barreur et une discrétion absolue grâce à une acoustique encore améliorée.

Signé le 21 septembre 1994, le contrat prévoyait la construction de trois navires, grâce à un transfert de technologie. Un premier intégralement conçu à Cherbourg, un deuxième dont les sous-ensembles devaient être construits à Cherbourg et assemblés à Karachi et le troisième, entièrement réalisé dans l'immense port pakistanais. Baptisé *Khalid*, le premier sous-marin fut mis sur cale à l'arsenal de Cherbourg en novembre 1995, lancé le 18 décembre 1998 et admis au service actif le 21 décembre 1999.

Le *Saad* fut, lui, mis sur cale à l'arsenal de Karachi le 2 décembre 1999, lancé (trois mois après l'attentat) le 24 août 2002 et admis au service actif le 13 décembre 2003. Quant au *Hamza*, mis sur cale à l'arsenal de Karachi en 2000, il ne fut lancé qu'en août 2006 et mis en service en décembre 2007. Un important retard imputable à l'attaque sanglante du bus de la DCN, ce funeste 8 mai 2002.

Pour les techniciens de la DCN travaillant sur place à la mise en service du sous-marin *Hamza*, la procédure était la même tous les matins. Strictement identique jour après jour : même trajet, même horaire, même véhicule. Le bus frappé des initiales « P. N. » (pour Pakistan Navy) venait d'abord chercher, vers 7 h 30, une première fournée de techniciens, logés à l'hôtel Avari. Il rejoignait ensuite le Sheraton, situé un kilomètre plus loin sur Club Road, dans le même quartier, pour charger le reste des travailleurs. Puis direction les docks de Karachi, posés à une dizaine de kilomètres de là, sur une pointe de terre léchée par la mer, au sud-est de la ville.

« Tout cela se passait toujours de la même façon, très tranquillement. On se disait bonjour entre nous, pas toujours très réveillés, puis on ne se parlait pas tellement jusqu'à l'arrivée sur les docks », se souvient Gilles Sanson, mécanicien à la DCN depuis 1979 et survivant de l'attentat. Il effectuait sa cinquième mission au Pakistan en trois ans[1]. Envoyé sur place pour participer à la confection des tubes lance-torpilles qui doivent équiper les sous-marins vendus au Pakistan, Gilles Sanson se souvient de ce 8 mai 2002 comme d'un jour parfaitement ordinaire, où les habitudes du matin succèdent à la routine de la veille. 7 h 30, Avari Hôtel ; 7 h 40, le Sheraton. Le train-train. On rigole avec les collègues, on salue le chauffeur et le *gunman*, un militaire pakistanais armé, qui accompagnait tous les matins les employés de la DCN.

Aux policiers de la Division nationale antiterroriste (DNAT) qui l'interrogeront cinq jours après l'attentat, Gilles Sanson évoquera donc, depuis son lit de l'hôpital des armées de Percy, dans les Hauts-de-Seine, une journée qui « a débuté comme à l'habitude[2] ». Il s'est levé à 6 h 15, s'est préparé et est allé prendre son petit-déjeuner. Il a emporté avec lui un sac bleu en tissu à l'intérieur duquel il avait rangé une petite trousse de la même couleur contenant des médicaments, du répulsif anti-

1. Entretien avec les auteurs.
2. Procès-verbal d'audition du 13 mai 2002.

moustiques et des badges d'accès. Il avait aussi pris des oranges et des journaux locaux, le *Dawn* et le *Metropolitan*, écrits en anglais.

La plupart des survivants de l'attentat de Karachi – il y en a douze au total – seront d'une précision de dentellière avec les enquêteurs de la police judiciaire s'agissant de leurs petites habitudes du jour. Claude Estasse, technicien en chaudronnerie, évoquera son mini-dictionnaire français-anglais, sa paire de lunettes de vue à monture en écaille noire, ses bonbons à la menthe et ses cigarettes. Des Rothman Bleu. Gilbert Eustache, chef d'équipe mécanicien, se souviendra quant à lui avoir mal dormi à cause d'interminables discussions la veille au soir à l'hôtel avec quelques collègues.

Pour le reste, c'est-à-dire l'essentiel, « rien de particulier » qui puisse vraiment faire avancer l'enquête. « Rien de particulier » : la formule reviendra à maintes reprises durant les auditions. Les survivants de Karachi expliquent les uns après les autres que les conditions de sécurité n'avaient rien de drastique et qu'aucun événement inhabituel n'était à signaler. RAS. Quand la navette de la DCN s'est arrêtée le 8 mai 2002 devant l'hôtel Sheraton de Karachi, il restait cinq Français à charger avant de rejoindre, comme tous les jours, le chantier des sous-marins sur les docks.

Sauf que ce jour n'était pas comme les autres. Ce matin-là, postée à quelques mètres du bus, une Toyota Corolla de 1973, immatriculée J-6560, a patiemment attendu que commence le manège quotidien des employés de la DCN logés au Sheraton. Au bout de quelques minutes, le véhicule est venu se garer discrètement sur le côté droit du bus, à mi-hauteur. Au moment précis où le cinquième et dernier technicien français s'apprêtait à grimper dans la navette – il se trouvait alors sur le marchepied –, une énorme déflagration a déchiré le ciel. Les dizaines de kilos d'explosifs disposés dans la malle arrière de la Toyota ont dévasté le bus en une fraction de seconde, dans une explosion d'une rare puissance. Quinze personnes ont été tuées dont onze employés de la DCN et quatre Pakistanais. Parmi eux, une mendiante. Elle s'appelait Mewa Begum.

La violence de l'explosion fut telle qu'il ne restait presque rien du bus, si ce n'est une carcasse de fer martyrisée, éventrée de toutes parts. La galerie du véhicule a été projetée à plus de 20 mètres. L'effet de souffle a expédié 72 mètres plus loin le moteur, la boîte de vitesses et le train avant de la Toyota. À la place de la voiture meurtrière, il n'y a plus qu'un cratère de 2,70 mètres de diamètre et de 35 centimètres de profondeur. Les vitrines du rez-de-chaussée du Sheraton, où se trouve le restaurant de l'hôtel, ont été dévastées.

Deux ingénieurs en chef au département des explosifs et des incendies de la préfecture de police de Paris[1] se sont rendus sur place quelques jours après l'attentat, du 12 au 16 mai 2002. Ils notent dans leur rapport d'expertise que « l'autocar a été largement soulevé du sol en même temps qu'il a été déplacé latéralement ». Ils soulignent également que « l'habillage des sièges a quasiment disparu ». Pour les deux experts, les circonstances de l'attentat « tendent à accréditer l'hypothèse d'un dispositif radiocommandé ou à court retard », s'agissant du système de mise à feu utilisé par les terroristes. « Cette explosion a résulté de la mise en œuvre d'un explosif très brisant, de type TNT ou explosif plastique », rapportent-ils encore, évoquant une charge de « 50 à 60 kg de masse équivalente de TNT ».

1. Il s'agit de Jean-Jacques Minet et Jean Vareille, respectivement chefs des sections « laboratoire des explosifs » et « déminage » du laboratoire central de la préfecture de police de Paris.

Tous les survivants de l'attentat sont ceux qui se trouvaient à l'avant de la navette. Morts ou blessés seront indistinctement transportés dans une salle commune de l'hôpital Jinnah de Karachi. Gilles Sanson, qui est l'un des seuls à n'avoir pas perdu connaissance lors de l'explosion, est le premier à qui les ambulanciers pakistanais ont porté secours. Il avait réussi à s'extraire du bus en rampant. Aux urgences de l'hôpital, il voit arriver les uns après les autres des corps intégralement recouverts d'un drap blanc souillé de rouge. Quand il raconte la scène, Gilles Sanson écarte ses mains tremblantes pour décrire la taille des taches de sang.

Une diplomatie française très pressante

Le 13 mai 2002, à Cherbourg, prenant la France à témoin, Jacques Chirac a promis de traquer et punir les auteurs de ce « crime monstrueux ». Ils ne le sont, à ce jour, toujours pas. Après son accession à l'Élysée en 2007, Nicolas Sarkozy prend soin, lui aussi, de s'investir dans le dossier et de recevoir les familles des victimes de l'attentat de Karachi. Au début du mois d'avril 2008, il les rencontre pour la première fois, leur assurant qu'il veut « tout mettre en œuvre pour honorer la dette » de la France à leur égard[1]. Étrange métaphore. Là non plus, personne ne s'arrête sur ce mot : la dette.

Le président Sarkozy leur fait aussi part de « la détermination de l'État à identifier et à faire juger tous les auteurs de ces faits », tout en réclamant l'accélération de la procédure judiciaire. Enfin, il s'engage à recevoir tous les ans les familles pour faire le point sur la situation.

1. *Le Figaro*, 5 avril 2008.

Immédiatement après cette rencontre entre Nicolas Sarkozy et les familles, l'ambassade de France à Islamabad se met en branle. Entre le 11 et le 25 avril 2008, pas moins de trois télégrammes « confidentiel diplomatie[1] » sont envoyés à Paris sous l'intitulé « Suites de l'attentat de Karachi du 8 mai 2002 ». Le premier, coté « TD ISLAMABAD 318 », est de loin le plus intéressant des trois. L'ambassadeur de France au Pakistan, Régis de Belenet, y rappelle qu'en janvier 2007, le juge Jean-Louis Bruguière, le premier magistrat chargé de l'enquête française[2], avait délivré un mandat d'arrêt international à l'encontre d'un certain « Matteur-Rehman », « présenté par les autorités pakistanaises comme un personnage clef du terrorisme sectaire proche d'Al-Qaida et impliqué dans plusieurs attentats terroristes d'envergure ».

« Vu d'ici, poursuit le diplomate, il me paraîtrait approprié que l'autorité judiciaire française adresse, par voie diplomatique, aux autorités pakistanaises, la demande de recherche et d'arrestation en vue d'extradition. Je pourrais alors la remettre officiellement tant au ministère des Affaires étrangères qu'au nouveau ministre de l'Intérieur pakistanais. »

En somme, l'auteur de ce télégramme, resté secret jusqu'ici – il ne figure du reste pas dans le dossier judiciaire –, suggère qu'il serait opportun que la justice française fasse un nouveau geste auprès du Pakistan pour appuyer la thèse du juge Bruguière, celle d'un attentat commis par Al-Qaida. D'ailleurs, il serait souhaitable, ajoute l'ambassadeur dans le TD, que le nouveau magistrat

1. En possession des auteurs.
2. En cas de mort violente de l'un ou plusieurs de ses ressortissants à l'étranger, la justice française ouvre systématiquement sa propre enquête.

chargé de cette enquête, Marc Trévidic, se rende au Pakistan. « Cette proposition, qui marquerait notre détermination à voir progresser la procédure, garde, à mon sens, toute son actualité », avance Régis de Belenet dans une stupéfiante confusion des genres où l'on voit la diplomatie d'un pays tenter d'influer sur le déroulement d'une procédure judiciaire en cours.

Car la « visite » d'un juge telle que l'ambassade de France la souhaiterait aurait surtout pour conséquence de valider une hypothèse d'enquête échafaudée par les autorités pakistanaises (et reprise à son compte par le juge Bruguière pour l'essentiel) qui se révèle pourtant déjà très fragile. Si fragile que quelques mois plus tard, au printemps 2009, le nouveau juge français chargé d'élucider l'énigme de Karachi abandonnera officiellement la piste Al-Qaida, lèvera le mandat d'arrêt lancé au mois de décembre 2007 par Jean-Louis Bruguière et orientera ses investigations vers l'hypothèse d'un règlement de comptes entre États pakistanais et français sur fond de différend financier. À partir de cet instant, les familles des victimes n'auront plus de nouvelles de l'Élysée.

Et malgré les promesses de 2008, une rencontre avec le président Sarkozy leur sera refusée par son conseiller pour la justice de l'époque, Patrick Ouart, celui que l'on qualifie alors dans les cénacles judiciaires de « vrai ministre de la Justice[1] ». Motif officiel invoqué : en vertu du principe de séparation des pouvoirs, le chef de l'État ne peut s'immiscer dans une instruction en cours. C'est pourtant bien ce qu'il avait fait un an plus tôt...

1. Après plus de deux années passées à l'Élysée aux côtés de Nicolas Sarkozy, Patrick Ouart, magistrat de formation et ancien conseiller justice du Premier ministre Édouard Balladur (1993-1995), a rejoint le 30 novembre 2009 le comité exécutif du groupe LVMH de Bernard Arnault, où il avait déjà travaillé entre 2004 et 2007.

À la place, Nicolas Sarkozy préfère rencontrer, le 15 mai 2009, lors d'une discrète visite à Paris, puisque non inscrite à l'agenda officiel, le président du Pakistan, Asif Ali Zardari. Son nom est cité à plusieurs reprises dans le volet financier de l'affaire de... Karachi. Mais rien ne filtrera de cette entrevue au goût amer pour les familles des victimes, qui ont le désagréable sentiment d'avoir été lâchées du jour au lendemain par le Château.

2

Al-Qaida, forcément Al-Qaida

« Chacun des accusés [...] est condamné à la peine de mort et sera pendu jusqu'à ce que mort s'ensuive. » En prononçant son verdict le 30 juin 2003, le juge Feroz Mahmood Bhatti, président de la deuxième section de la cour antiterroriste de Karachi, envoie un message sans équivoque : l'affaire de l'attentat contre les Français de la DCN est désormais close, les coupables sont confondus et justice ne pourra passer que par les foudres du châtiment suprême pour les criminels. Le tout, treize mois seulement après les faits. Exemplaire.

Les condamnés à mort sont au nombre de trois. Il y a le principal accusé, présenté comme l'artificier du groupe, un certain Asif Zaheer, et deux de ses complices, Rizwan Ahmed et Muhammad Sohail. Ce dernier est déclaré en fuite au moment du procès.

Le juge Bhatti présente son jugement[1] comme un modèle du genre. « Il est grand temps que les cours [de justice] se rendent compte qu'elles ont une dette envers les

1. En possession des auteurs.

ayants droit des victimes et la société tout entière. [...] La seule façon d'agir envers les terroristes est de les condamner à des peines exemplaires », argue-t-il.

Le doute ne semble pas avoir la moindre place dans l'esprit du magistrat s'agissant de la culpabilité des suspects et de leur mobile. « Je suis convaincu que cet acte terroriste a été commis par les accusés dans l'intention de créer un sentiment de peur et d'insécurité parmi les étrangers et parmi ceux qui les côtoient professionnellement ou en tant que voisins, dans le quartier où les hôtels Pearl et Sheraton sont situés. » Le juge Bhatti ajoute : « Je réponds [...] en disant que les faits sont prouvés. »

La réalité est qu'ils ne le sont pas. Grossières erreurs d'enquête, aveux incohérents, preuves falsifiées, témoin à charge loufoque... Le verdict du 30 juin 2003 est un cas d'école, une caricature, un exemple de fourvoiement judiciaire, laissant penser que l'urgence de juger vite et fort (au mieux) ou de camoufler la vérité (au pire) a, dans ce dossier, escamoté la réalité des faits, les règles élémentaires de procédure et le principe cardinal de l'administration de la preuve.

À bien lire entre les lignes du verdict, il semble que même le juge Bhatti n'en disconvienne pas. « Si une cour est convaincue par les preuves apportées par l'accusation, elle doit examiner les problèmes techniques/de forme sans porter préjudice au devoir de rendre la justice », écrit le magistrat. Drôle de philosophie judiciaire qui est ici implicitement défendue. Ainsi, la nécessité de « rendre la justice » par « conviction » ne devrait pas trop s'encombrer du droit, nous dit en substance Feroz Mahmood Bhatti, oubliant que le second est le garant de la première ; que, pour citer Victor Hugo, « la forme, c'est le fond qui remonte à la surface ».

Qui est « Musa » ?

Le jugement de 2003 de la cour antiterroriste de Karachi est la conclusion invraisemblable d'une enquête policière (suivie de très près par les services secrets français) qui l'est tout autant, et dont il est aujourd'hui possible de reconstituer les principales étapes.

Tout commence par un immense coup de filet dans les milieux islamistes pakistanais, dès le lendemain de l'attentat. Plus de trois cents personnes suspectées d'appartenir à des mouvements djihadistes sectaires, dont certains viennent d'être interdits par le pouvoir, sont arrêtées par la police. En vain. Tout le monde sera relâché après interrogatoire.

À partir du numéro de série figurant sur le moteur calciné de la voiture piégée, les enquêteurs découvrent rapidement que la Toyota Corolla qui a servi pour l'attentat a été achetée chez un concessionnaire de voitures d'occasion, S. K. Autos, le 7 mai 2002 – soit la veille des faits – par trois personnes. Des portraits-robots sont immédiatement dressés. L'acte de vente a été signé par un certain « Khalid Mahmood », une fausse identité, et le numéro de téléphone portable qu'il a laissé renvoie vers une personne qui n'était pas en relation avec les acheteurs. Une impasse, donc.

Il faudra attendre le 19 mai pour que l'attaque soit revendiquée. Un certain « Musa » appelle le quotidien pakistanais *The News*. Le lendemain, les gros titres annoncent : « Un groupe obscur revendique le meurtre de M. Pearl ainsi que les attentats de Karachi et Islamabad. » « Musa », qui a appelé depuis un téléphone cellulaire « qui n'a pu être localisé », précise le journal anglophone, affirme être le porte-parole de l'organisation Hezbullah Alami, que l'on peut traduire par « Hezbollah international ».

Dans un rapport du 27 mai 2002, le commissaire divisionnaire Frédéric Veaux, alors patron de la Division nationale antiterroriste (DNAT) de la police judiciaire française, indique que le Hezbullah Alami est « inconnu jusqu'à ce jour des services de renseignements pakistanais ».

« Musa », dont on n'entendra plus parler par la suite, affirme notamment à *The News* : « Nous acceptons la responsabilité de l'explosion survenue dans l'église d'Islamabad et de celle s'étant produite à Karachi, visant des techniciens français. » C'est la seule référence qu'il fera à l'attentat contre la DCN.

Selon « Musa », son organisation est aussi à l'origine du rapt et de la décapitation du reporter du *Wall Street Journal*, Daniel Pearl. « Le Hezbullah a enlevé et occis Daniel Pearl ; son corps sera retrouvé lorsque nous vous indiquerons dans quel endroit il a été inhumé », promet le mystérieux informateur. L'affirmation paraît complètement fantaisiste dans la mesure où le corps de Daniel Pearl a été retrouvé le 16 mai dans les environs de Karachi. C'est-à-dire trois jours avant la revendication de ses soi-disant assassins.

« Musa » met un soin tout particulier à disculper le principal suspect de l'affaire Pearl, le Sheikh Omar Saeed, jugé et condamné à mort pour sa participation à l'assassinat du reporter. « [Il] n'a rien à voir avec le meurtre de ce journaliste américain ; il a conduit le djihad contre l'Inde au Cachemire et devrait être loué et non harcelé », jure « Musa », sans autre précision.

Selon *The News*, « Musa » se montre durant toute la conversation téléphonique très virulent à l'encontre du président du Pakistan, Pervez Musharraf, qu'il accuse de s'être allié aux Américains pour « nuire aux musulmans ». Le « but » du mouvement dont il se fait le porte-parole est clairement affiché : « La Révolution islamique. » « À l'avenir, nous revendiquerons tous les attentats perpétrés contre des Occidentaux ou contre le régime Musharraf », va même jusqu'à affirmer « Musa » au journaliste.

Si l'on résume, l'auteur de la revendication du 19 mai est anonyme, son groupe inconnu et il n'apporte pas la moindre preuve des actes terroristes qu'il revendique, au contraire. En revanche, il vient par son verbe idéologique donner du crédit, s'agissant de l'attentat perpétré à Karachi contre la DCN, à la thèse d'un attentat islamiste dont l'objectif avoué aurait été de punir l'un des alliés des États-Unis dans le conflit afghan.

Une nouvelle impasse

« Arrestation au Pakistan du cerveau de l'attentat de Karachi. » L'article du *Figaro* du 19 septembre 2002 court sur six colonnes. Spectaculaire, il relaie l'annonce faite la veille par le ministère de l'Intérieur pakistanais d'un vaste raid des forces de sécurité dans plusieurs quartiers de Karachi. Chez les personnes interpellées, sept au total, « d'importants stocks d'armes et de munitions » ont été découverts, précise le quotidien français, qui, demeurant dans un certain flou, dit aussi que « le terroriste accusé d'avoir monté l'attaque contre les Français se faisait appeler Sharib ».

L'homme en question se nomme en fait Sharib Farooqi. Il est né le 17 octobre 1973. Ancien rédacteur en chef du magazine fondamentaliste *Al Muslim*, il est membre du mouvement djihadiste Harakat Ul Mujahideen El Aalami (HMA), connu pour l'organisation d'attentats au Cachemire indien.

Sharib Farooqi a été mis en cause dans l'affaire du bus de la DCN par un certain Mohammad Imran Bhai, le responsable idéologique du HMA, interpellé après un attentat commis le 14 juin 2002 contre le consulat américain de Karachi. Imran Bhai a assuré aux policiers avoir été contacté par Sharib Farooqi, qui venait solliciter son accord pour perpétrer une action terroriste contre les Français de la DCN. Bhai aurait refusé mais l'attaque a tout de même eu lieu.

L'idéologue a aussi affirmé aux enquêteurs que c'est ce même Farooqi qui aurait conduit le véhicule piégé près de l'hôtel Sheraton et l'aurait ensuite confié à un « kamikaze arabe » non identifié. Dans un rapport de mars 2003, la Direction de la surveillance du territoire (DST), le contre-espionnage français, qui suit l'enquête pakistanaise quasiment en temps réel, observe que cette précision sur le kamikaze n'est pas cohérente[1]. Les analyses de l'institut médico-légal (IML) de Paris réalisées à partir des restes du corps de « la personne ayant pu conduire le véhicule utilisé pour l'attentat » évoquent un jeune homme d'une vingtaine d'années, mesurant 1,80 mètres, au nez court, aux lèvres étroites et à la carrure imposante. Le commissaire principal Jean-Michel R. note dans son rapport qu'il s'agit d'un homme pakistanais ou bengali, « mais sûrement pas arabe ».

Seulement voilà, huit ans après l'attentat, personne ne peut dire quelle est l'identité du kamikaze. Seule une partie de son visage a pu être reconstituée, à partir des restes épars du cadavre, par des médecins légistes français et pakistanais. L'opération a nécessité près de cinq heures d'intervention, mais cela n'a pas suffi pour identifier le « semeur de mort ».

---

1. Le rapport évoqué date du 4 mars 2003. La DST est aujourd'hui fondue dans la Direction centrale du renseignement intérieur, qui regroupe également les anciens Renseignements généraux.

Après son interpellation le 18 septembre 2002, Farooqi a immédiatement reconnu son implication dans l'attaque contre le consulat américai, au mois de juin. Mais sur l'attentat du 8 mai 2002, il est en revanche resté très confus, reconnaissant avoir effectué des repérages avant d'abandonner l'idée, laquelle aurait été ensuite reprise par un autre groupe non identifié... Et parmi la liste impressionnante d'armes et de produits chimiques trouvés chez Farooqi et ses camarades (36 pistoles automatiques, 8 kalachnikovs, 67 grenades, du nitrate de potassium...), aucun « n'est en relation avec l'attentat du 8 mai 2002 », note la DST. « En particulier, absence totale de TNT », souligne le service de contre-espionnage français.

En conclusion, la DST reste très circonspecte sur la « piste Farooqi » (appelons-la ainsi). « Hormis l'éventualité, à prendre cependant avec circonspection, que Sharib Farooqi a bien participé au repérage du bus de ramassage à Karachi, il est difficile d'établir que l'ensemble des autres individus de son groupe soit lié à l'attentat du Sheraton du 8 mai 2002 contre des ressortissants français. » Une nouvelle impasse.

Les « révélations » du vendeur de biscottes

Le 12 novembre 2002, Oussama Ben Laden, dans un enregistrement sonore diffusé sur la chaîne qatarie Al Jazeera, salue la plupart des actions terroristes perpétrées dans le monde depuis avril 2002. L'attentat contre la DCN fait partie de la liste, mais difficile de parler de revendication ; il s'agit plutôt d'un « état des lieux » *a posteriori*. « Toutes les opérations qui se sont produites contre les Allemands en Tunisie, contre les Français à Karachi, contre les Australiens et les Britanniques à Bali, contre le pétrolier français au Yémen, contre les marines à Faikala, ainsi que la dernière prise d'otages, tout cela n'est que la riposte de musulmans soucieux de défendre leur religion », harangue dans son bref message le chef d'Al-Qaida.

Après plusieurs semaines de latence, l'enquête pakistanaise s'accélère enfin au début du mois de décembre 2002. La date demeure imprécise, mais c'est le 4 ou le 8 décembre que Asif Zaheer (l'un des hommes condamnés à mort par le juge Bhatti) est arrêté par la police, qui menait des investigations sur la préparation d'un attentat contre un cortège d'officiels américains. Rien à voir avec la DCN. Mais quelques jours plus tard, le 17 décembre, Asif Zaheer décide de conduire les forces de police en pleine nuit – à 2 heures du matin, affirme le rapport des enquêteurs – dans une résidence du quartier de Defence View où lui et ses complices auraient préparé les explosifs utilisés pour l'attaque du 8 mai.

Deux jours plus tard, le 19 décembre, à 3 heures du matin cette fois, Asif Zaheer mène les policiers dans une maison où aurait résidé l'un de ses complices en fuite, Muhammad Sohail. Sur place, les enquêteurs découvrent, fixé au mur, un ventilateur dont les câbles auraient été prélevés par Zaheer et sa bande pour « commettre l'attentat », selon les résultats des investigations pakistanaises. Le 28 décembre 2002, Asif Zaheer est finalement inculpé dans l'affaire de la DCN. Son inculpation lui est notifiée à 1 h 45 du matin.

Né le 15 janvier 1976, Asif Zaheer est un activiste islamiste connu de longue date des services de renseignements pakistanais. Engagé dans le djihad en 1995, il a d'abord mené la guerre sainte au Cachemire au sein du mouvement Harakat-ul-Jihad al-Islami avant de partir rejoindre des camps d'entraînement en Afghanistan, en 1997 et 1998. En 1999, il a été mis en cause dans l'assassinat d'un responsable de la télévision pakistanaise au Rawalpindi, Muhammad Rizvi. C'est loin d'être un enfant de chœur, mais il est aujourd'hui possible d'affirmer que la police et la justice pakistanaises l'ont impliqué dans l'attentat du 8 mai 2002 contre toutes les évidences. « Capable donc coupable », en quelque sorte.

La preuve censée être la plus accablante pour Asif Zaheer porte sur les explosifs. Ainsi, après une perquisition à son domicile, les enquêteurs ont découvert de la poudre et 250 sacs de nitrate d'ammonium, un produit chimique pouvant intervenir dans la confection d'une bombe. D'après les expertises d'un laboratoire de Karachi, les échantillons retrouvés chez Zaheer seraient identiques à ceux utilisés pour l'attentat contre la DCN. Or, les prélèvements effectués par les Français et les Américains sur les lieux du drame – et leurs résultats concordent formellement – ont conclu à l'utilisation de TNT militaire (type RDX) pour la réalisation de l'attentat. Nulle part il n'y a de trace de nitrate d'ammonium. Mais la cour antiterroriste de Karachi ne s'est pas arrêtée sur un détail aussi insignifiant...

La justice n'a pas non plus beaucoup douté de la crédibilité, pourtant plus que douteuse, du seul témoin à charge présenté par l'accusation lors du procès. L'homme est ce que l'on peut appeler un être providentiel. Son témoignage, un cadeau du ciel. Vendeur de biscottes ambulant à Karachi, Zafar I. a été miraculeusement identifié par deux policiers vers 5 heures du matin, le 8 janvier 2003, lors d'une patrouille de routine. Si l'on en croit le jugement de la cour de Karachi, le témoin s'est ensuite spontanément rappelé les détails d'une scène dont il affirme avoir été le témoin huit mois auparavant. Et quelle scène ! « Il avait vu une Toyota Corolla devant ce bungalow et avait remarqué la présence de quatre personnes autour de celle-ci. L'une d'entre elles ajustait les câbles du véhicule », peut-on lire dans les attendus du verdict de juin 2003 du juge Bhatti.

Zafar I. est convoqué *illico* devant la juge d'instruction chargée du dossier, Erum Jehangir. Celle-ci organise en un claquement de doigts un « tapissage » dans une salle d'audience du tribunal. Pour la mise en scène, elle choisit au hasard dix personnes parmi les employés du tribunal et glisse parmi elles l'accusé. Bingo ! C'est lui que le vendeur de biscottes reconnaît. Sauf que d'après un rapport du 25 novembre 2005 de la DST, Asif Zaheer « a été conduit dans la salle de représentation avec une cagoule sur la tête et les menottes aux poignets et ce, alors que le témoin était déjà derrière la vitre sans tain ». En effet, cela peut aider.

Après les mauvais explosifs et le témoin fantaisiste, le troisième élément à charge retenu par la justice pakistanaise contre les accusés se résume à leurs propres aveux. Ceux d'Asif Zaheer ont été recueillis le même jour que l'arrivée du témoin miracle dans le dossier suivie de la séance de tapissage, soit le 8 janvier 2003. Lors de ses aveux, dont la justice met un soin suspect à marteler qu'ils n'ont pas été obtenus par la force, Zaheer met en cause un certain Abdul Samad, de son vrai nom Matte-Ur-Rehman, émir proclamé du mouvement Harakat-al-Jihad al-Islami, dont il fait le commanditaire de l'attentat contre la DCN.

D'après ses dires, Zaheer aurait été contacté une vingtaine de jours avant le 8 mai par Abdul Samad qui lui aurait proposé une opération suicide « contre des Américains circulant dans un bus de la marine pakistanaise ». La confusion est totale. L'accusé ne parle pas de Français, mais d'Américains... En France, où les investigations sont particulièrement tributaires des évolutions de l'enquête pakistanaise, les aveux de Zaheer suscitent immédiatement des questionnements. Pour la DST, qui se penche sur les déclarations de Zaheer dans plusieurs rapports, la thèse d'une confusion entre cibles américaine et française « paraît peu crédible [...] en ce cas spécifique ». Ce qui rend ces aveux suspects dès le départ.

Mais les choses iront en empirant puisque Zaheer précisera avoir lui-même placé dans la voiture piégée, le matin du 8 mai, 150 kilos de nitrate d'ammonium, de la poudre d'aluminium et six détonateurs reliés à une batterie. La DST ne cache pas sa perplexité : « Ses déclarations sont également singulières et nous interpellent car il s'agit là de produits chimiques, alors que les expertises semblent démontrer que l'attentat a été réalisé avec de l'explosif militaire. » « Le problème de la nature des explosifs reste entier, de même que le mobile d'une attaque visant des techniciens français, l'erreur de cible avancée semble difficilement réaliste », conclut, dès 2003, le service de contre-espionnage français.

Lors de son procès, Asif Zaheer est revenu intégralement sur ses aveux. Il a assuré à la barre ne pas connaître ses supposés complices et avoir appris l'attentat du 8 mai 2002 par la presse. L'autre accusé présent, Rizwan Ahmed (alias « Bashir »), en a fait autant et s'est rétracté. Ce qui n'aura aucun poids dans le jugement du tribunal qui continuera de prendre pour argent comptant les aveux initiaux des accusés, malgré les nombreuses incohérences qu'ils contiennent.

La confusion devient absolue lorsque le troisième homme condamné à mort par le juge Bhatti, Muhammad Sohail – il est déclaré en fuite au moment du jugement –, est arrêté, deux ans après le verdict, le 2 mars 2005. Les autorités pakistanaises décident soudain de lui attribuer un rôle tentatculaire dans l'organisation de l'attentat contre la DCN, contrairement aux conclusions de l'enquête policière d'avant-procès et aux « aveux » des autres condamnés, c'est-à-dire ses supposés complices. Sohail aurait ainsi loué la maison utilisée par les terroristes, acheté la voiture sous une fausse identité, recruté le kamikaze, choisi la cible, fourni les explosifs et procédé au repérage.

Et quand la DST s'émeut auprès des services pakistanais qu'il ne soit pas officiellement entendu dans le cadre de la procédure judiciaire sur l'attentat du 8 mai 2002, la réponse est quelque peu désarmante. « Nos homologues pakistanais expliquaient qu'il était inutile de le faire car "il avait été condamné à mort par contumace avant d'être arrêté" », consigne le commandant de police Philippe C. dans un rapport de décembre 2006, qui met littéralement en pièces le travail des Pakistanais.

Outre toutes les faiblesses d'enquête déja évoquées, la DST souligne dans ce document que, selon ses homologues, le groupe terroriste impliqué dans l'attentat contre la DCN l'est aussi dans une longue série d'autres actions criminelles : assassinat de Daniel Pearl, attentat contre le consulat US de Karachi en juin 2002, préparation d'une attaque contre des diplomates américains début 2003 et tentative d'attentat contre le président pakistanais Pervez Musharraf fin 2003. Le commandant de la DST relève benoîtement dans son rapport que « certaines personnes ayant été arrêtées fin 2002/début 2003, comment peuvent-elles préparer une opération pour fin 2003 ? ». Il ajoute : « En conséquence, il apparaît donc qu'un amalgame est fait, volontairement ou non, par les Pakistanais, d'une part, entre les commanditaires, les donneurs d'ordres, les exécutants et, d'autre part, avec la possibilité de l'existence de plusieurs et différents groupes d'exécutants, dépendants éventuellement d'une même tête [...]. Il convient d'être circonspect quant aux conclusions de l'enquête présentée par les autorités pakistanaises. »

La DGSE (les services secrets extérieurs français), qui tente également de suivre à Karachi l'enquête de près – sachant qu'il s'agit traditionnellement d'une zone considérée comme « réservée » par les Anglo-Saxons –, va jusqu'à évoquer une manipulation ourdie par la police pakistanaise. C'est ce qui ressort notamment d'une note du 23 décembre 2002 dans laquelle les agents en poste au Pakistan reviennent sur ce qu'ils considèrent être une « zone d'ombre » majeure non éclairée par les investigations, à savoir la possession par Asif Zaheer du livret d'immatriculation de la Toyota ayant servi à l'attaque-suicide du 8 mai. C'est l'un des indices matériels supposés confondre celui qui est présenté comme l'artificier de l'attentat. Les conclusions de la DGSE sont édifiantes. Il s'agirait en réalité d'« une fausse preuve forgée pour l'occasion puisque ce livret était en possession du Criminal Investigation Departement [l'équivalent de la police judiciaire française] depuis de nombreux mois ».

Bruguière et le « numéro 4 d'Al-Qaida »

Autant de mises en garde sur la crédibilité du travail policier des Pakistanais dans cette affaire auraient, au minimum, dû inciter à la prudence le juge antiterroriste Jean-Louis Bruguière, le premier magistrat chargé en France d'instruire l'enquête sur l'attentat du 8 mai 2002. Il n'en fut pourtant rien. Se reposant sur l'enquête pakistanaise comme sur un accoudoir et s'appuyant sur des aveux dont on ne pouvait que douter de la solidité dès l'origine, le juge Bruguière délivre le 16 janvier 2007 un mandat d'arrêt international contre un certain Matte-Ur-Rehman (alias Abdul Samad), présenté par les services pakistanais comme le commanditaire de l'attaque-suicide.

Dans le très court « exposé des faits » qui motive son mandat d'arrêt, Jean-Louis Bruguière se contente de reprendre presque mot pour mot les conclusions des investigations pakistanaises et cite les aveux de deux des condamnés à mort de juin 2003, Muhammad Sohail et Asif Zaheer. Il n'y a rien d'autre : pas une écoute téléphonique, pas une interception de mail, pas une empreinte, pas une revendication... Face aux familles de victimes qu'il reçoit sitôt son mandat signé, le juge Bruguière présente sa nouvelle cible comme le « numéro 4 d'Al-Qaida », entérinant ainsi la thèse selon laquelle les Français de la DCN ont bien été les victimes du terrorisme islamique international. Al-Qaida, forcément Al-Qaida.

« Je suis optimiste sur la possibilité de parvenir à la vérité, indépendamment du fait que c'est une histoire ancienne, que c'est un contexte difficile, que c'est un pays pas simple, qu'il y a des obstructions multiples[1] », rassure le magistrat lors d'une conférence de presse. Selon l'un des blessés de l'attentat, Gilles Sanson, qui l'a rencontré avec d'autres survivants en janvier 2007, le juge aurait également confié en privé qu'« il y a eu une volonté du Pakistan d'enterrer cette affaire en désignant des coupables rapidement ». Si ces propos rapportés sont exacts, alors pourquoi ce même juge se base-t-il sur les aveux de ces coupables désignés « rapidement » et sur les résultats d'une enquête biaisée pour délivrer son mandat d'arrêt ? En d'autres termes, si les exécutants ne sont pas les bons, quels éléments permettent de penser que le donneur d'ordre est, en revanche, celui qui a été désigné ? Soit la chaîne de la culpabilité est solide et l'ensemble se tient. Soit un maillon saute et tout s'écroule.

Ce qui ne manquera pas de se produire. En mai puis en octobre 2009, les trois condamnés à mort de juin 2003

1. Dépêche de l'agence France-Presse (AFP) du 16 janvier 2007.

(Asif Zaheer, Rizwan Ahmed et Muhammad Sohail) sont acquittés par la Haute Cour de la province pakistanaise du Sindh. Incrédules face aux méthodes des policiers de Karachi – et de la justice qui a validé toute la procédure les yeux fermés en première instance –, les magistrats livrent des conclusions cinglantes : « Toute la procédure se fonde sur une seule preuve, un témoignage qui est le résultat d'une construction. [...] Les aveux d'Asif Zaheer n'ont pas été volontaires et ont été obtenus après plus de vingt-trois jours de détention. » En définitive, « aucune preuve n'a été produite par l'accusation ». Terrible désaveu. Dans la foulée, c'est toute l'enquête qui doit repartir de zéro, sept ans après l'attentat. Et le nouveau juge français en charge du dossier, Marc Trévidic, n'a d'autre choix que de lever le mandat d'arrêt contre Matte-Ur-Rehman (alias Abdul Samad) concocté par Jean-Louis Bruguière. Retour à la case départ.

Un fax qui sème le trouble

Devant pareil déluge d'extravagances policières et judiciaires, une question se pose. Le juge Bruguière avait-il la possibilité de creuser une autre piste que celle servie sur un plateau par les Pakistanais ? Plus précisément, y avait-il dans le dossier des éléments susceptibles de piquer la curiosité du magistrat en dehors des voies toutes tracées menant à Al-Qaida ? La réponse est oui. Sept fois oui.

L'un des documents les plus instructifs à la disposition du juge est une télécopie. Son destinataire, l'agent spécial américain Randall Bennett, est à la fois le chef de la sécurité du consulat général des États-Unis et l'homme chargé de l'enquête sur les dessous de l'assassinat de Daniel Pearl. Le lendemain de l'attentat, le 9 mai 2002, Randall Bennett reçoit à 11 h 34 un fax de son adjoint, Bashir Zahooruddin. Ce dernier fait à son supérieur le compte rendu des informations qu'il a pu glaner auprès d'officiers pakistanais de la Navale :

« Les enquêteurs ne pensaient pas que Al-Qaida choisirait une autre cible que les Américains. Les enquêteurs pensent que c'étaient les Anglais qui devaient être les secondes cibles dans la ligne de mire mais pas les Français [...]. Les officiers de la Navale sont convaincus que cette attaque avait pour but de saborder le projet franco-pakistanais de construction de sous-marins. »

Cette dernière phrase est capitale. Elle montre que dès le lendemain de l'attaque suicide, un lien est envisagé avec le contrat Agosta. Pourquoi ? Jean-Louis Bruguière ne cherchera pas à en savoir plus.

Quelques mois plus tard, le juge reçoit une autre alerte qui aurait pu, à nouveau, lui mettre la puce à l'oreille. Elle prend la forme d'un courrier, en date du 2 septembre 2002, envoyé par le P-DG de DCN International, Philippe Japiot. « C'est le cœur même et l'activité de la DCN International qui étaient visés et, tout particulièrement, l'exécution du contrat du 21 septembre 1994 [le contrat Agosta] », y écrit l'industriel. Qui poursuit, insistant : « C'est parce que DCN International a conclu et mené à bien le contrat du 21 septembre 1994 que des personnels ont été pris pour cibles, ce qui est moralement insupportable. » De quelles informations dispose le rédacteur de cette lettre pour être aussi affirmatif ? Impossible de le savoir, le juge Bruguière ne l'interrogera jamais.

Un autre membre de la DCN a livré à Jean-Louis Bruguière une anecdote intrigante. Là encore, l'histoire est restée sans suite. Habitué du Pakistan, où il a effectué dix-sept missions entre 1998 et 2002, l'ingénieur Philippe

Cuquemelle a expliqué dans un courrier manuscrit envoyé au magistrat le 17 juin 2002 avoir recueilli quelques jours après l'attentat les confidences d'un chef d'entreprise sous-traitant de la DCN au Pakistan. L'homme en question se nomme Raheel Asghali. Il dirigeait alors la société Ali Engeneering Works (AEW). Aux policiers de la DST qui l'auditionnent en juillet 2002, Philippe Cuquemelle raconte : « Un soir, aux environs du 15 avril 2002, alors que nous avions rendez-vous à l'hôtel pour aller dîner dans un restaurant pakistanais en ville, il est venu et m'a dit que nous ne pouvions pas aller en ville car c'était trop dangereux pour moi, et qu'il y avait du danger. [...] Ce n'était pas dans ses habitudes car il nous était déjà arrivé d'aller manger en ville sans que cela pose un quelconque problème. Il n'a pas donné d'explications. »

L'ingénieur de la DCN se souvient avoir eu ensuite son interlocuteur pakistanais au téléphone, le 20 mai 2002, donc après l'attentat, afin de lui réclamer la livraison de pièces pour les sous-marins Agosta de la DCN. « Il m'a alors dit qu'il ne voulait pas livrer car "l'Intelligence Service" était présente aux abords de Dockyard et qu'il allait partir de Karachi. Il m'a dit qu'il ne pouvait pas trop parler au téléphone. Son ton avait changé et il n'avait pas une voix sereine. » Pourquoi avoir peur de « l'Intelligence Service », que l'on peut traduire par « service de renseignements » – le nom officiel des services secrets pakistanais est Inter-Services Intelligence – et pourquoi Raheel Asghali se croit-il surveillé ?

Philippe Cuquemelle poursuit : « Je n'ai plus eu de nouvelles de lui jusqu'à ce qu'il m'appelle à mon domicile. [...] Il m'a dit qu'il était à Baltimore, aux États-Unis, en sécurité et dans un pays libre et qu'il pouvait désormais parler. Il m'a dit qu'il avait reçu des menaces de mort au téléphone parce qu'il faisait du business avec les Français. Il m'a également dit que quatre hommes avaient tenté de l'assassiner dans une rue de Karachi et qu'il avait réussi à en réchapper. Suite à ces faits, il avait décidé de prendre la fuite à l'étranger. »

Ce n'est pas tout. Le samedi 26 janvier 2002, en début de soirée, un autre employé pakistanais de la DCN à Karachi, Mustafa Haroon, est agressé – du moins il affirme l'avoir été – par huit individus armés qui lui dérobent son téléphone portable et sa mallette. Celle-ci refermait la liste de tous les salariés de la DCN au Pakistan ainsi que leur adresse. L'agression s'est soldée sans blessure pour la victime. Simple acte de délinquance ou prélude à l'attentat ? L'enquête du juge Bruguière ne s'est pas non plus intéressée à cet épisode, qui a pourtant été relaté aux policiers français par au moins deux membres du personnel de la DCN après l'attentat[1].

Un autre événement, plus troublant encore, pouvait difficilement être occulté. Il le fut pourtant, comme les autres. Le 28 janvier 2002, soit deux jours après l'agression de Mustafa Haroon, une bombe magnétique est découverte près du réservoir de la voiture (un Land Cruiser Toyota) de Jean-Marin Schuh, diplomate français chargé des affaires afghanes à Islamabad. L'engin était programmé pour exploser dix-huit heures après son activation. Selon les policiers de la Division nationale antiterroriste (DNAT), cette tentative d'attentat « n'est pas sans rappeler l'attentat perpétré le 24 janvier 2002 au cours duquel un dispositif similaire [...] avait explosé sous un véhicule automobile de la Haute Commission britannique à Islamabad sans toutefois faire de victimes[2] ».

1. Auditions de Gérard Clermont, chef de site à Karachi, et Thierry Auffret, ingénieur de la DCN à Karachi. Procès-verbaux établis par la Division nationale antiterroriste (DNAT) le 14 mai 2002.
2. Procès-verbal du 15 mai 2002.

Mais pour les enquêteurs, les faibles quantités d'explosifs utilisées « plaident pour un dosage mesuré de l'effet recherché, plus proche d'une mise en garde que de l'intention de tuer, attitude manifestement en contradiction avec les objectifs affichés de l'organisation islamiste terroriste radicale Al-Qaida d'Oussama Ben Laden ». De qui pourrait donc provenir cette « mise en garde » s'il ne peut s'agir d'Al-Qaida ? La question n'a, semble-t-il, pas intéressé le juge Bruguière, qui n'a diligenté aucun acte d'enquête dans cette direction.

Ce n'est pas fini. Car dès le départ, la recherche d'autres pistes que celle proposée par la police pakistanaise aurait pu motiver le juge Bruguière. Pour une raison d'ordre général, cette fois, géopolitique, pourrait-on dire : la France n'apparaissait pas, à cette époque, comme une cible privilégiée du terrorisme islamiste (d'ailleurs, elle ne fut plus jamais l'objet d'attaques au Pakistan après l'attentat de Karachi). C'est la conclusion qui ressort de plusieurs documents et déclarations que la justice française a eus très tôt entre les mains. Ainsi, le 16 avril 2002, une note rédigée par un policier français en poste à Karachi fait état d'informations obtenues auprès de « deux hauts fonctionnaires pakistanais » selon lesquelles « les premières cibles seraient seulement les citoyens américains et anglais ». Pas les Français.

Dans une note cette fois-ci postérieure à l'attentat, un dirigeant de la DCN, Laurent Barthélemy, indique pour sa part qu'« à aucun moment les sources gouvernementales autorisées n'ont signalé l'apparition d'un risque spécifique contre les personnels travaillant dans le cadre du projet Agosta 90B à Karachi. Récemment aucune augmentation du risque général terroriste contre la communauté française ou la population en général n'a été signalée ».

Même discours du côté du chef de site de la DCN à Karachi, Gérard Clermont, entendu quelques jours après l'attentat par la police française[1]. « Nos seuls moyens d'information sont les médias et les réunions de sécurité du consulat au cours desquelles il n'y a pas eu de mise en garde concernant une menace particulière à l'encontre des Français. En revanche, lors de la dernière réunion de sécurité au consulat, vers le 26 avril 2002, il nous a été mentionné que les familles canadiennes et américaines prenaient des dispositions de rapatriements. » Ce sont pourtant bien des Français qui ont été visés. Et tués. Par qui ?

1. Procès-verbal du 14 mai 2002.

3

Le juge et la raison d'État

Chez les Michelin, on fabrique des pneus. Chez les Bruguière, des magistrats. Une profession que l'on endosse de père en fils depuis… onze générations. L'anecdote n'est pas seulement savoureuse, elle est aussi révélatrice. Digne héritier de cet étonnant atavisme, Jean-Louis Bruguière, qui a quitté la magistrature en 2007 à l'âge de soixante-trois ans (il est aujourd'hui expert auprès du Conseil de l'Europe et de la Commission de l'Union européenne et des Nations unies), a vécu sa fonction comme un sacerdoce.

Spécialisé dans les affaires de terrorisme depuis 1982, lorsqu'il fut chargé d'instruire l'enquête sur l'attentat de la rue des Rosiers, Jean-Louis Bruguière s'est, durant vingt-cinq ans, consacré à la lutte contre les poseurs de bombes de tous poils avec une énergie confinant à l'obsession. Il a fini par développer une vision messianique de son propre travail propice aux dérives que ses nombreux détracteurs ne manquent pas une occasion de souligner.

À les en croire, Jean-Louis Bruguière, qui ne se déplaçait jamais sans ses gardes du corps et sa voiture blindée, se serait, tout au long de sa carrière, davantage comporté en

« shérif » (l'un de ses nombreux surnoms) qu'en magistrat. Plutôt qu'instruire à charge et à décharge, comme se doit de le faire tout juge d'instruction, il aurait mené sabre au clair une croisade contre toute personne susceptible de menacer l'État. Une vision pour le moins caricaturale qui tend à faire oublier les succès réels remportés par ce juge à l'ego surdimensionné, dans sa lutte contre Action directe, les nationalistes basques et corses ou certains islamistes radicaux.

Il n'empêche. Au fil de ses instructions, l'homme qui se vantait de dîner avec George Bush ou d'être reçu par Vladimir Poutine a fini par devenir la bête noire de nombreux avocats et des associations de défense des droits de l'homme, qui ont stigmatisé à maintes reprises la « méthode Bruguière », symptomatique de la législation antiterroriste française, que l'on pourrait résumer ainsi : on frappe dès que possible (à titre préventif), on ratisse très large (c'est-à-dire que l'on interpelle à tour de bras), et on fait le tri après.

L'exemple le plus marquant ? Ce que l'on surnomme aujourd'hui, rétrospectivement, l'« Outreau de l'antiterrorisme », à savoir le dossier Chalabi, une enquête sur un réseau supposé soutenir des islamistes : des centaines d'arrestation et de gardes à vue, 138 personnes mises en examen puis jugées en 1998 dans un gymnase près de Fleury-Mérogis, près de la moitié relaxées (après avoir croupi de longs mois en détention provisoire), 39 condamnées à des peines de moins de deux ans (couvrant souvent ladite détention provisoire), les plus lourdes condamnations plafonnant à huit ans... Bref, un fiasco total.

Dans l'ouvrage qu'il a consacré au magistrat en 2007[1], le journaliste Sébastien Spitzer rappelait que, dans cette

1. Sébastien Spitzer, *Raisons d'État : Contre-enquête sur le juge Bruguière*, Éditions Privé, 2007.

affaire, « la justice reconn[ut] ses erreurs. Elle accord[a] même près de 2 millions de francs à tous ceux qui [furent] victimes de détention abusive ». Le journaliste ajoutait : « Personne ne demandera à Bruguière de rendre des comptes. Le magistrat instructeur est au-dessus de ça. » Dans un portrait publié la même année par *Le Nouvel Observateur*, le juge tout juste retraité lâchait : « Si on veut rester dans le cadre légal, il faut savoir bouger le curseur : accepter moins de liberté pour plus de sécurité[1]. »

« Il part d'un postulat et il n'en dévie plus, quoi qu'il arrive. »

Pour l'avocat William Bourdon, qui ne porte pas le magistrat dans son cœur, « il faudra un jour faire le bilan des années Bruguière, de toutes les victimes collatérales de ses instructions à grand spectacle. La justice antiterroriste française semble partir du postulat que pour éviter un attentat, il est acceptable d'arrêter, voire de condamner un innocent. Mais, apparemment, il est impossible de remettre en question ce dogme, qu'incarnait jusqu'à la caricature le juge Bruguière. C'est un sujet tabou[2]. »

Un autre avocat est intarissable sur le cas Bruguière, Me Sébastien Bono. Il l'a « pratiqué » dans de nombreux dossiers terroristes. Son diagnostic est sévère. « Je pense que ce qui caractérise le plus le juge Bruguière, c'est sa mégalomanie ainsi que le fait que ses instructions soient systématiquement orientées. Il part dès le départ d'une

1. Florence Aubenas, « Bruguière : des bombes aux pruneaux », *Le Nouvel Observateur*, 7 juin 2007.
2. Entretien avec les auteurs.

instruction d'un postulat et il n'en dévie plus, quoi qu'il arrive[1] », attaque l'avocat.

« Le processus est à peu près toujours le même, ajoute-t-il. Sur la base d'un rapport de la DST, avec qui Bruguière entretenait, comme chacun sait, des rapports plus qu'étroits, le parquet ouvre une information judiciaire, confiée bien entendu à Bruguière, souvent en co-saisine avec Jean-François Ricard. Ensuite, c'est très simple : alors qu'il ne s'agit que d'une note de renseignement, avec toutes les imprécisions voire erreurs que cela suppose, le rapport de la DST va servir de fil conducteur à la procédure d'instruction, toutes les personnes citées seront arrêtées les unes après les autres ! Tout ensuite se déroule de manière très planifiée. »

À en croire Sébastien Bono, « tous les trois mois et demi-quatre mois, de nouveaux suspects sont arrêtés, ce qui permet de justifier le renouvellement des détentions provisoires précédentes... L'instruction se poursuit ainsi, au rythme de vagues d'arrestations successives permettant de renouveler les détentions provisoires, qui ne cessent d'augmenter. »

Stigmatisant son goût pour « les relations publiques » et « les voyages », l'avocat déplore que dans le dossier dit des filières tchétchènes, Bruguière n'ait « pas craint de solliciter des autorités peu soucieuses du respect des droits humains : il a été reçu par des généraux des services secrets syriens, des responsables du FSB à Moscou... J'ai d'ailleurs obtenu du tribunal correctionnel que l'ensemble d'une commission rogatoire exécutée en Syrie soit écarté, le tribunal retenant qu'il était presque certain que les pièces avaient été obtenues sous la torture. Il se voit comme l'homme des relations internationales, qui soigne sa stature. Et ça marche, car il est très connu à l'étranger, notam-

1. Entretien avec les auteurs.

ment aux États-Unis, où il passe pour un magistrat vedette ».

Pour Me Bono, il ne fait guère de doute que « cet ego surdimensionné influe malheureusement sur la conduite des dossiers, car il a du coup un intérêt objectif à avoir des dossiers importants, qu'il va faire grossir artificiellement. Il augmente ainsi la stature de certains mis en examen, puis ensuite, pour se faire bien voir, informe les services de renseignement "amis", les Américains notamment, en leur disant qu'il a attrapé un "gros poisson" et en leur proposant de venir l'interroger ».

Me Bono évoque une autre facette de la personnalité de l'ex-magistrat, indissociablement liée à « la méthode Bruguière » : une certaine idée des intérêts de l'État. « Il faut savoir qu'il a toujours eu des liens étroits avec le ministère de l'Intérieur, affirme Me Bono. Ce fut particulièrement vrai du temps de Nicolas Sarkozy, mais pas seulement. Je crois qu'il était également proche de Jean-Louis Debré et de Charles Pasqua. De ce point de vue là, il peut être considéré très lié au gouvernement. »

Le juge n'a jamais fait mystère de son attirance pour le monde politique, dont il n'a cessé de rechercher la fréquentation. Pour faire avancer ses enquêtes ? Sans doute un peu. Après tout, avoir, par exemple, le soutien d'un ministre de l'Intérieur, comme l'indique Me Bono, cela peut toujours servir, pour obtenir par exemple plus d'enquêteurs. Par conviction politique ? Pour partie, certainement. D'ailleurs, cet authentique homme de droite s'est présenté dès le printemps 2007 aux élections législatives dans le Lot-et-Garonne sous la bannière de l'UMP. Sa campagne s'est soldée par un terrible camouflet, mettant un terme à ses ambitions ministérielles.

Mais il y a encore autre chose. Quelque chose de plus fort. Une conception bien française des « intérêts supérieurs de la Nation », qui lui a valu d'hériter, à la fin de sa carrière, d'un énième surnom (sans doute le moins flatteur), celui de « juge de la raison d'État ». Dans un autre portrait, que lui consacra cette fois *Le Monde* en 2005, Jean-Louis Bruguière confiait : « Je n'ai jamais eu de problème avec la raison d'État. C'est presque un faux concept, un alibi. Dans les affaires graves, il était de mon devoir d'informer les politiques de décisions que je me proposais de prendre[1]. » Un plaidoyer *pro domo* autant qu'un aveu.

Algérie, Rwanda, Pakistan : les territoires du secret

L'examen de plusieurs procédures hautement sensibles que le juge Bruguière eut à conduire, particulièrement à la fin de sa carrière, qu'il s'agisse de l'attentat de Karachi, du génocide au Rwanda ou de l'assassinat des moines de Tibéhirine, laisse une curieuse impression. Comme si, à chaque fois, l'enquête avait été conduite de telle sorte qu'elle ne nuise surtout pas à l'État français.

Selon Sébastien Bono, ce n'est pas nouveau. Évoquant le sort de son client Rachid Ramda – condamné à perpétuité en octobre 2009 en appel par la cour d'assises pour son implication dans trois attentats commis à Paris en 1995 –, l'avocat assure que « de très importantes pistes d'enquête, signalées dès août 1995, notamment par la brigade criminelle de Paris ou les services de renseignement suédois, avaient été abandonnées car elles mettaient en cause les services secrets algériens dans l'organisation des attentats de 1995 à Paris, ce qui dérangeait le ministère de l'Intérieur. J'estime dans ce dossier que [...] la vérité n'a

1. Piotr Smolar, « Jean-Louis Bruguière, un juge d'exception », *Le Monde*, 7 janvier 2005.

jamais été sérieusement recherchée car elle mettait en cause la raison d'État », conclut Me Bono.

S'agissant du Rwanda, dans un éditorial au vitriol publié le 25 février 2010 au moment de la visite de Nicolas Sarkozy à Kigali, *Libération* stigmatisa « les élucubrations juridiques et les extravagances géopolitiques du juge Bruguière qui ne sont qu'une instruction à charge destinée à exempter la France et notamment son armée[1] ».

Au même moment, dans les colonnes du *Monde*, une longue contre-enquête expliquait que « le refus de l'ancien magistrat français de mener l'enquête au Rwanda, l'absence d'expertise balistique et le recours privilégié aux témoignages d'anciens militaires poursuivis pour génocide ainsi qu'à des sources militaires françaises, nourrissent les accusations de partialité ».

« Alors qu'il était en possession de nombreux éléments accablants, Jean-Louis Bruguière s'est aventuré loin de la procédure, dans une analyse politique », ajoutait le quotidien, qui concluait que ses partis pris avaient conduit M. Bruguière à « passer sous silence le caractère prémédité du génocide et le rôle de la France dans la formation des militaires hutus qui allaient le commettre[2] ».

Dans cette affaire, il n'est sans doute pas neutre de constater que la très contestée thèse du magistrat, visant à imputer la responsabilité de l'attentat commis en avril 1994 contre le président (hutu) Juvénal Habyarimana aux Tutsis – alors que des éléments indiquent qu'il aurait été commis par des extrémistes hutus – et à dédouaner l'armée

1. François Sergent, « Mémoire » (éditorial), *Libération*, 25 février 2010.

2. Philippe Bernard, « Six questions sur une enquête », *Le Monde*, 24 février 2010.

française de toute responsabilité dans le génocide, a reçu le soutien de poids de l'« écrivain-enquêteur » Pierre Péan.

Le même qui, dans un pamphlet au vitriol consacré au quotidien *Le Monde*[1], aux relents parfois nauséabonds (dont on retrouvera certains effluves dans son brûlot contre Bernard Kouchner[2], notamment taxé de « cosmopolitisme »), développa son aversion pour le journalisme dit d'investigation accusé de déstabiliser l'État et de faire le jeu de « l'anti-France », faisant ainsi l'apologie, en creux, d'un « journalisme de la raison d'État » en parfaite résonance avec la justice du même nom.

Avocat au barreau de Paris, Me Patrick Baudoin, partie civile dans l'affaire des moines de Tibéhirine, est par ailleurs président d'honneur de la Fédération internationale des droits de l'homme (FIDH). Familier des procédures antiterroristes, il est l'un des plus sévères contempteurs de Jean-Louis Bruguière. Selon lui, la conduite de l'enquête sur l'assassinat, en mai 1996, de sept religieux français exerçant en Algérie résume parfaitement les méthodes du magistrat.

Dans un entretien accordé au site *Mediapart* en juillet 2009, il affirma ainsi que Jean-Louis Bruguière était l'illustration de « la justice au service du pouvoir ». « Il a eu le même comportement dans d'autres procédures : Karachi, le Rwanda… », ajoutait l'avocat, avant de conclure : « N'oublions pas que dès qu'il a quitté la magistrature, il s'est présenté aux élections, sous l'étiquette UMP. D'ailleurs, lorsqu'il était encore juge, il ne cachait déjà pas ses convictions. Or, s'agissant de l'assassinat des moines, son enquête portait sur une période où cette mou-

1. Pierre Péan et Philippe Cohen, *La face cachée du* Monde, Mille et une nuits, 2003.

2. Pierre Péan, *Le monde selon K.*, Fayard, 2009.

vance était au pouvoir en France, puisque Jacques Chirac était président et Alain Juppé Premier ministre[1]. »

De fait, des années durant, l'instruction sur la mort des moines trappistes, susceptible de mettre en cause les autorités algériennes avec qui l'État français ne voulait surtout pas se brouiller, ignora purement et simplement des éléments ne cadrant pas avec la version « officielle » servie par Alger, selon laquelle les religieux auraient été tués par les islamistes du GIA.

Il fallut le départ de Jean-Louis Bruguière et l'arrivée de son remplaçant, Marc Trévidic, pour que l'enquête redémarre spectaculairement. Pour ce faire, M. Trévidic recueillit notamment le témoignage de l'ancien attaché militaire français à Alger, François Buchwalter, qui déclara que la mort des religieux pouvait avoir pour origine une bavure de l'armée algérienne. Une audition essentielle que Me Baudoin avait réclamée, en vain, à M. Bruguière dès... juillet 2004.

La conduite de l'enquête sur l'assassinat des moines de Tibéhirine fait bien entendu directement écho à celle de Karachi. Là encore, il s'agit d'un dossier confié (en 2002) à Jean-Louis Bruguière et récupéré en 2007 par Marc Trévidic, qui l'a sorti *in extremis* de l'enlisement. Tout indique que, cinq ans durant, Jean-Louis Bruguière s'est « calé » sur la version servie par Islamabad visant à imputer à Al-Qaida la responsabilité de l'attaque contre le bus de la DCN, comme on l'a vu précédemment.

Au désespoir des familles des victimes, « l'Amiral » (un autre surnom, hérité de sa tentative de « débarquement » sur les côtes libyennes sur un navire de la marine française !) n'a manifestement pas déployé dans ce dossier le

1. Entretien des auteurs avec Patrick Baudoin, « Bruguière, c'est le juge de la raison d'État », *Mediapart*, 8 juillet 2008.

zèle dont il a fait preuve dans d'autres enquêtes dont il avait la charge. Un exemple parmi d'autres : la commission rogatoire internationale (CRI) expédiée au Pakistan le 28 avril 2003, « sollicitant des éléments de téléphonie, d'adresses électroniques, l'identification de personnes en fuite, la recherche de témoins ainsi que les auditions de personnes interpellées dans le cadre de la procédure pakistanaise ».

Des éléments évidemment essentiels pour l'enquête, qui furent rapidement communiqués à la justice française. Las, six ans plus tard, presque jour pour jour, le 29 avril 2008 précisément, au cours d'une réunion avec le parquet de Paris destinée à faire le point sur ce dossier, le juge Trévidic informa le ministère public que la traduction de l'ensemble des pièces d'exécution de la commission rogatoire internationale n'avait toujours pas été effectuée...

« Purement scandaleux ! »

La conduite de l'enquête sur Karachi, dès son commencement, illustre une autre caractéristique du juge : sa volonté de tout contrôler. Furieux que le chef de la section antiterroriste du parquet de Paris, Michel Debacq, un magistrat proche de la gauche, se soit rendu juste après l'attentat à Karachi pour procéder, avec des policiers français, à de premières auditions et constatations, Jean-Louis Bruguière décida, avec l'accord de son collègue Jean-François Ricard, le 24 septembre 2002, de saisir la cour d'appel pour faire annuler ces pièces de procédure. Ce qu'il obtint de la chambre de l'instruction, au mois de février 2003.

La cour d'appel estima que « les officiers de police judiciaire français étaient incompétents pour accomplir des actes de procédure judiciaire hors du territoire national, fût-ce dans l'enceinte du consulat général de France à Karachi ». Pour la chambre de l'instruction, « les règles internationales consacrant l'inviolabilité du territoire d'une ambassade ou d'une mission diplomatique et la protection juridique de ses personnels n'ont pas pour effet de conférer à ces locaux, même fictivement, un statut extraterritorial ».

Et pourtant. Les premières investigations menées au Pakistan apportaient de précieuses informations aux enquêteurs. Installé dès le 11 mai 2002 dans les locaux du consulat de France de Karachi, Michel Debacq fit procéder par les policiers de la Division nationale antiterroriste (DNAT) à plusieurs auditions importantes : celle du consul adjoint, Jacques Bourbon, puis du chef d'antenne du service de coopération technique internationale de police (SCTIP) au Pakistan, Mustapha Laraich. Surtout, la DNAT recueillit, le 17 mai, les déclarations du chargé de sécurité du consulat général des États-Unis, Randall Bennett. M. Bennett, on l'a vu, dirigeait alors une cellule d'investigation, en relation avec la police pakistanaise, vouée à la recherche des assassins de Daniel Pearl, le journaliste du *Wall Street Journal* enlevé puis décapité en janvier 2002.

Bennett remit aux policiers français et à Debacq de précieux documents, à savoir des photos prises sur les lieux du drame juste après l'explosion, puis leur livra les confidences que ses enquêteurs avaient obtenues auprès de leurs homologues pakistanais. Selon eux, l'attentat n'était pas imputable à Al-Qaida, mais pouvait en fait être lié à la vente et à la construction des sous-marins Agosta (voir le chapitre « Al-Qaida, forcément Al-Qaida », p. 35).

Comme l'indiqua *Libération* au mois de juin 2009, un fax émanant d'un adjoint de M. Bennett et figurant au dossier judiciaire – ce document n'ayant pas été annulé par la cour d'appel – confirme que dès le 9 mai 2002, les policiers pakistanais privilégiaient cette analyse[1]. Jamais M. Bruguière ne s'intéressa à cette piste. Jamais il ne reconvoqua M. Bennett.

Après avoir longuement hésité, Michel Debacq, aujourd'hui avocat général à la cour d'appel de Versailles – « mon placard doré » comme il dit, pince-sans-rire –, a finalement accepté de revenir sur cet épisode, qu'il n'a jamais digéré. Derrière ses petites lunettes rondes, ses yeux s'animent dès que l'on évoque le sujet.

Manifestement, il en a gros sur le cœur. « Dès que la nouvelle de l'attentat a été connue, j'ai décidé de foncer à Karachi. Mon obsession était d'avoir la meilleure "scène de crime" possible. Or, je savais, notamment grâce aux gens du SCTIP [service de coopération technique internationale de police] et aux services américains, qu'on ne pouvait avoir aucune confiance dans la police pakistanaise, qui a la fâcheuse habitude en cas d'attentat de fournir des fausses pistes. Les Américains le savent tellement bien que, dès qu'une action visant leurs ressortissants est commise, ils envoient immédiatement une équipe du FBI fixer la scène de crime[2]. »

Avant de partir, Michel Debacq, alors chef de la section antiterroriste du parquet de Paris, s'entoure d'une équipe de policiers de la Division nationale antiterroriste (DNAT), et s'assure du soutien de son procureur, Jean-Pierre Dintilhac (classé, comme lui, à gauche). « Dintilhac m'a dit OK, à condition que je lui rende compte quasiment heure par heure, via le procureur adjoint François Cordier,

---

1. Guillaume Dasquié, « Karachi, les curieux oublis de la justice », *Libération*, 25 juin 2009.
2. Entretien avec les auteurs.

ce que j'ai fait, bien entendu. » Arrivé sur place, Michel Debacq constate malheureusement que ses inquiétudes étaient fondées. « Les Pakistanais nous avaient promis de laisser la scène de crime intacte, mais ils avaient tout nettoyé ! »

Mais le magistrat ne se démonte pas. Il décide de procéder à des actes, ce qu'il envisage de faire sur un bateau battant pavillon français amarré dans le port de Karachi, avant de se rabattre vers le consulat de France, persuadé que ces locaux diplomatiques bénéficient de l'extraterritorialité. Sauf que la plupart de ses actes seront donc annulés, à la demande des deux juges d'instruction. « Cette annulation est purement scandaleuse. Si je n'avais pas été là-bas, on n'aurait eu aucune info. Et au lieu de me remercier, on m'a sanctionné », s'emporte M. Debacq, qui se souvient néanmoins avoir été félicité et soutenu par un jeune substitut de sa section, un certain Marc Trévidic.

« Et cela aurait même pu être pire, reprend Michel Debacq, intarissable. En effet, lorsque Bruguière et Ricard m'ont informé de leur intention de saisir la cour d'appel, je les ai prévenus : "Attention, si vous annulez tout, vous ferez disparaître des pièces essentielles du dossier. Ne venez pas vous plaindre si, dans quelques années, on vient vous le reprocher." » Étonnante prémonition.

Toutefois, Jean-Louis Bruguière aurait été ébranlé par les arguments de Debacq. « Il m'a dit qu'il ne ferait pas canceller les expertises sur les explosifs et l'ADN du kamikaze. » Lorsqu'on fait observer à Michel Debacq que ce n'était pas à Jean-Louis Bruguière de décider quelles pièces devaient être annulées, mais à la cour d'appel, il hausse les épaules : « Bruguière était le patron, personne n'osait s'opposer à lui. C'est d'ailleurs la première raison de l'initiative que Ricard et lui ont prise contre moi. Ils n'ont pas supporté que je leur "vole la vedette" en me rendant à

Karachi. C'était vraiment de l'orgueil mal placé. » Et la seconde raison ? « Elle est purement politique », tranche Michel Debacq.

« En juillet 2002, la gauche ayant perdu le pouvoir, Dintilhac a été prié de quitter la tête du parquet. Il y a eu une période de vacance, mais on a su très rapidement qu'Yves Bot [marqué à droite] allait le remplacer, ce qui a été fait en octobre. Voilà pourquoi ils ont attendu septembre 2002 pour demander l'annulation des pièces, ils attendaient que le paysage politique ait changé », affirme le magistrat.

Michel Debacq a d'ailleurs en tête une anecdote remontant quelques années plus tôt, sous le gouvernement Jospin. « Daniel Ludet, conseiller justice à Matignon, m'avait rapporté une discussion qu'il avait eue avec Jean-François Ricard, qu'il connaissait bien. Comme Ludet s'étonnait un peu qu'il vienne le voir à Matignon, Ricard lui avait répliqué : "Tu sais, Bruguière et moi, on est toujours du côté du pouvoir." Et visiblement, ce n'était pas du second degré… »

Selon l'ancien magistrat antiterroriste, de « précieuses informations ont été passées à la trappe du fait de la décision de la cour d'appel. Notamment toutes ces photos extrêmement précises de Bennett. L'agent américain se trouvait dans le quartier quand l'attentat a eu lieu. Il a été l'un des premiers sur place et, comme un bon flic, a eu le réflexe de faire des photographies, de très bonne qualité, tous les cinq mètres. On avait même pu reconstituer le corps et le visage du kamikaze, et obtenu d'excellentes informations sur la voiture du terroriste. »

Autre précision, loin d'être secondaire : « Si le nouveau procureur de Paris m'avait soutenu, j'aurais continué à m'occuper du dossier. Et je peux assurer que la problématique du contrat Agosta, je l'aurais posée… […] Bruguière, lui, ne l'a pas fait, tout simplement parce que cette affaire ne l'intéressait pas. Il n'y avait plus que deux ou trois dossiers dans lesquels il s'investissait : le Rwanda, les filières afghanes et irakiennes… Il était usé, il n'avait plus la "gnaque". Et pourtant, je suis le premier à reconnaître qu'il a fait des choses très positives pour l'antiterrorisme : l'idée de tout centraliser, de s'intéresser aux gens *avant* qu'ils posent des bombes, etc. Mais à un moment, il n'était plus motivé, il aurait dû arrêter avant. »

Autre figure de la galerie Saint-Éloi, le juge Gilbert Thiel partage l'analyse de Michel Debacq à propos de son ancien collègue. Attablé devant un petit noir, dans un bar proche de la place d'Italie, son éternelle Gitane aux lèvres – et tant pis pour la législation antitabac –, Gilbert Thiel ne se fait pas prier pour évoquer ses souvenirs s'agissant de Jean-Louis Bruguière. Ils sont plutôt mauvais. « J'ai eu de grosses difficultés avec lui, car il avait la volonté de tout contrôler. Il choisissait les dossiers qui l'intéressaient, se faisait désigner juge numéro un et laissait ensuite le sale boulot au numéro deux[1]. »

Selon M. Thiel, « si Bruguière a remporté au début des succès incontestables, contre Action directe ou certains réseaux islamistes, il s'est, au fil des ans, de moins en moins comporté comme un juge d'instruction. Il préférait courir le monde, donner des conférences à l'étranger grassement rémunérées. Il est devenu de fait une sorte de ministre plénipotentiaire antiterroriste, le poste de ses rêves ».

S'agissant de ses rapports à « la raison d'État », Gilbert Thiel note que Jean-Louis Bruguière « a toujours fréquenté les cercles proches du pouvoir. Lorsqu'il voulait plus de moyens et que le président du tribunal lui refusait, il tapait à la porte au-dessus et allait voir les ministres directement. Je me souviens qu'il était très ami avec

1. Entretien avec les auteurs.

Sarkozy, qu'il tutoyait. Et cela avait une traduction dans les dossiers : on ne peut pas dire qu'il se soit singularisé par sa volonté de chercher des poux dans la tête de ses amis politiques, proches du RPR ! Mais, à la vérité, il ne l'a pas fait non plus avec la gauche, car pour lui, il ne faut pas toucher au pouvoir quel qu'il soit. Ainsi, dans le dossier de Tibéhirine, tout le monde avait compris que le pouvoir ne voulait pas d'investigations, puisque le parquet de Paris s'est longtemps opposé à l'ouverture d'une enquête. Et Jean-Louis Bruguière comprenait parfaitement ce genre de messages… »

Jean-Louis Bruguière a eu l'occasion de s'exprimer publiquement sur l'affaire de Karachi, dans le cadre d'un livre d'entretiens publié en novembre 2009[1]. Huit pages durant, l'ex-juge y détaille son enquête, les difficultés rencontrées, les pistes suivies, etc. Vient alors la question qui fâche : que penser de la nouvelle piste, privilégiée par son successeur Marc Trévidic, menant à un règlement de comptes politico-financier franco-pakistanais sur fond de commissions occultes non payées ? Dans cette hypothèse, l'attentat ne serait plus imputable à la haine anti-occidentale d'Al-Qaida, mais plutôt à la vengeance d'officiels pakistanais, furieux que Jacques Chirac ait « coupé le robinet » des commissions, suspectées d'avoir alimenté pour partie les caisses de son rival Édouard Balladur.

Jean-Louis Bruguière livre alors cette réponse formidable : « Je ne connais ce rebondissement que par la presse, et je ne veux évidemment pas commenter une affaire en cours d'instruction, ni m'engager dans un débat médiatique. » Ne pas commenter une affaire dont il vient de

1. Jean-Louis Bruguière, entretiens avec Jean-Marie Pontaut (rédacteur en chef à *L'Express*), *Ce que je n'ai pas pu dire*, Robert Laffont, 2009.

livrer tous les détails, de la nature de l'explosif utilisé au *modus operandi* du kamikaze, en passant par les confidences qu'il dit avoir recueillies auprès des services secrets pakistanais ? Ne pas s'engager dans « un débat médiatique », lui dont on ne compte plus les interventions dans les grands médias, français et étrangers, où il est régulièrement présenté comme « le meilleur spécialiste français de la lutte antiterroriste » ?

En fait, tout indique que Jean-Louis Bruguière a une conception très particulière de la communication. Ainsi, en juillet 2009, au moment de publier les propos décapants de Me Baudoin, *Mediapart* sollicita en vain l'ancien magistrat afin qu'il réponde aux accusations de l'avocat. Cinq jours plus tard, le 14 juillet, M. Bruguière s'en prit avec virulence à Me Baudoin, dans les colonnes de *L'Express*[1]. Informé dès la fin de l'année 2009 de la préparation de cet ouvrage, et relancé ensuite à de nombreuses reprises, Jean-Louis Bruguière n'a, de la même façon, jamais pris la peine de nous répondre[2], ne serait-ce que pour indiquer qu'il refusait d'accorder l'entretien que nous sollicitions.

---

1. Jean-Louis Bruguière, « Tibéhirine : l'ex-juge Bruguière dénonce "une polémique purement idéologique" », entretien avec Christophe Barbier, *L'Express*, 14 juillet 2009.

2. Jean-Louis Bruguière, en revanche, a accepté de s'exprimer dans le cadre d'une enquête diffusée sur Canal + le 8 janvier 2010 dans l'émission « Spécial Investigation ». Signé Pascal Henry et Bernard Nicolas, le document aborde la nouvelle piste privilégiée par Marc Trévidic. M. Bruguière affirme notamment : « Je n'ai jamais été informé [...] de l'existence d'une telle piste. Si notre attention avait été attirée sur l'existence d'une piste en lien avec l'affaire, il est évident que ça aurait été exploré. Je ne vois pas pourquoi on aurait mis ça de côté. »

4

Mission « Nautilus »

Disparue sous les ruines du mur de Berlin, la guerre froide a accouché dans la poussière de novembre 1989 d'une autre guerre. Plus silencieuse. Plus complexe, moins binaire. Une guerre qui ne fait pas de morts ni de blessés. Une guerre invisible et immatérielle. Née de la mondialisation, cette mystérieuse bataille se joue avec une arme unique, le renseignement. Le terrain de ses opérations est celui des entreprises, des très grosses entreprises, qui visent un seul objectif : savoir. Savoir ce que prépare la concurrence, savoir ce que la concurrence veut savoir sur elles, savoir ce que les pouvoirs publics mijotent dans leur coin, savoir pour prévoir. Savoir pour gagner.

Au fil des ans et des urgences commerciales imposées par le libéralisme désormais triomphant, tous les grands secteurs de l'économie mondiale (agroalimentaire, automobile, finances, énergie...) ont progressivement souscrit aux règles de ce conflit d'un genre nouveau. Dans le meilleur des cas, c'est-à-dire quand les méthodes utilisées sont légales, on parle d'intelligence économique. Dans le pire, d'espionnage industriel.

Au carrefour de l'industrie lourde et de la géopolitique, le monde de l'armement constitue l'un des domaines d'activités les plus boulimiques en informations tactiques. Dans ce secteur, les enjeux financiers se pèsent en milliards d'euros et c'est ni plus ni moins de la sécurité des nations, donc de l'équilibre de la planète, dont il est question en toile de fond. Avec 2,5 milliards d'euros de chiffre d'affaires, plus de 12 000 collaborateurs et des bâtiments de guerre qui sont de véritables cathédrales de haute technologie, la Direction des constructions navales[1] ne déroge pas à la règle. Comme les autres, elle veut savoir.

L'émergence de cette guerre secrète du renseignement économique, devenue aujourd'hui un enjeu stratégique incontournable pour les sociétés privées mais aussi pour les États, a été « boostée » par un autre phénomène irrésistible. Celui de la désertion des espions partis dans le privé. Hasard qui n'en est en réalité sans doute pas un, l'accélération de cette privatisation du renseignement a coïncidé avec la désintégration du « rideau de fer » et des deux utopies qu'il était censé séparer, entre un Ouest qui se battait pour la « liberté des individus » et un Est qui luttait, lui, pour le « bonheur des peuples ». Un peu comme si la désintégration de l'un des deux blocs avait entraîné une sorte d'affaiblissement général du sens de l'État, signant la fin d'une époque et, par conséquent, le début d'une autre.

C'est ainsi que les années 1990 et la décennie suivante ont vu un nombre considérable d'espions occidentaux

1. La DCN a été rebaptisée DCNS en 2007 suite à son rapprochement avec le groupe Thales, qui détient désormais 24 % du capital de l'entreprise. L'État est actionnaire à 74 %. Le 1 % restant appartient aux salariés.

quitter les services officiels pour monter des cabinets privés de renseignement. Motivation évidente, les grandes sociétés, privées ou publiques, se sont montrées très vite disposées à débourser de jolies sommes pour profiter des réseaux et du savoir-faire de quelques agents secrets en liberté et jouir d'un accès privilégié à des informations de pointe dans leur secteur. Dans les registres des tribunaux de commerce, l'activité de ces cabinets de l'ombre est généralement enregistrée sous l'appellation commerciale de « conseil pour les affaires et la gestion ». En France, la liste est aujourd'hui interminable des officines de ce type, dirigées ici par un ancien colonel de la DGSE, là par un ex-commandant de police à la DST ou là encore par un ancien patron des Renseignements généraux.

L'espion de la DCN

Claude Thévenet, qui deviendra bien malgré lui l'un des hommes-clés de l'affaire de Karachi, est de ceux-là. Loin des intrigues policières, il a débuté sa carrière professionnelle à dix-huit ans, en 1968, à la Société générale, comme simple employé de banque. S'ensuivront deux années au ministère de la Culture dans les étages administratifs. C'est au début des années 1970 qu'il passe de l'autre côté du miroir. Lors de son service national, il fait ses classes comme officier de renseignement au sein d'un escadron de chasse de légende, le « 2/30 Normandie-Niemen », puis participe avec les troupes de Marine à de nombreuses manœuvres outre-mer. Les « marsouins » de l'armée française l'initient alors aux intrusions clandestines et à quelques techniques de sabotage toujours bonnes à connaître.

En janvier 1976, Claude Thévenet intègre l'École nationale supérieure des inspecteurs de police de Cannes-Écluse. Il en ressort avec une affectation à la Direction de la surveillance du territoire (DST), le service de contre-espionnage français. Il intègre la division B, chargée de la « sécurité et protection du patrimoine ». Puis, direction la Polynésie française, entre 1982 et 1987, où il mène des opérations de surveillance sur les mouvements indépendantistes et les antinucléaires. Retour à Paris, ensuite, où il rejoint la Division T, celle de l'antiterrorisme.

Claude Thévenet accède en 1988 au grade d'inspecteur principal (l'équivalent de capitaine aujourd'hui). Dans le même temps, il se spécialise dans ce que l'on nomme, dans les couloirs du contre-espionnage français, le « monde musulman »[1]. En 1991, pendant la première guerre du Golfe dans laquelle les troupes françaises sont engagées, il participe à plusieurs reprises aux réunions de la cellule de crise interministérielle sur l'Irak. Un an plus tard, en 1992, il démissionne de la DST. Officiellement pour « convenance personnelle ». Officieusement du fait de graves divergences de vues avec sa hiérarchie concernant la conduite de l'enquête sur l'attentat du DC-10 d'UTA, dont l'instruction judiciaire est confiée au juge Bruguière. Déjà.

La reconversion pour le capitaine Thévenet sera immédiate. Il passe dans le privé et monte son propre cabinet, baptisé Isis Consultant International (1992-1993), avec l'aide d'un ancien colonel de la Direction générale de la sécurité extérieure (DGSE). Puis il s'associe avec un autre

1. Claude Thévenet signera en 1993 dans *Les Cahiers de l'Orient* une étude de trente pages sur l'islamisme en Turquie titrée « Les activistes du Califat ».

ancien de la DGSE, Michel Mauchand, pour créer TPM International en 1993. Élégant, la démarche droite, le regard franc, Claude Thévenet présente bien et n'a rien de la barbouze en treillis. Il connaît tous les rouages de l'espionnage, parle anglais et espagnol couramment et a suivi des formations de mandarin et d'arabe oriental. Les contrats abondent vite grâce à la toile de son réseau. Son *curriculum vitae*, que des policiers découvriront dans les locaux de la DCN lors d'une perquisition, fait mention de missions dans une dizaine de pays (Taïwan, Liban, Pakistan, Birmanie, Mexique, États-Unis...) afin de parer à des tentatives de déstabilisation contre certains de ses clients, des « groupes français » dont les noms ne sont pas mentionnés, comme c'est l'usage dans ce milieu naturellement opaque.

Claude Thévenet a ceci de particulier qu'il suscite des avis parfaitement contradictoires sur sa personne. Il n'a pas forcément laissé un souvenir impérissable à la DST, si l'on en croit quelques anciens de la maison que nous avons contactés. L'un d'entre eux, qui n'a toutefois pas souhaité s'exprimer publiquement, a même mis en garde sur sa crédibilité, au motif qu'il écrirait des romans. Ce qui est parfaitement exact. Claude Thévenet – il ne s'en cache d'ailleurs pas – est l'auteur de deux polars, *Opération Dédale*, paru en 1999, et *Les Loups de Mindanao*, sorti l'année suivante[1]. Mais pour d'autres, il fut au contraire un excellent agent, rusé et tenace. En février 2003, la lettre spécialisée *Intelligence Online* classe sa société parmi les meilleurs cabinets français de renseignements privés, dans la catégorie « gestion des risques et investigations ».

Claude Thévenet décroche sa première mission pour la DCN en 1994. Il s'agit alors de vérifier la fiabilité d'un

1. Les deux ouvrages ont été publiés aux éditions Flammarion.

intermédiaire en marge d'un contrat. La collaboration se poursuivra sans discontinuer jusqu'en 2005, date de ses premiers déboires. La DCN lui assure alors de confortables revenus, de l'ordre de 500 000 euros sur les cinq dernières années. Son principal référent au sein de l'entreprise d'armement est Gérard-Philippe Menayas, directeur administratif et financier de DNC International (DCN-I), la structure commerciale de la DCN.

Outre M. Menayas, Claude Thévenet a eu l'occasion d'expliquer aux policiers avoir rencontré dans le cadre de ses missions « l'ensemble des dirigeants » de la DCN et de sa filiale commerciale. Il cite notamment les noms de Jean-Marie Poimbœuf, P-DG de la DCN, ou d'Alex Fabarez, directeur général délégué[1]. Les rendez-vous avaient parfois lieu au siège parisien de la DCN, rue du Colonel-Avia dans le XVe arrondissement, ou, plus souvent, dans des hôtels de luxe, notamment lors de ses rencontres avec MM. Menayas et Fabarez. La confidentialité confinant à la paranoïa, les méthodes utilisées pour que les uns et les autres se croisent discrètement relevaient du roman d'espionnage. « Je louais une suite à l'hôtel Sofitel, porte de Sèvres, où nous arrivions à des horaires décalés afin de ne pas être vus ensemble. Ces méthodes étaient à l'initiative de Fabarez », a raconté Claude Thévenet[2]. Et pour couronner le tout, chacun avait un nom de code. Ainsi, Gérard-Philippe Menayas se faisait-il appeler « Victor » et Claude Thévenet devenait-il « Jérémy ».

Il faut dire que les missions confiées à Claude Thévenet, qui lui ont valu en 2008 une mise en examen dans une affaire de « corruption, abus de biens sociaux, violation du

1. Procès-verbal d'audition de Claude Thévenet par la Division nationale d'investigations financières (DNIF) du 24 juin 2008.

2. *Ibid.*

secret professionnel et de la Défense nationale » instruite par deux juges financiers parisiens, n'étaient pas de simples revues de presse. Des enquêtes confidentielles de la plus haute sensibilité lui ont immédiatement été confiées par l'état-major de la DCN.

Le juge Jean-Pierre, alias « Murat »

La première d'entre elles a trait à l'affaire des frégates de Taïwan, avec ses intermédiaires douteux, ses enjeux industriels phénoménaux, ses soupçons de corruption politique jamais élucidés, ses morts suspectes… Et, en bout de course, une raison d'État qui a agi dans ce dossier hors norme comme une porte blindée, rendant vains les efforts de la justice – plus exactement du juge Renaud Van Ruymbeke. La DCN a toujours joué gros dans cette affaire. Partenaire du groupe Thales dans la vente des six frégates La Fayette en 1991 à la République de Chine (le nom officiel de Taïwan), le groupe naval vit depuis sous la menace d'une sanction financière colossale. Taïwan réclame en effet auprès d'une cour arbitrale suisse la condamnation de la France pour le versement de commissions en marge du contrat – ce que ledit contrat excluait explicitement. L'amende peut se chiffrer en centaines de millions d'euros. Et la DCN se voit mal assumer seule une telle condamnation.

C'est la raison pour laquelle ont été mises sur pied plusieurs missions parallèles confiées à Claude Thévenet. Avec un mot d'ordre manifeste : tout est bon à prendre dans ce dossier. Il s'agira, tout à tour, de sonder « le plus haut niveau de la hiérarchie de Thales[1] », de récupérer des

1. PV d'audition de Claude Thévenet par la DNIF du 25 juin 2008.

documents confidentiels à Taïwan, de « recueillir des informations sur l'humeur de l'entourage du président Chirac », d'enquêter sur le juge Van Ruymbeke – en charge à Paris de la procédure judiciaire sur les frégates – ou, même, de récupérer les fameux listings Clearstream avant que ceux-ci ne se révèlent truqués. Chaque mission, chaque nom, chaque source bénéficie d'un nom de code. L'Élysée devient « Chambord », l'industriel Alain Gomez est « Proton » et une mission taïwanaise sera baptisée « Mandarin ».

Les recherches sont fructueuses. En décembre 2003, Claude Thévenet parvient par exemple dans le cadre de « Mandarin » à se procurer un document officiel, classifié à Taïwan. « Il s'agissait de la liste de toutes les personnes ayant eu à connaître le dossier "Bravo" [nom donné à la vente des frégates] et celles suspectées d'avoir fait l'objet de corruption. Il s'agissait d'un document en mandarin que je fais traduire », confiera-t-il plus tard aux juges. L'ancien agent de la DST assure avoir obtenu ce document auprès d'un ancien enquêteur du cabinet privé Pinkerton, une source parlant chinois et très bien implantée dans les milieux militaro-industriels taïwanais.

Pour ses investigations sur les frégates, Claude Thévenet dit avoir un allié de poids : Thierry Jean-Pierre – alias « Murat » –, ancien juge d'instruction devenu député européen (sur les listes de Philippe de Villiers, puis du RPR) et avocat. Décédé d'un cancer en 2005, la veille de ses cinquante ans, Thierry Jean-Pierre a toujours été passionné de renseignement et d'affaires secrètes. Pour un enquêteur privé comme Claude Thévenet, qui prononcera l'oraison funèbre du défunt magistrat, c'est une source de premier choix. Il a ses entrées partout, ou presque. La liste de ses contacts est étendue, dans la politique, la magistrature ou l'industrie. Il est à la fois l'ami de Brice Hortefeux, présent le jour de ses obsèques, et du juge Renaud Van Ruymbeke, un « chevalier anti-corruption » comme lui. Surtout, l'affaire des frégates le passionne à ce point qu'il lui consacrera un livre en 2003[1].

D'après Claude Thévenet, c'est Thierry Jean-Pierre qui récupéra en juillet 2004 pour le compte de la DCN les fichiers Clearstream, à l'époque où ce qu'ils étaient censés contenir, à savoir la liste de 228 personnalités impliquées dans un vaste réseau de corruption internationale (notamment en marge de contrats d'armement), inquiétait au plus haut sommet de l'État et nourrissait tous les fantasmes[2]. Les listings se révéleront quelques mois plus tard être le fruit d'une grossière manipulation. Quoique mise totalement hors de cause, la chambre de compensation luxembourgeoise laissera, bien malgré elle, son nom à l'affaire politico-judiciaire grandguignolesque que l'on sait, entre un président de la République calomnié (Nicolas Sarkozy) et un ancien Premier ministre accusé puis relaxé (Dominique de Villepin). Reste qu'en 2004, certains à la DCN semblaient les vouloir à tout prix, ces fichiers, notamment pour vérifier si certains dirigeants du groupe n'y figuraient pas. Thierry Jean-Pierre fut rémunéré pour l'occasion 15 000 euros en espèces par son mandataire direct, Claude Thévenet. Les listings ont été remis sous la forme d'un CD-ROM, contenant un annuaire papier de 4 000 pages avec 31 000 noms d'organismes bancaires et quelques personnalités répertoriés. « J'ignore comment Thierry

1. Thierry Jean-Pierre, *Taïwan Connexion : scandales et meurtres au cœur de la République*, Robert Laffont, 2003.

2. L'hebdomadaire *Le Point* fut le premier journal à donner du crédit aux listings Clearstream en publiant, le 8 juillet 2004, une longue enquête sous le titre « L'affaire d'État qui fait trembler toute la classe politique ».

Jean-Pierre se l'était procuré », affirmera en 2008 Claude Thévenet à la police.

Ce type de documents s'obtient rarement gratuitement. Il faut payer, donc il faut corrompre, toujours en liquide, pour décrocher le Graal. Claude Thévenet ne l'a jamais nié : « Les consultants ou correspondants que je rémunérais ont effectivement dû corrompre leurs sources pour obtenir les renseignements ou documents qu'ils me fournissaient contre paiement[1]. » Plus embarrassant, selon lui, « le groupe DCN-I qui [l']employait [...] avait parfaitement conscience des moyens qui étaient employés pour répondre à leurs attentes. [...] Cela doit être pour cette raison que nos rendez-vous avaient un caractère clandestin et qu'aucun financement ne passait officiellement par la France ». Claude Thévenet n'était en effet jamais rémunéré directement par la DCN mais par une société luxembourgeoise historiquement liée à elle, Eurolux.

Pour l'ancien de la DST, les ennuis ont commencé en 2005 à la suite d'un banal contrôle fiscal, qui s'est vite transformé en affaire judiciaire peu ordinaire après que les enquêteurs de la Division nationale d'investigations financières (DNIF) de la police judiciaire eurent mis au jour ses méthodes d'enquête privée, très éloignées des préconisations du code de déontologie. Car si le travail de Claude Thévenet est efficace, il n'en demeure pas moins pour partie illégal. Outre la corruption de sources françaises ou étrangères pour obtenir des documents confidentiels, les policiers de la DNIF ont aussi découvert que leur ancien collègue de la DST avait pu accéder aux relevés bancaires de certaines des cibles désignées par son employeur, en

1. Procès verbal d'audition de Claude Thévenet par la DNIF du 25 juin 2008.

détournant le Fichier national des comptes bancaires et assimilés (Ficoba).

Lors d'une audition en 2008 devant les enquêteurs, Claude Thévenet ne s'est pas fait prier pour raconter que, comme beaucoup d'anciens policiers passés dans le privé, il avait conservé des liens très étroits avec son ancienne maison. « J'avais des officiers traitants de la DST qui ont été successivement le commissaire Emmanuel B. et le capitaine Philippe O. qui étaient au courant du fait que je me procurais des Ficoba, des relevés bancaires et tous documents en relations avec des renseignements fiscaux ou bancaires grâce à Mme D. [une détective privée dont le mari travaille à la DGSE]. » S'il ne conteste pas avoir commis des actes répréhensibles au regard de la loi, Claude Thévenet affirme l'avoir fait au nom de l'intérêt général. « En travaillant pour la DCN/DCN-I, je travaillais pour l'État, pour le gouvernement et à aucun moment je n'ai eu l'impression de trahir mon pays. »

À l'été 2005, Claude Thévenet activera ses réseaux pour tenter de mettre un terme à ses premiers déboires, fiscaux notamment. À la fin du mois d'août, il écrit une lettre à Brice Hortefeux, alors ministre délégué aux Collectivités territoriales, pour lui demander d'intercéder en sa faveur auprès de son camarade du Budget, Jean-François Copé. Dans ce courrier, on peut notamment lire : « S'il est vrai que des fonds ont transité vers des sociétés au Luxembourg et en Belgique dont nous sommes également associés à parts égales, M. Mauchand et moi-même, ceux-ci ont servi pour l'essentiel la rétribution de sources et le paiement de documents confidentiels nécessaires à la défense des intérêts de nos clients. » Comprendre la DCN, donc l'État. « Ce document très confidentiel n'a été communiqué qu'à M. Hortefeux, puis à M. Copé par ce dernier », nous confirme Claude Thévenet. Mais sans succès.

Aujourd'hui, le dossier « Thévenet/DCN » est toujours en cours d'instruction au Palais de justice de Paris sous la conduite des juges financiers Françoise Desset et Jean-Christophe Hullin. Deux figures de la justice parisienne. La première, doyenne des juges d'instruction du pôle financier, aux allures d'institutrice avec ses fines lunettes posées sur le bout du nez, est réputée pour son austérité et sa rigueur. Le second, quarante-sept ans, est un magistrat à la fois espiègle et impétueux, qui s'était fait connaître pour ses enquêtes dérangeantes lorsqu'il officiait à Monaco. Outre le principal intéressé, les magistrats ont également mis en examen l'ancien directeur administratif et financier de DCN-I, principal référent de Claude Thévenet au sein du groupe d'armement. Licencié sans ménagement dès le début de l'enquête judiciaire, Gérard-Philippe Menayas refuse cependant de porter seul le chapeau des « dérives » de l'espion privé, « alors que toute la hiérarchie était au courant », selon lui. « Je ne faisais que retransmettre à M. Thévenet ce qui m'était demandé[1] », a juré le haut fonctionnaire lors d'une confrontation dans le bureau des juges, citant pour preuve de sa bonne foi l'existence de factures réglées au cabinet de Claude Thévenet et visées par Philippe Japiot, président de DCN-I, et Alex Fabarez, directeur général délégué. Certaines de ses factures ont été récupérées par la justice.

« On ne fait pas chanter la France »

L'affaire aurait pu en rester là. Mais voilà, le hasard a forcé la main du destin et celles de quelques policiers. Lors d'une vague de perquisitions menée au siège de la DCN à

1. Procès-verbal de confrontation du 24 septembre 2009.

Paris, les enquêteurs de la DNIF découvrent une série de rapports anonymes frappés d'un étrange nom de code : « Nautilus ». Sans doute un clin d'œil au sous-marin immortalisé par Jules Verne dans *Vingt mille lieues sous les mers*. Car il est bien, ici aussi, question de sous-marins. Il s'agit en réalité des résultats d'une mission d'enquête de plusieurs mois sur les causes de l'attentat de Karachi. Le premier rapport « Nautilus » est daté du 13 mai 2002 (soit cinq jours après l'attentat) ; le sixième et dernier, du 12 novembre de la même année.

D'après les termes de la mission, il s'agit pour Claude Thévenet de « vérifier l'état de l'enquête en cours au Pakistan ; de s'assurer que DCN-I ne peut pas être poursuivi pour insuffisance de sécurité [ce qu'elle sera] ; de rechercher sur qui rejaillit la responsabilité de l'attentat ; de tenter d'identifier toute menace contre le contrat ou DCN-I ». Dans le seul entretien qu'il accordera plus tard à un média[1], Claude Thévenet livrera les véritables visées de Nautilus. Selon lui, la « hiérarchie » de la DCN « avait des doutes quant aux informations qu'elle recevait des services officiels ». « Elle craignait que, pour des raisons que j'ignore, elles ne soient déformées ou tronquées. À la réflexion, aujourd'hui, je me demande si mon interlocuteur, ou sa hiérarchie, n'était pas conscient des véritables causes du drame. »

Les conclusions générales du premier rapport Nautilus – celui du 13 mai 2002 – laissent à penser que son auteur est sans illusions : « Il ne faut s'attendre à aucun résultat probant quant aux investigations menées par les services officiels pakistanais. Les véritables enquêtes seront le fait des services français et américains. Il est donc à craindre que des contrevérités et des éléments de désinformation circulent en particulier à destination des médias mais

1. *Mediapart*, 6 juillet 2009.

aussi vers la DCN. » Claude Thévenet ajoute : « À Karachi, on doute que la France ait pu être cette cible, à moins que le but était de détériorer les relations commerciales entre le Pakistan et notre pays. Dans cette hypothèse, il y a peu de probabilité qu'Al-Qaida soit à l'origine de cette sanction. »

Brossant quelques éléments d'enquête dont certains ont déjà filtré dans la presse, l'auteur de Nautilus conclut qu'« à l'heure actuelle, le plus grand flou existe aussi bien quant aux auteurs qu'aux mobiles. [...] Nous pourrions développer à l'infini les diverses théories évoquées par les différents investigateurs (certains Pakistanais allant jusqu'à accuser l'Inde d'être derrière cet attentat...) ».

Le deuxième rapport Nautilus est daté du 26 juin 2002. Il tient en treize lignes. Les informations qu'elles contiennent sont de celles qui marquent. Les voici :

« Depuis plusieurs années la DGSE s'est vu confier la mission d'appuyer de ses moyens nos exportateurs, notamment en matière d'armement. Ceci n'est pas sans provoquer un certain mécontentement chez les militaires qui s'estiment détournés de leurs véritables buts et engagés dans des opérations financières qui les dépassent et des "coups tordus nauséabonds (sic)". Il y a quelque temps (sans doute un an et demi ou deux ans, voire plus), dans le cadre du contrat de fourniture de sous-marins Agosta au Pakistan, une demande de commission supplémentaire de la part d'officiels pakistanais s'est soldée par l'envoi d'une équipe du service action de la DGSE avec pour mission de faire passer le message "qu'on ne faisait pas chanter la France". Au moins un ressortissant pakistanais aurait perdu la vie au cours de cette opération "homo". »

Dans la nomenclature des services secrets français, une opération « homo » est synonyme d'assassinat ciblé ou, à tout le moins, d'actions musclées. Selon des anciens agents de la DGSE que nous avons interrogés, elles sont le fait de commandos spécialisés, les groupes « Alpha », dont la base arrière se situe, en France, dans la région d'Orléans.

Interrogé en 2009 par le nouveau juge en charge de l'enquête sur l'attentat de Karachi, Marc Trévidic, Claude Thévenet affirme être « persuadé » que l'intervention de la DGSE qu'il mentionne dans sa note du 26 juin 2002 « avait eu lieu après l'attentat[1] ».

– Quand on lit ce document, on peut penser que la référence « un an et demi ou deux ans » se rapporte à la demande commissions supplémentaires et non pas l'intervention de la DGSE : qu'en pensez-vous ? questionne le juge.

– Dans mes souvenirs, la demande de commissions supplémentaires était effectivement avant l'attentat, mais l'intervention de la DGSE après. Cela m'avait été confirmé par un ancien de la DGSE, répond Claude Thévenet.

Au juge Trévidic qui lui demande s'il ne croit pas que l'acte déclencheur de cette mission du service Action de la DGSE dont l'objet aurait donc été de faire comprendre à des officiels pakistanais « qu'on ne fait pas chanter la France » n'est pas, précisément, l'attentat de Karachi, l'ex-agent de la DST rétorque : « C'est mon intime conviction. » Sans livrer de nom, Claude Thévenet assure tenir cette information d'anciens membres de la DGSE rencontrés lors d'un séminaire à Kourou, en Guyane, organisé par sa société d'intelligence économique. « Le fait "qu'on ne fait pas chanter la France" m'apparaît très clair dans ce contexte. C'est pourquoi je n'ai pas de doutes sur le lien entre l'attentat et le non-versement de commissions », précise-t-il encore au juge Trévidic.

1. Procès-verbal d'audition du 14 mai 2009.

Le souci est que le séminaire guyanais de 2002 a eu lieu au mois de novembre : or, les informations de Nautilus datent, elles, de juin. Claude Thévenet admet aujourd'hui s'être trompé dans le bureau du juge : « C'est bien l'un des anciens du service Action de la DGSE participant à ces séminaires qui m'en a parlé, mais cela s'est passé à Paris et non à Kourou, au début de l'année 2002. D'où ma confusion[1]. »

Une dizaine d'anciens de la DGSE qui ont participé à ces fameux séminaires ont été interrogés à la demande du juge Trévidic fin 2009 par des agents de la Direction centrale du renseignement intérieur (DCRI, surnommé le FBI français) pour tenter d'éclaircir cet épisode. Comme un seul homme, tous, ou presque, ont eu des mots très durs, parfois exactement les mêmes, à l'endroit de Claude Thévenet, jugeant sa thèse « absurde », « peu crédible », « aberrante », « invraisemblable ». Un seul d'entre eux, Philippe B., a dit aux policiers de la DCRI que ce type d'opérations « homo » de la DGSE lui paraissait « possible », mais qu'en tout état de cause « Thévenet ne pouvait certainement pas avoir eu accès à de tels renseignements ». « Je ne vois pas comment j'ai pu inventer cela ! C'est d'ailleurs cette information qui a emporté ma conviction dans l'affaire de Karachi », se défend de son côté Claude Thévenet.

Sans autre élément d'information fiable, il est objectivement impossible d'attester ou non de la réalité d'une telle opération « homo » de la DGSE. Néanmoins, il n'est pas inutile d'avoir à l'esprit quelques éléments. Pour commencer, *Le Canard enchaîné* donnera, dans un article publié le 1er juillet 2009, quelques précisions, jusqu'alors inconnues, sur les cibles et les conséquences de cette hypothétique

1. Entretien avec les auteurs.

opération, tout en gardant ses distances avec l'information. « Après l'attentat de Karachi, écrit l'hebdomadaire, les actions en représailles ont été, semble-t-il, fort modestes. Vrai ou faux, il se dit, à la DGSE, qu'une action de commando a visé trois officiers de marine, dont un amiral, et un officier de l'armée de terre. Tous auraient été sérieusement tabassés, rien de plus, en guise de leçon. »

Autre indication, le principe d'une mission « homo » ne paraissait pas inconcevable à cette époque si l'on se plonge dans la lecture des notes personnelles[1] du général Philippe Rondot, ancien responsable des opérations spéciales au ministère de la Défense (1997-2005). Dans l'une d'entre elles, datée du 8 octobre 2001, le militaire fait ainsi état d'un rendez-vous avec le général Thorette. Ce dernier lui aurait indiqué que le ministre de la Défense alors en place, le socialiste Alain Richard, avait évoqué des « projets homo » en Afghanistan lors d'une réunion de cabinet. Tabou par excellence de l'activité des services secrets occidentaux, les opérations de ce type n'ont jamais fait (et ne feront jamais) l'objet de confirmation officielle. Interrogé en 2008 au sujet des éléments contenus dans Nautilus sur cette question, un ancien directeur de cabinet du patron de la DGSE n'a d'ailleurs donné aucune suite à nos demandes. Sollicitée à plusieurs reprises par mail début 2010, la DGSE n'a pas non plus souhaité s'exprimer. Le black-out est total.

Enfin, une source fiable rapporte avoir déjeuné, à l'automne 2008, avec un ancien cadre de la DGSE qui lui aurait fait part de l'existence d'une opération de représailles des services secrets au Pakistan après l'attentat de Karachi. Le mot d'ordre : « Casser des genoux. »

1. Ces notes ont été saisies en marge de l'affaire Clearstream, dans laquelle le général Rondot a joué un rôle capital.

Le réseau El-Assir

Vient ensuite le troisième rapport Nautilus, plus dense, plus circonstancié et plus spectaculaire que les précédents. Daté du 11 septembre 2002, il permet à son auteur de tirer ses premières conclusions sur les causes de l'attentat de Karachi, quatre mois après l'attaque-suicide. Personne à la DCN, destinataire de ce rapport, n'a cru devoir le communiquer à la justice française. Trop gênant ? Il faut dire que les révélations qu'il contient cadrent mal avec la thèse officielle d'une attaque islamiste perpétrée par Al-Qaida.

« Après de nombreux contacts, tant en Europe qu'au Pakistan, nous parvenons à la conclusion que l'attentat de Karachi du 8 mai 2002 a été réalisé grâce à des complicités au sein de l'armée et au sein des bureaux de soutien aux guérillas islamistes de l'ISI », est-il écrit dès l'entame du document. L'ISI, pour Inter-Services Intelligence, constitue le plus puissant des services de renseignements pakistanais. Une sorte d'État dans l'État.

Le rapport poursuit :

« Les personnalités militaires ayant instrumentalisé le groupe islamiste qui a mené à bien l'action poursuivaient un but financier. Il s'agissait d'obtenir le versement de commissions non honorées, et promises par le réseau El-Assir lors de la signature du contrat de septembre 1994. L'annulation de ces commissions avait été décrétée en 1995, à la suite de l'alternance politique en France, et visait à assécher les réseaux de financement occulte de l'Association pour la réforme d'Édouard Balladur. Le financement singulier de l'acquisition des sous-marins par le Pakistan, grâce à un portage ordonné par la famille royale saoudienne, a longtemps laissé supposer un arrangement amiable sur le non-paiement de ces commissions. Les liens entre le président français et les dirigeants saoudiens le permettaient théoriquement. Cependant, la décision du 12 janvier 2002 du président Pervez Musharraf de stopper le financement des guérillas islamistes au Pakistan a rompu cet équilibre, localement, conduisant plusieurs chefs militaires à choisir un mode d'opposition fondé sur la violence politique. »

Découpé en trois parties inégales, le document commence par détailler le rôle des différents « intermédiaires opérationnels » apparus à l'occasion de la vente de trois sous-marins Agosta au Pakistan par le gouvernement Balladur, en 1994. Claude Thévenet écrit que c'est en réalité l'Arabie saoudite qui « a subventionné l'essentiel du contrat » au profit des Pakistanais, ceci expliquant « la présence, à divers stades des négociations, de l'intermédiaire Cheikh Ali Bin Mussahalam, ancien grand chambellan du roi Fadh ».

Mais le nom qui revient le plus souvent dans ce troisième rapport Nautilus est celui d'un homme d'affaires libanais, Abdul Rahman El-Assir, l'un des principaux intermédiaires du contrat Agosta avec un autre Libanais, Ziad Takieddine. Selon Nautilus, El Assir « possédait alors deux avantages ». *Primo*, c'était « un ami » d'Asif Ali Zardari, le mari du Premier ministre pakistanais de l'époque, Benazir Bhutto, qui « incarnait la clé des contrats de la puissance publique au Pakistan ». *Secundo*, « El Assir intervenait déjà dans le contrat Sawari II avec l'Arabie saoudite et avait préparé une partie du système de financement de la campagne balladurienne [pour l'élection présidentielle de 1995], garantissant au projet pakistanais un soutien du gouvernement de l'époque ».

La deuxième partie du rapport porte sur « les systèmes de rétribution occultes mis en œuvre et leurs évolutions ».

Au Pakistan, d'abord.

Selon Nautilus, Abdul Rahman El-Assir « a planifié l'enrichissement du clan Bhutto, au terme d'un accord entre les époux ».

Mais ce n'est pas tout :

« Abdul Rahman El-Assir a acheté à son tour l'aval du chef d'état-major de la marine, Mansurul Haq, comme l'ont montré les récentes investigations lancées contre lui à Islamabad (interpellé en 1997 aux États-Unis puis extradé vers le Pakistan). Cependant, il ne s'agissait pas d'un simple acte d'enrichissement personnel. Le général Haq se servait de ce type de contrat d'armement pour dégager des crédits afin de financer les guérillas islamistes du Cachemire et de la Zone tribale, comme l'ont fait la plupart des officiers supérieurs intervenant sur les achats de matériels (ces informations nous ont été confirmées par plusieurs enquêteurs des Nations unies travaillant au Pakistan et en Afghanistan). Le général Haq a, en particulier, utilisé ce contrat pour libérer des fonds pour le bureau des affaires afghanes de l'ISI que dirigeait alors le général Aziz Khan. Ce bureau a été en particulier à l'origine du recrutement à Londres, par le poste de l'ambassade, du chef islamiste Cheikh Omar Saeed (information confirmée par un cadre du Foreign Office qui cite un rapport du MI6)[1]. Ce leader religieux est considéré comme un défenseur de la cause islamiste à la solde des militaires et de l'ISI, trahi par les décisions de Pervez Musharraf du 12 janvier 2002 qui stoppe le financement et l'appui des mouvements radicaux. L'attentat de Karachi a été perpétré deux jours avant l'ouverture du procès d'Omar Saeed. »

En France, ensuite :

---

1. Le Foreign Office est le ministère des Affaires étrangères britannique. Et le MI6, les services secrets extérieurs anglais.

« Le réseau El-Assir, affirme Nautilus, a eu pour principale fonction d'assurer le financement de la campagne d'Édouard Balladur. » Ce serait, d'après le rapport, l'ancien ministre de la Culture Renaud Donnedieu de Vabres qui aurait présenté Abdul Rahman El-Assir à l'un des dirigeants de la DCN, Emmanuel Aris, chargé du contrat Agosta. À cette époque, entre 1993 et 1995, Renaud Donnedieu de Vabres était le bras droit de François Léotard, le ministre de la Défense du gouvernement Balladur.

« Après l'échec de sa candidature [d'Édouard Balladur], au printemps 1995, ce financement devait être transféré à l'Association pour la réforme, située 40, rue Pierre-Charron, destinée à poursuivre le mouvement initié par les balladuriens », continue Nautilus. Qui se fait de plus en plus précis : « Les valises d'argent étaient déposées à la boutique Arij, située au rez-de-chaussée du 40 rue Pierre-Charron, avant de monter dans les étages (boutique tenue par la veuve de Georges Chalouhi, marchand d'armes libanais). »

Carla Chalouhi, la fille de Georges et actuelle propriétaire de l'horlogerie de luxe Arije[1], est tombée des nues lorsque nous lui avons fait part, à l'automne 2008, des informations contenues dans Nautilus. « C'est vrai que l'association de M. Balladur se trouvait juste au-dessus de nous mais je ne connais rien de ce qui est raconté là ! Et mon père n'a jamais vendu d'armes, qu'est-ce que c'est que cette histoire ? » s'est étonnée la jeune femme, dont une bonne partie du commerce doit son florissant succès à sa

1. Le nom de la boutique prend un « e », contrairement à l'orthographe mentionnée dans Nautilus. Elle est par ailleurs située, comme l'était l'Association pour la Réforme, au n° 50 de la rue Pierre-Charron et non au n° 40.

riche clientèle proche-orientale ainsi qu'à quelques célébrités.

Carla Chalouhi s'est toutefois remémoré une étrange anecdote. « Je suis troublée, ce n'est pas la première fois que quelqu'un vient me parler de cela. Il y a quelques années déjà, quelqu'un qui s'était présenté comme journaliste était venu me poser des questions sur le même sujet. Cela m'avait inquiétée parce que j'avais déjà remarqué cette personne dans la rue, à plusieurs reprises, rôdant près de la boutique... »

Nautilus raconte ensuite comment Jacques Chirac, sitôt élu président de la République en mai 1995, a « ordonné de cesser toute rémunération du réseau El-Assir » en s'appuyant sur un homme d'affaires qui lui fut proche, Patrick Maugein[1], et son ministre de la Défense de l'époque, Charles Millon. « La prise en main par Patrick Maugein a été effective courant 1996, et a abouti à cesser les versements aux balladuriens et aux islamistes de l'ISI », assure Nautilus.

Un « revirement » qui s'est soldé par l'envoi « de messages menaçants à des fonctionnaires français, et émanant de ressortissants libanais », rapporte Claude Thévenet, qui cite, comme exemple, une tentative d'attentat contre un diplomate français au Pakistan (épisode évoqué dans le chapitre « Al-Qaida, forcément Al-Qaida », p. 35). Les informations de Nautilus sont très précises sur ce point : « Il s'agit notamment d'une bombe placée sous le véhicule de l'épouse d'un fonctionnaire, au mois de février 2002, sans que le détonateur ait été préalablement actionné. »

Avec moins de certitudes, Nautilus fait également un possible lien entre ces événements et l'enlèvement, à la

1. Patrick Maugein est décédé le 5 décembre 2006.

même période, du journaliste américain Daniel Pearl, dont la femme, Marianne, est « française et travaille pour RFI ». Claude Thévenet souligne dans son rapport que dans les « premiers textes de revendications » des ravisseurs, il est notamment « demandé aux Occidentaux d'honorer leurs engagements sur des marchés d'armement ».

Puis, l'ancien agent de la DST en arrive à la conclusion. Sa conclusion. Terrifiante. Pour lui, l'attentat du 8 mai 2002 contre les Français de la DCN est « le résultat d'une planification militaire ».

Ainsi :

« Nous avons pu confirmer, par des sources judiciaires et diplomatiques locales[1], que les dégâts occasionnés résultent du placement d'une mine magnétique sur le bus, à l'endroit précis où la camionnette contenant des explosifs s'est collée au bus. Ce *modus operandi* plaide pour une participation des correspondants du bureau afghan de l'ISI. Ce dernier, lâché par le pouvoir politique depuis janvier 2002, recherche ses propres modes de financement et a entrepris de reprendre les "dossiers impayés". Pour exécuter l'action, il a pu sans difficulté manipuler des partisans d'Omar Saeed, au moment où s'ouvrait son procès. »

1. Dans un entretien publié par le site *Mediapart* le 6 juillet 2009, Claude Thévenet, interrogé sur ses sources, M. Thévenet avait parlé d'« un ancien officier du SAS [Special Air Service, unité antiterroriste britannique] qui avait fait ses classes avec le président pakistanais [de 1999 à 2008] Pervez Musharraf », mais aussi d'« un ex-agent du MI6 [l'équivalent anglais de la DGSE] que [lui] avait présenté, bien longtemps avant, un ancien du cabinet d'investigation anglo-saxon Kroll », ou encore d'« un journaliste pakistanais, qu'[il] savai[t] proche de l'ISI [les services secrets pakistanais], qui [lui] a confirmé que la piste d'un règlement de comptes anti-français, non imputable à la mouvance islamiste, était la piste la plus vraisemblable. »

Mais aussi précis soit-il dans certains de ses développements, ce troisième rapport Nautilus ne peut être pris pour argent comptant. De fait, il n'apporte pas les éléments de preuve de ce qu'il avance, notamment sur le point de bascule entre l'arrêt du versement de commissions en 1996 et la réalisation de l'attentat six ans plus tard. Cependant, un tel document, qui, rappelons-le, date de septembre 2002, aurait dû obliger la justice à s'intéresser très tôt à d'autres pistes d'enquête que celle du terrorisme islamiste. À condition qu'elle en ait eu connaissance en temps et en heure. Car personne à la direction de la DCN n'a cru bon de communiquer en 2002 ces éléments au juge Bruguière, qui s'est enferré avec entêtement dans une version de l'histoire dont on peut, sans peine, douter de la fiabilité aujourd'hui.

Les fiches de personnalité de la DGSE

Des trois rapports Nautilus restants, un seul suscite un réel intérêt. Il est daté du 7 novembre 2002 et peut se lire comme une prolongation de celui de septembre. S'éloignant des aspects purement terroristes, il se focalise plutôt sur la dimension financière de l'affaire. Première « cible » du rapport, l'intermédiaire Abdul Rahman El-Assir. Encore lui. Le portrait qu'en dresse Claude Thévenet n'est guère reluisant. Dès la troisième ligne du document, le ton est posé : El-Assir est « en relations avec des réseaux criminels » et « les services de sécurité français le savaient depuis le courant de l'année 1991 ». Pour en attester, l'auteur de Nautilus certifie avoir obtenu une fiche de personnalité émanant de la DGSE qui retrace l'essentiel des activités d'Abdul Rahman El-Assir entre 1983 et 1991.

Il commente :

« Outre les éléments d'identité et de biographie (noter l'existence d'un passeport marocain, libanais et surtout d'un passeport diplomatique somalien), cette source mentionne les diverses interventions de l'intéressé pour le compte de Dassault (l'industriel historiquement le mieux placé au Pakistan, au moment des négociations pour l'Agosta 90B). Nous relevons qu'en 1987, El-Assir, administrateur d'une société dénommée Commerce extérieur, est suspecté d'abriter des activités criminelles, en particulier des ventes d'armes et de drogue. Il agirait dans ce cadre en relation avec son frère, Mohamed Rabih El-Assir. Nous relevons qu'en 1991, le poste de la CIA de Rabat l'a soupçonné de se livrer à des blanchiments de capitaux. »

Au paragraphe suivant, on peut lire :

« Il a été porté à notre connaissance une fiche de la DGSE portant le chiffre 1 en sous-impression et rédigée à la même période (ce marquage signifie que la fiche était seulement destinée au directeur général du service). Celle-ci porte sur les relations financières développées entre El-Assir et Édouard Balladur. Il ne nous a pas été possible de prendre connaissance du contenu complet de ce document. »

L'autre « cible » du rapport est un homme d'affaires pakistanais dénommé Amir Lodhi, le frère de Maleeha Lodhi, ancienne ambassadrice du Pakistan aux États-Unis. Ses éléments biographiques ne semblent pas plus flamboyants que ceux d'Abdul Rahman El-Assir :

« [Amir Lodhi] est défavorablement connu aux États-Unis par les services du FBI pour son rôle dans le scandale de la BCCI[1]. Cependant, au mois de juillet 1993, le

1. Fondée au Pakistan en 1972, la Bank of Credit and Commerce International, associée à plusieurs activités de blanchiment pour le compte d'organisations criminelles et terroristes, a connu une faillite retentissante en 1991.

procureur du district de Manhattan, Robert Morgenthau, lui a accordé l'immunité en contrepartie d'un témoignage à charge contre les instigateurs des opérations de blanchiment et de portage réalisées par la BCCI. Très présent sur les marchés d'armement, Amir Lodhi a longtemps possédé un cabinet de conseil juridique établi à Paris. »

Selon Nautilus, Lodhi fut pour le clan Balladur le « coordinateur des opérations de rétrocommissions entre la France et le Pakistan » en marge du contrat Agosta :

« Le schéma de distribution qui a prévalu semblait le suivant : Amir Lodhi était responsable des rémunérations occultes des décideurs politiques, tandis que l'amiral Mansurul Haq [chef d'état-major de la marine pakistanaise condamné pour corruption dans ce dossier] prenait en charge les versements pour l'armée et les services de soutien aux guérillas islamistes de l'ISI. Les distributions opérées par Amir Lodhi s'effectuaient selon un ordre établi par Asir Ali Zardari, mari du Premier ministre Benazir Bhutto. »

Asif Ali Zardari est aujourd'hui le président du Pakistan. Côté français, l'homme politique qui fut, entre 1993 et 1995, le ministre du Budget du gouvernement Balladur, celui qui eut donc à valider tous les plans de financement des contrats d'armement signés à cette période, était également son principal lieutenant pour l'élection présidentielle de 1995. Un certain Nicolas Sarkozy.

5

La fabrique du mal

Le Pakistan aime se définir autant par ce qu'il est – la première république islamique au monde – que par ce qu'il n'est pas – c'est-à-dire, pour résumer, l'Inde. L'ennemie de toujours et à jamais. Cela fait partie des deux ou trois choses essentielles à savoir pour essayer de comprendre ce grand pays compliqué où vivent aujourd'hui 170 millions de personnes (dont 95 % de musulmans, à forte dominante sunnite) et autant d'opinions différentes, comme le rappelait dans un clin d'œil un récent article du *Time* américain[1]. L'islam vénéré et l'Inde honnie : voilà donc les deux piliers d'une inébranlable fierté nationale, depuis 1947, date de l'acte de naissance officiel de l'État pakistanais, bordé à l'ouest par l'Afghanistan et l'Iran, au nord par la Chine et à l'est par l'Inde donc.

L'autre donnée incontournable du Pakistan est le poids écrasant de son appareil militaire, qui, non content de s'arroger 30 % du produit national brut, a la mainmise

1. Aryn Baker, « The Nation That Failed Itself », *Time*, 25 mai 2009.

sur des pans entiers de l'économie pourtant très éloignés des forces armées, selon les travaux de l'analyste militaire pakistanaise Ayesha Siddiqa[1]. Trois grandes entreprises sont par exemple dirigées par des militaires en activité : la Frontier Works Organisation (FWO), société de travaux publics, la National Logistics Cell (NLC), géant du transport, ou la Special Communications Organisation (SCO), spécialisée dans les télécommunications.

L'urgence de doter à la fin des années 1940 la jeune nation pakistanaise d'un service secret puissant, conjuguée à ces trois facteurs – religieux, militaire, rivalité régionale –, a donné naissance à ce qui s'est progressivement imposé dans le paysage national comme un incontrôlable « État dans l'État » : l'ISI, pour Inter-Services Intelligence[2]. Une sorte de gouvernement parallèle. Un Frankenstein du renseignement qui, comme l'atteste une abondante littérature journalistique anglaise et américaine, serait devenu, à force de manœuvres machiavéliques où le double jeu est la règle, le promoteur des pires desseins criminels, entre trafic de drogue et soutiens divers aux islamistes radicaux. En Afghanistan, mais aussi au Cachemire, territoire martyr que revendiquent à la fois l'Inde et le Pakistan depuis plus de soixante ans.

---

1. Auteure en 2007 de *Military Inc., Inside Paksitan's Military Economy* (Pluto), Ayesha Siddiqa a publié en janvier 2008, dans *Le Monde diplomatique*, une enquête consacrée à la « mainmise des militaires sur les richesses du Pakistan ».

2. Créé en 1948 par un officier de l'armée britannique, le major général R. Cawthome, l'ISI a vu ses pouvoirs considérablement élargis dans les années 1950 sous l'impulsion du président pakistanais Ayub Khan.

L'avion Potemkine de Bill Clinton

Après les attentats du 11 septembre 2001, l'attention internationale s'est concentrée sur l'ISI et les connexions qui ont pu prospérer ces vingt dernières années avec la mouvance Al-Qaida et les talibans afghans. Celles-ci ne datent pas d'hier et ne sont pas le fruit du hasard, mais plutôt du cynisme. Du cynisme américain, d'abord. Durant la longue guerre qui a opposé, entre 1979 et 1989, les moudjahidine (« guerriers saints ») afghans aux forces de l'Union soviétique en Afghanistan, l'ISI fut, sur place, le meilleur allié de circonstance de la CIA pour armer, nourrir et encourager la rébellion afghane face au « péril rouge ». Parmi les seigneurs de guerre de l'époque figurait un Saoudien charismatique : Oussama Ben Laden. Au total, plus de 80 000 combattants afghans seront formés et entraînés durant cette période par l'ISI, qui recevait en contrepartie des aides financières en milliards de dollars des États-Unis, mais aussi d'un bailleur de fonds historique du Pakistan, l'Arabie saoudite.

Après le retrait des troupes soviétiques le 15 février 1989, l'Afghanistan sombra dans une situation de chaos dont sortirent vainqueurs les talibans du mollah Omar qui s'emparèrent de la capitale, Kaboul, en septembre 1996. Les soutiens de l'ISI aux talibans furent multiples : financement, ravitaillements militaires, planifications stratégiques... Ces aides, dont profitent également d'autres groupes islamistes radicaux, s'opérèrent depuis la mystérieuse S Wing (« l'aile S ») de la centrale de renseignements pakistanaise. Les aides convergèrent ainsi vers les fanatiques du mollah Omar, basés à Quetta, au Pakistan, mais aussi vers le réseau d'activistes de Gulbuddin Hekmatyar et différents groupes radicaux dirigés par Jalaluddin Haqqani.

En 1996, le directeur adjoint de l'ISI de l'époque, Aziz Khan, déclara lors d'une réunion militaire (dont la presse américaine a pu récupérer les « minutes ») au sujet des talibans : « Ces gens rendront le Pakistan plus fort. Nous n'avons rien à craindre d'eux. La seule chose qu'ils feront, s'ils prennent le contrôle de l'Afghanistan, ce sera de diffuser un islam pur[1]. » Au moins les choses étaient claires.

Un mois et demi après les attentats du 11 septembre 2001, le *New York Times* mettra en lumière dans une longue enquête[2] les liens entre l'ISI et différents mouvements islamistes radicaux, révélant au passage une anecdote révélatrice du jeu de dupes existant entre Washington et Islamabad. Le quotidien new-yorkais rapporta qu'en 2000, le Secret Service de la Maison-Blanche s'était catégoriquement opposé à une visite de Bill Clinton au Pakistan. Cette agence de renseignements américaine, dont la mission est de veiller à la protection du président des États-Unis, craignait que des terroristes d'Al-Qaida ne récupèrent grâce à des agents de l'ISI, le parcours aérien de Bill Clinton et tentent d'abattre son avion.

Le président américain ne tint pas compte de l'oukaze de ses services et imposa son voyage, prenant soin toutefois de mettre en place un extraordinaire subterfuge. Ainsi, Air Force One, l'avion présidentiel, tourna à vide au-dessus du Pakistan pendant que Bill Clinton faisait le voyage à bord d'un appareil banalisé. Plus tard, son convoi routier s'arrêta brutalement sous un pont pour permettre au président de changer discrètement de véhicule et mettre ainsi en déroute d'éventuels assaillants.

1. Douglas Frantz, « Pakistan Ended Aid to Taliban Only Hesitantly », *The New York Times*, 8 décembre 2001.

2. James Risen et Judith Miller, « Pakistani Intelligence Had Links to Al Qaeda, U.S. Officials Say », *The New York Times*, 29 octobre 2001.

La même enquête du *New York Times* expliquait aussi dans le détail comment les services secrets américains ont, pour la première fois, découvert les liens de l'ISI avec les camps d'entraînement d'Oussama Ben Laden. Ainsi, en 1998, après que les États-Unis eurent bombardé un camp terroriste dans la région de Khost, en Afghanistan, en représailles à des attentats commis contre des intérêts américains en Afrique de l'Est, ils découvrirent que des combattants de groupes armés soutenus par le Pakistan – ils s'entraînaient pour aller combattre au Cachemire – figuraient parmi les victimes.

Dès 1999, un haut fonctionnaire de l'administration américaine, Michael A. Sheehan, responsable de l'antiterrorisme au département d'État, avait, dans un mémorandum longtemps resté secret, alerté sa hiérarchie sur la nécessité pour les États-Unis de modifier leur politique étrangère dans le cadre de la lutte contre Oussama Ben Laden. Notamment en imposant à l'Afghanistan et à ses voisins de couper les vivres à Al-Qaida, qui a fait de cette région un sanctuaire. Parmi les actions préconisées, le mémo Sheehan suggérait que des pays comme l'Arabie saoudite, le Yémen ou le Pakistan – ce dernier étant présenté comme « la clé » – soient poussés en première ligne pour isoler l'organisation d'Oussama Ben Laden et participent à la mise à sec des systèmes de blanchiment de l'argent du terrorisme. Faute de quoi les États-Unis s'engageaient à rendre publique la liste des gouvernements non-coopérants. Le mémo resta au fond d'un tiroir. Le réveil fut brutal au matin du 11 septembre 2001.

Les comptes en banque gelés

La chute des Twin Towers a radicalement changé la donne et polarisé les priorités des États-Unis sur un combat mondial auquel Georges W. Bush donnera des allures de croisade : *War on Terror*, la guerre contre le terrorisme. Le président du Pakistan, le général Pervez Musharraf, arrivé deux ans plus tôt à la tête du pays à la faveur d'un coup d'État sans violence, donnera dans ses discours des gages de confiance à l'allié américain. Mais dans les faits, chez lui, il opte « pour une rhétorique et des actions bien différentes », souligne le journaliste américain Seymour Hersh, dans un ouvrage de référence sur cette période, *Dommages collatéraux*[1].

« Washington ferme les yeux sur cette duplicité : le gouvernement estime ne pas avoir d'autre solution. Ainsi, une politique étrangère à courte vue maintient au pouvoir un quasi-despote sans chercher à améliorer le quotidien des Pakistanais et donc à résoudre à la source les problèmes à l'origine du recrutement des terroristes », analyse l'enquêteur du *New Yorker,* à qui l'on doit depuis plus de quarante ans quelques-uns des plus gros scoops de la presse américaine (du massacre de My Lai, au Vietnam, aux tortures d'Abou Ghraib, en Irak).

Au mois de janvier 2002, à la veille d'un discours à la nation resté dans les mémoires au Pakistan, Pervez Musharraf lâchera un peu de lest. Bousculé par les États-Unis, il acceptera de couper les ponts avec certaines organisations fondamentalistes de son pays, liées de près ou de loin aux franges les plus radicales de l'appareil militaire pakistanais et de l'ISI, allant jusqu'à geler certains de leurs

1. Seymour Hersh, *Dommages collatéraux*, Denoël Impacts, 2005.

comptes en banque. Une opération extrêmement sensible. Dans la foulée, six organisations islamistes seront interdites par le pouvoir, parmi lesquelles le Harakat Ul Mudjahidin, le Lashkar-e-Tayyeba ou le Lashkar-e-Jhangvi[1].

D'après les rapports Nautilus de l'ancien agent de la DST Claude Thévenet, on l'a vu, c'est cette « décision du 12 janvier 2002 du président Pervez Musharraf de stopper le financement des guérillas islamistes au Pakistan » qui a conduit « plusieurs chefs militaires à choisir un mode d'opposition fondé sur la violence politique ». Acculé, le « bureau afghan de l'ISI [...], lâché par le pouvoir politique depuis janvier 2002 », se serait alors lancé dans la « recherche de ses propres modes de financement » et aurait « entrepris de reprendre les "dossiers impayés" ». Parmi ceux-ci : les commissions non versées en marge du contrat des sous-marins français Agosta. Faute de preuves tangibles susceptibles d'emporter une intime conviction, personne n'est, pour l'heure, en mesure de valider cette hypothèse, même si celle d'un attentat islamiste telle qu'elle a été « servie » pendant des années par les autorités pakistanaises s'apparente de plus en plus à un leurre.

Qui a (vraiment) tué Daniel Pearl ?

Onze jours après le coup de semonce de Musharraf, un autre dossier perlé d'ombres va éclater au Pakistan. C'est l'affaire Daniel Pearl, du nom de ce grand reporter du *Wall Street Journal* kidnappé le 23 janvier 2002 alors qu'il avait rendez-vous dans un restaurant avec un certain Gilani,

1. Les trois autres sont : le Sipah-e-Sahaba Pakistan, le Tehrik Jafria Pakistan et le Jeish-e-Mohamad. Note de la DST du 17 mai 2002.

leader d'une obscure secte islamiste. Le journaliste, qui traque toutes les connexions des terroristes, y compris celles qui dérangent, ne réapparaîtra plus.

Quatre jours après le rapt, les ravisseurs envoient par courriel une première photo de l'otage. Un pistolet sur la tempe, tête baissée. Le 12 février, Ahmed Omar Saeed Sheikh, vingt-huit ans, celui que les enquêteurs du FBI présentent comme le chef d'orchestre du piège dans lequel est tombé Daniel Pearl, est arrêté à Lahore. Une semaine plus tard, une insoutenable vidéo montrant la décapitation de Daniel Pearl circule sur Internet ; la chaîne américaine CBS en diffusera quelques extraits malgré les implorations de la femme du journaliste, alors sur le point d'accoucher.

Aussi atroce soit cet épilogue, l'affaire n'est pas terminée. Loin s'en faut. Le passé et les ramifications du suspect numéro 1, Ahmed Omar Saeed Sheikh, vont en effet rapidement alimenter les suspicions sur les dessous de cette affaire. Arrêté une première fois en 1994 dans un dossier d'enlèvement de touristes occidentaux en Inde, ce jeune homme d'origine anglaise sera relâché cinq ans plus tard en échange de la libération de 160 passagers d'un avion de la compagnie Indian Airlines retenus en otage.

Omar Sheikh est l'un des principaux animateurs d'un mouvement fondamentaliste pakistanais baptisé Jeish-e-Mohamad (« l'armée de Mohamed »), l'une des six organisations interdites par Pervez Musharraf début 2002. D'après une note de synthèse de la DST, la Jeish-e-Mohamad (JEM) est « composée de mercenaires afghans et pakistanais ». « Implantée à Karachi, elle est également présente en Europe et plus particulièrement en Grande-Bretagne [le pays de naissance d'Omar Sheikh] où elle a été interdite en 2001. La JEM aurait constitué des cellules secrètes comprenant chacune cinq membres qui cibleraient des zones urbaines au Cachemire », précise le contre-espionnage français.

Or, il est apparu au détour de l'enquête sur l'affaire Pearl qu'un officier de renseignement appartenant à l'ISI, connu sous le nom de « brigadier Abdullah », a joué un rôle clé dans le soutien et le développement du Jeish-e-Mohamad[1] après sa formation en 2000. Les investigations ont notamment permis d'établir que le « brigadier Abdullah », ancien responsable du département consacré au Cachemire à l'ISI, avait facilité les nombreux voyages entre l'Afghanistan et le Pakistan d'Omar Sheikh, entre 2000 et 2002.

Entendu devant une cour de justice après son interpellation, Omar Sheikh a aussi expliqué, début février 2002, à ses interrogateurs américains et pakistanais que ce même « brigadier Abdullah », mis à l'écart en 2000, l'avait aidé à kidnapper Daniel Pearl. Plus surprenant encore, Omar Sheikh a indiqué dans sa déposition qu'une semaine avant son « arrestation » par la police pakistanaise, il avait été appréhendé par l'ISI, le 5 février à Lahore. Que s'est-il passé durant cette période ? Nul ne le sait et le fait est que les autorités sont incapables d'établir où se trouvait le suspect entre le 5 et le 12 février 2002. Pour la famille de Daniel Pearl, il est certain que l'ISI protège Omar Sheikh. « C'est une sorte d'intouchable », confiera à ce sujet Marianne Pearl, la veuve du reporter, au Committee to Protect Journalists (CPJ).

Dans son livre de mémoires *In The Line of Fire*, paru en 2006, Pervez Musharraf présente Omar Sheikh comme une jeune recrue du MI6 (le service de renseignements extérieurs britannique) alors qu'il étudiait à la London School of Economics. Un ancien agent opérationnel de la DGSE nous a

1. Douglas Jehl, « Death Reporter Puts Focus on Pakistan's Intelligence Unit », *The New York Times*, 25 février 2002.

livré la même information. Les services secrets britanniques auraient ensuite envoyé Omar Sheikh en Bosnie pour infiltrer les mouvements djihadistes. « À un certain point, il est probablement devenu un solitaire ou un agent double », écrit l'ancien président pakistanais dans son autobiographie. Condamné à mort, Omar Sheikh a vu, depuis juillet 2002, son exécution reportée un nombre de fois astronomique : plus de trente, aux dernières nouvelles.

La main invisible

C'est ce qu'on appelle une information gênante. Le magazine d'investigation de la BBC, *Newsnight*, a semé la zizanie dans les relations diplomatiques entre le Pakistan et le Royaume-Uni en rendant public, à l'automne 2006, un document provenant de la Defence Academy, le plus grand centre de formation d'officiers du ministère de la Défense britannique. Rédigée par un haut gradé de l'armée dont le nom n'est pas cité par la BBC « pour des raisons de sécurité », la note en question ne fait pas dans la dentelle : « Indirectement, le Pakistan (au travers de l'ISI) a supporté le terrorisme et l'extrémisme – que ce soit à Londres [...], en Afghanistan ou en Irak. »

« L'Occident est devenu aveugle face à l'instabilité [du Pakistan], aux protections indirectes d'Al-Qaida et à la promotion du terrorisme », poursuit le document, qui réclame un changement radical : « Que l'ISI soit démantelé et remplacé par quelque chose de plus significatif. » Une fois l'affaire éventée à heure de grande écoute, le ministère de la Défense britannique a ouvert le parapluie, assurant que, bien évidemment, ces notes ne reflétaient pas « le point de vue du gouvernement » et que leur auteur était « furieux » de les voir étalées sur la place publique.

L'avenir semble pourtant avoir donné du crédit aux affirmations du mystérieux officier supérieur de la Defence Academy. Ces deux dernières années, de nombreuses informations sont ainsi apparues concernant une probable implication de l'ISI dans des attaques terroristes imputées jusqu'alors à des mouvements islamistes. Dans l'esprit de certains hauts dignitaires du renseignement américain, la certitude du « double jeu », voire de la compromission de l'ISI, est même telle que le directeur adjoint de la CIA, Stephen R. Kappes, s'est rendu en catastrophe à Islamabad le 12 juillet 2008 pour présenter aux autorités pakistanaises des preuves d'une implication de certains éléments des services secrets pakistanais dans un attentat à la bombe contre l'ambassade indienne à Kaboul, qui avait fait cinquante-quatre morts cinq jours plus tôt[1].

Pour arriver à de telles conclusions, les Américains se sont notamment fondés sur des interceptions téléphoniques montrant le haut degré d'investissement d'agents de l'ISI dans les desseins meurtriers de certaines factions terroristes. Le Premier ministre pakistanais, Youzaf Raza Gilani, a rejeté en bloc les accusations, qualifiées de « pas croyables ». « Nous n'accepterons pas cela », a-t-il prévenu. Pourtant, la question se pose : qui contrôle l'ISI ?

Comme une mauvaise rengaine, l'interrogation a refait surface à la fin de l'année 2008, lorsque plusieurs services secrets occidentaux – mais aussi indiens – ont pu mettre en évidence l'existence de liens étroits entre l'ISI et le groupe Lashkar-e-Taiba, soupçonné d'être derrière la vague d'attentats qui a causé la mort de 163 personnes à

1. Mark Mazetti et Eric Schmitt, « C.I.A. Outlines Pakistan Links With Militants », *The New York Times*, 30 juillet ; « Pakistanis Aides Attack in Kabul, U.S. Officials Say », *The New York Times*, 1er août 2008.

Bombay, en Inde, entre les 26 et 29 novembre. Des sources officielles indiennes et américaines, citées anonymement par le *New York Times* en décembre 2008, ont affirmé soupçonner l'un des principaux leaders du Lashkar-e-Taiba, un certain Zarrar Shah, de faire le lien entre son groupe et l'ISI. Zarrar Shah est aujourd'hui considéré comme le concepteur de la campagne d'attentats de Bombay.

Les services de renseignement français semblent tout aussi méfiants s'agissant des informations fournies par le régime d'Islamabad, pourtant officiellement allié. Patron de la toute-puissante Direction centrale du renseignement intérieur (DCRI), issue de la fusion de la DST et des RG, Bernard Squarcini ne fait pas dans la langue de bois : « Les informations que l'on reçoit du Pakistan, on les passe au “tamis”. Nous sommes tributaires d'une situation très mouvante. Les services secrets pakistanais, et particulièrement l'ISI, ont toujours joué un double jeu. N'oublions pas qu'à partir des années 1990, ils ont financé, à Peshawar, le mollah Omar. Ils jouent avec Al-Qaida d'un côté et avec les services occidentaux de l'autre. Mais le Pakistan a pris une importance stratégique considérable, et nous sommes obligés de faire avec. Le tout est de ne pas être dupe[1]. »

Une guerre contre le terrorisme qui s'enlise, des services spéciaux incontrôlables, une méfiance occidentale grandissante… Voilà la situation de quasi-chaos dont hérite Asif Ali Zardari quand il devient président du Pakistan, au mois de septembre 2008, neuf mois après l'assassinat de sa femme, Benazir Bhutto, elle-même ancienne Premier ministre. Mais le président Zardari, surnommé chez lui « Monsieur 10 % » en souvenir de sa facilité à prélever des commissions illicites sur de nombreux marchés publics à

1. Entretien avec les auteurs.

l'époque où sa femme dirigeait le pays (1988-1990 et 1993-1996)[1], a un autre front menaçant à contrôler. Ou plutôt un spectre, celui des « affaires » contre lesquelles il pensait être dorénavant immunisé.

Car septembre 2008, c'est aussi le moment où le nouveau juge français en charge de l'affaire de l'attentat de Karachi, Marc Trévidic, décide d'opérer un virage à 180 degrés dans ses investigations, face à une hypothèse islamiste qui perd chaque jour un peu plus de consistance. Son idée : vérifier si, comme le suggèrent de nombreux éléments au dossier, inexploités par son prédécesseur, les dessous du contrat d'armement Agosta, dans le cadre duquel onze Français sont morts en mai 2002, ne recèlent pas une autre piste d'enquête sérieuse. Il va donc falloir au magistrat plonger dans les mœurs politiques, financières et militaires marquant les relations franco-pakistanaises de l'époque, avec, d'un côté, le tout-puissant clan Balladur, et, de l'autre, le gouvernement d'une certaine Benazir Bhutto.

1. Sous le gouvernement de son épouse, Asif Ali Zardari fut successivement ministre de l'Environnement, puis de l'Investissement.

6

Le tournant

Un juge, un avocat, la presse. Il faudra la conjugaison de ces trois facteurs pour que l'affaire de Karachi refasse surface à l'automne 2008 et apparaisse sous un jour nouveau, qui implique les autorités françaises.

Visage émacié, sourire carnassier, silhouette sèche de marathonien : Marc Trévidic. Il est le juge. Jusque dans son apparence, le juge Trévidic, quarante-cinq ans, est le parfait contraire de Jean-Louis Bruguière, dont il a repris le cabinet lorsque « l'Amiral » décida de franchir le gué et de se mettre en congé de la magistrature pour se présenter aux élections législatives de juin 2007, dans le Lot-et-Garonne, sous les couleurs de l'UMP.

Marc Trévidic ne débarque pas en terre inconnue galerie Saint-Éloi, là où sont regroupés les juges antiterroristes au sein du Palais de justice de Paris. De 1997 à 2003, il avait été substitut au sein de la section antiterroriste du parquet de Paris. Du reste, s'il a fait toute sa carrière de magistrat au pénal, Marc Trévidic n'a jamais cessé de faire des allers-retours entre le siège (qui regroupe les juges) et le parquet (où l'on retrouve les procureurs).

S'il n'est pas issu du sérail – ses parents étaient cadres chez Renault –, il a très vite été attiré par la magistrature. Après des études de droit et le passage obligé par l'École nationale de la magistrature (ENM), il choisit d'abord l'instruction, avec, comme il l'a confié au *Monde*[1], « une image d'Épinal du juge d'instruction ». Celle des juges « un peu cow-boys », comme Pierre Michel, assassiné par la French Connection à Marseille, en 1981.

Réputé jusqu'alors pour sa puissance de travail et sa grande discrétion, le juge Trévidic est contraint de sortir de sa réserve en 2009 à l'occasion de sa nomination, le 7 septembre, à la présidence de l'Association française des magistrats instructeurs (AFMI). C'est en effet à lui que revient la charge de s'exprimer au nom de ses collègues pour se battre – notamment – contre la fin programmée des juges d'instruction.

Il s'acquitte de sa tâche avec acharnement, témoignant ainsi du malaise d'une grande partie de la magistrature, opposée à une réforme qui menace purement et simplement l'indépendance de la justice. Sur tous les fronts, il a par exemple pris part, le 11 octobre 2009, à la manifestation des victimes de l'amiante : elles protestaient contre le projet de suppression des magistrats instructeurs, observant que, sans eux, jamais les affaires d'empoisonnement n'auraient pu être instruites. De fait, les parquets ont longtemps classé sans suite leurs plaintes.

« Contre l'impunité, nous savons bien qu'il est indispensable qu'un juge indépendant dirige les enquêtes et non pas un procureur de la République qui dépend hiérarchiquement du ministère de la Justice et qui peut être déplacé comme un préfet ou un général s'il ne convient pas », déclara à cette occasion M. Trévidic.

1. Alain Salles, « Marc Trévidic, juge de combat », *Le Monde*, 16 février 2010.

Avant même de prendre la tête de l'AFMI, le juge Trévidic avait déjà participé, aux côtés d'une centaine d'avocats et de magistrats, à un rassemblement, le 7 janvier 2009, sur les marches du Palais de justice de Paris, brandissant des pancartes sur lesquelles on pouvait notamment lire « procureur = justice dépendante du politique = justice à deux vitesses ». Pourtant peu réputés pour les actions coups de poing, les manifestants, Marc Trévidic en tête, tentèrent même – avant de se faire refouler par les gendarmes mobiles – de se rendre devant la Cour de cassation qui tenait son audience de rentrée solennelle en présence du président de la République. Audience au cours de laquelle Nicolas Sarkozy confirma son intention de supprimer la fonction de juge d'instruction.

Depuis, Marc Trévidic se multiplie dans les médias pour marteler son message, suscitant un agacement croissant au sommet de l'État. Il faut dire que le magistrat n'a rien fait pour se rendre populaire aux yeux du pouvoir. Méthodiquement, il a exhumé les principaux dossiers que lui avait légués Jean-Louis Bruguière, dont certains avaient sombré dans une profonde léthargie. Génocide au Rwanda, assassinat des moines de Tibéhirine, attentat de Karachi... Autant de procédures susceptibles d'embarrasser les autorités politiques de l'époque (et dont certains représentants sont aujourd'hui au pouvoir) qu'il a miraculeusement ranimées, comme un secouriste ramènerait à la vie des comateux.

Dans le dossier de Karachi, très rapidement, la présidence du tribunal lui adjoint un second juge, Yves Jannier. Ce n'est pas exactement le premier venu : il a été nommé en janvier 2008 à la tête du pôle antiterroriste de la galerie Saint-Éloi, poste occupé jusqu'alors par Jean-Louis Bruguière. En clair, c'est le chef des sept juges antiterroristes, donc celui de Marc Trévidic – même si ce dernier reste le « juge leader » dans l'affaire de Karachi. Yves Jannier a annoncé d'emblée la couleur lors de sa nomination : « Je ne serai pas LE M. Antiterroriste français[1] », déclare-t-il au *Figaro*. Il ajoute aussi, comme pris d'une prémonition : « Les excès, les emphases, cela ne fait pas avancer la justice. » Il visait sans doute Jean-Louis Bruguière, mais nul doute qu'à ses yeux, la sentence s'applique désormais aussi – quel paradoxe ! – à Marc Trévidic...

Officiellement, la désignation de M. Jannier comme juge « en second » est censée témoigner de l'importance accordée par la justice française à cette affaire. Dans l'esprit de Marc Trévidic, M. Jannier est plutôt « l'œil de Moscou », un magistrat supposé plus « souple », qui aurait été placé là pour contrôler et/ou surveiller son travail. C'est l'avis d'un autre juge antiterroriste, Gilbert Thiel : « Trévidic sait bien pourquoi on lui a collé Jannier dans les pattes. Quand il avait été nommé à la place de Bruguière, Jannier avait dit : "Je suis là pour rendre service." Difficile d'être plus clair, non[2] ? »

Yves Jannier, de son côté, sent bien que son collègue se méfie de lui. Et peut-être lui cache des actes. Surtout, M. Jannier ne partage pas la même vision du dossier que M. Trévidic. Très vite, les rapports entre les deux hommes vont se détériorer : bientôt, ils ne s'adresseront même plus la parole, ni ne se serreront la main.

Pour les familles des victimes de l'attentat, l'arrivée de Marc Trévidic dans le dossier reste une bénédiction. Enfin, le dossier va revivre. C'est un tournant décisif dans cette affaire. Pour le pouvoir, c'est le premier virage dangereux.

---

1. Mathieu Delahousse, « Le discret Jannier succède au célèbre Bruguière », *Le Figaro*, 25 janvier 2008.
2. Entretien avec les auteurs.

Un second événement, peut-être aussi déterminant, va alors intervenir. Les familles vont faire appel à un nouvel avocat pour les défendre. Jusqu'alors, elles étaient sous la coupe de l'association SOS-Attentats, dont le conseil historique est Me Georges Holleaux. Une association proche du pouvoir et un avocat en lien étroit avec l'administration – il défend notamment le ministère de l'Intérieur dans plusieurs procédures.

En lisant en 2008 l'ouvrage *Al-Qaida vaincra* du journaliste Guillaume Dasquié, paru trois ans plus tôt[1], Magali Drouet, partie civile dans l'affaire de Karachi, découvre une petite note intrigante, en bas de page. Dans celle-ci, le journaliste met à mal la thèse islamiste et pointe du doigt les services secrets pakistanais dans l'attentat qui a tué son père. « Là, je me suis dit que l'on nous cachait peut-être quelque chose. Cela faisait six ans qu'on nous racontait qu'Al-Qaida était derrière tout cela alors que, manifestement, il y avait une autre hypothèse d'enquête[2] », se souvient Magali Drouet.

La jeune femme décide d'entrer en contact avec l'auteur du livre. Ancien rédacteur en chef de la lettre spécialisée *Intelligence On Line*, Guillaume Dasquié, très bon connaisseur de l'univers du renseignement, est une sorte de franc-tireur du journalisme. Particularité de Guillaume Dasquié, aujourd'hui collaborateur de *Libération* et *Charlie Hebdo* : l'un de ses bons amis se nomme Claude Thévenet, le rédacteur des rapports « Nautilus ».

Guillaumé Dasquié rencontre l'ancien agent de la DST en 1997, comme un journaliste rencontre une source.

---

1. Guillaume Dasquié, *Al-Qaida vaincra,* Éditions Privé/Flammarion, 2005.
2. Entretien avec les auteurs.

Entre 2003 et 2006, il s'éloigne provisoirement du journalisme pour devenir directeur de recherches à l'Institut de relations internationales et stratégiques (IRIS), période durant laquelle il développe des activités de conseil sur les relations internationales illicites, avec une prédilection pour les connexions entre la criminalité financière et le financement du terrorisme. Ses liens avec Claude Thévenet se maintiennent. Et même plus : Guillaume Dasquié apporte, dans le cadre de contrats, son expertise à l'enquêteur privé (notamment sur des banques et des hommes d'affaires du golfe Persique).

Au fil de leurs discussions, Thévenet fera part très tôt à Guillaume Dasquié de ses découvertes sur Karachi. D'où la note de bas de page figurant dans *Al-Qaida vaincra*, publié en 2005. D'où, aussi, les interrogations des services de renseignement français, qui soupçonnent Guillaume Dasquié d'être en quelque sorte le « co-auteur » de « Nautilus », ce que le journaliste et Claude Thévenet démentent formellement[1].

Lorsque Guillaume Dasquié est approché par Magali Drouet, le courant passe aussitôt. Le premier découvre

1. Dans un entretien publié par le site *Mediapart* le 6 juillet 2009, Claude Thévenet avait évoqué ses relations avec Guillaume Dasquié : « D'abord, c'est un ami. Ensuite, c'est un excellent connaisseur de la mouvance terroriste, notamment d'Al-Qaida et de ses circuits de financement. [...] L'univers du terrorisme, Guillaume Dasquié semblait baigner dedans et y être à l'aise. C'est tout naturellement que je lui ai parlé du dossier [de l'attentat de Karachi]. Il a pris connaissance de mes notes et nous avons beaucoup échangé à leur sujet. » À la question : « Guillaume Dasquié est-il l'inspirateur principal des rapports "Nautilus" ? », M. Thévenet avait répondu : « Non, pas du tout. À partir de l'hypothèse de base – ce n'est pas Al-Qaida –, il fallait chercher qui et pourquoi. C'est là que nous avons commencé à collaborer et à chercher des pistes. »

avec stupéfaction que la seconde n'a jamais eu accès au dossier instruit par le juge Bruguière, droit pourtant élémentaire pour une partie civile ! « Notre avocat, Me Holleaux, ne nous a jamais dit qu'on en avait la possibilité », s'indigne Magali Drouet. Guillaume Dasquié, qui entretient des liens professionnels privilégiés avec un avocat parisien, Olivier Morice, dont il a apprécié la pugnacité dans l'affaire Borrel, un autre dossier sensible, le recommande chaudement à Magali Drouet. L'affaire est réglée. Magali Drouet et six autres familles de victimes quittent Me Holleaux. Et plus rien ne sera comme avant.

Olivier Morice est une personnalité atypique au sein du barreau de Paris. Il est avocat. Son luxueux cabinet, situé rue Saint-Dominique, à deux pas de l'Assemblée nationale, abrite quelques dossiers plutôt sensibles, dont il est visiblement friand. Outre l'affaire de Karachi, il défend les intérêts de la veuve de Robert Boulin, convaincue que son époux ne s'est pas suicidé (en 1979) mais a été assassiné, ou ceux d'une autre veuve, Élisabeth Borrel, dont le mari, magistrat, est lui aussi décédé dans des conditions suspectes, à Djibouti, en 1995.

Il est encore le conseil de l'association de défense de l'enfance Innocence en danger, dans les affaires de pédophilie, et reste l'adversaire numéro 1 de la scientologie, qu'il a attaquée sans relâche au nom des victimes des agissements de cette « Église », qui refuse d'être qualifiée de secte. À chaque fois ou presque, Olivier Morice est du côté des victimes. Un principe chez lui.

À chaque fois, aussi, il réussit à créer l'événement, bousculant les habitudes, attaquant frontalement l'État lorsqu'il le juge nécessaire, convoquant les médias pour des conférences de presse où la langue de bois n'est généralement pas de mise. Pour les radios et les télés, Olivier

Morice est typiquement le « bon client », comme l'on dit dans le jargon journalistique.

Mais dans le cénacle fermé des avocats parisiens, où la jalousie n'est, il est vrai, pas le sentiment le moins partagé, on observe d'un œil circonspect, voire méprisant, les initiatives parfois tapageuses de ce drôle d'oiseau. Offensif, voire agressif, Me Morice semble s'être fait une spécialité d'« affoler la meute », pour reprendre l'expression popularisée par le procureur Éric de Montgolfier qui, au plus fort de l'affaire VA-OM, avait défié Bernard Tapie, avec succès, sur son propre terrain, celui des médias, à coups de déclarations incendiaires.

Là où Jacques Vergès a popularisé la notion de « défense de rupture », Olivier Morice a, en quelque sorte, inventé l'« attaque de rupture ». Franc-tireur – lui aussi – et fier de l'être, l'avocat aurait surtout, à en croire ses détracteurs, une irrésistible attirance pour les médias, soignant davantage sa publicité que les intérêts de ses clients.

Me Morice semble surtout persuadé que, dans les affaires dites « sensibles », la communication est devenue, qu'on le déplore ou qu'on s'en félicite, une donnée primordiale. *A fortiori* lorsque l'adversaire n'est autre que l'État. Et que la pression des médias est souvent la seule façon de faire avancer un dossier. Question de rapport de force. Combien de fois ses collaborateurs l'ont-ils entendu dire : « Ce qui compte dans un dossier, c'est la stratégie » ?

D'ailleurs, contrairement à ce que pensent parfois les acteurs du microcosme judiciaire parisien, les initiatives d'Olivier Morice sont toujours calculées, y compris lorsqu'elles apparaissent excessives, voire farfelues. Ainsi, dans l'affaire de Karachi, lorsqu'il décide de déposer plainte en décembre 2009 auprès du procureur de Paris pour « entrave à la justice », « corruption », « faux témoignage », « extorsion et tentative d'extorsion en bande organisée ». Pour la plupart des connaisseurs de l'affaire, qu'ils soient journalistes, avocats, policiers ou magistrats, la démarche de Me Morice est à mettre sur le compte de son goût immodéré pour les caméras, car elle n'aurait aucun fondement juridique, pas la moindre chance de prospérer.

Lors d'une conférence de presse, l'avocat en rajoute encore, affirmant : « Nicolas Sarkozy est au cœur de la corruption dans cette affaire, à la fois comme ministre du Budget [de 1993 à 1995] et dans le rôle qu'il a joué comme porte-parole et directeur de campagne d'Édouard Balladur. »

Les milieux judiciaires en sont convaincus : Me Morice va trop vite. Vise trop haut. Et tape trop fort. Il lance des accusations très graves, notamment contre le chef de l'État, sans preuve. D'ailleurs, fait rarissime, l'Élysée s'est fendu d'un communiqué, le 17 décembre 2009, pour dénoncer les propos de l'avocat et annoncer le dépôt d'une plainte pour « diffamation » (Nicolas Sarkozy, à l'inverse de ses prédécesseurs, demande régulièrement réparation aux tribunaux). Simple effet d'annonce, car en matière de diffamation, les faits sont prescrits au bout de trois mois. Or, au 17 mars 2010, la présidence de la République n'avait déposé aucune plainte…

Si son initiative, qualifiée par exemple de « plainte à grand spectacle » dans les couloirs du ministère de la Justice, est brocardée, Olivier Morice laisse dire. Il pense, avec cette plainte, avoir tendu un piège au ministère public, qu'il soupçonne depuis le début de vouloir étouffer l'affaire.

Car le procureur n'a en réalité que deux solutions : ouvrir une enquête préliminaire, ou classer sans suite. Dans le premier cas, Olivier Morice obtient un cadre juridique permettant aux policiers d'enquêter – notamment –

sur les soupçons de rétrocommissions en marge du contrat Agosta, faits dont Marc Trévidic n'est pas saisi. Dans le second, cela autorise l'avocat à saisir directement le doyen des juges et obtenir ainsi l'ouverture d'une information judiciaire et donc la désignation d'un juge d'instruction, c'est-à-dire un magistrat indépendant. Du « gagnant-gagnant », en quelque sorte.

Entre ces deux maux, le parquet choisit le moindre et décida, au terme de longues semaines de réflexion, de déclencher en février 2010, une enquête préliminaire sur les faits visés par la plainte de Me Morice, ouvrant ainsi un nouveau front judiciaire. Un troisième, car au pôle financier du tribunal de Paris, les juges Françoise Desset et Jean-Christophe Hullin instruisent déjà depuis 2005 une enquête sur des malversations commises au sein de la DCN. Or, cette procédure va faire apparaître des éléments directement en rapport avec l'affaire de l'attentat de Karachi.

La presse en première ligne

C'est le troisième rebondissement de cette histoire. Il prend la forme, en septembre 2008, d'un scoop en deux temps, d'abord dans les colonnes du *Monde*, puis sur le site internet *Mediapart*. Le 10 septembre, le quotidien du soir révèle l'existence d'une enquête sur les missions parfaitement illégales commandées par la Direction des constructions navales pour obtenir des informations confidentielles sur des sociétés concurrentes ou des dossiers sensibles, comme par exemple l'affaire des frégates de Taïwan.

« Claude Thévenet a été mis en examen dans ce dossier qui fait l'objet d'une information judiciaire. Responsable de plusieurs officines, il avait été chargé par DCNS, via une société luxembourgeoise, Eurolux Gestion, de se renseigner sur la procédure arbitrale en cours entre Taïwan et la France dans l'affaire des "frégates", mais aussi de pénétrer l'univers politique et judiciaire français, en ayant recours à la corruption. C'est Gérard-Philippe Menayas, ex-directeur administratif d'Armaris, la branche export de DCNS, qui avait confié à M. Thévenet sa mission clandestine[1] », rapporte notamment le quotidien.

Le 13 septembre, sous le titre « Ventes d'armes : la corruption au cœur de la République », *Mediapart* met au jour d'autres aspects de l'enquête des juges Françoise Desset et Jean-Christophe Hullin. Notamment un mémorandum du 29 avril 2008 signé de l'ancien directeur financier et administratif de DCN-I, Gérard-Philippe Menayas. Ce haut fonctionnaire, passé par la direction du Trésor et le groupe Renault dans les années 1970 et 1980, y décrit tous les mécanismes de la corruption d'État en marge des grands marchés d'armement à l'étranger. S'agissant du contrat Agosta, M. Menayas souligne que le blocage du versement de certaines commissions, sur ordre du président Chirac tout juste élu en 1995, aurait eu de funestes conséquences sept ans plus tard. « L'arrêt des paiements aurait pu avoir une conséquence dramatique : l'attentat de Karachi du 8 mai 2002, en rétorsion contre la défaillance française dans l'accomplissement de ses engagements commerciaux », écrit Gérard-Philippe Menayas.

« Cette thèse est plus longuement développée dans une note saisie au siège de la DCNS par la police. Ce document, non sourcé, porte un nom de code : Nautilus », relate encore l'article de *Mediapart*, qui en publie de longs

1. Gérard Davet, « Les eaux troubles de la construction navale », *Le Monde*, 10 septembre 2008.

extraits. Comme nous l'avons déjà raconté (voir le chapitre « Mission "Nautilus" », p. 73), Nautilus évacue la piste islamiste dans les causes de l'attentat et privilégie celle d'un règlement de comptes entre la frange la plus radicale de l'appareil militaire pakistanais et la France. Le tout sur fond de soupçon de corruption et de financement occulte des balladuriens, au milieu des années 1990.

Aussi surprenant que cela puisse paraître, le juge Marc Trévidic, dont l'instruction porte précisément sur les causes de l'attentat de Karachi, a pris connaissance de ces informations, décisives pour son enquête, à la lecture... de l'article de *Mediapart*. Ni ses collègues du pôle financier, ni le parquet de Paris n'avaient songé à les lui transmettre, ce qu'ils s'empressèrent de faire après que le juge antiterroriste eut fait part de son mécontentement.

« Concernant la fameuse note Nautilus, je rappelle que c'est le parquet l'a transmise à M. Trévidic. Il est vrai que nous n'avions pas immédiatement effectué cette transmission, et il y a eu un décalage dans le temps entre le recueil des informations par les juges financiers et leur transmission aux juges antiterroristes[1] », se défend aujourd'hui le procureur de Paris, Jean-Claude Marin.

Fin juriste et habile politique, M. Marin n'ignore pas que son parquet est régulièrement accusé de vouloir étouffer les affaires susceptibles de contrarier l'Élysée. Ainsi a-t-il décidé de requérir le renvoi de Dominique de Villepin dans l'affaire Clearstream alors que sa base s'y opposait, puis préconisé, contre l'avis de la juge d'instruction (Xavière Simeoni), un non-lieu en faveur de Jacques Chirac dans le dossier des chargés de mission de la Ville de Paris, ou encore administré un simple « rappel à la loi » à Julien Dray alors qu'il était établi, à en croire M. Marin

1. Entretien avec les auteurs.

lui-même[1], que le député de l'Essonne était « susceptible d'être poursuivi pour abus de confiance ».

De fait, à chaque fois, la décision du parquet pouvait être interprétée comme favorable aux intérêts du pouvoir, plus particulièrement ceux de Nicolas Sarkozy (s'acharner contre Villepin ; se réconcilier avec Chirac ; semer la zizanie au PS qui avait lâché Dray). Procès d'intention ? Peut-être, mais de tels soupçons sont inévitables dès lors que le parquet, dont la montée en puissance au détriment des juges indépendants est une réalité incontestable depuis quelques années, est hiérarchiquement rattaché à la chancellerie, c'est-à-dire à l'exécutif.

En l'espèce, la suspicion s'incarne dans un terme barbare : le réquisitoire introductif. C'est le document du parquet qui définit le périmètre d'action du juge d'instruction au moment de l'ouverture d'une information judiciaire. Or, dans l'affaire confiée aux juges Desset et Hullin, le parquet a circonscrit la saisine des magistrats de telle manière qu'ils ne puissent pas enquêter sur une société, baptisée Heine, mise en place par la DCN à partir de 1994 (et remplacée à partir de 2000 par Eurolux) avec l'aval du ministre du Budget de l'époque – Nicolas Sarkozy – pour verser des commissions en tous genres.

Le motif invoqué par le ministère public est loin d'être infondé : ces faits seraient tout simplement prescrits. Pour Jean-Claude Marin, « accuser le parquet de Paris de vouloir étouffer cette affaire est totalement absurde ». « Nous faisons du droit, et rien d'autre. Dans le dossier financier, je rappelle que nous avons d'abord fait une longue enquête préliminaire, pour tenter d'y voir plus clair, avant de saisir les juges d'instruction de ce qui n'était pas prescrit. Mais,

1. Rapport interne du procureur de Paris au procureur général du 15 décembre 2009. En possession des auteurs.

contrairement à ce que certains rapportent, nous n'avons pas exclu du champ des investigations les sociétés Heine et Eurolux, même si s'agissant de Heine, le problème de la prescription se pose indubitablement », assure M. Marin. En clair, si les juges veulent creuser, ils peuvent le faire, suggère le procureur.

« Concernant les éventuels faits de corruption, ajoute encore le magistrat, il convient de rappeler que la convention de l'OCDE réprimant la corruption d'agents publics étrangers n'est entrée en vigueur en France qu'en septembre 2000. Donc, à supposer que les faits dénoncés, qui porteraient sur la période 1993-1996, soient exacts, ils ne seraient pas punissables car prescrits, aussi cruel que cela puisse paraître. Toutefois, dans le cadre de l'enquête préliminaire ouverte à la suite de la plainte de Me Morice, nous n'excluons pas d'examiner l'ensemble des flux financiers, y compris ceux intervenus durant cette période. » Et Jean-Claude Marin d'enfoncer le clou : « Je peux assurer que je ne ressens pas de tension particulière dans cette affaire. Il n'y a pas de pressions, ni de consignes dans ce dossier-là », conclut le chef du parquet de Paris[1]. Tout le monde au Palais de justice ne semble pas partager cet avis.

« Cruellement logique »

À partir de la fin de l'année 2008, Marc Trévidic, fort des nouveaux éléments puisés dans le dossier de ses collègues du pôle financier, qui s'ajoutent au réexamen complet qu'il a entrepris des investigations menées avant lui par Jean-Louis Bruguière et les autorités pakistanaises, décide

1. Entretien avec les auteurs.

de donner un nouvel axe à son enquête. C'est décidé, il va examiner une autre piste. Beaucoup plus spectaculaire.

Le jeudi 18 juin 2009, comme il le leur avait promis, le juge Trévidic organise une grande réunion avec les parties civiles. Pour montrer l'importance qu'il leur accorde, en rupture avec son prédécesseur, il se déplace pour ce faire à Cherbourg, d'où la plupart des victimes sont originaires. Marqué à la culotte par Yves Jannier et un magistrat de la section antiterroriste du parquet de Paris, il livre alors à la petite assemblée, qui boit littéralement ses paroles, sa vision du dossier. C'est un nouveau tournant décisif pour l'affaire.

À l'issue de la réunion, Me Morice résume pour la presse les propos tenus par Marc Trévidic : « La piste Al-Qaida est totalement abandonnée. Le mobile de l'attentat apparaît lié à un arrêt des versements de commissions [...]. Ces commissions ont été arrêtées à l'arrivée de Jacques Chirac à la présidence de la République en 1995 afin que des rétrocommissions ne soient pas versées », synthétise l'avocat.

« Il s'agit d'une affaire d'États impliquant la France, le Pakistan et l'Arabie saoudite, bailleur de fonds du Pakistan », renchérit devant les micros Magali Drouet. Et la jeune femme de lâcher, à propos de la piste du règlement de comptes sur fond de corruption et de financement politique occulte, cette petite phrase qui va faire tant de bruit : « M. Trévidic a dit que cette "piste était cruellement logique". » Le magistrat ne la démentira jamais.

Le parquet de Paris, en revanche, en contesta immédiatement le fondement, mettant notamment en doute la fiabilité de Nautilus. « Les investigations menées par les magistrats instructeurs n'ont pas apporté d'éléments objectifs relatifs à l'hypothèse développée dans cette note », fit ainsi savoir, dès le 22 juin 2009, un représentant du procureur à l'agence Associated Press.

Près d'un an plus tard, le parquet semble avoir assoupli sa position. Certes, le procureur de Paris continue de prendre ses distances avec Marc Trévidic sur un point important : « De manière générale, nous n'avons pas d'idée préconçue dans cette affaire. Il nous semble toutefois que, s'agissant du mobile de l'attentat, l'histoire des rétrocommissions n'est pas "cruellement logique". »

Mais c'est pour ajouter aussitôt ceci : « Concernant l'enquête antiterroriste, le parquet s'interroge sur plusieurs éléments. À l'évidence, "le coupable idéal", présenté, à l'origine, comme l'auteur de l'attentat, n'est pas le bon. Est-ce que cela écarte pour autant totalement la piste du terrorisme islamiste ? Je n'en suis pas sûr. Il faut examiner les liens entre islamistes et certains milieux pakistanais : il peut y avoir eu une interaction[1]. »

La confidence faite par Jean-Claude Marin est d'importance. Le procureur reconnaît ainsi que l'organisation Al-Qaida, qu'il qualifie lui-même ironiquement de « coupable idéal », n'est pas mêlée à l'attentat. En tout cas, pas comme cela a été martelé pendant des années. Et il laisse clairement entendre que la piste la plus prometteuse mène bien aux rapports incestueux entretenus par les fondamentalistes musulmans avec des militaires de haut rang du régime d'Islamabad – « certains milieux pakistanais », comme le dit pudiquement, ou plutôt diplomatiquement, le magistrat.

Patron de la section antiterroriste du parquet de Paris en mai 2002, Michel Debacq dit lui aussi ne pas croire que l'attentat ait pu être la conséquence de commissions non payées : « À cette date, il y avait entre 400 et 500 attentats

1. Entretien avec les auteurs.

par an à Karachi, et tous les Occidentaux se savaient menacés. Donc, faire un lien relève selon moi du fantasme ! En revanche, l'existence de rétrocommissions sur ce type de marchés, c'est loin d'être une fable. Dans tous les cas, ce n'était pas une raison pour ne pas examiner toutes les pistes[1]. »

1. Entretien avec les auteurs.

7

Opération désinformation

Les conseillers de Nicolas Sarkozy vont finir par lui interdire de commenter l'actualité française lorsqu'il est en déplacement à l'étranger. *A fortiori* lorsqu'il est question d'affaires judiciaires. Car la gaffe n'est jamais loin. En septembre 2009, depuis New York, le chef de l'État avait provoqué un tollé en qualifiant de « coupables » les prévenus du procès Clearstream, parmi lesquels figurait son ennemi Dominique de Villepin, foulant ainsi aux pieds la présomption d'innocence, et accessoirement l'indépendance de la magistrature dont il est le garant.

Ce vendredi 19 juin 2009, Nicolas Sarkozy est à Bruxelles, où il assiste à un conseil européen. Derrière son pupitre, cerné des drapeaux français et européen, le chef de l'État semble détendu face aux nombreux journalistes qui le questionnent. Soudain, un reporter de l'agence France-Presse (AFP) décide de rompre le monotone jeu de questions-réponses consacrées aux affaires européennes, et évoque les révélations faites la veille par Marc Trévidic aux familles des victimes de l'attentat de Karachi.

En écoutant le journaliste résumer la piste désormais privilégiée par le juge, le visage de Nicolas Sarkozy, agité d'étonnants tics nerveux, se décompose littéralement. D'abord incrédule, le président finit par s'esclaffer. S'ensuit une tirade hallucinante au cours de laquelle, entre bafouillages et ricanements, Nicolas Sarkozy tourne en dérision la nouvelle version révélée aux familles par le juge Trévidic : « Franchement, c'est ridicule [...]. Soit il y a des éléments, donnez-les-nous [...]. C'est grotesque, qu'est-ce que vous voulez que je vous dise ? »

« Qui peut croire à une fable pareille ? » tranche encore le président de la République. Une fable ? Le mot, ironie de l'histoire, fait écho au célèbre – et plus poétique – « abracadabrantesque » brandi à la télévision, sur les conseils de Dominique de Villepin, par Jacques Chirac en septembre 2000, en réaction à la publication dans *Le Monde* des accusations posthumes d'un financier occulte du RPR, le promoteur Jean-Claude Méry.

Au passage, Nicolas Sarkozy va même jusqu'à assurer : « On est dans un monde où tout se sait, où la notion de secret d'État n'existe plus. » Un pur sophisme. Et un formidable exemple de désinformation puisque, au moment même où M. Sarkozy prononçait ces paroles, son gouvernement obtenait l'adoption d'un projet de loi visant à durcir encore les règles en vigueur pour la protection du secret-défense !

Mais le président avait gardé le « meilleur » pour la fin. Après un ultime éclat de rire, il lance : « Non, pardon, hein, je ris pas du tout parce que Karachi, c'est la douleur de familles et de trucs comme ça... mais... qu'est-ce que vous voulez que j'aille répondre là-dessus ? » Les familles des victimes ne pardonneront sans doute jamais au chef de l'État cette phrase-là, qu'elles ont ressentie comme une insulte. Dans une lettre adressée au président de la République en septembre 2009, destinée à lui rappeler sa promesse de les recevoir, elles écrivirent : « Nous ne sommes pas des "trucs", nous sommes citoyens français et, à ce titre, l'État nous doit la vérité et le respect. »

Détail révélateur : sans jamais l'avouer publiquement, la présidence de la République a pris conscience *a posteriori* de l'énormité de la gaffe du chef de l'État, puisqu'elle a discrètement fait disparaître de son site Internet officiel l'extrait controversé. Du coup, sur Elysée.fr, on trouve bien, comme c'est la règle, la retranscription de la conférence de presse de Bruxelles. Sauf que le passage le plus choquant a été effacé, comme aux meilleurs temps du stalinisme, lorsque l'on retouchait les photos officielles au gré des purges affectant le parti communiste de l'Union soviétique... Ainsi, le passage mentionné ci-dessus devint, comme par magie : « Pardon, Karachi, c'est la douleur de familles, que voulez-vous que j'aille répondre là-dessus ? » Plus d'allusion à son éclat de rire, ni évidemment à des « trucs comme ça »...

Dans la plupart des grands pays démocratiques, la sortie de Nicolas Sarkozy aurait provoqué une vague d'indignation générale. Imagine-t-on le président américain, le Premier ministre britannique ou le chancelier allemand tenir des propos similaires ? Le scandale serait considérable. Pas en France. Le soir, au cours des journaux télévisés, les grandes chaînes se contentèrent de reprendre le démenti de Nicolas Sarkozy. Nulle mention de ses ricanements, ni des fameux « trucs comme ça ».

Du reste, de manière générale, l'affaire de l'attentat de Karachi, sans être occultée, a été sous-traitée par de nombreux médias. Trop complexe ? Sans doute. Trop ancienne ? À l'évidence. Et puis, tout de même, comment croire qu'un blocage de commissions intervenu en 1995 puisse être à l'origine d'un attentat commis sept ans plus tard ?

Les dessous d'une intox

Mais il n'y a pas que cela. Manifestement, évoquer un dossier susceptible de mettre en cause le chef de l'État tient encore de la gageure. Dans l'émission « Ligne jaune » diffusée le 29 juin 2009 sur le site Internet *Arrêt sur images* (arretsurimages.net), Magali Drouet a expliqué comment l'entretien qu'elle avait accordé à TF1, dans le cadre d'un sujet diffusé lors du « 20 heures » du 20 juin 2009, avait été « caviardé », les propos qu'elle avait tenus contre Nicolas Sarkozy ayant tous été coupés au montage. Magali Drouet, qui avait rappelé la journaliste après la diffusion du sujet pour lui demander des explications, se serait entendu répondre : « Madame, vous comprendrez bien que j'ai une hiérarchie. »

Autre motif de contrariété pour Magali Drouet : un long reportage – de bonne qualité par ailleurs – consacré à l'affaire de Karachi, diffusé sur France 2 le 19 octobre 2009 dans le cadre de l'émission « Complément d'enquête », et qui faisait lui aussi l'impasse sur les propos tenus par M. Sarkozy à Bruxelles.

Au fil des mois, à partir du moment où Marc Trévidic a réorienté son enquête, Magali Drouet s'est progressivement mise à jouer un rôle informel de vigie pour les familles des victimes. Elle-même employée de la DCN à Cherbourg, où elle travaille au service de la comptabilité, Magali Drouet est depuis 2008 l'une des deux porte-parole d'un collectif qui regroupe plusieurs parties civiles.

Il est presque impossible pour un journaliste, surtout s'il travaille à la radio ou à la télévision, d'évoquer l'affaire sans passer soit par elle, soit par l'autre porte-parole, Sandrine Leclerc, l'alter ego de Magali. Ces deux jeunes femmes au verbe haut incarnent désormais médiatiquement le combat des victimes face à l'omerta qui a longtemps pesé sur ce dossier.

À force d'interviews, la blonde Magali et la brune Sandrine ont appris à calibrer leurs interventions médiatiques, toujours tranchantes, offensives, voire agressives à l'égard du pouvoir. Elles ont été jusqu'à mettre en ligne en juin 2009, sur le site Internet du Collectif (verite-attentat-karachi.org), une pétition intitulée : « Non au mépris du chef de l'État à l'égard des familles des victimes de l'attentat de Karachi » ! Hors de question pour l'une comme pour l'autre, en revanche, de jouer devant les caméras le rôle de la fille éplorée. Pourtant, ce n'est pas faute d'avoir été sollicitées à plusieurs reprises pour verser une larme à l'écran...

Toujours disposées à donner leurs sentiments sur tel ou tel développement du dossier, quand bien même fût-il complexe et aride, Magali Drouet et Sandrine Leclerc n'ont peur de rien, ni d'affronter les conseillers de l'Élysée (l'un d'entre eux leur a reproché à plusieurs reprises certaines de leurs déclarations), ni ces journalistes qui prennent, à leur goût, trop de distance pour parler de l'affaire, ou qu'elles soupçonnent de ménager Nicolas Sarkozy.

Car depuis la fracassante déclaration du juge Trévidic relayée par Me Morice, l'entourage de Nicolas Sarkozy, conscient des dommages collatéraux susceptibles d'être provoqués par cette affaire, s'est attaché à la dégonfler. D'abord, en répétant à qui voulait l'entendre le message martelé, pour le moins maladroitement, par le chef de l'État à Bruxelles : faire un lien entre l'explosion du bus de la DCN en 2002 et le financement de la campagne d'Édouard Balladur sept ans plus tôt est « absurde ».

Autre méthode : pour discréditer le message, disqualifions le messager. En l'occurrence Claude Thévenet, l'ancien policier de la DST, auteur des rapports Nautilus à l'origine de la relance de l'enquête. Le site *Bakchich.info* va publier plusieurs articles visant à décrédibiliser l'ancien policier, et avec lui la piste des rétrocommissions retenue par le juge Trévidic. Dès le 23 juin 2009, soit moins d'une semaine après la réunion de Cherbourg, le site Internet affirme que « dans le petit monde du renseignement, le bon Thévenet ne fait guère l'unanimité. "Un brin mytho", pointent les plus cassants. »

Pour faire bonne mesure, l'article, qui affirme que « l'itinéraire de Claude Thévenet [...] laisse un peu perplexe », cite un mystérieux – et anonyme – « magistrat », pour qui l'affaire ne ferait pas de doute : « Le *modus operandi* de l'attaque est clairement islamiste. Et les tensions entre la marine, bastion anti-islamiste, et les services secrets étaient telles que les Français ont été pris entre le marteau et l'enclume. Mais rien à voir avec un contrat DCN ou des commissions manquantes[1]. »

Le rédacteur en chef du site, Nicolas Beau, ira jusqu'à laisser entendre que l'affaire aurait en fait été montée en épingle par Dominique de Villepin. Dans un article publié le 3 août 2009, M. Beau affirme ainsi que, « développé notamment par *Libération* et par le site *Mediapart*, le dossier de l'attentat de Karachi se veut un avertissement au camp sarkozyste ».

Dénonçant « une véritable campagne de presse », « un coup médiatique », le journaliste l'assure : « Ce M. Thévenet est connu pour ses amitiés chiraquiennes. » La preuve :

1. Nicolas Beau et Xavier Monnier, « Pakistan, l'ex-barbouze Claude Thévenet dans le rôle de l'informateur », *Bakchich.info*, 23 juin 2009.

Claude Thévenet serait proche d'Yves Bertrand, l'ancien patron des Renseignements généraux, accusé d'avoir œuvré au sein d'un « cabinet noir » du temps où Jacques Chirac était à l'Élysée. « Sa proximité avec Yves Bertrand ne plaide pas en sa faveur[1] », tranche ainsi le site Internet.

Petit détail : Yves Bertrand et Claude Thévenet ne se sont jamais rencontrés, ni même parlé.

Encore plus fort, l'article du 3 août proclame : « Quant au juge chargé du dossier au sein du pôle antiterroriste, Marc Trévidic, il a confié récemment à un de ses collègues n'accorder aucun crédit aux écrits de M. Thévenet. » Parfaitement surréaliste lorsque l'on sait que c'est précisément parce qu'il croit en la fiabilité de Claude Thévenet que le magistrat a réorienté son enquête.

Pour qui roule Pierre Sellier ?

Au moment où la campagne de désinformation bat son plein, c'est-à-dire au cours de l'année 2009, un homme apparaît en première ligne. Il s'agit de Pierre Sellier, un quadragénaire à l'allure sportive, que tous les journalistes chargés des « affaires » ont croisé un jour. Ex-conseiller technique des groupes EADS ou Sagem, il ne cache pas son amitié pour les journalistes du site *Bakchich.info*. Invariablement d'humeur joviale, toujours prêt à fourguer un tuyau, ce curieux personnage inspire d'emblée la sympathie.

Grand spécialiste du jeu de go, Sellier est le P-DG de Salamandre, une société de « conseil en stratégie », comme elle se définit pudiquement. En clair, l'une de ces

1. Nicolas Beau, « De Clearstream à Karachi, la rentrée flamboyante de Villepin », *Bakchich.info*, 3 août 2009.

nombreuses officines spécialisées dans l'intelligence économique. Elle compte, au sein de son conseil d'administration, deux anciens pontes de la DGSE, François Mermet et Michel Lacarrière. Caractéristique de Sellier : il dit avoir longtemps été proche de l'homme d'affaires libanais Ziad Takieddine, l'un des intermédiaires mis en cause dans le contrat Agosta, qu'il a conseillé sur plusieurs opérations sensibles, notamment pour le contrat Miksa avec l'Arabie saoudite, qui a vu s'opposer, pour changer, réseaux chiraquiens et sarkozystes – dans l'entourage desquels Takieddine gravite.

À partir du printemps 2009, Pierre Sellier va inonder les rédactions de mails ou de SMS (sa grande spécialité, au point d'avoir été surnommé « le Zorro du texto » par *Paris Match*[1]) pour les mettre en garde contre l'exploitation « fallacieuse » de l'affaire de Karachi. Le message est sans ambiguïté. En substance, explique Sellier, la piste des rétrocommissions ne tient pas la route. Inutile d'essayer d'impliquer Édouard Balladur ni, *a fortiori*, Nicolas Sarkozy.

Dans un texto du 27 juin 2009, une semaine après que le juge Trévidic a annoncé qu'il avait décidé d'abandonner la piste islamiste, Sellier présente l'affaire comme une « manip » orchestrée par, d'une part, le duo « Plenel-Villepin » et, d'autre part, le « mytho Dasquié »[2].

Deux jours plus tard, le même Guillaume Dasquié est qualifié d'« escroc ».

---

1. François Labrouillère, « Le Zorro du texto », *Paris Match*, 29 mai 2009.

2. Ancien directeur de la rédaction du *Monde*, Edwy Plenel est le président-fondateur du site d'investigation *Mediapart*, qui a notamment révélé les rapports Nautilus en septembre 2008. Guillaumé Dasquié a écrit plusieurs articles sur l'affaire de Karachi dans *Libération*.

Le 3 juillet 2009, Pierre Sellier écrit à l'un des auteurs : « Pourquoi es-tu venu nous poser tes questions délirantes sur Karachi et la DGSE au café de l'Alma pour diffamer Édouard Balladur de la sorte ? »

Mais Pierre Sellier ne va pas se contenter de mener ce curieux lobbying dans les médias. Il va aller plus loin et faire passer des messages à Magali Drouet, la porte-parole des parties civiles la plus active dans les médias, par l'entremise de journalistes proches de lui. « Il m'a littéralement menacée d'un dépôt de plainte contre moi. Je n'en revenais pas. Je me suis tout de suite demandé : "Mais qui est ce type ? pour qui travaille-t-il ?" » se souvient-elle.

Dans un mail envoyé le 26 juin 2009 à un journaliste de Canal +, Pierre Sellier écrit noir sur blanc : « Plainte en diffamation en cours de rédaction contre Magali Drouet. Dommage ! Bises. » Dans un autre message au même journaliste, il écrit : « Nous sommes [...] résolument hostiles à toute mise en cause ou accusation fallacieuse, susceptible, en matière pénale, d'être qualifiée de dénonciation calomnieuse et de diffamation, même quand elle émane de la famille des victimes [...] ou de leur avocat. » Le message est clair.

L'acharnement que met Pierre Sellier à démolir la version désormais privilégiée par le juge Trévidic est d'autant plus frappant qu'il s'inscrit dans une campagne plus générale. En effet, à la même période, le patron de Salamandre abreuvait aussi les journalistes de SMS mettant en cause l'ancien patron des Renseignements généraux proche de Jacques Chirac, Yves Bertrand, alors en pleine polémique sur ses « carnets secrets », ou Dominique de Villepin, dont il s'échinait à démontrer la culpabilité dans l'affaire Clearstream.

Bertrand, Villepin, Karachi : chaque fois que Pierre Sellier monte au créneau, c'est pour défendre Nicolas

Sarkozy – et attaquer les ennemis du président, les chiraquiens. De telle sorte qu'une question, évidente, s'impose : Sellier et son officine ont-ils été mandatés par l'Élysée pour mener campagne(s) ? Pierre Sellier, qui a brutalement cessé à partir de la fin de l'année 2009 d'inonder les rédactions de ses imprécations pro-sarkozystes, conteste avoir été instrumentalisé. « Je ne suis pas mandaté par l'Élysée et je ne l'ai jamais été, à aucun moment les sarkozystes ne m'ont sollicité », affirme-t-il. « C'est vrai que pendant la période précédant le procès Clearstream, je me suis beaucoup démené pour contrer ce qui me semblait être une campagne d'intoxication, mais il s'agissait d'une initiative personnelle », affirme Pierre Sellier. Il assure avoir surtout voulu se venger des villepinistes, qu'il soupçonne d'avoir monté une cabale contre lui au début de l'affaire Clearstream. « J'ai un rapport particulier avec Villepin, c'est à cause de lui que j'ai eu des ennuis. Alors oui, j'ai voulu en découdre, et j'ai orchestré une opération de “nettoyage” pour mettre fin aux agissements des proches de Chirac qui ont fait des saloperies, notamment Villepin qui a toujours été obsédé par le supposé financement occulte de Sarkozy », explique Sellier.

Quand on lui parle des menaces proférées à l'encontre des parties civiles de l'affaire de Karachi, le P-DG de Salamandre plaide la bonne foi, sans forcément convaincre : « Il ne s'agissait pas de menaces. C'est par gentillesse que je voulais les prévenir qu'il était risqué pour elles de continuer à attaquer ainsi Sarkozy. » Reste qu'à partir de la fin de l'année 2009, Pierre Sellier est brutalement rentré dans le rang. Plus de SMS ni de mails menaçants. Mission accomplie ? « Non, non, proteste-t-il. C'est juste que le conseil de supervision de Salamandre m'a fait comprendre que je devais en finir avec ma *vendetta* personnelle. On m'a dit : “Pierre, tu vas trop loin, tu en fais trop." Il fallait en finir avec les barbouzeries[1]... »

Même s'il le conteste, Pierre Sellier a surtout été sévèrement rappelé à l'ordre par le tout-puissant patron de la Direction centrale du renseignement intérieur (DCRI), Bernard Squarcini. Réputé proche de Nicolas Sarkozy, cet homme affable au regard malicieux confirme : « J'ai convoqué Pierre Sellier plus d'une fois, le samedi matin, pour lui dire d'arrêter de s'agiter, sinon cela risquait de mal finir pour lui. J'ai su qu'il laissait entendre qu'il travaillait pour moi. Là, ça allait trop loin. J'ai demandé à Lacarrière de le surveiller. Et par ailleurs, on l'a fait placer en garde à vue par la PJ, dans une affaire où il avait menacé la fille de Jacques Toubon, ce qui l'a calmé. »

Alors, un « fou utile » du pouvoir, Pierre Sellier ? « Non, c'est plutôt un fou emmerdant, rétorque le patron de la DCRI. Sarkozy ne le connaît même pas, mais j'imagine que jouer de cette prétendue proximité lui permet d'aller voir des entreprises et de décrocher des contrats[2]. » Le mystère Sellier demeure.

1. Entretien avec les auteurs.
2. *Idem.*

II

L'argent

1

La corruption au cœur de la République

Il n'y a pas une, mais deux affaires de Karachi. La première, la plus évidente, est incarnée par l'enquête antiterroriste sur l'attentat du 8 mai 2002. Elle pose la question des auteurs, des moyens techniques mis en œuvre pour tuer, et bien entendu des commanditaires et de leur mobile. Mais il existe une autre affaire. Financière, celle-là, invisible à l'œil nu, s'emboîtant dans la première comme dans une poupée gigogne. Cette affaire, c'est celle d'un continent caché, celui des grands marchés d'armement et de leurs secrets. Pour chaque contrat, les sommes en jeu sont vertigineuses, les arrière-pensées politiques permanentes et les appétits féroces.

Depuis de nombreuses années, les deux affaires de Karachi mènent des destinées autonomes comme deux lignes parallèles. La première – l'affaire purement terroriste – fait l'objet depuis huit ans, soit depuis l'attentat, d'une instruction judiciaire en France, confiée dès l'origine à un juge – Jean-Louis Bruguière d'abord, puis Marc Trévidic. Ce qui n'est pas le cas de la seconde (les dessous du contrat Agosta), même si l'enquête préliminaire ouverte début 2010 par le parquet de Paris, contraint et forcé par une plainte déposée par l'avocat des familles des victimes, offre un cadre juridique à d'éventuelles investigations en ce sens. La justice est traditionnellement rétive à examiner ce secteur d'activités qui mérite pourtant toutes les attentions, tant il est la marque d'un vice démocratique bien français : les ventes d'armes. Le trou noir de la République.

« La frontière entre le commerce et le trafic d'armes est, en réalité, bien imprécise [...]. Les plus grands trafiquants sont les États eux-mêmes. » Cette sentence sans appel ne sort pas de l'esprit retors d'un adepte des théories conspirationnistes ou d'un amateur de déstabilisations gouvernementales, mais de celui d'un maître espion. Responsable pendant quinze ans du service 7, celui des « renseignements trafics d'armes », à la Direction générale de la sécurité extérieure (DGSE), les services secrets français, Jean-Pierre Lenoir a publié, en 1992, *L'État trafiquant*[1], un ouvrage de référence sur les pratiques obscures qui font loi dans la galaxie de l'armement. Surtout en France.

Avec le concours du journaliste suisse Pascal Auchlin, Jean-Pierre Lenoir y décrit par le menu toutes les petites et grandes hypocrisies d'État en la matière. Absence totale de contrôle du Parlement, irresponsabilité politique que représente la vente de certains matériels de guerre à des pays instables, ronde des intermédiaires assoiffés d'argent, poids des lobbies...

L'ancien agent secret résume sa pensée d'un trait dans la préface de son livre : « Le "complexe militaro-industriel" se transforme alors en une coalition d'intérêts où l'administration, les industries d'État et les partis politiques s'accordent, au gré de leurs appétits, pour imposer à la Nation un équipement militaire surabondant et inutile

1. Jean-Pierre Lenoir, *L'État trafiquant*, Robert Laffont, 1992.

dans un secteur tandis que l'essentiel manque dans un autre. » « Appétits » des partis politiques pour un équipement « inutile », tout est dit quand on lit entre les lignes.

L'histoire, irremplaçable antidote contre l'amnésie, enseigne qu'il y a bientôt un demi-siècle, un président des États-Unis, prophétisant comme un oracle de malheur, ne disait déjà pas autre chose. Il s'agit de Dwight D. Eisenhower (1890-1969), ancien chef d'état-major des forces armées américaines, homme du cessez-le-feu avec la Corée et du déclenchement de la guerre au Vietnam, de la conquête de l'espace et du développement des autoroutes dans son pays. Pour son discours télévisé de fin de second mandat (élu en 1952, il avait été reconduit quatre ans plus tard), prononcé le 17 janvier 1961 et diffusé dans tout le pays, le président Eisenhower fit une déclaration fracassante sur les dangers du « complexe militaro-industriel », qui demeure dans l'histoire comme une alerte démocratique d'une rare clairvoyance.

La voici :

« Dans les organes politiques, nous devons veiller à empêcher le complexe militaro-industriel d'acquérir une influence injustifiée, qu'il l'ait ou non consciemment cherchée. Nous nous trouvons devant un risque réel, qui se maintiendra à l'avenir : qu'une concentration désastreuse de pouvoir en des mains dangereuses aille en s'affermissant. Nous devons veiller à ne jamais laisser le poids de cette association de pouvoirs mettre en danger nos libertés ou nos procédures démocratiques. Nous devons nous garder contre le risque de considérer que tout va bien parce que c'est dans la nature même des choses. Seul un ensemble uni de citoyens vigilants et conscients réussira à obtenir que l'immense machine industrielle et militaire qu'est notre secteur de la défense nationale s'ajuste sans grincement à nos méthodes et à nos objectifs pacifiques, pour que la sécurité et la liberté puissent prospérer ensemble. »

« Discrétion » et « robustesse »

Dix-huit ans après la publication de *L'État trafiquant* de l'espion Lenoir, près de cinquante ans après la saillie télévisée du président Eisenhower, une figure de l'ombre de l'armement français a planté, à son tour, sa plume dans cette plaie démocratique qu'est le business étatique des ventes d'armes. Il s'appelle Gérard-Philippe Menayas et fut pendant seize années l'un des principaux dirigeants financier et administratif de la Direction des constructions navales (DCN). Ceux qui le connaissent bien le présentent volontiers comme un haut fonctionnaire ayant fait du service de l'État un sacerdoce.

Né le 18 mars 1947, normalien, agrégé de mathématiques, il a commencé sa carrière dans les années 1970 comme maître-assistant à l'université de Nanterre avant de rejoindre la direction du Trésor du ministère des Finances (1977-1982). La décennie suivante, il fut chef du financement-export à la direction du plan du constructeur automobile Renault, entreprise publique à l'époque. Le 1er juin 1992, Gérard-Philippe Menayas intègre finalement le géant français du navire de guerre, la DCN.

Habilité « secret-défense » entre février 1994 et décembre 1998, l'homme est rompu à l'opacité de son milieu professionnel. Taiseux, il ne fréquente pas les journalistes, les évite même à tout prix ; il les éconduit au téléphone avec un étrange mélange d'agacement et de courtoisie dans la voix. En revanche, il écrit. Mis en cause dans l'affaire financière instruite par les juges Desset et Hullin pour avoir fait travailler, pour le compte de la DCN, une officine privée de renseignements dans le cadre de missions sensibles débordant parfois largement le cadre du code pénal – ce qui entraînera son éviction de l'entreprise une fois l'affaire rendue publique –, Gérard-Philippe

Menayas a déposé le 29 avril 2008 un mémorandum sur le bureau des deux juges d'instruction. Une bombe qui a longtemps dormi au pôle financier du tribunal de grande instance de Paris. Le document fait dix-sept pages recto verso. Il est accompagné de trente-sept pièces jointes en annexe.

Dans un style froid, distancié, qui ne craint pas la pédagogie sur un sujet aussi complexe que le commerce de matériel sensible, Gérard-Philippe Menayas y met à nu la corruption d'État organisée, validée et assumée par la France dans le cadre des principaux grands contrats militaires passés par la DCN (frégates, sous-marins...) ces vingt dernières années[1]. L'ancien directeur financier de DCN International, la branche commerciale de la DCN, semble avoir versé ce mémo, qui dépasse très largement le cadre de l'enquête des juges, autant pour sa défense que pour sa protection, car ce sont ni plus ni moins qu'une partie des secrets inavouables des ventes d'armes de l'État français qui y sont largement dévoilés, documents à l'appui.

Dès la deuxième page de son mémoire, Gérard-Philippe Menayas pose les termes du débat et l'ampleur de ses révélations. « Il faut rappeler que jusqu'à l'entrée en vigueur en France de la convention OCDE contre la corruption (28 septembre 2000), aucun contrat de vente de matériel de défense à un pays émergent ne pouvait s'opérer sans versement de commissions aux décideurs politiques » grâce auxquels la France a pu être préférée à ses concurrents. Sur les contrats en question, ces commissions sont dissimulées derrière une mention spécifique, toujours la même : FCE, pour « frais commerciaux exceptionnels ».

1. La France fait partie des cinq plus grands pays exportateurs d'armes dans le monde avec la Russie, les États-Unis, l'Allemagne et la Grande-Bretagne.

Un délicieux euphémisme derrière lequel il faut bien sûr lire d'autres mots, comme pots-de-vin ou corruption.

Selon M. Menayas, DCN International (DCN-I) a vendu entre 1991 et 2002 « pour environ 60 milliards de francs de produits ». Il précise : « Sur ce montant, 8 à 10 %, soit 5 à 6 milliards de francs, ont été versés en FCE à des agents ou lobbyistes qui se chargeaient de leur redistribution aux bénéficiaires ultimes. » Ces derniers appartiennent soit au *political level* (des hommes politiques) soit au *working level* (des cadres administratifs, des militaires...), comme l'expliquera M. Menayas plus tard à la justice.

Tout ce circuit de la corruption d'État, qui ne sera rendu illégal qu'en 2000 en France à l'initiative de la communauté internationale, était parfaitement huilé. Si bien qu'outre les étages supérieurs des ministères de la Défense et des Finances, même le fisc était dûment renseigné de ce solfège comptable assez saumâtre. Chaque commission versée pour stipendier un agent étranger faisait ainsi l'objet d'une déclaration fiscale nommée le « DAS 2 Bis ». Tout cela était géré à la direction générale des impôts par le bureau CF3, ira même jusqu'à préciser M. Menayas à la police judiciaire[1].

Gérard-Philippe Menayas pousse la minutie jusqu'à décrire l'architecture des montages bancaires et des nuages de sociétés-écrans qui ont servi à assurer « discrétion » et « robustesse » au système. Voici ce qu'il dévoile : « Le principe général du dispositif consistait à faire transiter les règlements faits aux agents par deux étages de sociétés offshore, le premier constituant un coupe-circuit en amont, le second un coupe-circuit en aval. Pour accroître la dis-

1. Procès-verbal du 3 juin 2008 établi par les enquêteurs de la Division nationale des investigations financières (DNIF).

crétion, chaque paiement était “splitté[1]”, ce qui rendait impossible toute traçabilité. Le premier étage était formé de deux sociétés : l'une, Heine, domiciliée au Luxembourg, l'autre, Marlindoon, domiciliée en Irlande. Le deuxième étage comportait plusieurs sociétés dont les noms étaient régulièrement changés, et domiciliées à l'île de Man, aux Bahamas, aux îles Vierges britanniques et aux îles Caïmans. »

Dans son mémo, l'ancien directeur financier de DCN-I ajoute que « la seule limitation, le plus souvent formelle, était l'interdiction des rétrocommissions au profit du pays vendeur ». La délicatesse de la formule est admirable, mais la précision est décisive. La rétrocommission est une manœuvre comptable, parfaitement illégale, qui permet à celui qui vend une marchandise (ici, des bâtiments de guerre) de récupérer une partie des sommes initialement versées à des intermédiaires sous forme de commissions.

Voilà donc une grenade dégoupillée lâchée dans la nature qui réveille en deux petites lignes seulement l'idée d'une corruption généralisée avec, en toile de fond, le spectre du financement occulte de la vie politique française grâce aux ventes d'armes. C'est probablement la première fois qu'un haut responsable de l'armement français affirme – et avec quel détachement ! – que l'essentiel des contrats internationaux dont il a eu directement connaissance a pu donner lieu aux versements de rétrocommissions. M. Menayas n'en dira pas plus, préférant l'ellipse à l'affirmation.

En revanche, son mémo est très précis, circonstancié et – surtout – documenté, sur les dessous d'une demi-douzaine de grands contrats d'armement emportés par la

1. Divisé en plusieurs parties.

DCN grâce aux versements à des officiels étrangers de pots-de-vin déguisés en « frais commerciaux exceptionnels », dans divers pays à « haut risque politique ». Une sorte d'inventaire à la Prévert qui plonge dans l'arrière-boutique de la République.

Des frégates, des sous-marins, des secrets...

Le plus célèbre de ces contrats remonte à 1991 et porte sur la vente, par le gouvernement (socialiste) français, de six frégates à Taïwan pour un montant de 11 milliards de francs. À l'origine d'un retentissant scandale judiciaire, l'affaire éponyme s'est close en 2008 par un non-lieu général, rendu la mort dans l'âme par le juge financier Renaud Van Ruymbeke. Après des années d'investigations acharnées à traquer les réseaux de la corruption internationale, le célèbre magistrat a buté sur le mur du « secret-défense » que l'État français a érigé face à lui à de nombreuses reprises, comme un imparable paravent à la vérité judiciaire.

Dans son mémo, Gérard-Philippe Menayas note qu'au cœur du contrat des frégates, plus de 3 milliards de francs « se sont évaporés vers des bénéficiaires dont la liste reste à établir ». Comme le montrent des documents d'époque[1] joints à son mémo, dans le dossier taïwanais, le ratio appliqué à la rémunération des intermédiaires (et déclaré aux douanes !) était de 20,085 % du contrat global dont 15 % pour le principal d'entre eux, l'homme d'affaires Andrew Wang. Autant dire des proportions parfaitement uniques.

Si l'argent n'a pas d'odeur, il n'a pas non plus de mémoire. Tel est l'un des enseignements du mémo

1. En possession des auteurs.

Menayas. Ainsi en va-t-il d'un contrat passé en 1997 avec le Chili, qui a acheté à l'État français deux sous-marins de type Scorpène pour la bagatelle de 2,4 milliards de francs. Le premier sous-marin sera remis à la marine chilienne huit ans après la signature du contrat, le 9 septembre 2005. Un jour de fierté pour la DCN à en croire les déclarations publiques de son président d'alors, Jean-Marie Poimbœuf : « C'est un jour extrêmement important pour la DCN. C'est le premier sous-marin de la famille Scorpène à entrer en service dans une marine. Il devient désormais un sous-marin de référence pour l'ensemble des flottes sous-marines dans le monde. » En effet, la Malaisie puis l'Inde emboîteront le pas au Chili et achèteront à leur tour des sous-marins Scorpène pour le plus grand bonheur des finances publiques françaises.

Mais ce que ne dit pas le P-DG de DCN, et que révèlera son directeur financier quelques années plus tard dans son mémo, montre combien une « référence » industrielle peut parfois se gagner au prix de graves concessions avec les principes – et avec l'histoire.

Ainsi, le premier des agents d'influence choisi par l'État français pour conclure le contrat Scorpène avec le Chili fut l'un des principaux hommes de main d'Augusto Pinochet aux heures sombres de la dictature fasciste. Il se nomme Pedro Felix de Aguirre (aujourd'hui décédé) et fut destinataire de « près de 5 % du montant du contrat », soit plus de 100 millions de francs[1].

Homme de confiance du clan Pinochet, Pedro Felix de Aguirre a fait fortune sous la dictature militaire essentiellement grâce au commerce du vin et des armes. La vie et

1. Pour le contrat chilien, Pedro Felix de Aguirre a signé deux accords de « consultance » avec la DCN, les 8 mars et 13 juin 1997. Documents en possession des auteurs.

la mort, en quelque sorte. Surnommé tour à tour le « gestionnaire de Pinochet » ou son « conseiller des affaires réservées », Pedro Felix de Aguirre est très proche de la fille aînée du dictateur, Lucia. Il s'occupa notamment pour elle des arrière-plans financiers d'un livre consacré à son père. À la fin des années 1990, il s'est aussi tout entier dévoué à son mentor en participant à une douteuse mission de lobbying pour court-circuiter les aspirations de la justice espagnole à enquêter sur le passé du dictateur aux lunettes noires[1].

Selon le mémo Menayas, Pedro Felix de Aguirre serait également « responsable d'avoir fait décéder, par suite de tortures, de nombreuses personnalités dont le propre père de Michelle Bachelet, l'actuelle présidente du Chili ». En l'état de nos recherches, rien ne permet de confirmer toutefois une telle assertion. Elle paraît même assez peu plausible dans la mesure où a surgi en 2009 une polémique au Chili sur les véritables raisons de la mort du général Bachelet – tortures ou crise cardiaque en prison – et à nul instant le nom de Pedro Felix de Aguirre n'est apparu dans les récits.

L'ancien dirigeant de la DCN, qui semble beaucoup mieux maîtriser les secrets comptables que ceux du passé de Pinochet, observe qu'un autre intermédiaire est intervenu dans la finalisation du contrat Scorpène avec le Chili. Il se nomme Francisco A. Muzard Ureta, « un Chilien d'ascendance française, correspondant de l'UMP », selon le mémo Menayas. Gérard-Philippe Menayas rapporte qu'un reliquat de 457 000 euros de commissions destinées à Francisco Muzard, censé rémunérer la vente de torpilles pour les sous-marins chiliens que la DCN avait cachée à son intermédiaire, a été versé le 9 mars 2005. L'argent

1. Ernesto Ekaizer, *Yo, Augsto*, Aguilar (Buenos Aires), 2003.

aurait été dispersé sur plusieurs comptes en banque domiciliés dans des paradis fiscaux. Il pourrait s'agir là d'une violation des lois anticorruption internationales qui proscrivaient, depuis cinq ans déjà, le versement de commissions à des agents étrangers, rappelle Menayas.

« Le compte personnel de M. Marchiani »

Minuscule État de la péninsule arabique mais grand producteur de pétrole, le Koweït fut, à ses dépens, le point de départ de la première guerre du Golfe après son invasion par l'Irak de Saddam Hussein. Le mémo Menayas assure qu'en 1995, quatre ans après la guerre, le gouvernement RPR d'Alain Juppé a « obligé DCN-I à signer avec le Koweït un contrat de livraison de patrouilleurs » pour 2,4 milliards de francs. Ces patrouilleurs avaient la particularité d'être fabriqués non pas par la DCN mais par les Constructions mécaniques de Normandie (CMN), détenues à l'époque par l'homme d'affaires libanais Iskandar Safa.

Né en 1955, issu d'une grande famille chrétienne et élevé dans le culte maronite, Iskandar Safa jouit d'une ascendance de prestige, entre un grand-père haut magistrat et un père directeur du cabinet du premier président de la République libanaise. Proche de l'ancien ministre Charles Pasqua et de ses « réseaux », il a notamment joué un rôle décisif dans la libération des otages français détenus à Beyrouth au milieu des années 1980.

Le mémo Menayas affirme qu'en 1995, le ministère de la Défense, tenu alors par Charles Millon, a « imposé » à DCN-I de reprendre à son compte les engagements pris à l'égard des agents d'influence par CMN pour un montant équivalent à 10 % du contrat. « Nous découvrirons quelques années plus tard avec surprise que l'intégralité des commissions versées au principal agent (M. Langford), soit 3 % du montant du contrat, était dirigée vers un compte personnel de M. Marchiani », assure l'auteur du mémo.

Les relations financières entre Iskandar Safa et Jean-Charles Marchiani, un ancien agent secret devenu fidèle lieutenant de Charles Pasqua, ont ces dernières années été au cœur de deux procédures judiciaires conduites par le juge Philippe Courroye (aujourd'hui procureur de Nanterre). L'une s'est close par un non-lieu et l'autre par une relaxe en faveur de M. Safa.

Dans un courrier qu'il nous a envoyé[1], Iskandar Safa parle d'« allégations, autant mensongères qu'absurdes, [qui] sont révélatrices d'une particulière méconnaissance de ce dossier ». Pour argumentaire, M. Safa indique qu'il est « faux de prétendre que les commissions versées par CMN auraient été dirigées sur le compte de M. Marchiani, alors qu'il est démontré qu'elles ont été intégralement versées, conformément à la législation alors en vigueur, aux intermédiaires étrangers intervenus pour la conclusion et la réalisation de ce contrat vital pour les CMN et ses salariés ». Sans autre précision.

Il ajoute encore que les montants des commissions obtenues par CMN pour ce contrat étaient « exceptionnellement bas par rapport à ceux habituellement pratiqués par toutes les sociétés nationales françaises à l'époque des faits dans cette région du monde ».

Au cours de deux auditions, recueillies en 2008 par le juge Jean-Christophe Hullin (qui avait repris le cabinet de M. Courroye), M. Safa a surtout dit tout le mal qu'il pensait du rôle joué par la DCN dans le contrat koweïtien.

1. En date du 26 juin 2009.

Selon le témoignage de l'homme d'affaires, DCN-I s'est greffée sur ce dossier sans aucune raison, si ce n'est toucher sa part du gâteau. « L'État nous a imposé DCN-I comme maître d'œuvre, complètement inerte, et qui a ponctionné le marché d'une commission de 2 % sans aucune contrepartie pour CMN », a-t-il déclaré lors d'une première audition, le 13 mai 2008. « Le contrat [...] s'est fait sans aucun appui de l'État, alors même que l'on nous a imposé la présence de DCN-I contre une rémunération de 2 % sans aucune contrepartie. Je l'affirme, DCN-I n'a servi à rien et surtout pas à servir de garantie ou de caution pour la simple raison que le Koweït n'en demandait pas », a précisé au juge M. Safa, le 16 octobre 2008. « J'insiste, on m'a imposé DCN-I et si je n'avais pas accepté, je n'aurais pas obtenu les CIEEMG [autorisation d'exportation de matériel de guerre] », a conclu le patron de CMN, dont le témoignage évoque, s'agissant de l'intervention de la DCN, des méthodes proches du racket d'État.

Des millions pour les princes saoudiens

De tous les pays cités par le mémo Menayas, deux attirent particulièrement l'attention. Il s'agit de l'Arabie saoudite et du Pakistan. Le premier, berceau de l'islam, a la main sur 20 % des réserves mondiales de pétrole et représente le premier exportateur d'or noir. Il est riche, très riche. C'est pourquoi ces deux dernières décennies, l'État français a conclu plusieurs contrats d'armement, impliquant la DCN, avec son homologue saoudien.

Le premier de ces contrats évoqué par le mémo porte le joli nom de Mouette. Signé en 1994, sous le gouvernement d'Édouard Balladur (1993-1995), Mouette a concerné la révision – étalée sur six ans – de quatre frégates et trois pétroliers ravitailleurs saoudiens. Montant du contrat : 3,3 milliards de francs dont plus d'un quart (700 millions de francs) a été versé en « frais commerciaux exceptionnels », c'est-à-dire en pots-de-vin. Sur ces 700 millions, 610 ont été pris en charge par la Sofresa[1], la société exportatrice d'armes du ministère de la Défense pour le Moyen-Orient, et les 90 millions restants ont été supportés par DCN-I, qui a souhaité superposer un deuxième réseau d'agents d'influence à celui déjà en place.

L'homme-clé du réseau de DCN-I, Omar Zeidan, est un ancien ambassadeur à l'Unesco très apprécié des autorités françaises. Preuve en est cette lettre du 7 juillet 2000 rédigée par le ministre des Affaires étrangères de l'époque, Hubert Védrine, qui annonce à M. Zeidan sa promotion au grade d'officier de la Légion d'honneur. « Il m'est agréable que soient ainsi reconnus les titres que vous vous êtes acquis à cette haute distinction. Je saisis cette occasion pour vous remercier de votre contribution remarquable au renforcement des liens entre la France et l'Arabie saoudite, notamment dans le domaine économique », écrit le ministre socialiste.

Omar Zeidan a touché 3 % du contrat Mouette en commissions (soit plus de 90 millions de francs) pour son intervention dans les négociations. L'argent a été intégralement versé en Suisse sur des comptes de l'UBS et de la Chase Manhattan, comme le prouvent plusieurs relevés bancaires joints en annexe du mémo Menayas.

Mais au final, cela fera beaucoup d'argent dépensé en pure perte... du moins pour l'État français. Car non

1. Créée en 1974, la Société française d'exportation de systèmes d'armes (Sofresa) se nomme aujourd'hui ODAS. Elle a pour directeur général exécutif Philippe Japiot, un ancien P-DG de DCN International.

content d'avoir engendré pour les caisses de la République une perte de plus d'un milliard d'euros, ainsi que le relèvera un rapport parlementaire de 1998, le contrat Mouette a aussi subi les foudres… du fisc. D'après l'ancien directeur financier de DCN International, l'administration fiscale a « jugé excessif » le montant total des commissions versées aux intermédiaires. Elle avait « placé l'étiage à 15 % du montant du contrat » et non à 23 %, comme ce fut en réalité le cas. Résultat : le fisc « a entraîné un redressement […] à concurrence du dépassement ».

Au-delà du côté surréaliste de la situation, cette sentence des impôts a permis de mettre en lumière l'ampleur de la corruption qui peut se cacher derrière les termes policés d'un contrat d'armement comme le contrat Mouette.

En juin 2000, une réunion de crise s'est tenue entre des dirigeants de la DCN, de la Sofresa et de la direction des impôts pour trouver une issue à ce contrôle fiscal pas comme les autres. Chacun a manifestement joué cartes sur table. Selon les termes d'un compte rendu établi à l'époque[1] et livré à la justice par Gérard-Philippe Menayas en 2008, représentant de la Sofresa, Jacques-Yves G. a reconnu face à ses interlocuteurs que plusieurs princes dignitaires du régime saoudien avaient été personnellement intéressés aux commissions payées en marge de Mouette.

Très simplement, le document en question aligne des noms de code, les personnalités auxquels ils sont associés, le tout suivi d'une flèche menant vers une coquette somme d'argent (en millions de francs).

Comme suit :

1. En possession des auteurs.

CHESTERFIELD : Prince Fahd Ben Abdallah (150 MF)
PILNY : SAR le Prince Sultan (240 MF)
TESMAR + ESTAR : le sheikh Abu Salem (210 MF)
(mandataire de la famille royale)
FRICOL : Abdul Aziz Al Hussein (4 MF)

Soit un total de 604 millions de francs.

L'autre contrat saoudien évoqué par M. Menayas dans ses confidences écrites a déjà fait beaucoup parler de lui entre 1995 et 2002. Baptisé Sawari II[1], il a été signé par le gouvernement Balladur, en 1994, puis révisé un an plus tard par celui d'Alain Juppé, après l'arrivée au pouvoir de Jacques Chirac. Sawari II prévoyait la livraison de deux frégates de type La Fayette à l'Arabie saoudite pour un montant initial de 19 milliards de francs.

Et une nouvelle fois, la DCN a décidé de superposer un réseau d'intermédiaires maison à celui, « traditionnels », de la Sofresa. Omar Zeidan, qui deviendra quelques années plus tard le président de l'Association France/Moyen-Orient de la Légion d'honneur, est encore de la partie. Il lui sera adjoint une autre paire d'agents d'influence : Abdul Raham El-Assir et Ziad Takieddine. Deux hommes dont il sera aussi beaucoup question dans le cadre du contrat Agosta avec le Pakistan.

Le montage financier du contrat Sawari II avait de quoi surprendre. « Les FCE allaient non seulement au-delà des standards habituels saoudiens (18 %) mais en plus, leur paiement était accéléré, de telle sorte que la trésorerie nette du contrat était négative pendant plus de deux ans, ce qui était tout à fait inhabituel dans un contrat de défense sur ce pays », souligne le mémo Menayas. Le document assure que

1. Le contrat Sawari I date de 1980.

Ziad Takieddine s'était vu promettre une rémunération équivalente à 3 % du contrat. Soit 570 millions de francs.

Deux contrats pour un magot

La même année – en 1994 – et sous le même gouvernement – Balladur –, le binôme Takieddine/El-Assir est missionné pour un autre marché de grande importance, le contrat Agosta, affirme le mémo. Celui-ci concerne, on l'a vu, la vente au régime d'Islamabad de trois sous-marins de la catégorie Agosta 90B moyennant 5,5 milliards de francs (826 millions d'euros).

Les Agosta 90B sont des monstres de 1 700 tonnes pouvant mener des opérations océaniques de très longue durée. Ils sont équipés de quatre tubes lance-torpilles et peuvent emporter jusqu'à seize torpilles lourdes avec eux, ce qui n'est pas pour déplaire aux officiels pakistanais qui réclament, en plus, la livraison de missiles anti-navires Exocet SM-39 modernes. Ce qu'ils obtiendront au grand dam d'officiers de la marine nationale qui ne souhaitaient pas que la France livre à un pays étranger un système de haute technologie de ce niveau, que l'on retrouve notamment à bord des sous-marins nucléaires français.

Mais pour décrocher ce contrat, la France semble prête à tout – elle est alors en concurrence avec la Suède (Kockmus), la Chine (CSSC) et la Grande-Bretagne (VSEL). Le contrat est finalement signé en grande pompe le 21 septembre 1994.

Le volume global des commissions s'élève cette fois-ci à 10,25 % du montant du marché et se partage comme tel : 6,25 % pour les agents de la Société française de matériel d'armement (SOFMA) et 4 % pour le fameux réseau *bis* de la DCN, en l'occurrence Ziad Takieddine et

Abdul Rahman El-Assir. Dans son mémo, Gérard-Philippe Menayas parle de M. Takieddine comme d'un agent « très proche des gouvernements français et pakistanais de l'époque ». Ce que Jacques Chirac, ennemi juré du Premier ministre « de l'époque », Édouard Balladur, apprendra très rapidement.

Sitôt arrivé en 1995 à la présidence de la République au terme d'une guerre sans merci, Jacques Chirac décide alors de rebattre les cartes de plusieurs marchés d'armement signés de fraîche date sous le gouvernement de M. Balladur. La raison est simple, triviale même. Les chiraquiens suspectent le camp adverse d'avoir organisé un vaste système de financement politique occulte grâce aux ventes d'armes, quand les balladuriens étaient aux commandes de l'État, entre 1993 et 1995.

La sentence chiraquienne tombe comme un couperet. *Primo*, opération de « ripolinage » de Sawari II. Celle-ci comprend la renégociation du contrat avec passage de deux à trois frégates pour un montant de 23 milliards de francs (et non plus 19), et mise au ban du réseau Takieddine, qui voit son contrat de « consultance » tout bonnement déchiré. Deuxièmement (selon le mémo Menayas) : suspension en 1996 du « paiement des sommes restant dues à M. Takieddine (environ 60 millions de francs) » dans le cadre du contrat Agosta.

Gérard-Philippe Menayas conclut : « Selon les informations que j'ai pu recueillir, l'arrêt des paiements aurait pu avoir une conséquence dramatique : l'attentat de Karachi du 8 mai 2002, en rétorsion contre la défaillance française dans l'accomplissement de ses engagements commerciaux. »

2

Pots-de-vin : « Du balayeur au Premier ministre »

Aussi choquant que cela puisse paraître, rien n'était plus légal pour une entreprise ou un État, jusqu'à une période encore très récente, que de corrompre des décideurs étrangers (politiques, administratifs, militaires...) dans le but de décrocher un contrat à l'international. Dans l'armement, comme ailleurs. Mais surtout dans l'armement. Il faudra attendre 1997 pour que l'Organisation de coopération et de développement économiques (OCDE) décide de mettre un terme à cette aberration juridique soigneusement entretenue, terreau de toutes les dérives financières et irresponsabilités politiques. En France, la ratification de la convention de l'OCDE ne prendra toutefois effet qu'en septembre 2000, le temps d'inscrire dans le droit hexagonal cette nouvelle réglementation internationale proscrivant « la corruption d'agents publics étrangers », pour reprendre l'article 435-3 du code pénal français qui réprime donc désormais ce délit.

Quand, en 1992, l'État français se met sur les rangs du marché des sous-marins avec le Pakistan, il peut donc encore corrompre en toute légalité. Il ne va pas s'en priver. Tout a été soigneusement prévu pour mettre à mal la rude concurrence qui vient à la fois de Chine, d'Angleterre, d'Allemagne ou de Suède. Les pots-de-vin sont prêts et peu importe que le Pakistan, qui choisira la France en 1994, soit l'un des pays les plus instables au monde, en proie à mille démons : corruption de ses élites, nationalisme exacerbé, dérives fondamentalistes, menace permanente d'une guerre nucléaire avec l'Inde...

La machine de guerre française pour décrocher ce contrat de 826 millions d'euros (5,4 milliards de francs à l'époque) est bien en place. La DCN, maître d'œuvre pour la construction des sous-marins, a fait très tôt alliance avec la Société française de matériels d'armement, la SOFMA, dont les intermédiaires sont chargés de se montrer convaincants vis-à-vis des décideurs pakistanais. Comme c'est le cas pour chaque contrat de cette envergure, un montant de commissions est bloqué pour le compte de ces agents d'influence ; libre à eux d'en faire profiter qui de droit ensuite. Dans le cadre d'Agosta, le volume des commissions dévolu à la SOFMA représente 6,25 % du montant total du contrat. Soit 51,6 millions d'euros.

Ce pourcentage est « tout à fait normal pour le Pakistan », selon Emmanuel Aris, ancien directeur international de la DCN[1] interrogé par la justice en 2009 sur les dessous d'Agosta. « Dans mon esprit, les 6,25 % versés à la SOFMA couvraient l'ensemble des décideurs politiques ou militaires. [Ils] devaient à mon sens couvrir l'ensemble des intervenants, du balayeur, c'est une façon de parler, au Premier ministre pakistanais, en passant par tous les échelons concernés. » En un mot, il y en a eu pour tout le

1. Audition du 23 novembre 2009 devant le juge d'instruction Marc Trévidic.

monde. D'après Emmanuel Aris, l'homme à la SOFMA qui s'occupait de la gestion des agents d'influence, Thierry de Vancay, lui avait assuré à l'époque des négociations que « toutes les personnes qui étaient nécessaires pour gagner étaient couvertes ». Ici, « couvert » signifie corrompu.

En septembre 1994, au moment de la signature du contrat de vente des sous-marins de la DCN au Pakistan, le gouvernement d'Islamabad est dirigé par Benazir Bhutto, l'héritière – adulée ou détestée, selon les points de vue – d'une grande dynastie politique[1]. Son mari, Asif Ali Zardari, épousé en 1987 à la faveur d'un mariage arrangé par la mère de Benazir Bhutto, est à l'époque membre de son gouvernement, d'abord comme ministre de l'Environnement, puis de l'Investissement.

Élu président du Pakistan en 2008, Zardari aura passé au total plus de dix années en prison, conséquence d'innombrables mises en cause dans des affaires de corruption liées à des marchés publics passés sous le « règne » de sa femme.

Le banquier et l'amiral

D'Islamabad à Karachi, deux hommes en particulier ont joué un rôle central dans les coulisses d'Agosta. Il s'agit de l'ancien chef de la marine pakistanaise, l'amiral Mansurul Haq, concerné au premier chef par les sous-marins de la DCN, et de l'homme d'affaires pakistanais Amir Lodhi. Emmanuel Aris, l'ancien directeur international de la

1. Né le 5 janvier 1928, Zulfikar Alî Bhutto, père de Benazir, fut le quatrième président de la République islamique du Pakistan de 1971 à 1973. Premier ministre du pays à partir de 1973, il est renversé en 1977. Condamné à mort, il sera exécuté par pendaison le 4 avril 1979.

DCN, a raconté au juge Trévidic avoir rencontré Lodhi à Paris à l'occasion d'un déjeuner qui a eu lieu lors des négociations pour Agosta. Il assure qu'on lui avait présenté Amir Lodhi comme « l'ordonnateur des agents pakistanais ». Et plus généralement comme « une personne qui était importante au Pakistan ». Ce qui est rigoureusement exact.

Frère d'une ancienne ambassadrice du Pakistan aux États-Unis, Amir Lodhi est un financier d'envergure. Un homme de l'ombre au passé trouble, aussi. Inquiété dans l'énorme scandale de la banque pakistanaise BCCI, associée lors de sa déconfiture, en 1991, à de nombreuses activités de blanchiment liées au terrorisme ou à des réseaux criminels, Amir Lodhi s'en sortira indemne après avoir accepté de coopérer avec les enquêteurs. L'épaisseur et la qualité de son carnet d'adresses au Pakistan ont fait de lui un personnage incontournable du monde des affaires. Intime d'Asif Ali Zardari, il a ses entrées partout au milieu des années 1990. À commencer par le gouvernement Bhutto.

Pour ce qui des sous-marins français, l'activisme d'Amir Lodhi est réel. Un document de la SOFMA, daté du 23 août 1994[1], évoque à cet égard l'octroi d'une coquette rallonge de plus de 2 millions d'euros promise à celui qui est alors surnommé « M. Frère » (en référence à sa sœur ambassadrice). Le document ne le dit pas, mais Amir Lodhi vient de faire valoir auprès de la France de nouvelles prétentions financières du clan Bhutto, comme nous l'a confié un ancien officiel français en poste au Pakistan à cette époque. La démarche est, au sens propre, payante : le contrat Agosta sera signé le 21 septembre, c'est-à-dire moins d'un mois plus tard.

1. En possession des auteurs.

Directeur général délégué de la SOFMA au moment de la signature du contrat, l'ingénieur en chef de l'armement Henri Guittet a assuré, dans le bureau du juge Trévidic, que sur les 6,25 % de commissions prévues « il y avait 4 % pour Zardari-Bhutto par l'intermédiaire de Lodhi qui peut-être en gardait un peu pour lui[1] ». « Je crois qu'avec Zardari, ils avaient créé une société pour recevoir cet argent. [...] Pour les 4 % destinés à Zardari-Bhutto, je crois qu'il y avait 1 % à la signature du contrat de vente, ce qui veut dire au moment où tout peut démarrer et où, notamment, la caution et l'acompte ont été payés, et 1 % un an plus tard. Les 2 % restants étaient au prorata des paiements du client », a-t-il encore ajouté.

Mais les premiers nuages arriveront vite. En 1997, le changement de majorité au Pakistan porte à la tête du gouvernement un dénommé Nawaz Sharif. Fondateur de la Ligue musulmane du Pakistan, le nouveau Premier ministre décide de faire le ménage dans les grands marchés publics signés par son prédécesseur. Une opération mains propres à la pakistanaise. La manœuvre est évidemment politique, mais pas dénuée de fondement. Le bras armé institutionnel de cette campagne anticorruption est le National Accountability Bureau (NAB), une sorte de super-Cour des comptes créée pour l'occasion, en 1999. Des enquêtes sont ouvertes par dizaines. Le marché des sous-marins de la DCN est dans la ligne de mire.

Le 29 août 2000, le couperet tombe à la une du quotidien *The News* sous le titre « Le NAB a les preuves d'une corruption de masse dans des contrats d'armement ». Le journaliste d'investigation Kamran Khan relate notamment

1. Procès-verbal d'audition devant le juge Marc Trévidic du 9 avril 2010.

dans son article que les enquêteurs pakistanais sont « en possession de preuves documentaires [...] selon lesquelles la DCN-I française avait procédé à un versement d'environ 5 millions de dollars à l'amiral Mansurul Haq pour un projet de modernisation de trois sous-marins Agosta 90B fortement surfacturé ». *The News* précise qu'un « ex-responsable de la BCCI » a pu être identifié comme le « principal intermédiaire entre DCN-I [...] et les hauts responsables de la marine pakistanaise ». Son nom n'est pas cité mais il s'agit, sans aucun doute, d'Amir Lodhi.

Ancien chef de la marine pakistanaise, Mansurul Haq semble quant à lui pris dans un étau qui se resserre de plus en plus. D'autant que son nom (de même que ses comptes en banque) apparaît dans d'autres dossiers de corruption traités par le NAB. Mis à la retraite anticipée dès 1997, Mansurul Haq s'exile l'année suivante à Austin, au Texas. Le 17 avril 2001, il est arrêté aux États-Unis puis extradé. Il est inculpé six mois plus tard par la justice de son pays, qui lui reproche une « conduite inconvenante, indigne d'un officier et d'un gentleman ».

Acceptant de plaider coupable, l'amiral est contraint de régler la somme de 7,5 millions de dollars au Trésor pakistanais. Il s'exécute. En guise de premier versement, il paye, début 2002, 6,3 millions de dollars prélevés des comptes bancaires du Fatima Trust, un groupe familial géré par l'intermédiaire d'une société offshore, la Messer Moylegrove, domiciliée sur l'île anglo-normande de Jersey. La justice pakistanaise laisse quinze mois à Mansurul Haq pour rembourser les 1,2 million de dollars correspondant au reste de son amende.

La déconvenue est totale. L'officier de marine doit également accepter « de rendre au gouvernement du Pakistan tous ses avoirs et ses biens accumulés par des moyens illégaux », selon les termes du jugement qui le condamne[1]. Pour ne rien arranger, tous les avantages inhérents à son statut et à sa carrière lui sont retirés. Honneurs et décorations doivent être rendus, eux aussi. Sa pension de retraite, elle, est suspendue. Mansurul Haq recouvre finalement la liberté le 31 janvier 2002. Dépouillé, dégradé, déshonoré.

La précision est utile : l'attentat contre les ingénieurs de la DCN, qui travaillaient justement à l'exécution du contrat des sous-marins Agosta, a eu lieu le 8 mai 2002, seulement quatre mois plus tard. Et selon les rapports Nautilus de l'ancien agent de la DST Claude Thévenet, Mansurul Haq avait pour mission, dans le cadre des dessous financiers d'Agosta, de prendre « en charge les versements pour l'armée et les services de soutien aux guérillas islamistes de l'ISI ». Aucune conclusion hâtive ne peut bien entendu être tirée de ces concordances, mais voilà une piste d'enquête qui n'a jamais été labourée par la justice française.

Il faut aussi souligner que, dans un article du 23 mai 2001, le journaliste Kamran Khan (dans le quotidien *The News*, toujours) expliquait que la marine pakistanaise avait ardemment milité pour que le procès de Mansurul Haq se tienne à huis clos car des « révélations publiques à l'audience [...] concernant les commissions et rétrocommissions [...] pourraient compromettre l'avenir des accords contractuels passés avec les constructeurs français de trois sous-marins Agosta 90B et les fournisseurs de missiles ».

Les comptes bancaires ont parlé

Contrairement à l'amiral Haq, le financier Amir Lodhi et, par effet domino, toutes les personnes à qui il a reversé

1. En possession des auteurs.

une partie de ses commissions ont échappé, au Pakistan, à une inculpation et une condamnation dans l'affaire des sous-marins Agosta. Quid donc des pots-de-vin qui sont censés avoir profité à un large éventail de décideurs pakistanais, du « balayeur jusqu'au Premier ministre », pour reprendre l'expression imagée d'Emmanuel Aris ?

Une partie de la réponse est offerte par Irfan Qadir, ancien procureur général du NAB, qui a accepté de répondre à nos questions. « D'après les investigations du NAB, explique le magistrat, Amir Lodhi a été le destinataire de la moitié des commissions alors que Mansurul Haq a accepté de plaider coupable pour la totalité des sommes en jeu. Et si quelqu'un décide de prendre sur lui la responsabilité de la totalité des détournements, alors personne d'autre ne peut être inculpé, selon le règlement du NAB[1]. »

Il y a plus d'un responsable pakistanais qui a dû apprécier le sacrifice de l'amiral, au premier rang desquels figurent les membres du clan Bhutto. Car une absence de mise en cause dans le dossier des sous-marins français, c'est une affaire judiciaire de moins pour Benazir Bhutto et son mari Asif Ali Zadari. Après leur passage à la tête du Pakistan, les deux époux ont en effet été impliqués dans plusieurs scandales financiers internationaux.

En Suisse, d'abord. Saisie en 1997 par le nouveau gouvernement pakistanais de soupçons de corruption, la justice genevoise a mis au jour une vaste affaire de blanchiment d'argent liée au versement de commissions illicites en marge d'un marché public signé en 1994 – l'année du contrat Agosta – par Benazir Bhutto. Le juge Daniel Devaud était parvenu à démêler l'écheveau complexe d'un système corruptif mis en place par le couple Bhutto-Zardari suite à l'obtention d'un contrat d'inspection doua-

1. Mail du 26 février 2010.

nière par deux entreprises suisses, la Cotecna et la SGS. Il en a résulté la découverte de quelque 12 millions de dollars de commissions illicites versées par ces deux entreprises sur les comptes bancaires d'obscures sociétés implantées dans les îles Vierges britanniques (un paradis fiscal) et dont les ayants droit étaient… Benazir Bhutto et Asif Ali Zardari.

Les investigations du juge Devaud ont notamment permis de jeter une lumière crue sur le rôle prépondérant joué par Zardari sous le gouvernement de sa femme dans la négociation des grands marchés publics, et ce, hors de toute délégation officielle. Ainsi, une note rédigée par l'un des responsables de la SGS après une visite au Pakistan explique que « le mari de BB se considère officieusement comme un vice-Premier ministre doté de beaucoup de pouvoir, ce qui s'est vérifié la semaine dernière lorsque la mère de BB s'est fait évincer de la présidence du PPP [le parti politique de Benazir Bhutto] ». « L'influence d'Asif Zardari est bien réelle ; il a toujours par le passé fait preuve de favoritisme et de népotisme envers ses amis », poursuit, peu amène, le document.

Parmi les autres découvertes de la justice suisse, on relèvera la trace de l'achat, en 1997, d'une sublime parure payée 117 000 livres par Benazir Bhutto chez un luxueux joaillier de Londres, pendant que son mari croupissait dans les prisons du Pakistan. Une partie de la somme a été réglée en liquide et l'autre partie par un virement bancaire provenant de l'une des sociétés offshore mises en cause dans l'affaire Cotecna/SGS.

Fin 2001-début 2002, une partie des avoirs des époux Bhutto seront finalement gelés par la justice suisse qui les inculpera une première fois en 2003 pour « blanchiment », puis quelques années plus tard pour « blanchiment aggravé ».

Mais le jeu politique pakistanais obéissant à des règles pour le moins complexes, Pervez Musharraf, président en fin de règne, promet en octobre 2007 l'amnistie judiciaire à Benazir Bhutto (et à des milliers d'autres hiérarques) dans un geste de réconciliation nationale. Ce qui aura pour conséquence d'éteindre les poursuites en Suisse. Lesquelles sont aujourd'hui susceptibles d'être... relancées, suite à la décision de la Cour suprême d'Islamabad d'abroger, en décembre 2009, l'amnistie accordée par Musharraf, jugée anticonstitutionnelle.

D'après nos informations, le dossier suisse recèle encore d'innombrables secrets inexploités. La raison en est simple : la justice genevoise n'avait décidé d'enquêter que sur des délits susceptibles d'impliquer des sociétés suisses. Or, selon deux officiels helvètes qui ont eu à connaître tous les détails de la procédure, il est apparu au tout début des investigations du juge Devaud que des mouvements de fonds suspects avaient également été découverts en marge d'un important contrat d'armement signé entre la France et le Pakistan au milieu des années 1990.

D'après l'une de ces sources, qui n'a pas souhaité apparaître publiquement vu la sensibilité du sujet, il s'agirait bien du marché des sous-marins Agosta. Ces mouvements financiers avaient été découverts à l'occasion d'une vaste série de perquisitions bancaires, restées sans lendemain pour cette partie-ci du dossier. Des transactions financières entre Amir Lodhi et la femme d'affaires française Hermine de Clermont-Tonnerre avaient notamment pu être collectées par les enquêteurs. *A priori* anodine, l'information est en réalité loin d'être sans intérêt : dans l'une des notes du rapport Nautilus, il est fait mention du séjour à Paris et à Cherbourg de « plusieurs chefs militaires pakistanais » en amont de la signature du contrat Agosta. « Ils étaient accompagnés par Hermine de Clermont-Tonnerre, qui prenait en charge leur confort sur le territoire français », affirmait alors le document, qui ne précisait pas ce que recouvrait précisément cette « prise en charge ».

Sitôt révélées par le site *Mediapart* le 9 novembre 2009, ces informations ont donné lieu à une demande de communication des pièces de l'enquête suisse à la justice française par Me Olivier Morice, l'avocat de six parties civiles dans l'affaire de l'attentat de Karachi.

Le blocage français et la piste anglaise

Saisie à la même période d'une demande de coopération, la France n'y donnera quant à elle pas suite, craignant une manipulation. À l'époque conseiller diplomatique au ministère de la Justice, Michel Debacq (le parquetier qui verra cinq ans plus tard ses actes réalisés à Karachi juste après l'attentat annulé par la cour d'appel, voir le chapitre « Le juge et la raison d'État », p. 55), se souvient qu'« il s'agissait d'une fausse demande d'entraide, destinée à camoufler un règlement de comptes contre le clan Bhutto »[1].

Toutefois, le magistrat révèle un épisode resté jusqu'ici inconnu, attestant que le dossier préoccupait pas mal de monde… en France. « Un matin du mois de décembre 1997, je me suis aperçu que l'on avait "visité" mon bureau, à la chancellerie. Comme je suis très organisé, voire maniaque, j'ai repéré immédiatement que l'on avait fouillé le meuble où étaient rangés les dossiers "pays". Un seul avait été déplacé, le dossier "Pakistan", dans lequel étaient classés tous les éléments que nous avait fait parvenir Islamabad. »

---

1. Entretien avec les auteurs.

Michel Debacq, qui a ensuite interdit l'accès de son bureau et pris des mesures de précaution, n'a jamais su qui étaient les mystérieux « plombiers ». Il a quand même sa petite idée : « Je vois mal les services pakistanais accéder au ministère de la Justice ! De toute façon, ils connaissaient déjà les documents puisqu'ils nous les avaient envoyés. J'imagine qu'en France, certains pouvaient craindre qu'ils contiennent des informations sur d'éventuelles rétrocommissions. Je rappelle que la sécurité de la chancellerie est assurée par la gendarmerie, c'est-à-dire le ministère de la Défense », conclut, dans un sourire plein de sous-entendus, Michel Debacq.

En plus de la Suisse – et contrairement à la France... –, un autre pays s'est montré très méticuleux dans ses investigations sur les secrets de la fortune des époux Bhutto-Zardari. Il s'agit de la Grande-Bretagne, saisie elle aussi en 1997 par le Pakistan d'une demande d'entraide judiciaire afin de faire la lumière sur l'origine des avoirs de l'ancien couple maître d'Islamabad.

Les recherches seront fructueuses. En avril 2001, le NAB pakistanais reçoit de Londres plus de 20 000 documents portant sur d'obscures opérations financières impliquant Asif Ali Zardari et que l'administration britannique est parvenue à reconstituer.

Au terme de ces investigations, le richissime homme d'affaires libanais Abdul Rahman El-Assir apparaît en 1994-1995 comme un bailleur de fonds de premier plan du futur président pakistanais. Plusieurs millions de dollars provenant de l'un de ses comptes enregistrés à la Citibank de New York sont en effet découverts sur divers comptes suisses détenus par le couple Bhutto-Zardari[1]. Selon les

1. Guillaume Dasquié, « Les pots-de-vin du président pakistanais », *Libération*, 10 novembre 2009.

conclusions de la justice britannique, cet argent, qui a transité par une société offshore, la Bomer Finance Inc, est le produit de la « corruption » et de « commissions occultes ». Hasard ? Abdul Rahman El-Assir et ses associés, qui entretenaient les meilleurs rapports avec le gouvernement Balladur (1993-1995), furent l'un des intermédiaires du contrat Agosta.

3

Une course de fond(s)

Dès le XIXe siècle, l'historien Jules Michelet observait, caustique, que « la politique est l'art d'obtenir de l'argent des riches et des suffrages des pauvres, sous prétexte de les protéger les uns des autres ». De fait, dans l'optique de la conquête du pouvoir, l'argent est bien « le nerf de la guerre », pour reprendre la formule prêtée à Cicéron, devenue lieu commun.

Au mitan des années 1990, cette « guerre » est fratricide en France. Elle va déchirer la droite dans des proportions telles que, plus de quinze ans après, elle en porte encore les stigmates – il n'est qu'à voir la haine que se vouent l'ex-« bébé Balladur » Nicolas Sarkozy et le chiraquien de toujours Dominique de Villepin.

Depuis les élections législatives de mars 1993 et l'écrasante victoire de l'opposition RPR-UDF, le pays connaît sa seconde cohabitation. La gauche, traumatisée par le suicide de Pierre Bérégovoy suite à la déroute électorale, est en lambeaux. D'autant que l'état de santé de son leader, François Mitterrand, ne cesse de se dégrader, à tel point que beaucoup craignent que le vieux président ne puisse aller au terme de son second septennat. Pour la droite, et particulièrement le Rassemblement pour la République (RPR), le parti dominant, la route menant à l'Élysée semble grande ouverte. Président du mouvement gaulliste, qu'il a fondé en 1976, Jacques Chirac est convaincu, dès la victoire de 1993 acquise, que son heure est enfin arrivée.

Pour mettre toutes les chances de son côté, il demande à Édouard Balladur, son « ami de trente ans » – l'expression va bientôt faire florès –, d'accepter le poste de Premier ministre. Ainsi, lui pourra se préparer tranquillement pour le scrutin présidentiel, sans prendre le risque de l'impopularité qui, à un moment ou à un autre, atteint le locataire de Matignon, quel qu'il soit. Bref, Jacques Chirac a tout prévu. Cette fois, après deux échecs successifs (1981 et 1988), plus rien ne peut l'empêcher d'accéder à la présidence de la République.

Oui, Jacques Chirac a tout prévu. Sauf l'imprévisible. À savoir que le pompidolien Balladur, presque involontairement, séduit rapidement les Français. Il rassure, malgré sa caricature de monarque en chaise à porteurs, immortalisée par le dessinateur Plantu dans les colonnes du *Monde*. La posture du Premier ministre tranche, par exemple, avec l'hyperactivité de Jacques Chirac, qui souffre encore à l'époque de son image d'« agité ».

Au fil des mois, la popularité de l'hôte de Matignon ne se dément pas, bien au contraire. À tel point que, dès le début de l'année 1994, l'idée s'impose comme une évidence, au sein de la droite d'abord, puis dans l'opinion publique : et si Balladur faisait un meilleur candidat que Chirac ? Au sein du RPR, ils sont de plus en plus nombreux à le penser, à l'image de Charles Pasqua, persuadé que Jacques Chirac n'a pas la stature pour conquérir l'Élysée. Les études d'opinion confirment cette impression.

Rapidement, Balladur distance nettement Chirac dans les intentions de vote.

Début 1995, deux mois et demi avant le premier tour, le premier devance encore le second – qui s'est déclaré officiellement le 4 novembre 1994 – dans les sondages. Car le président du RPR, après avoir songé abandonner, s'est repris. Pas question de jeter l'éponge, de tirer un trait aussi rapidement sur l'objectif de sa vie. Il sera candidat, lui aussi.

Au sein du RPR, comme au gouvernement, l'ambiance est délétère. Chacun est sommé de choisir son camp. Cornélien. Chirac voit avec stupeur quelques-uns de ses fidèles rallier le camp d'en face : Charles Pasqua donc, mais surtout Nicolas Sarkozy, sur qui il avait tant misé, et qui devient porte-parole de son rival et pièce maîtresse de sa campagne… Il ne leur pardonnera jamais cette « trahison ». Ni à l'un, ni à l'autre.

Dans ses mémoires, publiées en 2009, Jacques Chirac ne cache pas son amertume : « J'avais confiance en Édouard Balladur. C'est à mon instigation qu'il est devenu Premier ministre en 1993 […]. Un accord politique, ayant aussi valeur de contrat moral, était scellé entre nous pour les deux années à venir. Une répartition des tâches, en quelque sorte, Édouard Balladur dirigeant le gouvernement pendant que je me consacrerais à la préparation de l'élection présidentielle. Et je ne croyais pas devoir douter de sa parole[1]. »

La version d'Édouard Balladur, livrée dans un ouvrage publié la même année, est très différente : « Il n'y eut aucun pacte entre nous, ni, de ma part, aucun engagement d'aucune sorte […]. J'eusse trouvé indigne de me prêter à

1. Jacques Chirac, *Chaque pas doit être un but*, Nil éditions, 2009.

un tel troc. Il ne s'agissait pas de passer un "contrat" comme entre gens de mauvaise compagnie [...]. Si je devais être nommé, j'entendais ne le devoir à personne, pas même à François Mitterrand[1]. »

Quand Chirac utilisait toutes les « ressources » de la mairie de Paris

Dès la fin de l'année 1994, les deux hommes se lancent donc dans la campagne, chacun de son côté. Une campagne électorale, en particulier présidentielle, ça coûte cher. Très cher. Organiser des meetings, imprimer des affiches, payer des permanents, défrayer des militants, parcourir la France en train, en avion ou en voiture...

En outre, les candidats doivent faire face à une difficulté inédite. C'est la première campagne présidentielle où les plafonds de dépenses sont strictement limités : 90 millions de francs (14 796 000 euros) pour les candidats du premier tour, 120 millions de francs (19 764 000 euros) pour ceux qualifiés pour le second.

Chaque candidat doit faire parvenir ses comptes de campagne détaillés, signés par lui-même ainsi que par son mandataire financier et certifiés par un expert-comptable, au Conseil constitutionnel dans les deux mois qui suivent l'élection. Autre souci de taille : les dons des entreprises sont désormais interdits. Ils sont censés être remplacés par un financement étatique. Ainsi, Jacques Chirac, dont le compte de campagne se situera juste sous la barre fatidique (119 959 188 francs), touchera 43 200 000 francs des pouvoirs publics, soit environ un tiers de ses dépenses.

1. Édouard Balladur, *Le pouvoir ne se partage pas. Conversations avec François Mitterrand*, Fayard, 2009.

Édouard Balladur, lui aussi miraculeusement bloqué à l'extrême limite du montant autorisé (89 776 119 francs), percevra 30 170 431 francs de l'État.

Comme la loi les y autorise, les partis peuvent mettre la main à la poche. Le RPR versera donc 16,5 millions de francs à Jacques Chirac, l'UDF, ralliée au « candidat-dissident » du RPR, un peu moins de 14 millions de francs à Édouard Balladur. Et puis, il y a les « recettes » qui n'apparaissent pas toujours dans les livres de comptes, ces espèces si précieuses, dont l'origine est soigneusement dissimulée.

Du point de vue purement financier, Jacques Chirac, qui a en outre une expérience supérieure pour avoir été déjà deux fois candidat, est dans une position beaucoup plus confortable que son concurrent. D'abord, il se prépare depuis longtemps à cette échéance, de telle sorte que, le moment venu, toute son infrastructure est en place. Chirac sait que la conquête de l'Élysée, c'est une course de fond(s). Au singulier comme au pluriel. À l'inverse, Édouard Balladur ne s'est découvert un destin présidentiel que très tardivement. Pour trouver de l'argent, il lui faut faire vite. Très vite.

Ensuite, celui qui est président du RPR reçoit logiquement l'investiture officielle de son parti, dont il va ainsi bénéficier des avantages (salles, militants, élus...) et, bien sûr, on l'a vu, de la « cagnotte ». Édouard Balladur devra faire sans. Surtout, Jacques Chirac bénéficie d'un bastion en or, cette ville de Paris dont il est le maire sans discontinuer depuis 1977. C'est depuis son luxueux bureau de l'Hôtel de Ville que Jacques Chirac s'est forgé une stature de présidentiable. Et pas seulement en recevant les grands de ce monde.

Comme l'ont démontré depuis une ribambelle d'affaires judiciaires, M. Chirac a utilisé toutes les « ressources » que lui offrait sa double casquette de président du RPR et de maire de Paris. Par exemple, ces employés de la municipalité payés pour assurer sa promotion plus que pour défendre les intérêts des contribuables parisiens.

Dans son ordonnance de renvoi devant le tribunal correctionnel, la juge Xavière Simeoni, en charge de l'affaire des chargés de mission de la Ville de Paris, concluait notamment au mois d'octobre 2009 :

« Il ressort clairement des nombreuses auditions que les cinq chargés de mission [affectés à une association baptisée Réussir l'an 2000[1]] ont été recrutés dans un objectif présidentiel et non dans l'intérêt de la collectivité territoriale et que leurs travaux ont été consacrés à la préparation des élections présidentielles de 1995. »

La magistrate ajoutait :

« Jacques Chirac reconnaît de façon implicite que ces chargés de mission travaillaient directement pour lui : ainsi, en entretenant une sorte de confusion entre les fonctions de maire de Paris et les fonctions de président d'un parti politique, il a mis à profit la possibilité que lui offraient ses fonctions de maire pour disposer d'une partie du budget de la Ville dans des perspectives électorales. »

---

1. « Réussir l'an 2000 » était une association destinée en réalité à jeter les bases de la candidature de M. Chirac pour la présidentielle de 1995 et dont le secrétaire général n'était autre que... Nicolas Sarkozy. L'ordonnance de la juge Simeoni citait des extraits de la déposition du trésorier de l'association, qui avait notamment déclaré : « M. Sarkozy me connaissait par mes talents d'organisateur et m'a expliqué qu'il avait proposé à M. Chirac de trouver une structure ouverte, ne dépendant ni du RPR, ni de la mairie de Paris, pour que M. Chirac prenne du recul concernant sa future candidature aux élections présidentielles de 1995 [...]. À partir de la fin de l'année 1993, l'association était toute dévolue au candidat Chirac. Les partisans de M. Balladur dont M. Sarkozy ont quitté l'association. »

Conclusion de Mme Simeoni : ces cinq chargés de mission « ont profité exclusivement au candidat Jacques Chirac[1] ».

Autre exemple. Dans une cassette vidéo posthume, devenue fameuse depuis sa révélation au mois de septembre 2000 par *Le Monde*, le promoteur Jean-Claude Méry a raconté comment les grands marchés parisiens de construction étaient truqués, dans les années 1980 et 1990, afin de faire « sortir » d'importantes sommes en espèces destinées aux responsables politiques. Le financier occulte du RPR relatait même une scène-choc. Il aurait remis 5 millions de francs en espèces à M. Chirac, en octobre 1986.

L'enquête sur les HLM de Paris ou les lycées de la Région Île-de-France ont, de la même manière, fait apparaître un système de « racket » dans lequel, pour obtenir des marchés, les entrepreneurs devaient verser leur obole aux partis politiques, tout particulièrement au RPR. Dans l'affaire des lycées, les chiraquiens soupçonnèrent d'ailleurs le président de la Région, Michel Giraud, qui avait apporté son soutien à l'hôte de Matignon, d'avoir mis en place au moment de la campagne de 1995 une « dérivation » afin d'alimenter les caisses du candidat Balladur plutôt que celles du candidat Chirac...

1. Ordonnance de renvoi devant le tribunal correctionnel de Paris signée par la juge Xavière Simeoni le 30 octobre 2009. Jacques Chirac, poursuivi pour « détournement de fonds publics » et « abus de confiance », sera jugé, en compagnie de neuf autres prévenus, à partir du mois de novembre 2010. Ces dix personnes sont présumées innocentes.

Léo, soutien de poids

Évidemment, par rapport aux moyens dont bénéficie son concurrent, Édouard Balladur se sent pour le moins démuni. À ceci près que lui dispose des puissants leviers que sont les commandes étatiques. Tout sauf anecdotique. Cela tombe bien, l'un de ses principaux partisans au sein du gouvernement est ministre de la Défense. Il s'agit de François Léotard. Un soutien de poids. Figure historique de l'UDF, présenté comme un présidentiable dans les années 1980, « Léo » apporte beaucoup à Balladur. Il va même convaincre l'UDF, dépourvue de candidat crédible, d'investir officiellement le Premier ministre pour l'élection présidentielle – même si une partie du mouvement giscardien se rallie à Chirac. Las, les caisses du parti de centre-droit sonnent creux, en regard de celles du grand frère gaulliste.

Dans le gouvernement Balladur, François Léotard est à la tête d'un ministère-clef. Depuis l'hôtel de Brienne, « Léo », qui a la qualité de ministre d'État, a par exemple la haute main sur les marchés d'armement. Il en confie le suivi à l'un de ses fidèles, Renaud Donnedieu de Vabres. Ce dernier a fait toute sa carrière dans l'ombre de Léotard : il fut successivement son chargé de mission (entre 1987 et 1988) au ministère de la Culture, puis directeur de son cabinet au Parti républicain (PR) – l'une des composantes de l'UDF, dirigée par Léotard – et enfin à nouveau chargé de mission, à partir de 1993, cette fois au ministère de la Défense. Et dès le début de l'année 1995, à la demande de son mentor, « RDDV » intègre l'équipe de campagne d'Édouard Balladur.

À la fois âme damnée et conseiller politique, Renaud Donnedieu de Vabres joue un peu, aux côtés de François Léotard, le rôle qu'occupe Brice Hortefeux auprès de Nicolas Sarkozy. Les quatre hommes occupent d'ailleurs une place de choix dans le dispositif mis en place par

Édouard Balladur pour conquérir l'Élysée. Solidaires politiquement, Léotard et Donnedieu de Vabres le seront aussi judiciairement : après l'élection présidentielle de 1995, ils seront tous deux mis en examen – et finalement condamnés[1] – dans une curieuse affaire qui prend une résonance toute particulière aujourd'hui.

Le scandale, dit du « Fondo », éclata lorsque les nouveaux dirigeants de Démocratie libérale (nouvelle appellation du Parti républicain) découvrirent que le siège de l'ex-PR, situé place des Invalides, à Paris, avait été acheté 5 millions de francs grâce à un prêt d'une petite banque italienne, le Fondo sociale di cooperazione europea (FSDCE). Saisies d'une enquête ouverte pour « blanchiment », les juges Eva Joly et Laurence Vichnievsky s'apercevront qu'il s'agissait en fait d'un faux prêt. En effet, les deux magistrates découvrent que le 3 juin 1996, Renaud Donnedieu de Vabres, accompagné de Serge Hauchart, un cadre du PR, avait déposé en liquide 5 millions de francs à la succursale française du Fondo, et ce en échange d'un prêt fictif qu'ils ne devront jamais rembourser. Un singulier tour de passe-passe qui leur permit d'acquérir très officiellement le siège du PR. Bien entendu, les juges cherchèrent à déterminer l'origine des 5 millions. Las, comme l'affirma Donnedieu de Vabres – François Léotard proposa la même version – dès octobre 1997 aux juges, « ces espèces provenaient de Matignon [...] mais on ne pouvait pas rendre publique la destination de fonds secrets[2] ».

1. Le 16 février 2004, le tribunal correctionnel de Paris a condamné Renaud Donnedieu de Vabres à 15 000 euros d'amende pour « blanchiment » et l'ex-président du PR, François Léotard, à dix mois de prison avec sursis pour « blanchiment » et « financement illégal de parti politique ».

2. Jérôme Dupuis et Jean-Marie Pontaut, « La piste de Dublin », *L'Express,* 3 décembre 1998.

L'invocation des fameux « fonds spéciaux » présentait un immense avantage : elle empêchait les magistrats d'aller plus loin. Brandir les fonds secrets, c'est un peu comme sortir un joker lors d'une partie de cartes. Le coup est imparable. Reste que l'explication, en l'occurrence, ne convainquit pas grand monde. « Sur la base des éléments figurant au dossier, j'ai du mal à croire que ces millions venaient des fonds spéciaux[1] », déclara ainsi au *Monde*, en juillet 1998, le trésorier de DL, l'ex-juge Thierry Jean-Pierre.

Dans un autre article publié à la même période, le quotidien s'étonnait que le PR ait pu disposer, en 1996, de telles liquidités, alors même qu'il se trouvait au bord de la faillite. M. Hauchart avait expliqué aux juges que son parti avait réalisé des « économies » sur les fonds spéciaux versés, pendant dix ans, par les gouvernements de droite successifs, et ce jusqu'au départ de M. Balladur, en mai 1995. Le 20 juillet 1995, rappelait encore l'article, une perquisition du juge Éric Halphen, dans le cours d'une autre enquête, avait permis la découverte, au siège du PR, de 2,4 millions de francs en espèces. Là encore, s'agissant de l'origine de ces fonds (composés uniquement de billets de 500 francs), les dirigeants du Parti républicain avaient invoqué les fonds secrets. « S'il faut en croire l'entourage de M. Léotard, cette somme avait donc doublé moins d'un an plus tard, alors que les versements de "fonds spéciaux" au PR avaient cessé, et que les finances du parti continuaient à se dégrader, au point de dégager, à l'arrivée de M. Madelin, un passif de 46 millions de francs », relevait le quotidien[2].

---

1. Hervé Gattegno, « François Léotard est mis en cause dans l'affaire du prêt suspect au PR », *Le Monde*, 24 juillet 1998.

2. Hervé Gattegno, « M. Léotard fragilisé après les aveux d'un cadre financier du PR », *Le Monde*, 25 juillet 1998.

Le 30 novembre 1998, au cours de l'interrogatoire de Renaud Donnedieu de Vabres, les juges Joly et Vichnievsky avaient d'ailleurs résumé leur scepticisme en ces termes : « À supposer que l'on vous suive dans vos explications, comment expliquez-vous les économies de 5 millions de francs en mai 1996 sur ces fonds spéciaux alors qu'à l'occasion d'une perquisition menée par notre collègue, M. Halphen, le 20 juillet 1995, seule une somme de 2,4 millions de francs en espèces a été trouvée et que votre formation aurait déjà dû faire face aux charges exceptionnelles que vous avez rappelé, et ne pouvait plus prétendre aux subsides que vous évoquez, à partir de mai 1995, date à laquelle le gouvernement de M. Balladur a été remplacé par M. Juppé ? »

Douze ans après, l'interrogation de Mmes Joly et Vichnievsky reste plus que jamais d'actualité.

Dès cette époque, marquée par le développement de plusieurs enquêtes mettant en cause le PR et notamment l'un de ses dirigeants, Gérard Longuet[1], qui fut même contraint de démissionner du gouvernement Balladur en octobre 1994, les milieux politiques et judiciaires s'interrogeaient sur la possibilité que les fonds en espèces aient eu une autre origine, beaucoup moins avouable. À ce moment-là, déjà, les faramineux marchés militaires remportés par le gouvernement Balladur alimentaient nombre de conversations. Y compris dans les milieux judiciaires.

Ancien député des Vosges (1993-1997), Jean-Pierre Thomas a occupé le poste stratégique de trésorier du Parti

1. Mis en cause dans plusieurs volets des affaires visant le financement du Parti républicain, M. Longuet, alors ministre de l'Industrie et du Commerce extérieur, avait dû démissionner du gouvernement Balladur en octobre 1994. Aujourd'hui président du groupe UMP au Sénat, il a bénéficié d'un non-lieu général rendu par le juge Jean-Marie d'Huy le 26 février 2010.

républicain à la même période, ce qui lui a d'ailleurs valu pas mal de déboires judiciaires. Désormais retiré de la politique, il assure n'avoir, à l'époque, « jamais entendu parler de commissions perçues en marge des contrats d'armement. Si cela a été le cas au Parti républicain, j'ai sans doute été court-circuité, ce qui n'est guère étonnant », poursuit en souriant ce fringant quinquagénaire[1].

En revanche, il confirme bien que le compte du Parti républicain était régulièrement abondé en fonds spéciaux par le gouvernement Balladur. « C'était moi qui allais chercher, à intervalles réguliers, les espèces à Matignon. Mais c'était fait en toute régularité, d'ailleurs je signais à chaque fois un reçu. Ensuite, cet argent servait à payer les militants... »

La juge Laurence Vichnievsky, qui s'est depuis lancée en politique sous les couleurs d'Europe Écologie, confirme que la piste des marchés militaires avait été évoquée dans le cours de son enquête. « Dans cette affaire du Fondo, les contrats d'armement étaient en filigrane, mais nous n'avons jamais pu établir de lien », se souvient aujourd'hui la magistrate[2].

Eva Joly, ralliée elle aussi à la bannière d'Europe Écologie, renchérit : « Évidemment, on pensait que les 5 millions de francs venaient de là : nous avions ces histoires de contrats d'armement en tête, mais pas le début du commencement d'une preuve. L'enquête a au moins permis d'établir que la piste des fonds spéciaux était hautement improbable[3]. »

À l'évidence, les juges Joly et Vichnievsky, ainsi que les policiers de la brigade financière chargés des investigations, n'ont mis au jour qu'une partie de l'histoire du

1. Entretien avec les auteurs.
2. *Idem.*
3. *Idem.*

Fondo sociale di cooperazione europea. Et pour cause : il leur manquait une clef de compréhension essentielle (et les documents s'y rapportant) que nous sommes en mesure de révéler aujourd'hui.

Tout commence à la fin de l'année 1996, lorsque l'homme d'affaires français d'origine yéménite et marocaine, Ahmed « Charly » Chaker, gestionnaire du Fondo, reçoit une visite pour le moins surprenante dans sa cellule. M. Chaker est alors en détention provisoire à la demande de la première juge en charge de ce qui n'est encore qu'un banal dossier d'escroquerie bancaire, dont il est présenté comme l'acteur principal.

Le visiteur imprévu est un représentant de l'ambassade du Yémen à Paris. Il révèle à Charly Chaker qu'il y a une affaire dans l'affaire. « Il m'a dit de faire attention, que je ne connaissais que la face émergée de l'iceberg, et qu'en fait, derrière cette histoire, il y avait le cheikh Ben Mussalam et, donc, le financement occulte du Parti républicain[1] », confirme M. Chaker, un personnage tout en onctuosité orientale.

L'homme d'affaires tombe des nues. Il ignore même que le PR – plus exactement l'Association Parti républicain et Républicains indépendants – avait des intérêts dans le Fondo ! De fait, selon des documents inédits[2] jamais transmis à la justice, il apparaît que le 28 mars 1997, lors d'un conseil d'administration auquel M. Chaker ne put assister (à cette période, s'il est sorti de prison, du fait de sa mise en examen, il ne peut plus siéger au CA), survint un événement inattendu.

Initialement prévu pour approuver le bilan 1996, un point fut ajouté à l'ordre du jour du conseil d'administration, à

1. Entretien avec les auteurs.
2. En possession des auteurs.

savoir l'« examen et [l']approbation de la transaction en cours avec les associés créanciers ». À en croire le procès-verbal de la réunion du 28 mars, il fut décidé de renvoyer « le délai d'approbation du bilan 1996 d'avril à juin, étant donné que des transactions [étaient] en cours avec des partenaires financiers qui ont assuré l'apport de 20 millions de francs qui permettront la restructuration du FSCE ».

Or, qui se cache derrière ces mystérieux « partenaires » ? Le Parti républicain, tout simplement... D'ailleurs, le même document indique que « les membres présents du conseil d'administration [...] cooptent séance tenante Monsieur Hauchart, associé du Fondo, en tant que membre du conseil d'administration et le nomment président du conseil ». Ancien chargé de mission au cabinet de Raymond Barre à Matignon, M. Hauchart est un proche de François Léotard, qu'il a connu sur les bancs de l'ENA. Il faisait à l'époque figure de trésorier « officieux » du Parti républicain.

Charly Chaker se souvient avoir ainsi découvert que « le Fondo avait en fait pour vocation de servir de plaque tournante pour blanchir les fonds du Parti républicain. Et tout ça dans mon dos. C'est pour ça qu'ils avaient voulu m'évincer. Les 5 millions ne constituaient qu'une première étape, si je n'avais pas mis mon nez là-dedans, c'est une somme de 20 millions de francs qui aurait atterri sur les comptes, et c'est un ami de François Léotard, Serge Hauchart, qui aurait été placé à la tête du Fondo ».

Mais la manœuvre va échouer. Alerté par le président du « collège syndical » (une sorte de super-commissaire aux comptes) du FSCE, Giuseppe Leone, qui juge la manœuvre suspecte, Charly Chaker, dans l'ombre, va orchestrer un putsch. Leone et lui décident de convoquer les membres du conseil d'administration pour une « assemblée ordinaire », en mai 1997. Pour ce faire, ils publient le 30 avril 1997, conformément à la législation italienne, une annonce commerciale dans la *Gazzetta ufficiale della Repubblica Italiana*, l'équivalent du *Journal officiel* français.

« Évidemment, la plupart des membres du CA n'avaient pas lu cette publication, de telle sorte que, profitant de leur absence, le collège syndical, au mois de mai, empêcha Serge Hauchart et le PR de prendre le pouvoir ! » s'esclaffe Charly Chaker. Dans la foulée, Giuseppe Leone alla dénoncer les faits à la brigade financière, mettant les policiers sur la piste du fameux prêt de 5 millions de francs. Des fonds, on l'a vu, dont l'origine était plus que douteuse. Et qui, manifestement, ne constituaient donc qu'une petite partie des sommes que le PR souhaitait discrètement « blanchir » *via* la petite coopérative financière italienne.

4

Les hommes du Premier ministre

Sur l'une des seules photographies connues de lui, on le voit avec sa femme, Maria Fernandez Longoria, fille d'un ancien ambassadeur d'Espagne, et l'un de ses trois fils. Ils sont au bord d'une piscine, des palmiers en arrière-plan. Il fait beau. Le cliché, non daté, a été pris en Espagne, précisément à Sotogrande, sur la côte andalouse. Elle est en maillot de bain, lui est un peu en retrait, tenant affectueusement l'enfant par le cou. La raie est impeccable. L'air impassible derrière ses lunettes de soleil, il arbore une chemise blanche qui tranche avec sa moustache noire. Extraite d'un banal livre de souvenirs sur Sotogrande, la photo a été publiée en 2004 par le quotidien espagnol *El Mundo*.

Lui, c'est « *señor* El-Assir ». Son nom complet est Abdul Rahman Salaheddine El-Assir. Né le 26 avril 1950 à Beyrouth, il fait partie d'une caste très fermée : celle des vendeurs d'armes. Par commodité, on dit plutôt « intermédiaires », c'est moins péjoratif. Dans le domaine, Abdul Rahman El-Assir a fait ses classes à bonne école. La meilleure, peut-être. Il fut en effet pendant des années l'associé du maître du genre, le Saoudien Adnan Khashoggi, dont il a longtemps contrôlé les affaires au travers du groupe Triad. Il est vrai que Khashoggi n'était autre que son beau-frère.

Incarnation du businessman saoudien, Adnan Khashoggi est l'ami de tout le monde, mais surtout des puissants. Partenaire privilégié des Américains dans la quasi-totalité des contrats d'armement signés entre les États-Unis et l'Arabie saoudite dans les années 1970, Khashoggi fut aussi l'homme de main de l'administration Reagan dans l'affaire de l'« Irangate ». Immense scandale révélé aux États-Unis dans les années 1980, l'« Irangate » a mis au jour des ventes d'armes illégales par les États-Unis à l'Iran des ayatollahs en contrepartie de la libération d'otages américains détenus à Beyrouth. Une partie des bénéfices de ce marché avait ensuite été reversée aux rebelles anticommunistes nicaraguayens (les « Contras »), dans l'espoir de renverser le régime sandiniste de Daniel Ortega.

Pendant des années, lorsqu'il était au faîte de sa gloire, Khashoggi a donné du fil à retordre aux services secrets français qui ont toujours voulu savoir qui fréquentait ce bonhomme rondouillard à la mine joviale et, surtout, ce qu'il manigançait lors de ses longs séjours à Cannes, où il est propriétaire d'un immense *penthouse* près du port. Un ancien agent opérationnel de la DGSE nous a notamment raconté comment l'intermédiaire saoudien parvenait à déjouer les filatures des « services » en prenant soin d'organiser certains de ses rendez-vous… en pleine mer, sur son yacht de 85 mètres, le *Nabila*, qu'il ralliait par hélicoptère.

Chez les Khashoggi, l'argent coule à flots. Son beau-frère, Abdul Rahman El-Assir, en sait quelque chose, lui qui possède un sublime appartement à Paris, un chalet à Gstaad, en Suisse, et une maison sur l'île Moustique, selon un inventaire dressé par *El Mundo*. Les affaires sont florissantes et les fortunes insolentes. Marbella (Espagne) devient le point de ralliement du clan, où sont organisées de somptueuses fêtes.

Malgré son divorce en 1983, Abdul Rahman El-Assir continue d'être associé avec son ex-beau-frère jusqu'en 1985, date à laquelle le jeune Libanais, alors âgé de trente-cinq ans, décide de s'émanciper en montant sa propre affaire en Espagne. Très vite, El-Assir s'impose dans le paysage des « intermédiaires ». Il fait du « business » au Maroc, au Soudan, en Argentine, en Espagne... et en France. Il entretient par ailleurs des liens privilégiés avec le dictateur irakien Saddam Hussein.

Mais selon Claude Thévenet, l'ancien policier auteur des fameux rapports Nautilus, El-Assir était aussi « en relations avec des réseaux criminels » et « les services de sécurité français le savaient depuis le courant de l'année 1991 », comme il l'a écrit dans une note du 7 novembre 2002 adressée à la direction de la DCN.

L'ancien espion s'appuyait, dans cette note, sur « une fiche de personnalité émanant de la DGSE datée du 21 octobre 1996 », qui présentait les principales activités de M. El-Assir jusqu'au début des années 1990. « Outre les éléments d'identité et de biographie (noter l'existence d'un passeport marocain, libanais, et surtout d'un passeport diplomatique somalien), cette source [la fiche de la DGSE] mentionne diverses interventions de l'intéressé pour le compte de Dassault (l'industriel historiquement le mieux placé au Pakistan, au moment des négociations pour l'Agosta 90B) », écrivait Claude Thévenet. Il ajoutait : « Nous relevons qu'en 1987, El-Assir, administrateur d'une société dénommée Commerce extérieur, est suspecté d'abriter des activités criminelles, en particulier des ventes d'armes et de drogue. Il agirait dans ce cadre en relation avec son frère, Mohamed Rabih

El-Assir. Nous relevons qu'en 1991, le poste de la CIA de Rabat l'a soupçonné de se livrer à des blanchiments de capitaux. »

« Du jamais vu ! »

Sous le gouvernement d'Édouard Balladur (1993-1995), Abdul Rahman El-Assir réussit une prouesse. Il est choisi par les autorités françaises pour être l'intermédiaire dans les deux plus gros marchés d'armement du moment. Le premier est le contrat des sous-marins Agosta destinés au Pakistan, signé le 21 septembre 1994. Le second, dit « Sawari II », porte sur les frégates La Fayette vendues à l'Arabie saoudite, et signé le 19 novembre 1994 au Maroc. La DCN, constructeur des sous-marins et des frégates, est en première ligne sur les deux opérations, qui dépassent au total les 3,7 milliards d'euros.

Que ce soit pour le Pakistan ou pour l'Arabie saoudite, Abdul Rahman El-Assir est associé à un autre intermédiaire libanais, un ami né la même année que lui : Ziad Takieddine.

« C'était du jamais vu ! De toute ma carrière, je n'avais jamais vu les mêmes agents apparaître dans deux contrats aussi différents. D'autant que Takieddine n'avait pas, à ma connaissance, de compétences particulières ni sur les sous-marins ni sur les frégates, ni sur le Pakistan ni sur l'Arabie saoudite », sc souvient Gérard-Philippe Menayas, l'ancien directeur financier et administratif de DCN International[1].

En revanche, Takieddine est un fidèle parmi les fidèles du clan balladurien. Et contrairement aux autres intermédiaires, il est réapparu dans le « paysage » après l'élection

1. Entretien avec les auteurs.

de Nicolas Sarkozy, en 2007 (voir le chapitre « Les hommes du président », p. 211). En 1994, l'homme semblait comme chez lui à DCN-I. Et même un peu plus. Manifestement, il faisait peur, dégageait une odeur de soufre. Dominique Castellan, patron de DCN-I, semblait terrorisé lorsque l'on prononçait son nom. Un témoin se souvient que, lorsqu'il avait Takieddine au téléphone, Dominique Castellan, par mesure de prudence, sortait de son bureau, pour parler à voix basse dans le couloir.

Interrogé par le juge Trévidic sur les dessous d'Agosta, M. Menayas a assuré que « Ziad Takieddine a été imposé en 1994 à DCN-I par le pouvoir politique ainsi qu'Abdul Rahman El-Assir ». « Quand je parle de pouvoir politique, c'est le ministre de la Défense [François Léotard] ou son cabinet », a précisé le haut fonctionnaire[1].

Un autre éminent personnage des ventes d'armes en France, Henri Conze, ancien directeur général de l'armement sous Balladur, peut lui aussi témoigner des pressions politiques qui ont entouré la signature du contrat Agosta. Poursuivi devant la Cour de discipline budgétaire et financière (CDBF) de la Cour des comptes à cause des très mauvais résultats financiers enregistrés par le contrat des sous-marins – il coûtera au total 76 millions d'euros à l'État selon l'estimation de la CDBF –, M. Conze a affirmé pour sa défense qu'Agosta était « le résultat d'une volonté politique exempte de toute considération de rentabilité ou de déficit[2] ». En clair, le gouvernement de l'époque n'avait que faire de l'équilibre financier du contrat. Il fallait le signer. À tout prix, c'est le cas de le dire.

---

1. Audition du 14 mai 2009.

2. Arrêt du 5 décembre 2008 de la Cour de discipline budgétaire et financière (CDBF). À la suite de ce jugement, Henri Conze et Jacques Grossi, alors patron de la DCN, ont tous deux été condamnés à 2 000 euros d'amende.

Celui qui, à la DCN, fut en prise en directe pendant les négociations avec le duo d'intermédiaires El-Assir/Takieddine est l'ancien directeur international du groupe, Emmanuel Aris, dont l'une des attributions était précisément la gestion des agents d'influence en marge des grands contrats. Lui aussi confirme que les deux Libanais ont été « imposés » par le gouvernement Balladur.

L'entremetteur de choc n'était autre que Renaud Donnedieu de Vabres, futur ministre de la Culture. À l'époque d'Agosta, RDDV est chargé de mission au cabinet de François Léotard, ministre de la Défense du gouvernement d'Édouard Balladur – dont il va intégrer l'équipe de campagne début 1995. « En 1994, M. Castellan [président de DCN International] m'a demandé d'aller voir M. Takieddine. Il lui avait été présenté par M. Donnedieu de Vabres. [...] D'après ce m'a dit M. Castellan, le nom de Takieddine lui avait été donné par les autorités françaises », a révélé Emmanuel Aris sur procès-verbal[1].

Précision utile : quand le tandem El-Assir/Takieddine s'immisce avec l'appui (voire à la demande) du pouvoir balladurien dans les négociations du marché des sous-marins pakistanais, le contrat est déjà en passe d'être signé. C'est donc à la dernière minute, alors que les négociations ont déjà abouti, que les deux hommes réclament 4 % de commissions supplémentaires, soit 33 millions d'euros ! La mission de « consultance » entre la DCN et les nouveaux venus ne sera d'ailleurs signée que le 12 juillet 1994. Seulement deux mois avant la signature du contrat Agosta. Le fait est rarissime.

Officiellement, Takieddine et El-Assir affirment que l'argent doit servir à verser des pots-de-vin au pouvoir politique pakistanais, condition *sine qua non* pour être

1. Audition du 23 novembre 2009 devant le juge Marc Trévidic.

certain d'empocher le contrat, affirme Emmanuel Aris. Cela fait pourtant deux ans que d'autres agents (ceux de la SOFMA, voir le chapitre « Pots-de-vin : "Du balayeur au Premier ministre" », p. 163) s'emploient à « convaincre » les décideurs pakistanais de choisir la France avec, en poche, une enveloppe de commissions représentant 6,25 % du montant du contrat (soit 51 millions d'euros) prévue à cet effet. On l'a vu, dans l'esprit d'Emmanuel Aris, les 6,25 % versés à la SOFMA « couvraient l'ensemble des décideurs politiques ou militaires », l'ex-directeur international du groupe ayant qualifié devant le juge ce pourcentage de « tout à fait normal pour le Pakistan ». Autre personnage central du contrat Agosta, l'ancien directeur général délégué de la SOFMA, Henri Guittet ne dira pas autre chose devant la justice : « Avec les 6,25 %, on couvrait l'ensemble du spectre [...] 10,25 % n'est pas choquant en soi, mais il n'y en avait pas besoin[1]. »

L'ingénieur en chef de l'armement fera part au juge Trévidic de sa petite analyse personnelle concernant l'apparition au dernier moment du tandem Takieddine/El-Assir dans le marché des sous-marins destinés au Pakistan. « Des contrats comme ceux-là font saliver beaucoup de monde et il y a tous ces gars qui arrivent en rangs serrés pour faire croire que le contrat va capoter si on ne passe pas par eux », confiera-t-il. « Ils ne risquent pas grand chose. Quand quelqu'un arrive deux mois avant la signature du contrat de vente, on ne peut pas penser que c'est quelqu'un de sérieux. Il faut savoir que deux mois avant la signature d'un contrat de vente, c'est déjà fait. La signature est un moment solennel qui se prépare, mais en fait on a paraphé bien avant. »

1. Procès-verbal d'audition devant le juge Marc Trévidic du 9 avril 2010.

Mais l'arrivée surprise de Ziad Takieddine et Abdul Rahman El-Assir dans le contrat Agosta, déjà dérogatoire aux règles en vigueur dans le milieu de l'armement, va prendre une tournure exceptionnelle quand les deux hommes vont imposer de toucher 100 % de leurs commissions à la signature de leur mission de consultance. Aris et Menayas ont affirmé devant la justice n'avoir « jamais » connu de telles exigences financières de la part d'intermédiaires. « Ils n'ont invoqué aucune raison. Ils voulaient tout, tout de suite, c'est-à-dire la totalité des 4 % à la mise en vigueur », s'est souvenu Emmanuel Aris[1].

Quand il est interrogé en novembre 2009 par le juge Trévidic sur cette extravagance, Menayas répond de son côté : « Ils m'ont dit que c'étaient les exigences de leurs donneurs d'ordres. » Le juge pousse le raisonnement : « Cela semble démontrer que quelqu'un avait besoin d'argent rapidement. Qu'en pensez-vous ? » « C'est probable », se borne à répondre Menayas. Qui peuvent donc être ces mystérieux mandants, si ce n'est ces « autorités françaises » qui ont imposé El-Assir et Takieddine dans les négociations ? Et l'urgence à toucher de l'argent « rapidement » ne s'expliquerait-elle pas par la redoutable, car fratricide, bataille présidentielle qui se prépare, à droite, au sein du même parti (le RPR), entre Édouard Balladur et Jacques Chirac ?

Réticents à l'idée de devoir verser 100 % des commissions tout de suite, faute de quoi le plan de financement du contrat Agosta se trouverait en déséquilibre, les dirigeants de la DCN se voient alors contraints de négocier comme des marchands de tapis avec les deux intermédiaires libanais imposés par le gouvernement.

Une rencontre au sommet est notamment organisée à l'été 1994 chez Abdul Rahman El-Assir, dans son appar-

1. Procès-verbal d'audition devant le juge Marc Trévidic du 9 avril 2010.

tement parisien, avenue Henri-Martin. Takieddine parle beaucoup, s'énerve, hausse le ton. El-Assir, lui, reste en retrait. Il s'exprime peu, mais fermement. Il semble avoir les coudées franches pour imposer ses vues à son... « employeur ». « La rencontre a été assez froide, brève. M. El-Assir m'a demandé d'avoir plus de souplesse avec M. Takieddine dans mon attitude », s'est rappelé, lors de son audition, Emmanuel Aris.

Ce dernier a ajouté que le président de l'époque de DCN International, Dominique Castellan, lui avait demandé de se « rappeler qui nous avait présenté M. Takieddine ». Comprendre Renaud Donnedieu de Vabres. C'est-à-dire le ministère de la Défense de François Léotard. Donc le gouvernement d'Édouard Balladur, dont M. Léotard sera l'un des principaux soutiens lors de la campagne présidentielle de 1995.

À l'arraché, la DCN obtiendra de verser 85 % des commissions immédiatement – soit 28 millions d'euros – et les 15 % restants au prorata des paiements du client (le Pakistan). Une faveur déjà contraire à toutes les règles du genre.

Balladur, le cheikh et Al-Qaida

Plus inhabituel encore, le couple El-Assir/Takieddine se trouve donc, exactement à la même période, au cœur d'un autre contrat d'armement signé par le gouvernement Balladur. Cette fois, le client est l'Arabie saoudite. Baptisé Sawari II, le marché porte sur des sommes bien plus importantes que celles en jeu dans le contrat Agosta : 2,9 milliards d'euros pour deux bâtiments de guerre, des frégates en l'occurrence – plus une troisième en option. Le projet français, porté par la DCN et Thomson-CSF, est supervisé par l'office *ad hoc* de l'État français, la Société française d'exportation de systèmes d'armes (Sofresa), dirigée par Jacques Douffiagues.

Il convient de préciser qu'entre 1993 et 1995, plusieurs membres du gouvernement français, qu'ils soient ministres de la Défense (François Léotard), de l'Industrie (Gérard Longuet), de l'Intérieur (Charles Pasqua), tous soutiens de M. Balladur lors de sa campagne élyséenne, et même le Premier ministre lui-même, ont affiché une sollicitude toute particulière à l'endroit de l'Arabie saoudite, où ils se sont rendus à de nombreuses reprises. L'offensive balladurienne finira donc par payer avec la signature, en novembre 1994, du contrat Sawari II.

Mais, comme Agosta avec le Pakistan, Sawari II surprend beaucoup d'observateurs par son montage financier. À commencer par le directeur financier de DCN International à l'époque, Gérard-Philippe Menayas. Selon lui, les commissions destinées aux différents réseaux d'intermédiaires, fixées pour cette opération au taux astronomique de 18 %, allaient « non seulement au-delà des standards habituels saoudiens mais en plus, leur paiement était accéléré, de telle sorte que la trésorerie nette du contrat était négative pendant plus de deux ans, ce qui était tout à fait inhabituel dans un contrat de défense sur ce pays[1] ».

Décidément omniprésent, Ziad Takieddine se voit promettre 87 millions d'euros pour sa participation aux négociations de Sawari II. De quoi donner le tournis.

Outre Takieddine et El-Assir, un troisième homme joue un rôle de pivot pour le gouvernement français dans ce colossal marché militaire. Il s'agit d'un Saoudien particulièrement fortuné, le cheikh Ali Ben Mussalam[2]. Un

1. Mémorandum du 28 avril 2008.

2. De nombreuses transcriptions de son nom existent : Bin Mussalim, Bin Moussalam, Ben Mussallam, Ben Moussallem...

homme puissant, conseiller du roi Fahd et ancien officier de renseignement dont on retrouve également le nom dans le scandale de « l'Irangate »[1]. Tout au long de l'année 1994, comme on va le voir, de nombreux rendez-vous sont organisés entre des représentants des autorités françaises, dont Renaud Donnedieu de Vabres, des dignitaires de l'armement national, dont Jacques Douffiagues, un protégé de François Léotard, et le cheikh Mussalam. Les rencontres ont notamment lieu, à Paris, dans le cadre majestueux de l'hôtel Prince de Galles, propriété du riche Saoudien.

Saisie dans le cadre de l'affaire Clearstream, une note du général Rondot du 23 mai 2002, relatant un entretien entre le conseiller pour le renseignement et les opérations spéciales (CROS) du ministère de la Défense et Dominique de Villepin (alors au Quai d'Orsay), comporte à ce sujet une mention intéressante :

l'instruction judiciaire concernant R. DONNEDIEU de VABRE

– ses « imprudences » + connexion cheikh MOUSSALEM

« L'instruction judiciaire » dont il est question renvoie à l'affaire du Fondo, dans laquelle MM. Léotard et Donnedieu de Vabres furent condamnés en 2004 pour avoir « blanchi » en 1996 des fonds destinés à leur formation, le Parti républicain (voir le chapitre « Une course de fond(s) », p. 177). Quant aux « imprudences » auxquelles se serait livré RDDV, et qui, visiblement, seraient à mettre

1. « Evidence Points to Big Saudi Role in Iranian and Contra Arms Deal », par Jeff Greth, *The New York Times*, 30 novembre 1986. « Yet Another Saudi Connection », par Ed Magnuson et Jay Peterzell, *Time*, 29 juin 1987.

en rapport avec les liens l'unissant à Ali Ben Mussalam, difficile d'en savoir plus, le général Rondot n'ayant pas souhaité répondre à nos questions.

Dans un article publié le 3 août 2001 sous le titre « Politiques déguisés en marchands d'armes », le quotidien *Libération* fera même état d'une rencontre, en octobre 1993, entre Ali Ben Mussalam et Nicolas Bazire, alors directeur du cabinet d'Édouard Balladur à Matignon, suivie, le mois suivant, d'un rendez-vous entre le cheikh saoudien et le Premier ministre français en personne ! Interrogé par écrit en février 2010, Édouard Balladur a refusé de répondre à nos questions portant sur cette entrevue avec Ben Mussalam.

Le 23 décembre 1993, c'est au tour de François Léotard de rencontrer le cheikh. Ils se reverront ensuite neuf fois en 1994... Une première pour un ministre de la Défense, qui n'est pas supposé gérer lui-même les intermédiaires des contrats d'armement.

Rédigée par le secrétariat d'Ali Ben Mussalam, une chronologie, en notre possession (voir Annexes), retrace très précisément l'histoire de ces contacts au sommet. On y apprend par exemple que dès le 20 novembre 1993, Nicolas Bazire a fait parvenir une note au cheikh. Sans doute afin de préparer le premier grand déplacement des autorités françaises à Riyad, début 1994.

Le 1er janvier, Ben Mussalam rencontre, à Paris, MM. Balladur et Bazire. Ce dernier s'envole pour Riyad le lendemain, rejoint le 7 janvier par le Premier ministre français. Mais ce premier voyage est un échec. Du coup, les négociations vont reprendre de plus belle : il ne se passe pas un mois sans que le cheikh ne rencontre Léotard et/ou Donnedieu de Vabres. Cette fois, les efforts du ministre de la Défense sont récompensés : le mirifique contrat Sawari II est finalement signé, au Maroc, le

19 novembre 1994, en présence de François Léotard et du prince Sultan. Mais, curieusement, les négociateurs vont continuer à se voir avec la même assiduité... une fois le contrat signé. À en croire la chronologie, Ben Mussalam déjeune au ministère de la Défense avec M. Léotard dès le 21 décembre 1994 et, le lendemain ou le surlendemain, « demande de rencontrer Balladur », une nouvelle fois. Le 2 janvier 1995, le cheikh est encore à Paris, pour voir François Léotard. C'est aussi en janvier 1995 que Renaud Donnedieu de Vabres intègre l'équipe de campagne d'Édouard Balladur. Cet étonnant ballet se poursuit les mois suivants.

À la date du 10 mars 1995, il est mentionné : « 10 h 45 Cheikh Ali rencontre au Prince de Galles Donnedieu de Vabres et Ziad Takieddine. » Les trois hommes se revoient dans le palace le 13 avril. Le document comporte une annotation intrigante en regard de la date du 6 avril 1995 : « Cheikh Ali menace. » Qui ? Pourquoi ? Nul ne le sait.

L'ultime rencontre entre les acteurs de la négociation Sawari II se déroule le 14 avril 1995, une grosse semaine avant le premier tour de l'élection présidentielle (fixé le 23 avril). D'après le document, ce jour-là le « cheikh Ali rencontre Douffiagues et Takieddine ». Cette indication est suivie de la mention suivante : « Remerciement pour action du cheikh Ali – Paiement. » Une phrase elliptique qui laisse libre cours à toutes les interprétations, faute d'en obtenir une « traduction » fiable.

Sollicités à plusieurs reprises, ni François Léotard ni Renaud Donnedieu de Vabres n'ont souhaité répondre à nos questions. Eux non plus. Du reste, les deux hommes n'ont jamais accepté d'évoquer publiquement ces affaires.

Le sujet est, de fait, plutôt délicat. S'agissant de leurs contacts répétés avec le cheikh Ali Ben Mussalam, l'information est même particulièrement dérangeante. Car l'homme n'est pas un intermédiaire tout à fait comme les autres. Il est soupçonné de longue date par les services de renseignements occidentaux d'être un bailleur de fonds indirect du terrorisme en ayant notamment encouragé financièrement des groupes islamistes radicaux au Yémen, mouvements soutenus en sous-main par l'Arabie saoudite.

Après les attentats du 11-Septembre, les accusations se feront même beaucoup plus précises contre lui. Tandis que les États-Unis cherchent à assécher les réseaux de financement du terrorisme islamique, un établissement financier est rapidement pointé du doigt par les services secrets américains : il s'agit de la banque Al-Taqwa, dirigée par un certain Youssef Nada et dont l'un des principaux soutiens n'est autre le cheikh Mussalam. Dans une lettre datée du 4 janvier 2002, adressée par le département du Trésor américain à la Suisse, où Mussalam s'est retiré, il est notamment écrit :

« Depuis les années 1980, à la suite du retrait de l'armée soviétique d'Afghanistan, Mussalam, aidé de Nada, a fourni des services indirects d'investissements pour Al-Qaida, investissant des fonds pour Ben Laden, et effectuant des livraisons d'argent liquide sur demande pour l'organisation Al-Qaida[1]. »

La synthèse de la Central Intelligence Agency (CIA) qui a inspiré la lettre du Trésor américain précise pour sa part que la découverte d'une « connexion entre Mussalam et Oussama Ben Laden serait très embarrassante pour la famille royale saoudienne, mais le lien sera difficile à établir car les fonds d'investissements de Ben Laden ont été très

1. Le document est cité par Sylvain Besson dans son livre *La Conquête de l'Occident, le projet secret des islamistes*, Seuil, 2005.

bien habillés et seulement des retraits en espèces ont été réalisés pour Al-Qaida ».

En juin 2004, moins d'un mois après la révélation publique dans le quotidien suisse *Le Temps* de la lettre du Trésor américain le mettant en cause, Ali Ben Mussalam meurt à Genève, où il vivait retiré du monde, emportant avec lui de lourds secrets. Malgré plusieurs requêtes auprès des autorités suisses, il nous a été impossible de connaître les circonstances exactes de sa mort. Certaines sources indiquent toutefois que Mussalam était déjà très malade et vivait sous assistance respiratoire avant de s'éteindre.

Comme pour accentuer encore l'aspect sulfureux du personnage, *Libération* révéla en 2007[1] que le cheikh avait confié la gestion des fonds de l'une de ses sociétés offshore au banquier suisse Jacques Heyer. Ce dernier fut condamné en 2002 pour des abus de confiance de grande ampleur, puisqu'il a dilapidé la fortune de personnalités. Parmi elles, l'ex-conseiller général RPR Didier Schuller ou le tennisman Henri Leconte. Deux proches de Nicolas Sarkozy, à qui l'on a toujours prêté des liens avec Heyer.

En 1994, voici donc le cheikh Ben Mussalam, aux côtés d'Abdul Rahman El-Assir et Ziad Takieddine, aux premières loges du contrat Sawari II… et peut-être même d'Agosta. Plusieurs acteurs de l'époque indiquent en effet que les sous-marins de la DCN vendus au Pakistan ont, en réalité, été payés pour partie par l'Arabie saoudite. Ainsi, Agosta et Sawari II ne seraient que les deux éléments d'un même tout. Si elle ne peut être confirmée par des documents incontestables, l'hypothèse est cependant loin d'être inconcevable.

1. Karl Laske, « Le banquier suisse que Sarkozy voudrait oublier », *Libération* du 13 avril 2007.

Deux raisons à cela : d'abord, c'est le même réseau d'intermédiaires que l'on retrouve dans les deux contrats, fait rarissime. D'autre part, ce ne serait pas la première fois que l'Arabie saoudite subviendrait aux besoins du Pakistan, qui a déjà profité par le passé d'argent saoudien pour l'aider à développer une bombe nucléaire, ou bénéficié de l'envoi de barils de pétrole, gracieusement offerts par le Royaume wahhabite[1].

En 1994, il y en a qui voient d'un très mauvais œil cette frénésie à signer des contrats militaires qui semble s'être emparée du gouvernement Balladur. Il s'agit des proches de Jacques Chirac. Brigitte Girardin, par exemple. Elle est alors directrice adjointe du cabinet du ministre des DOM-TOM de l'époque, Dominique Perben : « Je me souviens, j'étais aux côtés de Dominique de Villepin et de Jacques Chirac lors de la campagne de 1995. On se demandait ce que les balladuriens allaient foutre en Arabie saoudite[2]... » En réalité, les chiraquiens avaient déjà une petite idée.

Ministre de l'Intérieur entre 1993 et 1995, Charles Pasqua est un compagnon de route historique de Jacques Chirac. Même s'il se rangea pour sa part du côté d'Édouard Balladur pendant la campagne présidentielle de 1995, l'homme qui a fêté ses quatre-vingt-trois ans le 18 avril 2010, a sa carrière politique derrière lui – et une liberté de parole totale. L'œil toujours vif malgré le poids des ans, que trahit une légère claudication, il reçoit dans « ses » bureaux, à Neuilly-sur-Seine, en plein bastion sarkozyste. À l'entrée, une petite plaque siglée « RPF » rappelle l'aventure souverainiste du sénateur des Hauts-de-Seine, en 1999.

Avec son inimitable accent méridional, il raconte une drôle d'anecdote au sujet des périples saoudiens de certains

1. Robert Baer, *Or noir et Maison Blanche*, J.-C. Lattès, 2003.
2. Entretien avec les auteurs.

membres du gouvernement Balladur, dans lequel il occupait le poste de ministre de l'Intérieur. « Je me souviens que lorsque Balladur s'est rendu en Arabie saoudite en 1994, il était accompagné de tout un aréopage de ministres, notamment Léotard et Longuet, et d'industriels. Il y avait aussi son « factotum », Nicolas Bazire. Balladur était persuadé de signer de gros contrats. Moi, je n'ai pas pu m'y rendre pour une raison protocolaire : mon homologue saoudien de l'Intérieur n'était pas là, il était allé chasser dans le Sahara... Mais Léotard [alors ministre de la Défense] est venu me voir juste avant de partir pour Riyad, et il m'a dit : "Ne t'inquiète pas, on défendra tes intérêts." J'avoue que je n'ai pas compris, c'était ambigu comme phrase[1]. » Le tout ponctué d'un petit sourire suggérant que le vieux sénateur en avait bien entendu parfaitement compris le sens...

L'anecdote livrée par M. Pasqua rappelle qu'en pleine campagne présidentielle, opposant les anciens « amis de trente ans », les pires soupçons avaient surgi à l'encontre du gouvernement Balladur. En clair, le Premier ministre, qui se lançait dans la bataille sans le soutien du RPR, donc sans l'assise financière d'un grand parti, comme on l'a vu, a-t-il cherché à financer sa campagne électorale en récupérant grâce à des intermédiaires amis – Abdul Rahman El-Assir et Ziad Takieddine, par exemple – une partie des commissions qui leur ont été versées en marge de ventes d'armes ?

Le procédé, parfaitement illégal, porte un nom barbare : la rétrocommission. « Le secret de Polichinelle de la classe politique française », tranche Charles Pasqua. « Les rétrocommissions, ajoute-t-il, c'est amoral, pernicieux et contraire à l'intérêt national. C'est pourquoi, je suis

1. Entretien avec les auteurs.

partisan de lever le secret-défense sur toutes ces affaires d'armement. Ce serait l'occasion de donner un bon coup de balai et de faire le ménage, y compris dans la classe politique. » Y compris chez ses anciens amis ?

Tout en restant dans l'ellipse, comme il sait si bien le faire, l'actuel sénateur des Hauts-de-Seine lâche de sa voix gutturale : « Ce que je sais seulement, c'est qu'un certain nombre de gens ont subventionné la campagne électorale d'Édouard Balladur. C'est le cas notamment de responsables africains et arabes. »

Sur ce point, M. Pasqua n'en dira pas davantage, préférant se réfugier derrière une formule qui suggère qu'il en sait évidemment bien plus : « Je ne suis pas un informateur, ni un délateur. » Et d'ajouter, presque hilare : « Et puis, je ne suis plus tout jeune, certains souvenirs s'estompent. Je vous rappellerai peut-être, si la mémoire me revient. » Ils doivent être nombreux ceux qui prient pour que l'ancien ministre de l'Intérieur ne la recouvre pas.

5

Les hommes du président

Malheur aux vaincus. Du jour au lendemain, les balladuriens, qui croyaient pouvoir conquérir la France, vont être réduits à néant, jusqu'à être traités comme des pestiférés dans leur propre camp. Au terme d'une campagne marquée par une avalanche de coups bas de tous côtés[1], Jacques Chirac accède à l'Élysée le 7 mai 1995 en battant le candidat socialiste Lionel Jospin. Édouard Balladur, lui, était hors course depuis le 23 avril, jour du premier tour. Un sacré camouflet pour le chef du gouvernement sortant, longtemps promis à une victoire facile, et ceux qui l'avaient soutenu.

Sitôt élu président de la République, Jacques Chirac n'a qu'une idée en tête. Couper les vivres à Édouard Balladur. D'abord parce que le nouveau chef de l'État considère que l'ex-Premier ministre demeure une réelle menace politique. Et puis, même si c'est un sentiment détestable, les chiraquiens entendent bien se venger. Une telle trahison

1. « Je n'ai jamais vu une campagne aussi dégueulasse », avait déclaré Charles Pasqua, à en croire un article d'Hervé Algalarrondo publié dans *Le Nouvel Observateur* le 24 septembre 2009.

ne peut rester impunie. Jacques Chirac – qui n'a pas souhaité s'exprimer dans ce livre – en parle dès son premier rendez-vous en tête à tête, dans son bureau de l'Élysée, avec le nouveau ministre de la Défense, Charles Millon. Ce dernier repart avec un « ordre de mission » on ne peut plus clair : faire le ménage dans les contrats d'armement et empêcher que les intermédiaires jugés trop proches du camp Balladur ne touchent leur dû.

À l'hebdomadaire *Paris Match*, Charles Millon expliquera, dans une très courte interview, en juin 2009 : « Jacques Chirac m'a demandé de passer en revue différents contrats de ventes d'armes en cours et de stopper le versement des commissions pouvant donner lieu à des rétrocommissions. C'est ce qui a été effectué : chacun d'entre eux a fait l'objet d'une expertise particulière[1]. » Deux contrats sont tout particulièrement dans la ligne de mire du nouveau pouvoir : Agosta et Sawari II. Ils subiront un sort identique.

M. Millon nous avait livré la même version, dès la fin de l'année 2008 : « Je ne me souviens plus exactement si c'était lors de mon premier ou de mon second tête-à-tête avec Jacques Chirac à l'Élysée – c'était un lundi – mais je me rappelle parfaitement que le président de la République m'avait alors demandé de mettre au clair tous les contrats d'armement en cours, dont ceux, bien sûr, signés sous le gouvernement précédent. Il fallait notamment mettre fin au système des commissions pouvant donner lieu à des rétrocommissions. Le président trouvait cela totalement scandaleux. Et moi aussi, d'ailleurs[2]. »

1. François Labrouillère, « Charles Millon : "Chirac m'a demandé de bloquer les commissions illicites" », *Paris Match*, le 23 juin 2009.

2. Entretien avec les auteurs.

Rencontré à plusieurs reprises dans le cadre de cette enquête, M. Millon, initialement très réservé, a consenti à livrer certains secrets dont il est le détenteur. S'il en a beaucoup plus raconté qu'à la mission d'information parlementaire conduite par Bernard Cazeneuve (voir le chapitre « Un député face aux secrets d'État », p. 281), lui non plus n'a, à l'évidence, pas tout dit. Pour des raisons éthiques, sans doute. Mais aussi de sécurité. « Ce sont des histoires dangereuses, je n'ai pas envie de prendre une balle », nous confiera-t-il un jour. Alors, Charles Millon a choisi de distiller ses confidences, comme autant de petits cailloux dont il nous incitait parfois explicitement à suivre la trace. « Le financement des balladuriens ? Mais tout est public ! Les faits sont là, il suffit d'ouvrir les yeux. Reprenez les coupures de presse de l'époque, tous ces déplacements en Arabie saoudite, par exemple... » Plus d'une fois, sous des sourcils broussailleux, le regard de l'ancien ministre s'est illuminé. Notamment lorsqu'il s'agissait de remonter la piste des commissions occultes. À l'évidence, ce petit jeu l'amusait. Car si, pas plus que Charles Pasqua, Charles Millon n'a une âme de « balance », il en a aussi gros sur le cœur. Homme de conviction, ce pur représentant de la droite catholique lyonnaise estime qu'il a payé beaucoup trop cher l'alliance qu'il passa, en 1998, avec le Front national pour conserver la majorité au conseil régional de Rhône-Alpes qu'il présidait depuis dix ans.

Destitué début 1999, exclu de l'UDF, Charles Millon, désormais considéré comme un renégat par ses anciens amis, sera même battu en 2001 aux élections municipales, alors que la mairie de Lyon lui tendait les bras, le RPR ayant préféré favoriser l'élection du socialiste Gérard Collomb plutôt que la sienne. C'en était fini de la carrière de Charles Millon. Mais pas de ses ennuis. En février 2010, il comparaissait ainsi devant le tribunal correctionnel de

Lyon pour « prise illégale d'intérêts par personne investie d'un mandat électif public ».

La justice lui reproche d'avoir employé du personnel de maison, aux frais du conseil régional, dans son appartement de fonction. « Un exemple de l'acharnement incroyable dont je suis l'objet », estime l'ancien ministre. De fait, pour cette vieille histoire (les faits remontent à 1998), le juge d'instruction lui avait accordé, en 2009, un non-lieu. Décision dont le parquet – « soumis au pouvoir politique », rappelle M. Millon – fit appel avec succès, ouvrant la voie à un procès que l'ancien député du Rhône a particulièrement mal vécu. Pas tant pour la peine (symbolique) qui pourrait lui être infligée. Non, pour cet homme qui dit avoir érigé l'intégrité en vertu cardinale, c'est le fait de pouvoir « être condamné pour une broutille, quand tant d'hommes politiques ont amassé des fortunes de manière illicite », qui lui est « insupportable ». « Dans les contrats d'armement, ne vous y trompez pas, il y a du financement occulte de parti, mais aussi toujours un peu d'enrichissement personnel pour ceux qui trempent dedans. » Là encore, il ne dit pas à qui il pense précisément. Ou alors *off the record*.

En 1995, Charles Millon est encore parfaitement fréquentable. Il compte parmi les hommes forts de l'UDF, dont il préside le groupe à l'Assemblée nationale depuis six ans, et il a soutenu dès le départ la candidature de Jacques Chirac. Il s'en trouve récompensé par ce poste prestigieux de ministre de la Défense auquel, on l'a compris, le nouveau président attache une importance toute particulière. Il succède, ironie de l'histoire, à un autre pilier de l'UDF, qui lui avait misé sur Édouard Balladur, François Léotard.

Le jour de la passation de pouvoirs au ministère de la Défense entre les deux hommes, une surprise attend Charles Millon. « J'étais persuadé que Léotard allait me parler des affaires réservées ou de la menace terroriste. Eh bien, non ! Il me dit, très fébrile, qu'il faut absolument que j'aille en Arabie saoudite pour mener à bien un contrat qu'il avait engagé sous Balladur. Je n'en revenais pas », relate Charles Millon. Qui ajoute : « Quand je me rendrai plus tard en Arabie saoudite, l'un des dignitaires du Royaume me lancera, excédé : "Vous vous rendez compte, vos amis sont beaucoup trop gourmands sur les contrats, avec les commissions : ils me donnent 8 % et gardent pour eux les 10 % restants. C'est n'importe quoi ! Qu'ils ne reviennent jamais ici ou je leur coupe la langue." Cette phrase m'avait particulièrement marqué… »

« Le trésor de Balladur »

Un autre homme a vécu toute cette période à des postes d'observation privilégiés, puisqu'il fut d'abord directeur du cabinet du ministre des Affaires étrangères Alain Juppé entre 1993 et 1995, puis secrétaire général de l'Élysée après l'élection de Jacques Chirac. Comme Charles Millon, Dominique de Villepin estime avoir de bonnes raisons d'en vouloir aux balladuriens d'hier, devenus les sarkozystes d'aujourd'hui. Comme Charles Millon, il lâche au compte-gouttes les confidences. Car, comme Charles Millon, cet homme-là en sait beaucoup. Trop, même, à en croire son raisonnement.

« C'est un peu la quête du Graal, votre affaire », a lâché d'emblée Dominique de Villepin, rencontré à deux reprises (avant et après sa relaxe dans l'affaire Clearstream, intervenue le 28 janvier 2010) dans les locaux de son club politique, à l'ombre de l'église Saint-Augustin[1]. « Vous

1. Entretien avec les auteurs.

touchez un sujet dont personne n'a jamais parlé, car la peur et la lâcheté sont la règle », a ajouté l'ancien Premier ministre. Avant de prévenir : « Mais attention, je ne veux pas que vous vous abritiez derrière moi pour dire ce que vous ne pouvez ou n'osez pas écrire vous-mêmes. Après avoir fait office de lièvre dans l'affaire Clearstream, je ne veux pas servir de paillasson dans celle-là. »

L'affaire Clearstream, encore et toujours, qui semble coller à la droite française depuis le milieu des années 2000 comme ce maudit sparadrap aux doigts du capitaine Haddock. Un dossier qui vit d'abord Nicolas Sarkozy, ainsi que de nombreuses personnalités, être accusé par un « corbeau » de détenir des avoirs occultes via une chambre de compensation luxembourgeoise, avant que la justice n'établisse le caractère délirant de ces accusations, basées sur des listings truqués.

« D'après moi, l'affaire Clearstream n'aurait pas pu prendre cette ampleur s'il n'existait pas, bien sûr des fantasmes, mais aussi une réalité. Or, la vigilance particulière du président de la République sur cette affaire n'était pas fondée sur des fantasmes », attaque DDV, qui en vient à ce qui est, selon lui, le cœur du sujet : « les réseaux. »

« Bien sûr que les réseaux "officieux" existent. Depuis des décennies, des circuits, des intermédiaires, des cabinets parallèles se sont multipliés. Dire que j'ai été accusé de diriger un "cabinet noir" à l'Élysée sous Jacques Chirac... C'est un comble ! Ils [les sarkozystes] ont réussi le tour de force de me placer dans la position où ils ne voulaient pas eux-mêmes se retrouver. En me mettant sur le dos le cabinet noir puis Clearstream, il y a eu un échange de rôles, car ceux qui fonctionnent avec des officines, des cabinets parallèles, ce sont eux précisément ! Certes, il est exact que nous avons été particulièrement efficaces dans la défense du président de la République de l'époque : moi comme secrétaire général, les conseillers juridiques, etc. Mais nous étions dans notre rôle, tout simplement. Je suis celui qui a permis à Jacques Chirac de terminer son mandat, et j'en suis fier. Il n'y avait pas d'organisation occulte avec des hommes de main, comme dans ces cabinets parallèles que j'ai dénoncés lors de mon premier passage au Quai d'Orsay. À l'époque d'Édouard Balladur, entre 1993 et 1995, ces cabinets étaient légion dans son environnement. »

Sur le sujet, Dominique de Villepin est intarissable. « Il est intéressant de voir que la cristallisation sur moi, ou plutôt contre moi, s'est faite à partir de cette époque [1993 et sa nomination comme directeur du cabinet d'Alain Juppé au ministère des Affaires étrangères]. Avec Alain Juppé, Maurice Gourdault-Montagne et quelques autres, on s'est battus contre des réseaux parallèles. Il s'agissait notamment des réseaux Balladur-Pasqua, dont les activités étaient tout bonnement intolérables. Ces réseaux ont tout parasité. Il y a tellement d'exemples, qu'il s'agisse de l'affaire rwandaise, de l'Airbus détourné à Alger ou des pilotes enlevés en Bosnie... À chaque fois, des négociations clandestines ont été engagées, toujours par ces mêmes réseaux. Du coup, évidemment, Juppé et moi, on s'est mis à dos tous les cabinets parallèles, qui existaient aussi au ministère de la Défense, autour de Léotard, ou au ministère de l'Industrie, avec Longuet. »

À en croire DDV, ces fameux réseaux auraient conservé leur pouvoir de nuisance après la défaite des balladuriens, en 1995. « L'une des caractéristiques de ces réseaux parallèles, c'est qu'ils étaient assez "bavards", je veux dire par là qu'ils nourrissaient le système médiatique, grâce à leurs relais dans la presse. Les journalistes allaient chercher leurs informations chez Pasqua et Sarkozy. Il y a tant d'affaires dont chacun sait qu'elles ont été montées de toutes pièces par Sarkozy. Celle de Gaymard[1] par exemple. Et quand je pense que Bernadette Chirac s'est réconciliée avec Nicolas Sarkozy, alors qu'elle est bien placée pour savoir que c'est lui qui a monté l'affaire du terrain de Vigneux[2]... Mme Chirac s'est répandue dans tout Paris pour dire que Sarkozy était derrière cette histoire, elle le tenait de son directeur des impôts. Pareil pour Dominique Ambiel[3] : il sait très bien que c'est Sarkozy qui est derrière ; la preuve, c'est le procureur Yves Bot, proche de Sarkozy, qui a décidé de le poursuivre, pas la police. Et Juppé ? Lui non plus n'ignore pas que c'est Nicolas Sarkozy, alors secrétaire général du RPR, qui a donné tous les dossiers[4] à la justice. »

1. Le *Canard enchaîné* révéla le 15 février 2005 qu'Hervé Gaymard, alors ministre de l'Économie, logeait avec sa femme et ses huit enfants dans un luxueux appartement payé par l'État. Entré à Bercy en novembre 2004, Hervé Gaymard fut contraint de démissionner le 25 février 2005.

2. L'épouse de Jacques Chirac fut accusée, au cours de la campagne présidentielle de 1995, d'avoir réalisé une plus-value foncière importante à l'occasion de la vente d'un terrain qui appartenait à sa famille, à Vigneux (Essonne).

3. Conseiller en communication de Jean-Pierre Raffarin à Matignon, Dominique Ambiel avait été arrêté en avril 2004 par la police en compagnie d'une prostituée.

4. M. de Villepin fait allusion à l'enquête d'un juge de Nanterre sur le financement du RPR, improprement appelée « affaire des emplois fictifs », portant sur la prise en charge de permanents du parti gaulliste par des entreprises. Elle connut ses développements les plus marquants à la fin des années 1990, avec notamment la mise en examen d'Alain Juppé (plus tard condamné), en août 1998. Entre le 1er février 1998 et le 16 avril 1999, Nicolas Sarkozy était secrétaire général du RPR, dont il fut ensuite le président par intérim jusqu'au 13 juin 1999. M. Sarkozy est aussi soupçonné par les chiraquiens d'avoir, comme ministre du Budget, déclenché l'affaire des HLM de Paris en 1994.

C'est à cette aune qu'il faudrait donc lire son implication dans l'affaire Clearstream : « J'ai été le premier à vouloir nettoyer les écuries d'Augias. Il fallait se débarrasser des gêneurs comme moi. Après la dissolution, en 1997, l'heure de la vengeance a sonné pour ceux qui nous en voulaient. Il y a eu un règlement de comptes terrible, focalisant sur moi. C'était d'autant plus facile que ces cabinets occultes s'appuyaient aussi sur des réseaux économiques et financiers. »

On semble bien loin des dessous de la présidentielle de 1995, et *a fortiori* de l'attentat de Karachi. Pas tant que ça, suggère Villepin, qui emploie les mêmes mots que Charles Millon : « Sur le financement de la campagne de 1995, il suffit de reprendre des éléments publics. Pour revenir à nos soupçons de l'époque, je me souviens qu'il y avait beaucoup de déplacements qui nous semblaient suspects, notamment de Hortefeux et Bazire[1]. Mais qu'est-ce qu'ils allaient faire en Arabie saoudite ?! Et ces visites d'Édouard Balladur, en Arabie saoudite également... Intéressez-vous à cette période, vous trouverez des noms d'intermédiaires : Takieddine et El-Assir par exemple, qui avaient [entre 1993 et 1995] leurs entrées à Matignon. » Et DDV d'ajouter : « Je n'ai pas de preuves, bien sûr, mais c'est intéressant d'examiner les choses : il y a des orbites, des constellations. C'est pour ça que cela me fait penser à l'affaire Clearstream. »

Dominique de Villepin enfonce le clou. Violemment. « Il faut s'intéresser aux archives du général Rondot, saisies au ministère de la Défense dans le dossier judiciaire, sur la période 2003-2004. Elles montrent que le général

1. Entre 1993 et 1995, Brice Hortefeux était le chef du cabinet de Nicolas Sarkozy au ministère du Budget et Nicolas Bazire dirigeait le cabinet du Premier ministre Édouard Balladur.

s'intéressait au réseau Hortefeux-Sarkozy. Pour peu qu'on s'en donne la peine, on retrouve la trace des déplacements d'Hortefeux au Moyen-Orient. C'est pour ça que Brice Hortefeux est inquiet aujourd'hui, inquiet qu'apparaissent ses liens avec Takieddine et El-Assir. »

Il en revient à l'arrivée de Jacques Chirac à l'Élysée, en mai 1995, et aux consignes que le nouveau ministre dit avoir reçues de mettre de l'ordre dans les gros contrats. « Les déclarations de Millon ? Ce qu'il a dit est parfaitement exact, ça c'est clair ! Il a bien reçu des instructions du président de la République de mettre fin à ce système de "redistribution" politique. Je me souviens, juste après son élection, Chirac avait été très clair en évoquant devant moi "le trésor de Balladur" auquel il voulait s'attaquer. »

L'ancien Premier ministre en est persuadé : « Après l'élection de 1995, Chirac n'a pas donné d'instructions à Millon sans éléments. Il n'y avait peut-être pas de preuves matérielles, mais de nombreux indices. Notamment des écoutes, beaucoup d'écoutes. Et quand vous entendez toujours les mêmes noms revenir, ceux d'intermédiaires, surtout Takieddine dans mon souvenir, mais aussi de directeurs de cabinet, de ministres eux-mêmes, de Balladur et de son financement... Et les noms ne revenaient pas une fois ou deux, mais des dizaines de fois. Il n'y avait aucune ambiguïté... » Et Villepin de conclure, comme pour faire un pont entre 1995 et 2010 : « Takieddine a toujours ses entrées à l'Élysée. À leur arrivée, ou plutôt leur retour au pouvoir, ils [les sarkozystes] ont voulu le remettre dans le système. »

Sur le sujet, un autre chiraquien « historique » aurait sans doute pas mal de choses à raconter. Et pour cause, il était à des postes stratégiques durant toute la période, avant et après l'élection de Jacques Chirac. Ministre des Affaires étrangères dans le gouvernement d'Édouard Balladur entre 1993 et 1995 – et donc forcément au courant des négociations avec l'Arabie saoudite –, puis Premier ministre de Jacques Chirac de 1995 à 1997 (à ce titre parfaitement informé des mesures de « rétorsion » visant les balladuriens), Alain Juppé observe toutefois un silence absolu. Il n'a donné aucune suite à nos demandes d'entretien.

Concrètement, l'opération « mains propres » dans les contrats d'armement décidée par Jacques Chirac va se faire en trois phases. Premièrement, des mises sur écoute effectuées sur le contingent de la Direction générale de la sécurité extérieure (DGSE), placée sous l'autorité du ministre de la Défense, de plusieurs membres du cabinet de l'ancien ministre François Léotard, comme le révèlera *Le Monde* dans un retentissant article publié en juillet 1996[1]. Parmi les « cibles » figurent François Lépine, qui dirigeait le cabinet de Léotard, Patrice Molle, qui était le chef de ce même cabinet, et le colonel Pierre-Louis Dillais, qui y était en charge des « affaires réservées ». Tous avaient été des déplacements controversés en Arabie saoudite. « Certaines sources politiques évoquent [...] le soupçon, parfois formulé à voix haute dans l'entourage de M. Chirac mais jamais vérifié, d'une filière de financement politique occulte destinée aux partisans de M. Balladur et alimentée

1. Hervé Gattegno, « La DGSE a placé sur écoute trois proches collaborateurs de M. Léotard », *Le Monde*, 9 juillet 1996.

par des commissions prélevées sur les marchés de l'armement », écrivait déjà le quotidien, qui avançait l'hypothèse selon laquelle deux autres proches de François Léotard, Renaud Donnedieu de Vabres et Jacques Douffiagues, avaient aussi été placés sous surveillance téléphonique.

Deux jours après les révélations du *Monde*, *L'Express* affirma que « les dessous de ce dossier plonge(aient) au cœur des grands contrats d'armement[1] ». D'après l'hebdomadaire, la DGSE cherchait à remonter la filière des commissions versées en marge des contrats Agosta et Sawari II. Deux noms d'intermédiaires étaient cités dans l'article : Ziad Takieddine et Abdul Rahman El-Assir.

Plusieurs acteurs de premier plan de l'époque que nous avons interrogés invoquent aujourd'hui des raisons différentes pour justifier ces mises sur écoute, par la DGSE, d'anciens membres du cabinet d'un ministre, dont des civils. Selon Jean-Michel Roulet[2], le conseiller « sécurité » du Premier ministre de l'époque, Alain Juppé (1995-1997), MM. Lépine, Molle et Dillais ont été placés sur écoute parce que « la DGSE avait le sentiment qu'ils "grenouillaient". Pour différentes raisons, les services savaient que ces trois hommes, dont l'un avait rêvé de prendre la tête de la DGSE, se répandaient un peu partout, disaient du mal des uns et des autres. Bref, il y avait la crainte qu'ils dévoilent des choses mettant en danger la sécurité du pays en divulguant des informations confidentielles qu'ils avaient eu à connaître. Mais, dans mon souvenir, cela n'avait pas donné grand-chose, les conversations étaient sans intérêt. Et pour cause : on a appris après qu'ils avaient su très vite qu'ils étaient écoutés. En tout cas, il n'y avait

1. Jérôme Dupuis et Jean-Marie Pontaut, « Des écoutes pour deux contrats en or », *L'Express*, 11 juillet 1996.

2. Entretien avec les auteurs.

pas d'élément montrant qu'ils étaient en contact avec des intermédiaires. Et quand c'est sorti dans la presse, j'ai conseillé à Alain Juppé de ne pas nier, de jouer la transparence. Du reste, tout s'est très vite calmé ».

D'après Charles Millon, en revanche, c'est parce qu'ils avaient reçu des menaces de mort que les trois anciens de chez Léotard ont été surveillés sur leurs lignes téléphoniques personnelles, entre juillet et octobre 1995. « D'ailleurs quand Léotard l'a appris, il m'a appelé complètement paniqué. Il pensait que nous avions découvert tous les secrets du gouvernement Balladur sur les ventes d'armes. Or, dans mon souvenir, il n'y avait rien de particulier dans ces écoutes[1]. »

Pour l'actuel directeur central du renseignement intérieur (DCRI, issue de la fusion entre la DST et la DCRG), Bernard Squarcini, aucune des ces explications ne paraît satisfaisante. « Qu'il s'agisse de menaces de mort ou d'anciens membres de cabinet indélicats, ce n'est pas à la DGSE de procéder aux écoutes. Elle n'a pas le droit, juridiquement, d'opérer sur le territoire national. C'est interdit. Ce n'est pas cela, évidemment. À l'époque, la DGSE était très pro-chiraquienne et agissait comme une sorte de brigade du chef[2]. » Pour Bernard Squarcini également, il ne semble guère faire de doute que ce sont bien les dessous des contrats d'armement signés sous Balladur qui étaient en jeu.

Une chose paraît certaine : les fameuses écoutes de la DGSE – si elles n'ont pas été détruites – « sont inaccessibles aujourd'hui, car classifiées », comme l'assure Jean-Michel Roulet. Autre certitude, aucune suite judiciaire ne fut donnée à ce scandale vite éteint. Un document

1. Entretien avec les auteurs.
2. *Idem.*

saisi le 12 mai 1999, au siège de l'ex-Parti républicain, dans le cadre de l'enquête sur le Fondo, suggère une explication. Restée inédite à ce jour, cette note d'une page, non datée et non signée, porte la mention suivante : « En juin 96, Juppé donne 6 MF à F.L peu après l'affaire des écoutes de ses collaborateurs Molle et Dillais. » À partir de la défaite de son candidat, Édouard Balladur, François Léotard se retira progressivement de la vie politique. Mis en cause dans plusieurs dossiers judiciaires, dont l'affaire du Fondo, il fut aussi choqué en 1997 par la publication d'un livre l'accusant d'avoir, avec Jean-Claude Gaudin, été à l'origine de l'assassinat de la députée du Var Yann Piat, en février 1994. Une accusation gravissime fondée en fait sur les « révélations » d'un hurluberlu, un affabulateur. Les deux auteurs de l'ouvrage furent sévèrement condamnés par la justice[1], mais François Léotard ressortit profondément meurtri de l'épisode. Selon Charles Pasqua toutefois, son retrait de la vie politique serait plutôt à rapprocher de l'affaire des contrats d'armement.

« Lorsque Chirac a décidé de couper les vivres à Balladur, fatalement, tout ça est retombé sur Léotard », affirme le sénateur des Hauts-de-Seine[2]. « Il était notoire, ajoute-t-il, que le Parti républicain avait beaucoup de relations avec les milieux d'affaires », ajoute, sibyllin, l'ancien ministre de l'Intérieur, qui conclut : « Ce qui est sûr, c'est qu'ensuite Léotard a disparu corps et bien. Et je crois que

1. Publié en juin 1997, *L'affaire Yann Piat, des assassins au cœur du pouvoir* sera retiré de la vente en octobre 1997 par les éditions Flammarion. Ses deux auteurs, les journalistes André Rougeot et Jean-Michel Verne, ainsi que leur éditeur ont été condamnés en mars 1998 à la peine d'amende maximum prévue par la loi pour « diffamation envers un particulier ».

2. Entretien avec les auteurs.

c'est Chirac qui a voulu qu'il disparaisse. Il avait dû découvrir un certain nombre de choses… »

La deuxième phase de l'opération de « nettoyage » des contrats Agosta et Sawari II n'a jamais été révélée jusqu'ici. Il s'avère que les services secrets français ont été chargés par le ministère de la Défense de pister les fonds issus des rétrocommissions. Ce que Charles Millon nous a confirmé : « J'ai demandé à la DGSE de mener une mission pour retrouver la trace de l'argent des rétrocommissions. Elle y est parvenue et des traces ont bien été retrouvées dans les établissements bancaires de cinq pays : l'Espagne, la Suisse, Malte, Chypre et le Luxembourg. Les rapports des services m'étaient faits à l'oral. Quand aux documents, ils ont été détruits, à ma connaissance. Et honnêtement, cela ne me choque pas que les services secrets gardent les choses… secrètes. » Voilà en tout cas des informations d'une importance capitale que le juge Marc Trévidic rêverait sans doute d'inclure dans son dossier.

Le lion et l'araignée

Ayant donc rapidement acquis la conviction qu'un système de financement politique occulte avait été mis en place par les balladuriens dans la perspective de l'élection présidentielle de 1995, le pouvoir chiraquien passa à la troisième étape de son opération. La plus sensible. Il s'agissait cette fois de suspendre le versement des commissions promises aux agents d'influence jugés trop proches d'Édouard Balladur.

Un ancien policier, qui fut aussi le garde du corps personnel de Marcel Dassault, est alors chargé par le pouvoir chiraquien d'aller annoncer aux intermédiaires des contrats Agosta et Sawari II la mauvaise nouvelle, à savoir qu'ils ne toucheraient pas leur dû. Il s'appelle Frédéric Bauer. « On a fait appel à moi parce que personne ne voulait le faire concrètement. Ce n'est jamais facile d'aller annoncer à un intermédiaire libanais qu'il ne va pas toucher tout son argent dans le cadre d'une vente d'armes... C'est un peu comme enlever la nourriture de la cage d'un lion[1] », confie-t-il.

L'affaire se passera en deux temps, mais toujours avec le même interlocuteur : Ziad Takieddine. Pour le contrat saoudien, Frédéric Bauer est d'abord missionné à l'été 1996 par Michel Mazens, qui a été nommé directeur de la Société française d'exportation de systèmes d'armes (Sofresa) par les chiraquiens, en remplacement de Jacques Douffiagues, victime de sa trop grande proximité avec François Léotard.

À en croire Frédéric Bauer, qui s'est rendu au domicile parisien de Ziad Takieddine, près du Trocadéro, porteur des tristes augures, l'intermédiaire n'aurait pas trop mal réagi. « Ça s'est passé avec civilité. Je lui ai fait comprendre qu'un individu ne pouvait pas s'opposer à un État. J'ai fait un peu de pression psychologique. Je ne sais pas si c'est mon action qui a été déterminante ou d'autres actions, mais je sais qu'il a détruit le contrat Sawari II en Suisse. Il est parti avec M. Mazens en Suisse pour détruire le contrat qui était dans le coffre d'une banque », s'est souvenu devant le juge Frédéric Bauer[2].

Dans une lettre du 8 janvier 1997 au ministre de la Défense et révélée par *Le Point* treize ans plus tard,

1. Entretien avec les auteurs. Ces propos ont fait le 26 juin 2009 l'objet d'un article de *Mediapart* sous le titre « Karachi : les révélations de l'homme qui a bloqué les commissions ».

2. Audition du 8 février 2010 devant le juge Marc Trévidic.

M. Mazens confirme avoir, en juillet 1996, « bloqué tous les paiements » promis à Ben Mussalam et au tandem Takieddine/El-Assir, invoquant des « instructions reçues au plus haut niveau de l'État ». Le courrier adressé à Charles Millon indique également que « des pressions étaient en cours sur les deux réseaux concernés [...], pressions qui devaient conduire ces personnes à renoncer à la procédure et à accepter tous les accords contenus dans les coffres ».

Des pressions ? Il se trouve que, selon *Le Point* de décembre 2008, Abdul Rahman El-Assir aurait été, à cette même période, la cible d'une violente intimidation : « Un matin, dans son chalet de Gstaad, en Suisse, El-Assir eut la stupeur de voir deux balles de revolver se ficher dans sa glace pendant qu'il se rasait », a rapporté l'hebdomadaire[1]. De quoi créer un léger ressentiment à l'égard de la France.

À la suite de son succès sur Sawari II, Frédéric Bauer est missionné par DCN International pour en faire de même sur le contrat des sous-marins Agosta avec le Pakistan. Rebelote, donc. L'homme de main de la chiraquie doit retourner chez Ziad Takieddine, son seul interlocuteur, comme l'a raconté Emmanuel Aris, vice-président de DCN International, dans le cabinet du juge Trévidic[2].

« Vers la fin de l'été 1996, M. Castellan [président de DCN-I] m'a indiqué que j'allais être contacté par M. Frédéric Bauer de Control Risk Management qui était recommandé par le cabinet du ministre de la Défense Charles Millon. Marwan Lahoud était au cabinet de Charles Millon, je crois qu'il était directeur de cabinet. M. Castellan ne m'a rien dit d'autre à part de recevoir

1. Hervé Gattegno, « Les mobiles cachés de l'attentat de Karachi », *Le Point*, 4 décembre 2008.

2. Audition du 23 novembre 2009 devant le juge Marc Trévidic.

M. Bauer. M. Bauer m'a téléphoné et nous nous sommes vus à mon bureau. C'était en septembre ou octobre 1996. Il m'a dit qu'il était envoyé par le pouvoir en place en France et il m'a demandé d'interrompre le versement des commissions non encore payées à Mercor [société dans l'ayant droit était Ziad Takieddine]. Je me suis étonné car j'avais un contrat commercial et je n'avais pas envie de me retrouver devant la Chambre d'arbitrage pour non-respect des engagements. Il m'a dit que je n'avais pas le choix, que c'était un ordre de la République. Je ne sais plus exactement les termes qu'il a employés mais cela avait ce sens. »

À la question « Lui avez-vous demandé pour quelle raison il fallait interrompre le versement de ces commissions ? » M. Aris a répondu : « Je lui ai posé la question et il m'a redit que c'était un ordre du pouvoir en place et que je n'aurais pas de problèmes. J'ai dit à M. Bauer que je voulais bien qu'il me fallait un solde de tout compte avec l'autre partie garantissant que nous ne serions pas poursuivis par l'autre partie. Il m'a dit que je l'aurais. » Selon Emmanuel Aris, « il n'y a eu aucune réaction de M. Takieddine suite à l'arrêt du paiement des commissions, ce qui n'était pas dans ses habitudes ».

Aucune réaction ? À voir. Car la seconde rencontre entre Bauer et Takieddine, toujours au domicile de l'intermédiaire, se passe moins bien. Cette fois, Takieddine se dit « choqué ». « Mais il sentait qu'il n'avait pas le choix. Il m'a dit qu'il se sentait comme une araignée coincée au coin d'un plafond », s'est rappelé Frédéric Bauer devant le juge[1]. Sauf que toute coincée qu'elle fut, l'« araignée » Takieddine se mit finalement à rire. « Il a rigolé. Il n'avait pas rigolé pour Sawari, mais là il m'a

1. Audition du 8 février 2010 devant le juge Marc Trévidic.

dit qu'il avait (déjà) touché 80 % des commissions. Mon action a été très limitée », poursuit Bauer, qui sera rémunéré 120 000 francs par la DCN pour son intervention.

Plusieurs notes retrouvées dans les archives de la DCN attestent aujourd'hui que, suite au blocage des commissions d'Agosta, le reliquat d'argent non versé au duo Takieddine/El-Assir – 5 millions d'euros – a dormi pendant des années dans la comptabilité du groupe d'armement. Ainsi, une note du 24 janvier 2001, signée par le directeur juridique de l'entreprise, indique que « le solde de 15 % restant dû n'a pas été honoré mais est resté provisionné dans nos comptes[1] ».

Deux autres notes plus anciennes – elles datent de juillet 2000 – confirment quant à elles explicitement la piste des rétrocommissions. « En juillet 1996, les paiements sont bloqués sur instructions des autorités françaises faisant état de retours illicites de tout ou partie des commissions en France », est-il écrit en première page des deux documents qui font expressément référence au contrat de « consultance » signé le 12 juillet 1994 avec Ziad Takieddine. L'une des deux notes relève que le blocage des paiements promis aux intermédiaires « n'a d'ailleurs soulevé aucune protestation et n'a entraîné aucune action judiciaire du consultant ». L'interprétation qui suit est cinglante : « Ce silence est une présomption d'acquiescement. »

« Bien entendu, peut-on encore lire, la violation de cette disposition [celle prohibant les rétrocommissions] devra être établie, preuve à l'appui. Nous partons du principe que cette preuve pourra être apportée bien que DCN-I ne dispose à notre connaissance d'aucun élément à cet égard,

1. Document en possession des auteurs.

en dehors des déclarations et instructions provenant des autorités françaises. »

La morale de l'histoire (car il y en a quand même une), elle est révélée par Gérard-Philippe Menayas. Selon l'ancien directeur administratif et financier de la Direction des constructions navales, les sommes non versées aux intermédiaires au cœur du scandale ont finalement été intégrées… aux bénéfices de la DCN, ce qui a permis aux employés du groupe de toucher, quelques années plus tard, un intéressement plus important.

6

« Sarkozy est mon ami, OK ? »

En littérature, on évoquerait Shakespeare et le spectre qui hante Hamlet. En économie, on parlerait d'effet boomerang. En psychanalyse, de retour du refoulé. En politique, d'un passé qui ne doit pas ressurgir, d'une époque que l'on croyait révolue. De cette affaire que l'on voudrait oublier. Qu'*il* voudrait oublier. Nicolas Sarkozy fut le ministre du Budget du gouvernement d'Édouard Balladur entre le 29 mars 1993 et le 16 mai 1995. Il a donc eu à connaître dans le détail les dessous financiers des contrats d'armement aujourd'hui au cœur du scandale : Sawari II, pour l'Arabie saoudite, et Agosta, pour le Pakistan. Tous deux ont été signés à la fin de l'année 1994. Deux contrats vieux de plus de quinze ans, mais qui refont surface aujourd'hui.

Au sein du gouvernement, Nicolas Sarkozy fut aussi le premier à afficher sa préférence pour Édouard Balladur en vue de l'élection présidentielle, au détriment de Jacques Chirac, cet aîné qu'il admire et qu'il exècre à la fois. Au beau milieu du champ de bataille, au cœur de la guerre des droites qui se profile alors, Nicolas Sarkozy endosse très vite, depuis Bercy, l'uniforme du général d'infanterie. Il se met au service d'un Premier ministre-candidat face au mastodonte chiraquien, soutenu par la majorité du RPR.

Il n'aime pas qu'on le rappelle, préférant jouer de son image de leader politique que les « affaires » n'ont jamais atteint, mais cette responsabilité ministérielle doublée de son activisme dans la campagne balladurienne fait désormais de Nicolas Sarkozy l'acteur incontournable de l'une des séquences politico-financières les plus troubles de la Ve République, dont un juge d'instruction semble décidé à réveiller la mémoire, au détour de l'affaire de Karachi.

Nicolas Sarkozy connaît tout des petits et grands secrets qui entourent les grands marchés d'armement. Nécessairement. C'est ce qu'assure aujourd'hui l'un de ses mentors en politique, et fin connaisseur du sujet, le sénateur des Hauts-de-Seine Charles Pasqua. « Celui qui, par nature, dans le fonctionnement de nos institutions, en sait très long sur ces histoires de ventes d'armes et de commissions, c'est le ministre du Budget. C'est là qu'il faut chercher[1] », confie l'ancien camarade de gouvernement de Nicolas Sarkozy – il fut ministre de l'Intérieur sous Balladur –, qui ne lâche pas ce genre de petites phrases au hasard.

Quand on fait remarquer à l'ex-« homme le mieux informé de France » que la personne dont il parle, à la période de la signature des deux contrats au cœur des investigations judiciaires, n'est autre que l'actuel chef de l'État, Charles Pasqua marque d'abord un temps d'arrêt. Puis il glisse, goguenard : « Ça, c'est certain ! »

En toute logique, l'homme politique le plus exposé dans les affaires d'armement est le ministre de la Défense, acteur naturellement indispensable dans ce type de négociations.

1. Entretien avec les auteurs.

Mais sans son homologue du Budget, rien n'est possible. C'est lui qui tient la calculette de l'État. Lui qui est censé être garant de la bonne gestion des deniers publics. Lui qui, par fonction, est au cœur du système, dans les arrière-cours de ces marchés souvent mirifiques. Il fait partie d'un cercle restreint. Les initiés. Ceux qui savent.

Une note du général Philippe Rondot extraite des entrailles de l'affaire Clearstream semble d'ailleurs confirmer que c'est au ministère des Finances, à Bercy, que certains secrets sont les plus jalousement protégés. Jamais rendue publique à ce jour, cette note de l'ancien responsable du renseignement et des opérations spéciales du ministère de la Défense évoque, entre autres sujets, l'affaire des frégates de Taïwan, autre important marché d'armement signé par la France dans les années 1990 et sur lequel a toujours plané un obsédant soupçon de corruption.

Daté du 12 juillet 2001, le document aborde notamment « le problème des rétrocommissions en France ». « Les Finances ont la liste », affirme catégoriquement la note. C'est écrit. Quand on est ministre du Budget, on sait ce que la République répugne à voir étaler sur la place publique.

« C'est passé »

Pour ce qui est de DCN International (DCN-I), constructeur des sous-marins pour le Pakistan et des frégates pour l'Arabie saoudite, son activité a toujours été « étroitement surveillée »[1] par ses deux ministères de

1. Cette citation est extraite du mémorandum du 29 avril 2008 de Gérard-Philippe Menayas (voir le chapitre « La corruption au cœur de la République », p. 145).

tutelle, la Défense et le Budget, assure Gérard-Philippe Menayas, l'ancien directeur financier de l'entreprise. Pour preuve, un membre de la direction du Trésor[1], qui dépend de Bercy, jouit d'un siège permanent au sein du conseil d'administration de DCN International.

Pour toutes les opérations d'exportation de la DCN, le rôle du ministre du Budget est à ce point prépondérant que sa signature accompagne toujours celle de son homologue de la Défense au bas d'un document rédigé lors de la conclusion d'un contrat. Il s'agit de la lettre dite « de garantie de l'État ». Document capital en vertu duquel les autorités acceptent de se porter financièrement garantes de l'entreprise contractante, en marge de chaque opération de vente de matériel militaire à l'étranger.

Par cette lettre de garantie, le ministre du Budget est celui qui, au sein du gouvernement français, valide les plans de trésorerie des contrats d'armement, les montages financiers, les lignes de crédit... Celui, aussi, qui donne son feu vert aux fameuses commissions versées à des intermédiaires, sous cette énigmatique appellation de « frais commerciaux exceptionnels » (FCE). Pour dire les choses sans détour, c'est donc lui qui donne son approbation – ou non – à l'enveloppe de pots-de-vin destinés aux responsables politiques, administratifs et/ou militaires du pays acheteur. Ce qui, en soi, n'avait rien d'irrégulier

1. C'est ainsi que François Pérol fut, par exemple, entre le 17 mai 2001 et le 3 décembre 2002 l'un des administrateurs de DCN International, à l'époque où il était encore un haut fonctionnaire de la direction du Trésor, à Bercy. Collaborateur de Nicolas Sarkozy à partir de 2004, il rejoindra en 2007 l'Élysée comme secrétaire général de la présidence de la République avant d'être propulsé à la tête du groupe Banque populaire/ Caisse d'Epargne.

en 1994 puisque cette corruption, aussi immorale fût-elle, était encore parfaitement légale.

Mais l'affaire prend une tout autre ampleur quand il y a des raisons de penser – ce qui est le cas pour les contrats Agosta et Sawari II – qu'une partie des commissions versées se sont transformées en rétrocommissions[1] destinées, elles, à financer des hommes politiques français. En toute illégalité, cette fois.

Quand il sera interrogé pour la seconde fois par le juge Trévidic au mois de novembre 2009, Gérard-Philippe Menayas pointera, sans le citer nommément, le rôle direct de Nicolas Sarkozy dans le contrat Agosta, marqué, comme on le sait, par les exigences financières extravagantes de deux intermédiaires libanais, Ziad Takieddine et Abdul Rahman El-Assir, imposés dans les négociations à la dernière minute par le gouvernement Balladur. Contre tous les usages en vigueur, ceux-ci ont réussi à contraindre la DCN à leur verser 85 % du montant total de leurs commissions (soit 28 millions d'euros) dès la signature de leur contrat de mission, qui a pris effet quelques mois seulement avant l'élection présidentielle de 1995.

Non seulement Nicolas Sarkozy ne pouvait pas ne pas être au courant de cet épisode stupéfiant de l'histoire secrète d'Agosta, mais il en a accepté tous les termes, a affirmé en substance Gérard-Philippe Menayas devant le juge. « Je précise que le plan de financement d'un contrat comme le contrat Agosta comportait toutes les données, y compris les frais commerciaux. Or, ce plan de financement était soumis aux autorités de tutelle, c'est-à-dire au ministre de la Défense [François Léotard] lui-même, au ministre du Budget [Nicolas Sarkozy] et

1. Voir les chapitres « La corruption au cœur de la République », p. 145 et « Une course de fond(s) », p. 177.

à la Coface[1] qui garantissait. De ce fait, des exigences hors normes avaient toutes les chances d'être refusées. »

Cela n'a pas été le cas : « Il y a eu quelques remarques dont je ne me souviens plus exactement, mais c'est passé. » Grâce à Nicolas Sarkozy, donc.

Les mystères de Heine

Les interventions du ministre Sarkozy ne se sont pas arrêtées là. Lors de son audition devant le juge Trévidic, le 23 novembre 2009, l'ancien directeur international de la DCN, Emmanuel Aris, a détaillé quant à lui la complexité des circuits de paiement des intermédiaires du contrat Agosta, faisant apparaître le rôle central joué par une société luxembourgeoise du nom de Heine, gérée par un certain Jean-Marie Boivin. Peut-être le personnage central du dossier, ce Boivin. Celui qui sait tout. Surnommé par le site *Bakchich.info*[2] l'« Alfred Sirven de l'armement », en référence à l'ancien directeur général d'Elf-Aquitaine (décédé en février 2005), détenteur des plus lourds secrets de la compagnie pétrolière.

Le montage financier alors mis en place avait un objectif de discrétion absolue, pour ne pas dire d'opacité. L'argent des commissions devait laisser le moins de traces possible. Emmanuel Aris a d'abord assuré qu'il était, à la DCN, celui qui signait les bons à payer au bénéfice des « agents d'influence » dont il avait la charge.

---

1. La Coface, Compagnie française pour l'assurance du commerce extérieur, est l'agence française de garantie des exportations. Elle joue, au nom de l'État français, le rôle d'assureur public des projets à l'exportation.

2. Nicolas Beau et Laurent Léger, « Jean-Marie Boivin, l'Alfred Sirven de l'armement », *Bakchich.info*, 27 juin 2008.

Puis, a-t-il expliqué, « les transferts étaient opérés par les services de M. Menayas, directeur financier de la société. L'argent correspondant était viré sur les comptes de la société Heine au Luxembourg. C'est M. Boivin qui s'occupait de la société Heine. Heine recevait l'argent et l'envoyait sur l'île de Man [un paradis fiscal] dans une structure achetée ou créée à l'initiative de DCN-I. Je ne sais plus le nom de la société. De l'île de Man, l'argent repartait sur le compte indiqué par Mercor Finance [société dont l'ayant droit était Ziad Takieddine]. Je crois que c'était un compte au Liechtenstein, mais c'est flou. Je ne sais pas s'il n'y a eu que ce compte ».

Or, une perquisition réalisée début 2007 au siège de la DCN, dans le cadre de l'enquête financière confiée aux juges Jean-Christophe Hullin et Françoise Desset, a permis aux policiers de la Division nationale des investigations financières (DNIF) de mettre la main sur plusieurs documents internes à l'entreprise d'armement montrant que la société Heine avait été créée en 1994 avec l'aval de Nicolas Sarkozy, au moment même où il validait le plan de financement peu orthodoxe du contrat Agosta. Parmi ces documents figure notamment une chronologie détaillée[1] retraçant les principales dates de l'existence de Heine, entre 1994 et 2004.

Tenant sur une feuille de format A4, parsemée de phrases sans verbe et d'initiales incompréhensibles pour le néophyte, cette chronologie, jamais dévoilée dans son intégralité[2], fait d'abord apparaître, pour l'année 1994, que « EAR fait savoir officiellement à DCA que Nicolas

1. En possession des auteurs.

2. Cette chronologie est évoquée dans un rapport interne du parquet de Paris du 22 novembre 2007, révélé par le site *Bakchich.info*, sous la signature de Nicolas Beau et Laurent Léger, le 26 janvier 2009.

Bazire, directeur du Cabinet du Premier ministre Balladur est d'accord [pour la constitution de Heine] ». EAR, c'est Emmanuel Aris. DCA est Dominique Castellan, le président de DCN International.

À la ligne suivante, il est indiqué : « Nicolas SARKOZY donne également son accord depuis le ministère des Finances – Bercy. »

Et : « Accord JMB – SIMKER. » JMB, c'est bien sûr Jean-Marie Boivin. Et « SIMKER » correspond au nom d'un cabinet d'avocats implanté sur l'île de Man et utilisé par la DCN pour ses paiements les plus confidentiels.

Pour l'année 1995, la première mention du document fait quant à elle état de la « préparation de la très grosse opération ».

Puis : « Monsieur T. »

Plus bas, on peut lire : « Préparation SWII », pour Sawari II, le contrat des frégates avec l'Arabie saoudite.

Et aussi : « Pour payer campagne BAL [Balladur], AGO [Alain Gomez, ex-président de Thomson] refuse de payer 2e réseau. »

Enfin : « Élection P en mai », pour élection présidentielle.

Interrogé le 4 juin 2008 par les enquêteurs de la DNIF, Gérard-Philippe Menayas a accepté de décoder une partie du document :

– « Bazire est d'accord pour la création de Heine comme M. Sarkozy » ;

– « La préparation de la très grosse opération correspond à la signature du contrat de vente au Pakistan et au paiement d'une commission de 4% à M. Ziad Takieddine (Monsieur T.) à partir de février 1995 » ;

– « Le contrat de vente des frégates Sawari II a connu deux phases : la première en 1994-1995 dans lequel le montant des commissions à verser était au-delà des usages habituels et où parmi les agents figurait encore M. Takieddine. À la suite de l'élection de mai, le projet de contrat a été revu intégralement, on est passé de deux à trois frégates, le montant des commissions a été réduit et M. Takieddine n'était plus parmi les agents. »

Devant les policiers, Gérard-Philippe Menayas se gardera de commenter le reste du document, particulièrement embarrassant pour le pouvoir puisque faisant un lien entre Heine et un financement, grâce aux ventes d'armes, de la campagne présidentielle d'Édouard Balladur, dont les deux principaux stratèges étaient… Nicolas Bazire (directeur de la campagne) et Nicolas Sarkozy (porte-parole).

Dans un procès-verbal de constatation daté du 1er mars 2007, le lieutenant de police Fabienne Zabalo s'attardera pour sa part sur un passage en particulier du document, qui est peut-être une clé de compréhension de toute l'affaire :

« Dans ce document sont mentionnées diverses opérations mais est également abordé le paiement du 2e réseau du contrat Bravo [le contrat des frégates de Taïwan], à savoir qu'Alain Gomez aurait refusé de payer ce réseau dans le but de payer la campagne électorale de M. Balladur. »

Décidément, l'ombre de l'affaire des frégates de Taïwan pèse très lourdement sur ce dossier. La chronologie ranime les interrogations sur un éventuel « retour » en France d'une partie des astronomiques commissions (600 millions de dollars au total) versées pour conclure ce marché ultrasensible, la Chine populaire ne voyant évidemment pas d'un bon œil la signature de ce contrat.

S'il fut conclu en septembre 1991, un avenant d'importance fut signé en 1993, sous le gouvernement Balladur : un amendement du 4 juin 1993, prévoyant la construction des frégates en France et non plus leur assemblage à Taïwan, entraîna une augmentation du prix d'environ 1,2 milliard de francs (190 millions d'euros).

Là encore, les chiraquiens soupçonnèrent le patron de Thomson, Alain Gomez, d'avoir par ce biais alimenté les caisses des balladuriens. M. Gomez fut d'ailleurs, en septembre 1996, brutalement congédié par le gouvernement d'Alain Juppé.

Interrogé par le juge Renaud Van Ruymbeke, Alain Richard, ministre (socialiste) de la Défense entre 1997 et 2002, déclara que « des interlocuteurs dignes de foi lui avaient affirmé que dans le pourcentage particulièrement élevé de ces commissions, une partie était destinée à des reversements en France ».

Et d'ajouter : « Ce dont je suis convaincu, c'est que ces bénéficiaires ont été désignés successivement par les dirigeants des deux majorités politiques successives avant et après mars 1993 [...]. Avant mars 1993, l'orientation de ces commissions n'a pu se faire que sous l'autorité du président de la République et après mars 1993 que sous l'autorité du Premier ministre. »

Des déclarations ne reposant « sur aucun fondement sérieux », répliqua Nicolas Bazire, à son tour entendu comme témoin. À double titre. En effet, avant de prendre la tête du cabinet, à Matignon, de M. Balladur, puis de s'occuper de sa campagne présidentielle, M. Bazire avait été, de l'automne 1991 à début 1993, chargé de mission auprès du secrétaire général... du groupe Thomson-CSF.

Autant d'éléments qui, aux yeux des villepinistes, expliquent pourquoi, lorsqu'il apprit que Nicolas Sarkozy pouvait avoir, via Clearstream, perçu des fonds occultes en marge du contrat des frégates, Dominique de Villepin y crut sans doute dur comme fer (voir le chapitre « Les hommes du président », p. 211) – ou du moins eut envie d'y croire. Quitte à donner du crédit à une grossière manipulation, orchestrée par l'improbable duo Imad Lahoud / Jean-Louis Gergorin, dont M. Sarkozy fut l'une des nombreuses cibles[1].

Reste à traduire correctement ce que l'auteur (qui reste inconnu à ce jour) de la fameuse chronologie a écrit s'agissant d'Alain Gomez : « Pour payer campagne BAL, AGO refuse de payer 2e réseau. » Deux interprétations sont possibles. On peut en déduire qu'Alain Gomez aurait renoncé à payer le 2e réseau (sans doute celui animé par Alfred Sirven, que Thomson a effectivement refusé de payer[2]) pour, en quelque sorte, « économiser » des fonds dont M. Balladur aurait eu besoin pour sa campagne.

Ou qu'Alain Gomez aurait au contraire refusé de payer le 2e réseau parce qu'il aurait soupçonné ce dernier de reverser les fonds au camp Balladur.

Dans cette hypothèse, il aurait donc fallu, pour les balladuriens, à quelques mois de l'élection présidentielle,

1. À l'issue du procès de l'affaire Clearstream, l'ancien vice-président d'EADS Jean-Louis Gergorin, considéré comme le « cerveau » de l'affaire, a été condamné à quinze mois de prison ferme tandis que le mathématicien Imad Lahoud, qui a truqué les fameux listings, a écopé de dix-huit mois de prison ferme. Rendu le 28 janvier 2010, le jugement a été frappé d'appel.

2. Pour obtenir le contrat des frégates, Thomson-CSF avait mis en place trois réseaux d'intermédiaires, nommés « A », « B » et « C ». Dirigé par Alfred Sirven, le réseau C avait pour véritable vocation de faire infléchir, via Christine Deviers-Joncour, la position du ministre des Affaires étrangères, Roland Dumas. Alain Gomez, persuadé qu'il s'agissait d'une escroquerie, refusa de payer Sirven, ouvrant la voie à une interminable procédure : si un tribunal arbitral donna raison à Sirven en 1996, la justice suisse a annulé en octobre 2009 cette décision qui prévoyait le versement de 50 millions d'euros aux héritiers de l'ancien directeur des affaires générales d'Elf, mort en 2005.

trouver de l'argent ailleurs (et vite) pour financer la campagne. Or, à en croire la chronologie découverte à la DCN, la société Heine, d'une part, et les contrats Agosta et Sawari II, d'autre part, auraient été précisément utilisés à cette fin. Cela serait susceptible d'expliquer la précipitation avec laquelle les deux contrats ont été mis sur pied par l'équipe Balladur (Bazire/Léotard/Sarkozy) et la présence incompréhensible des mêmes intermédiaires, imposés par le même pouvoir, dans ces deux mêmes dossiers.

Dans les deux cas, l'argent des frégates de Taïwan aurait pu servir, au même titre que les contrats Agosta et Sawari II, à financer la campagne d'Édouard Balladur. L'ancien patron (1989-1993) du groupe Elf-Aquitaine, Loïk Le Floch-Prigent, interrogé dans un livre d'entretiens paru en 2001[1], avait lui-même insisté sur « le fameux contrat Sawari II » et les soupçons de rétrocommissions s'y attachant. À la question de savoir s'il visait Édouard Balladur, il avait répondu : « Les Saoudiens m'ont révélé qu'en effet une partie de l'argent des commissions liées à ce contrat avait permis de financer la campagne d'un candidat aux présidentielles françaises. » M. Le Floch-Prigent fut encore plus explicite sur le plateau de l'émission de Thierry Ardisson, « Tout le monde en parle », diffusée sur France 2 le 6 octobre 2001, évoquant « une période où M. Balladur et son directeur de cabinet M. Bazire voyaient régulièrement l'homme chargé des commissions du roi Fahd. »

Le commandant de police Jean-Marie Fiaschi, en charge de l'enquête, résumera pour sa part crûment les faits. Dans un rapport de synthèse daté du 5 mars 2007, le policier de la DNIF constate que le document saisi à la DCN « fait

1. Éric Decouty, *Affaire Elf, affaire d'État*, entretiens avec Loïk Le Floch-Prigent, Le Cherche Midi, 2001.

ainsi apparaître que la création de la société Heine, au deuxième semestre 1994, s'est faite après accord de Nicolas Bazire, directeur de cabinet du Premier ministre Édouard Balladur, et du ministre du Budget, Nicolas Sarkozy, et fait un lien entre ces faits et le financement de la campagne électorale de M. Balladur pour l'élection présidentielle de 1995. »

De fait, le soubassement financier des activités politiques d'Édouard Balladur semble avoir intéressé beaucoup de monde, y compris au sein de la communauté du renseignement français. Selon les inépuisables carnets du général Philippe Rondot, la direction de la surveillance du territoire (DST) semble en effet avoir enquêté sur le sujet par le passé. C'est du moins ce qui ressort d'un verbatim en date du 26 juin 2002, jamais dévoilé à ce jour. Celui-ci évoque très clairement l'existence d'une « note DST c/s financement BALLADUR ». La justice serait sûrement très intéressée d'obtenir la communication d'un tel document, que le contre-espionnage n'a jamais fait parvenir au juge Trévidic.

Un ami encombrant pour l'Élysée

De tous les acteurs de l'ombre qui peuplent le dossier, le personnage le plus actif dans les coulisses d'Agosta et de Sawari II est, de loin, l'homme d'affaires Ziad Takieddine – selon de nombreux témoignages. Il est de toutes les phases de discussions. Joue les entremetteurs. Négocie le montant des commissions avec la DCN. Est présent quand presque tout l'état-major de l'entreprise d'armement se rend, en 1994, dans l'appartement parisien de son ami Abdul Rahman El-Assir pour tenter d'apaiser – en vain – ses ardeurs financières.

Il est là, aussi, quand Nicolas Bazire, alors directeur du cabinet d'Édouard Balladur et intime de Nicolas

Sarkozy, rencontre le cheikh Ali Ben Mussalam le 30 octobre 1993 pour parler des phases préparatoires de Sawari II. Il est encore là quand François Léotard, le ministre de la Défense, rencontre à son tour le puissant Saoudien, le 24 décembre 1993, puis le 18 mars 1994. Il est toujours là quand Renaud Donnedieu de Vabres, simple chargé de mission au ministère de la Défense, rencontre lui aussi le cheikh Mussalam le 10 mars 1995. Il est omniprésent. Incontournable.

Né le 14 juin 1950 dans les montagnes libanaises, à Baakline, au sud-est de Beyrouth, Ziad Takieddine est un drôle de personnage. Un être insaisissable, imprévisible et dur en affaires. Ces vingt dernières années, on a vu apparaître son nom dans des activités qui ont ceci de particulier qu'elles n'ont aucun rapport les unes avec les autres. Ici, chez GemPlus, le leader mondial de la carte sécurisée, dont il finira par être évincé. Là, à la tête de la station de ski Isola 2000, dont la déconfiture financière fera beaucoup parler[1]. Ou dans les ventes d'armes.

Au fil des ans et des affaires, Ziad Takieddine s'est constitué un réseau de relations des plus étendus. Quand on lui cite le nom de Takieddine, Charles Pasqua répond par exemple sans attendre : « Mais tout le monde a entendu parler de celui-là. Moi, j'ai dû le croiser une ou deux fois, comme tout le monde. Disons qu'il avait ses entrées auprès d'un certain nombre de gens[2]. »

Le journaliste Charles Villeneuve, ancien présentateur du « Droit de savoir » sur TF1, l'a très bien connu dans les années 1980, même s'il affirme l'avoir « perdu de vue

1. Dans cette affaire d'« abus de biens sociaux » portant sur la gestion de la station de ski Isola 2000 dans les années 1990, Jacques Toubon et sa belle-fille Sophie Deniau furent mis en examen, avant de bénéficier l'un et l'autre d'un non-lieu.

2. Entretien avec les auteurs.

depuis un bon moment déjà ». Lui-même né à Beyrouth, Charles Villeneuve est un fin connaisseur du Liban et de ses réseaux. « Ziad, je le voyais surtout dans les années 1980, notamment au moment de l'affaire des otages du Liban. C'était un bon contact sur la région pour moi. Il m'éclairait sur le contexte local, car il était extrêmement bien informé[1] », raconte-t-il.

Selon Charles Villeneuve, qui a quitté le journalisme en 2008 pour devenir l'éphémère président du Paris-Saint-Germain – il démissionnera un an plus tard –, Ziad Takieddine entretient un rapport passionnel avec la France, comme tous les druzes. « Ce sont des montagnards, des musulmans qui ont fait une sorte de schisme. Leur philosophie est très particulière, elle leur interdit par exemple le prosélytisme. Ils sont environ 250 000 au Liban et entretiennent généralement un lien particulier avec la France. Ce sont des gens farouches, dont on dit qu'ils sont nés avec un revolver sous l'oreiller. Ça résume bien Ziad ! Oui, c'est un farouche, mais aussi un homme pointu, cultivé, qui a fait toutes ses études en Angleterre. C'est un type au caractère difficile. Mais aussi quelqu'un de solidaire et fidèle. Si on est ami avec lui, c'est pour la vie. Il ne retourne pas sa veste comme cela. »

Pierre Sellier, le directeur de la société d'intelligence économique Salamandre, se vante d'être l'un de ceux qui connaissent le mieux Ziad Takieddine, pour avoir été pendant des années l'un de ses proches collaborateurs. Aujourd'hui, il dit avoir pris ses distances avec le personnage. « J'ai rencontré Ziad dans le cadre du dossier GemPlus. Ziad est inculte en matière industrielle, je lui faisais des briefings », raconte-t-il[2]. « Ces histoires de liens

1. Entretien avec les auteurs.
2. *Idem.*

financiers entre Takieddine et Balladur, on en parlait déjà un peu dès 2002-2003. Ziad était copain avec Douffiagues [l'ex-directeur de la Sofresa, nda], Léotard et Donnedieu de Vabres », poursuit-il.

Pierre Sellier se remémore alors une anecdote éclairante : « Un jour, en 2004, Takieddine m'a dit : “Tiens, Donnedieu revient au gouvernement.” De fait, il venait d'être nommé ministre de la Culture. Et il a ajouté : “Avec Donnedieu, je suis chez moi, il ne peut rien me refuser.” Il m'a même dit : “Tu crois que je pourrais faire des affaires avec le ministère de la Culture ?” Je lui ai répondu : “Mais enfin, Ziad, la culture, tu n'y connais rien, ce n'est pas du tout ton secteur !” »

Comme Charles Villeneuve, Pierre Sellier parle d'un personnage au caractère bien trempé. Un peu plus, même. « Il est carrément devenu irascible depuis qu'il a reçu un coup de batte de base-ball, en 2004 ou en 2005, alors qu'il était sur l'île Moustique. Jean-François Copé était intervenu pour qu'il puisse se faire opérer dans l'urgence par un grand chirurgien. Copé et lui étaient très proches. Je me rappelle que j'avais un copain qui avait un souci avec le fisc : j'en avais parlé à Ziad qui, illico, avait appelé Copé, alors ministre du Budget, en direct. » Il est amusant de constater que « l'incident » de l'île Moustique est rapporté, mais dans une version légèrement différente, par Charles Villeneuve : « Il a eu un jour un accident grave sur l'île Moustique. Sa jeep s'est écrasée dans un ravin, suite à une défaillance inexplicable de la voiture. Il en a réchappé miraculeusement. Officiellement, il s'agissait d'un accident. Mais lui a toujours été intimement persuadé que c'était un attentat. » Coups de batte de base-ball ou accident de voiture ? La légende Takieddine ne semble pas encore très bien réglée.

Sa fortune, en revanche, ne relève en rien du fantasme. Ziad Takieddine est à l'abri du besoin. Il possède notamment un grand appartement dans le XVIe arrondissement de Paris et une immense villa au cap d'Antibes, où il a pris l'habitude de recevoir du beau monde. Des proches de Nicolas Sarkozy notamment. « Je me suis rendu dans sa propriété du cap d'Antibes à plusieurs reprises puisque je travaillais pour lui », se souvient Pierre Sellier. « À l'été 2005, j'y étais même allé pour négocier un accord entre Ziad et Alexandre Djouhri [autre homme d'affaires en vue]. Je me souviens y avoir rencontré Brice Hortefeux et Jean-François Copé. C'était au mois d'août 2005. Ils ne faisaient pas que passer la journée, visiblement. Ils étaient logés en famille. Il faut dire que la villa est vraiment très grande, avec de nombreuses chambres. C'est un véritable palace, avec cinq voitures de collection. »

Mais aujourd'hui, plus personne ne semble vraiment assumer sa proximité d'hier avec l'intermédiaire Takieddine. Comme s'il était subitement devenu un ami trop encombrant pour la Sarkozie. Jean-François Copé, par exemple, n'a pas donné suite à nos nombreuses sollicitations.

En revanche, Brice Hortefeux, le ministre le plus proche de Nicolas Sarkozy, avec lequel il travaille depuis 1985, a accepté le principe d'une entrevue. Elle s'est déroulée dans son bureau de la place Beauvau, sans le moindre conseiller pour y assister. Avenant, il est apparu plutôt embarrassé au moment d'évoquer « le cas Takieddine ». « Je l'ai rencontré une fois, au tout début des années 2000, lors d'un dîner chez un ami commun, dont je préfère taire le nom », s'est d'abord souvenu M. Hortefeux[1]. « Ce n'était pas un dîner intime, il devait bien y avoir quarante personnes. On m'avait présenté ce monsieur comme celui qui avait lancé la station de ski Isola 2000, pas comme un intermédiaire. »

1. Entretien avec les auteurs.

Lorsqu'on évoque sa présence en août 2005 dans la propriété du cap d'Antibes appartenant à M. Takieddine, le ministre de l'Intérieur concède : « C'est vrai, j'avais oublié. Mais je n'ai pas passé mes vacances chez lui ! En fait, ma belle-famille étant basée à Mougins, dans les Alpes-Maritimes, M. Takieddine m'avait invité à une grande soirée dans sa villa. Là encore, il y avait beaucoup de monde, y compris des hommes politiques français. Je me souviens y avoir vu Christian Estrosi et Jean-François Copé. Encore une fois, ce n'était qu'une soirée, d'ailleurs je suis parti parmi les premiers, je suis un couche-tôt. » En y réfléchissant bien, M. Hortefeux admet une troisième rencontre, qu'il situe en 2009. « Oui, cela devait être l'année dernière, chez un ami commun. » Ami dont, là encore, il préfère préserver l'anoymat. Dans tous les cas, le ministre de l'Intérieur assure qu'avec l'intermédiaire libanais, il entretient des « rapports de courtoisie, sans plus. C'est un type chaleureux et sympathique, mais nous ne sommes pas intimes ».

Pourtant, M. Hortefeux ne semble rien ignorer de la vie de Ziad Takieddine. Ainsi, lorsque l'on vient à parler incidemment de l'épouse anglaise de l'intermédiaire, il intervient : « Non, non, ils ont divorcé. » De même, sans que l'on évoque le sujet, il aborde le fameux épisode de l'île Moustique, confirmant le récit de Pierre Sellier : « M. Takieddine est un peu excité, il ne tient pas en place. Il passe son temps à se lever et à s'asseoir. Je crois que c'est suite à un accident qu'il a eu sur l'île Moustique. Je sais en tout cas que Jean-François Copé était intervenu pour le faire soigner, car il connaissait un chirurgien dans le coin. »

Quand on lui demande d'où il tient cette information, M. Hortefeux lance, presque ingénument : « C'est Copé qui me l'avait dit. Il y a eu une certaine proximité entre lui et Takieddine, tout comme entre Takieddine et Bazire, mais je crois qu'elle n'existe plus. De toute façon, Takieddine était surtout lié à Léotard et à Donnedieu de Vabres, non ? » En revanche, le ministre de l'Intérieur assure n'avoir « jamais entendu Ziad Takieddine dire qu'il avait rencontré Édouard Balladur », avant de lâcher : « Nicolas Sarkozy, lui, l'a croisé une fois, mais il ne le connaît pas. » Brice Hortefeux semble beaucoup plus détendu lorsqu'il évoque la période 1993-1995, au cours de laquelle il occupait le poste de chef de cabinet du ministre du Budget Nicolas Sarkozy. « Je ne m'occupais en aucun cas des contrats d'armement, je ne connaissais rien de ces affaires-là. Je n'étais pas assez important pour être informé, tant mieux pour moi ! J'étais chargé des déboires fiscaux des artistes ou de particuliers. Quant à Nicolas Sarkozy, il est extraordinairement prudent, même méfiant sur ces sujets-là. Je pense qu'il ne connaissait aucun intermédiaire à cette époque-là, tout comme moi. »

M. Hortefeux fait bien de préciser « à cette époque-là ». Car il n'en a plus été de même à partir de la mi-2002, au moment où les deux hommes ont débarqué au ministère de l'Intérieur. M. Sarkozy, ministre, et ses plus proches conseillers, MM. Hortefeux et Guéant, se sont en effet mobilisés, dès leur arrivée place Beauvau, pour faire aboutir un juteux projet avec l'Arabie saoudite, le contrat « Miksa », à savoir 7 milliards d'euros pour équiper Riyad de matériel destiné à protéger les frontières du Royaume (le projet avait été initié dès 1994 sous le gouvernement... Balladur, par Charles Pasqua).

Un « activisme » inacceptable aux yeux des chiraquiens, qui soupçonnèrent les sarkozystes d'arrière-pensées financières, l'Élysée allant jusqu'à contraindre M. Sarkozy à renoncer à un voyage à Riyad, comme *Le Monde* le relata au printemps 2004[1]. Finalement, ce sont les Allemands qui

1. Hervé Gattegno, « Le contrat saoudien qui oppose M. Chirac à M. Sarkozy », *Le Monde*, 14 avril 2004.

raflèrent le contrat. « Nous avions été sollicités par Thales. Il y avait des milliers d'emplois en jeu. Je me souviens que l'on pouvait sauver Reims Aviation, qui était menacée de faillite. C'est surtout Claude Guéant qui suivait tout ça. Il s'était beaucoup investi dans le projet, qui n'a pas abouti. Tant pis pour la France, mais tant mieux pour Nicolas Sarkozy, car vu le climat, on l'aurait accusé des pires turpitudes, à tort bien entendu », s'exclame Brice Hortefeux. Or, qui a-t-on vu apparaître aux côtés des sarkozystes pour plaider la cause du dossier français ? Ziad Takieddine, bien sûr ! « Il est exact qu'on l'a vu resurgir au moment de Miksa, concède le ministre de l'Intérieur. M. Takieddine n'était pas missionné par nous à proprement parler, mais il nous avait dit vouloir nous aider, car il avait des relations étroites avec les Saoudiens, notamment avec le prince Naïef. » Le prince Naïef Ben Abdel Aziz, ministre de l'Intérieur saoudien, était l'homologue et l'interlocuteur naturel de Nicolas Sarkozy.

S'agissant des soupçons de rétrocommissions, M. Hortefeux n'est guère bavard : « Je n'en sais rien, mais je n'y crois pas. » Quant au financement de la campagne d'Édouard Balladur, là encore, il dit tout en ignorer : « C'est vrai qu'à l'été 1994, Nicolas Sarkozy avait proposé mon nom à Édouard Balladur pour que je m'occupe un peu de la campagne, ce que j'avais accepté. Mais pour ce qui est du financement, c'est essentiellement Bazire qui s'en occupait. »

Quant à Nicolas Bazire, l'ancien directeur du cabinet d'Édouard Balladur, dont il fut avec l'autre Nicolas – Sarkozy – le lieutenant en chef lors de la campagne présidentielle, il n'a pas souhaité s'exprimer sur ses relations avec Ziad Takieddine. Ni, d'ailleurs, avec aucun des autres intermédiaires qu'il a eu à fréquenter lorsqu'il était à Matignon, en rupture avec ses prédécesseurs. Car il est totalement baroque d'imaginer le directeur du cabinet d'un Premier ministre s'investir à ce point dans des ventes d'armes, un domaine qui n'est pas censé relever de ses compétences.

Désormais directeur du développement du groupe de luxe LVMH, propriété du milliardaire Bernard Arnault, M. Bazire est officiellement éloigné de la politique. Cet ancien officier de marine reste néanmoins un conseiller informel de Nicolas Sarkozy, avec lequel il entretient des relations d'amitié profonde – il fut l'un de ses témoins, lors de son mariage avec Carla Bruni.

Au printemps 2008, son nom a même été évoqué pour prendre la place de Claude Guéant au poste de secrétaire général de la présidence de la République. Mais l'affaire ne s'est pas faite.

Reste Ziad Takieddine lui-même. Fidèle à ses excès, l'homme a choisi de se murer dans une défense pour le moins déconcertante. À un journaliste de *L'Express*, il niera ainsi, en juin 2009, avec un aplomb extraordinaire, toutes les évidences, allant jusqu'à jurer être totalement étranger au contrat Agosta, malgré l'existence de nombreux documents et témoignages concordants ! « Je n'ai rien à voir avec cette histoire. Je ne suis pas intervenu dans cette affaire et je n'ai évidemment perçu aucune commission », s'énervera-t-il. Avant d'ajouter : « M. Balladur ne mérite pas pareil traitement, injuste et malhonnête. Allez voir ses comptes… Je suis sûr qu'il n'y a rien, pas une trace de commissions. En France, les médias racontent n'importe quoi, ils ne vérifient rien [...]. Laissez les gens tranquilles[1]. »

1. Philippe Broussard, « Attentat de Karachi : la colère d'un "intermédiaire" présumé », *L'Express*, 27 juin 2009.

Ce fut jusque-là la seule – et brève – réaction connue de Ziad Takieddine à cette affaire. De fait, il est de ces hommes qui fuient la lumière des médias, préservent leurs mystères et assurent leur légende. Mais, après des mois de tentatives infructueuses, l'intermédiaire a finalement accepté de nous rencontrer. Deux fois, même. Sauf que la première n'était pas prévue... Ménageant ses effets, comme il sait si bien le faire, il débarqua à l'improviste en pleine interview au domicile d'une avocate parisienne dont il est proche, et qui avait accepté de nous parler de lui. En guise de préambule, il nous avait livré, sur un ton ironique, une anecdote pour le moins révélatrice, qui se voulait aussi un avertissement : « Brice m'a appelé, il m'a dit que vous lui aviez posé plein de questions sur moi... » Brice, c'est Brice Hortefeux bien sûr, qui nous avait pourtant assuré une semaine plus tôt que Ziad Takieddine n'était qu'une vague – et vieille – connaissance...

Rendez-vous fut pris, quelques jours plus tard, un samedi du mois d'avril 2010, pour une seconde rencontre, au domicile de l'homme d'affaires cette fois.

Ziad Takieddine vit dans un hôtel particulier, qui tient plus du manoir voire du musée, situé sur la très cossue avenue Georges-Mandel, dans le XVIe arrondissement de Paris. Sur un interphone doré situé au bout d'une contre-allée bordée de cerisiers, une mention au milieu d'autres initiales : « TAK ». Une soubrette vient nous ouvrir. Et nous conduit dans l'antre de celui qui aime à se présenter moins comme un intermédiaire – « trop péjoratif en France », dit-il – que comme un « conseil », au service des grands de ce monde.

Chez lui, le luxe est écrasant. Suffocant. Et hétéroclite. Mobilier Second Empire, balcon intérieur, tableaux orientaux, sculptures en pagaille, murs recouverts d'une épaisse tapisserie brodée de motifs rouge sur rouge, immenses canapés de velours... Sur l'une des tables basses de la pièce principale trône un ouvrage consacré au dictateur libyen Mouammar Kadhafi, juste à côté d'une monographie du célèbre designer français Philippe Starck.

L'air parfaitement détendu, Ziad Takieddine descend les marches d'un immense escalier. Jeans, mocassins, polo. Sourire courtois, légèrement crispé tout de même. L'homme est une véritable boule de nerfs. Il a accepté la rencontre pour faire passer un message – ou plutôt le marteler. Toujours le même. Il n'a « rien à voir » avec le contrat Agosta, il est seulement intervenu à cette époque dans le contrat Sawari II. « On utilise mon nom, on essaie de me mêler dans cette affaire de Karachi alors que je ne suis pas concerné par tout cela. Je n'ai jamais fait de mal à qui que ce soit. » Quand on lui oppose la masse impressionnante de témoignages et de documents disant précisément le contraire, « TAK » s'énerve, se lève, se rassoit, se lève à nouveau. Son regard chaleureux laisse la place à deux yeux aiguisés comme des couteaux.

« Tous les gens qui disent cela, les Boivin, Menayas, Aris, Mazens, etc., ils font tous partis du même moule, avec les mêmes objectifs. Tout ce qu'ils disent est faux. Ça fait deux ans qu'ils me tuent ! Moi, je ne mens jamais ! Il n'y a aucune preuve que j'ai touché de l'argent pour Agosta. En qualité de quoi, aurais-je touché de l'argent ? », assène-t-il, un index rageur pointé vers ses interlocuteurs. Il poursuit : « Ces gens-là, je ne les connais même pas. Je ne les ai jamais rencontrés. Sauf Aris, une fois, pour parler de Sawari II avec l'Arabie saoudite[1]. »

---

1. Entretien avec les auteurs. Les citations de M. Takieddine sont extraites de leurs deux rendez-vous avec lui.

Quant à Frédéric Bauer, cet ancien policier envoyé par la DCN pour lui annoncer qu'il ne toucherait pas son dû dans le contrat Agosta (voir le chapitre « Les hommes du président », p. 211), Ziad Takieddine reconnaît l'avoir rencontré une fois. Mais pour Sawari II, pas Agosta... « Il sait très bien que je n'ai rien à voir avec le Pakistan, ce connard ! » s'emporte le Libanais. « D'ailleurs, ça a duré à peine une heure, et ça ne s'est absolument pas passé comme ce menteur le raconte. Je l'ai renvoyé au bout d'une heure en lui disant : "Dites à votre maître, c'est-à-dire Chirac, qu'il va avoir des répercussions horribles s'il ne tient pas les engagements de la France." » Manifestement, Ziad Takieddine ne mesure pas l'interprétation qui pourrait être faite de ses propos, par ceux qui postulent que l'attentat de Karachi fut réalisé en représailles, du fait de commissions non payées... Il reprend : « Je peux vous dire qu'ils m'ont réglé tout ce qui m'était dû. Oui, ils ont payé. Et jusqu'au dernier centime même, contrairement à ce que l'on raconte ! » assure-t-il. Pourquoi les chiraquiens auraient-ils cédé ? « Parce que j'ai fait intervenir un personnage haut placé que je connaissais très bien et à qui Chirac ne pouvait rien refuser : Rafic Hariri, alors Premier ministre du Liban[1]. C'est Hariri qui a convaincu Chirac que la France devait me payer. »

Friand d'anecdotes en tous genres, Ziad Takieddine raconte aussi avoir trouvé deux impacts de balles dans le

1. Assassiné le 14 février 2005 à Beyrouth, Rafic Hariri a dirigé le gouvernement libanais de 1992 à 1998 puis de 2000 à 2004. À la tête d'une fortune colossale, il était proche de la famille royale saoudienne et entretenait d'étroites relations avec Jacques Chirac. M. et Mme Chirac occupent d'ailleurs, depuis leur départ de l'Élysée, un somptueux appartement situé quai Voltaire, propriété de Rafic Hariri et que sa famille a mis gracieusement à la disposition du couple Chirac.

pare-brise de la voiture de sa femme, une Golf, quelques jours après la visite de Frédéric Bauer à son domicile. « J'ai dû casser entièrement le pare-brise afin que mon épouse ne se doute de rien, je ne voulais pas qu'elle ait peur. Et j'ai mis ma famille à l'abri, en Angleterre. »

Peu disert sur le contrat Agosta, qui est aujourd'hui au centre de l'affaire de Karachi, Ziad Takieddine est en revanche intarissable sur Sawari II et l'Arabie saoudite. « Pour ce marché, explique-t-il, j'ai utilisé mon ami Nicolas Bazire pour convaincre Balladur de signer. C'était un énorme contrat, de 28,8 milliards de francs, soit environ 4 milliards d'euros. Les accusations de rétrocommissions sont fausses. Pas un sbire du gouvernement français n'a touché. Allez voir Léotard, Donnedieu de Vabres, regardez comment ils vivent... Vous verrez qu'ils ne se sont pas enrichis. »

« Ben Mussalam [le cheikh saoudien au cœur de Sawari II], c'est El-Assir qui me l'a présenté. Mussalam avait une lettre du roi Fahd invitant Balladur au Royaume. Moi j'ai dit OK pour donner un coup de main, et présenter Mussalam à Léotard, que je connaissais bien depuis Isola 2000. Je lui ai pris un rendez-vous avec Léotard en échange d'une visite officielle à Riyad de Balladur, avec rencontre du roi Fahd. Balladur faisait ça pour la France, je vous signale. Il y avait dans la délégation française Donnedieu de Vabres, mais aussi Hervé Morin. Il est vrai que je n'avais aucune relation avec les chiraquiens. »

Il continue : « On soupçonne le financement occulte de Balladur, mais c'est tout le contraire ! S'il a perdu, Balladur, c'est parce que sa campagne a été nulle, et si elle a été nulle, c'est parce qu'il n'avait pas un sou précisément ! On parle de ça pour éviter le vrai sujet : le financement de la campagne de Chirac. Parlez-en à Villepin. C'est lui qui a monté cette histoire Agosta, pour faire oublier le reste. Lui sait très bien ce que Hariri a fait pour la campagne de Chirac. Le vrai problème, c'est peut-être que vous, Français, vous avez arrêté de verser des commissions, ce qui a pu mettre des gens en colère… C'est ça le souci principal : pourquoi Chirac n'a-t-il pas honoré les commissions qui étaient dues au Pakistan ? Chirac devrait comparaître devant la Haute cour, non ? »

Conscient d'être devenu un personnage gênant pour ceux qu'il a longtemps côtoyé dans les cercles balladuriens – « On veut m'isoler, me salir, m'éloigner », se plaint-il –, Ziad Takieddine ne cache pas sa proximité avec l'entourage de l'actuel chef de l'État. Brice Hortefeux, donc : « Je l'apprécie, mais attention, je n'ai jamais fait d'affaires avec lui. Et Brice n'a rien à voir avec toute cette histoire, même s'il doit protéger Sarkozy. »

Jean-François Copé, aussi. « TAK » évoque alors le fameux « accident » qu'il a eu sur l'île Moustique il y a quelques années. Lors du premier rendez-vous, l'avocate dont il est proche nous avait à son tour, juste avant qu'il débarque dans son appartement, confié qu'il avait bien été l'objet d'une tentative d'assassinat. Mais Ziad Takieddine ne veut pas s'étendre sur le sujet : « J'aurais été victime d'un attentat sur l'île Moustique ? Pfft… Il faudrait encore savoir qui, et pourquoi ? En fait, j'ai eu un grave accident de voiture, avec un violent coup au cerveau. J'ai été placé en coma forcé durant dix jours. » S'il en a réchappé, l'intermédiaire libanais le doit pour partie à… Jean-François Copé. « C'est vrai que Jean-François Copé est intervenu, confirme Ziad Takieddine. Copé est un grand ami, qu'il soit avec ou contre Nicolas Sarkozy n'a rien à voir dans notre amitié. C'est ma famille qui l'a appelé juste après mon accident, et Jean-François a envoyé un ami à lui, un chirurgien, pour venir assister sur place l'équipe médicale, puis me faire rapatrier à Paris, à l'hôpital de La Pitié-Salpêtrière. »

Lorsqu'on lui fait observer qu'aujourd'hui, la « Sarkozie » semble vouloir prendre ses distances avec lui, son visage s'empourpre. La remarque le blesse. Comme dans un sursaut d'orgueil, il lâche une petite bombe : « Sarkozy est mon ami, OK ? Et depuis longtemps. Je l'ai rencontré en 1993 [un an avant la signature d'Agosta et Sawari II] lors d'une soirée chez Léotard. Je l'ai aidé pour débloquer le contrat Miksa, j'ai organisé ses visites en Arabie Saoudite. Je l'ai accompagné trois fois là-bas, une comme ministre de l'Intérieur, deux comme président de la République. »

Désormais inarrêtable, il renchérit : « Je le vois toujours, Sarkozy, comme Claude Guéant d'ailleurs. » Il en veut pour preuve l'affaire des infirmières bulgares[1]. « C'est moi qui les ai fait libérer en 2007, jure-t-il. J'étais en contact avec Guéant. J'ai été voir Kadhafi. Pour diverses raisons, Kadhafi ne voulait pas entendre parler de Kouchner [ministre des Affaires étrangères] et encore moins le voir. Alors, j'ai eu l'idée d'envoyer Cécilia en Libye. Et ça a marché ! En échange, il n'y a pas eu des centaines de millions versés, comme on l'a dit, mais le financement par la France d'un hôpital pour enfants à Benghazi. Voilà la vérité, arrêtez donc de désinformer. »

Ziad Takieddine termine sa diatribe par un jugement sans appel : « Les journalistes disent n'importe quoi ! Je les méprise. C'est en montant en épingle des histoires comme cette affaire de Karachi que la France n'est plus rien

1. Les autorités libyennes gardèrent prisonnières (et torturèrent), entre 1999 et 2007, cinq infirmières bulgares et un médecin anesthésiste d'origine palestinienne, accusés d'avoir innoculé le virus du Sida à des enfants hospitalisés à Benghazi. Ces six personnes furent finalement libérées le 24 juillet 2007, notamment grâce à l'intervention de la France, et plus particulièrement celle de Cécilia Ciganer-Albéniz, à l'époque épouse de Nicolas Sarkozy.

aujourd'hui à l'international. Vous n'obtenez plus aucun marché. » La faute à la presse, donc, mais aussi, comme toujours, aux chiraquiens. « Au mois de juillet 1996, Chirac a été visiter le Royaume avec le dossier Sawari II en poche, lance-t-il. Chirac avait avec lui le contrat lui-même, pourtant classé secret-défense, pour aller se plaindre auprès du prince Abdallah, qui est aujourd'hui à la tête du pays, toujours pour ces histoires de commissions. Alors ensuite, Abdallah a convoqué Sultan. Et le prince Sultan lui a dit : "Puisque c'est comme ça, on ne fera plus d'affaires avec la France !" Les Saoudiens étaient très choqués par la démarche de Chirac. Ce sont des choses qui ne se font pas. »

Entre les deux rendez-vous qu'il nous a accordé, Ziad Takkiedine a eu l'occasion de livrer son point de vue au juge Trévidic, qui l'a entendu en qualité de témoin le 15 avril 2010. Il a en revanche refusé de répondre à la convocation de la mission d'information, qui n'a aucun pouvoir coercitif. Ziad Takieddine a toujours eu le sens des rapports de force.

Le rendez-vous avec le juge Trévidic a été l'occasion pour lui de faire entrer en procédure sa version des faits : « Je n'ai rien à voir avec Agosta, avec la société Heine et avec Boivin. » Les nombreux témoignages qui le contredisent ? « Ça me dégoûte », a-t-il balayé. « Tout cela n'est que des affabulations. Il n'y a pas une seule des ces personnes qui ait dit la vérité. Je méprise ces gens-là. Ce sont tous des menteurs. » Fidèle à sa logique, l'homme d'affaires a en revanche assumé son rôle dans Sawari II, et accepté d'évoquer les mesures de rétorsion prises contre lui par les chiraquiens. « Pour quelle raison les commissions dans Sawari II ont-elles fait l'objet d'un arrêt de paiement ? », l'a questionné Marc Trévidic. « Prétendument, c'était une décision politique de Jacques Chirac et de

Dominique de Villepin, a répondu Ziad Takieddine. C'est ainsi que M. Bauer m'a présenté ça. Il s'agissait d'une décision visant à punir tout ce qui est hors du système Chirac. »

La déposition de Ziad Takieddine, et les démentis qu'elle contient, ont convaincu dès la fin du mois d'avril l'avocat des familles des victimes de l'attentat de Karachi, Me Olivier Morice, de déposer plainte contre l'intermédiaire libanais pour « faux témoignage ».

Guéant, Miksa et les infirmières bulgares

Qu'il s'agisse de ses liens avec Ziad Takieddine, de l'attentat de Karachi lui-même, du financement de la campagne d'Édouard Balladur ou encore des dessous des contrats Agosta, Sawari II et Miksa, il eut été souhaitable de recueillir la version de Nicolas Sarkozy. Malheureusement, le président de la République n'a pas voulu s'exprimer. « Il ne souhaite pas participer à un livre », nous a indiqué en février 2010, via un SMS, le conseiller en communication du chef de l'État, Franck Louvrier.

En revanche, son éminence grise, l'homme qui le conseille sur tous les dossiers sensibles depuis près de 10 ans, Claude Guéant, a accepté le principe d'une rencontre, dans le superbe bureau qu'il occupe au premier étage du palais présidentiel, avec vue imprenable sur les jardins élyséens. Parfois surnommé « le vice-président », tant celui qui occupe depuis le 16 mai 2007 le poste-clé de secrétaire général de la Présidence est puissant, Claude Guéant n'a pas quitté la roue de Nicolas Sarkozy depuis 2002, accompagnant au plus près son irrésistible ascension. Récompense de sa loyauté, il fut le directeur de son cabinet aussi bien à l'Intérieur (2002-2004 puis 2005-2007) qu'aux

Finances (2004-2005), avant de diriger sa campagne présidentielle victorieuse.

Affable et décontracté, M. Guéant, qui fut entre 1994 et 1998 le directeur général de la police nationale (DGPN), a d'abord assuré qu'à ce titre, il n'avait « jamais été informé à l'époque des dessous des contrats Agosta ou Sawari II. Cela n'entrait en aucune manière dans le champ de compétences du ministère de l'intérieur[1] ». De même assure-t-il n'avoir « jamais eu d'écho, sauf par la presse, d'écoutes téléphoniques visant l'entourage de François Léotard » après l'élection présidentielle de 1995, ni disposer « de quelque information que ce soit sur des rétrocommissions qui auraient bénéficié à des hommes ou des partis politiques français ».

Il y a au moins une affaire que M. Guéant ne nie pas connaître, c'est le dossier Miksa (pour Ministry interior of Kingdom of Saudi Arabia). Comme son nom l'indique, ce marché de surveillance des 9000 kilomètres de frontières de l'Arabie saoudite était piloté par le ministère de l'Intérieur du royaume wahhabite, ainsi qu'on l'a vu précédemment. « Il était logique que le ministre de l'Intérieur français, à l'époque Nicolas Sarkozy, gère ce dossier avec son homologue saoudien, c'est la tradition. Je crois me souvenir avoir fait un déplacement là-bas, pour voir le prince Naïef », rapporte Claude Guéant. Qui ajoute : « À un moment de la négociation, l'Élysée est intervenu et nous a ordonné de ne plus nous en occuper, alors nous ne nous en sommes plus occupés. »

Lorsqu'on l'interroge sur le motif de l'*oukaze* chiraquien, « le Cardinal » esquisse un petit sourire : « On peut chercher plein d'explications, mais comme je n'ai pas de preuve ni de certitude, je préfère n'en avancer aucune. Ce

1. Entretien avec les auteurs le 22 avril 2010.

qui est sûr, c'est que nous étions déçus, nous avions pas mal bossé sur ce dossier, et on avait vraiment l'impression que l'on pouvait aboutir. Hélas, la France n'a finalement pas eu le contrat... » Entre deux appels de « Monsieur le Président », Claude Guéant confie que « c'est à l'occasion des négociations entourant ce contrat Miksa que l'on a vu apparaître Ziad Takieddine. Je l'ai rencontré à ce moment-là. Ce sont les Saoudiens qui l'avaient mis dans le "jeu". Il avait un rôle de conseil, il nous faisait part de ses suggestions quant à la conduite du dossier, notamment sur le montage financier. Il m'est apparu comme quelqu'un de compétent. Je qualifierais son rôle dans cette affaire Miksa d'important et intéressant ».

En revanche, M. Guéant assure n'avoir « jamais effectué de voyage avec M. Takieddine ». Et lorsqu'on lui fait part des déclarations de l'intermédiaire libanais, qui se prévaut de relations étroites avec Nicolas Sarkozy, le secrétaire général de l'Élysée secoue la tête de gauche à droite pour bien marquer sa désapprobation : « Je ne peux répondre à la place de Nicolas Sarkozy, mais parler de relations privilégiées entre M. Takieddine et lui est inexact. Le président l'a peut-être vu une fois dans le passé, mais jamais depuis qu'il a été élu, je suis formel. Et je peux affirmer avec force et assurance que Ziad Takieddine n'est impliqué dans aucune procédure de négociations avec l'Élysée sur les grands contrats. Qu'il s'agisse des discussions avec le Brésil, concernant la vente de Rafale, Abu Dhabi ou d'autres pays, nous ne recourons de toute façon à aucun intermédiaire. Tout se passe d'État à État. »

À l'évidence, la présidence de la République tient à garder ses distances avec un homme qui sent désormais le soufre. Sauf que, lorsque l'on évoque la libération en juillet 2007 des infirmières bulgares détenues pas la Libye,

Claude Guéant doit lâcher du lest : « Oui, c'est vrai, Ziad Takieddine a joué un rôle dans l'affaire des infirmières bulgares. Cela a été une occasion de le revoir. » Mais qui décida de faire appel à ses services ? « En fait, il s'est manifesté de lui-même, sans doute auprès de moi », affirme M. Guéant. « Incontestablement, il a joué un rôle important dans cette affaire, ajoute-t-il. Moi, je connaissais Moussa Koussa, à l'époque chef des services de sécurité et aujourd'hui ministre des Affaires étrangères du régime libyen, que j'avais rencontré à ce sujet juste avant l'investiture de Nicolas Sarkozy. Mais Ziad Takieddine connaissait visiblement d'autres personnes dans l'entourage de Kadhafi, et il nous a aidés. Toutefois, je conteste que l'idée de dépêcher Cécilia Sarkozy sur place soit venue de lui. »

Bien entendu, s'agissant de la négociation du contrat Agosta, Claude Guéant a beau jeu de rappeler qu'à l'époque, il n'en fut « en aucun cas informé ». Le secrétaire général, conformément à sa réputation de serviteur fidèle du chef de l'État, tient cependant à faire une mise au point tout sauf neutre : « Ce que je sais en revanche, s'agissant des questions délicates, c'est que Nicolas Sarkozy a toujours eu la même attitude. Je me souviens, au ministère de l'Intérieur, lorsqu'il y avait ces histoires d'autorisations de jeux, sa politique constante était, quoi qu'il pouvait en penser lui-même, de s'en remettre systématiquement à l'avis des services administratifs. Il leur faisait confiance. Mais surtout, c'était une question de prudence. Il souhaitait être candidat à la présidence de la République depuis si longtemps, il ne voulait prendre aucun risque. Eh bien, dans l'affaire du contrat Agosta, je suis convaincu qu'en tant que ministre du Budget, il a fait exactement la même chose. »

7

« N. S. »

Après la cuisante défaite des balladuriens lors de la présidentielle de 1995 et la vengeance chiraquienne qui s'en est suivie contre les intermédiaires jugés trop proches de l'ancien Premier ministre – dont Ziad Takieddine –, la vie politique française a progressivement repris son cours. Et malgré des haines demeurées tenaces entre les deux camps, l'affaire des rétrocommissions sera finalement reléguée au rang des mauvais souvenirs, tandis que quelques « traîtres » de 1995 intégreront le paysage du pouvoir chiraquien à la faveur de la réélection de Jacques Chirac en 2002. Ainsi, Nicolas Sarkozy décroche-t-il le portefeuille de ministre de l'Intérieur et Renaud Donnedieu de Vabres devient-il ministre des Affaires européennes, puis de la Culture, de Jacques Chirac.

Mais, contre toute attente, un homme de l'ombre va rouvrir les plaies du passé. Comme un sinistre fantôme qui vient taper aux portes. Son nom : Jean-Marie Boivin. Ancien traducteur pour le chef d'état-major de l'armée de l'air française – il parle espagnol, anglais, allemand et portugais couramment –, Jean-Marie Boivin est celui qui fut chargé par la DCN en 1994 de piloter depuis le Luxembourg, où il jouit de solides appuis politiques, la discrète structure offshore Heine, créée avec l'aval de Nicolas Sarkozy et Nicolas Bazire. C'est par cette société qu'ont notamment transité les commissions dues aux intermédiaires du contrat Agosta, Ziad Takieddine et Abdul Rahman El-Assir.

Mandataire financier de la DCN en charge des tâches les plus sensibles – à savoir le paiement des agents –, Jean-Marie Boivin connaît beaucoup de secrets de l'armement français. Des secrets qui valent cher. Il connaît tous les intermédiaires, la liste de leurs comptes en banque. Il sait tout ou presque des manœuvres de l'ombre.

Face au juge Trévidic, qui l'a interrogé le 23 octobre 2009, Jean-Marie Boivin prendra toutefois le parti de se faire tout petit, minimisant son rôle et fuyant les questions les plus délicates. « Je ne voyais pas les contrats. Je ne négociais pas avec les agents, mais je me doutais bien que les sommes qui passaient par le Luxembourg étaient en lien avec des contrats précédemment signés par DCN-I. [...] Quand des versements devaient être faits à des agents, une réunion avait lieu dans le bureau de M. Menayas, en présence d'Emmanuel Aris qui était directeur international des agents. C'est Emmanuel Aris qui négociait les contrats avec les agents », a-t-il indiqué au magistrat, qu'il a tenté d'orienter vers une nouvelle piste d'enquête sur les causes de l'attentat de Karachi[1].

1. Selon Jean-Marie Boivin, l'attentat de Karachi pourrait avoir été le fruit d'une vengeance de militaires pakistanais furieux que la France ait vendu des sous-marins au grand ennemi du régime d'Islamabad, l'Inde. Au cours de son audition, M. Boivin a indiqué qu'à l'occasion du contrat Agosta une clause confidentielle avait été ajoutée, à la demande d'Islamabad, sous la forme d'une « contre-lettre », c'est-à-dire une convention secrète qui contredit, en les annulant ou en les modifiant, des dispositions contenues dans un

Pourtant, à en croire le mémorandum que Gérard-Philippe Menayas a livré à la justice en avril 2008, Jean-Marie Boivin s'est fait beaucoup trop modeste dans le bureau du juge, il était bien plus qu'une petite main. L'ancien directeur financier de DCN International relate notamment dans son mémo un épisode épique remontant à 2000, en marge de l'exécution d'un contrat de 1996 portant sur la livraison de pièces de rechange pour les frégates taïwanaises.

Avec l'entrée en vigueur en septembre 2000 de la nouvelle convention internationale de lutte contre la corruption, la DCN fut contrainte à cette date de mettre fin au contrat de commissionnement signé quatre ans plus tôt au bénéfice de l'intermédiaire Andrew Wang. La suite est racontée par Gérard-Philippe Menayas :

« Le débouclage de cette négociation a été très délicat compte tenu de la surveillance dont faisaient l'objet Andrew Wang et sa famille. Le dénouement s'est effectué en Suisse quelques jours avant la date fatidique. La délégation commerciale de DCN-I, conduite par René d'Ambrières, a rencontré le fils et l'épouse d'Andrew Wang qui lui ont remis en présence d'un témoin désigné par Thales (M. Jean-Claude Desjeux), les originaux des

contrat. Interrogé à son tour le 9 novembre 2009, l'ancien directeur financier de DCN International, Gérard-Philippe Menayas, a dégonflé la piste indienne en quelques phrases : « Je suis au courant de cette contre-lettre parce que je l'ai vue. Par contre, je précise qu'il n'y a eu aucune négociation entre le groupe DCN et les Indiens avant l'attentat. Je suis bien placé pour le savoir [...], j'ai suivi la totalité de la négociation avec l'Inde qui a débuté fin 2002 et qui a débouché sur le contrat fin 2005. En plus, la contre-lettre interdisait la vente de sous-marins de la même famille. Or, les Scorpène vendus à l'Inde sont très différents des Agosta 90B [vendus au Pakistan]. Les plus perfectionnés sont les Scorpène. Les Pakistanais ont été prévenus. Des émissaires ont été envoyés au Pakistan et les autorités pakistanaises n'ont pas émis d'objection. »

contrats d'agent ainsi que d'autres documents originaux, tous engageant non seulement Thales mais également DCN et DCN-I.

« Dans le même temps, M. Jean-Marie Boivin déposait, en paiement de la soulte, un chèque de banque émis par la Royal Bank of Scotland d'un montant de 93 millions de francs au profit d'Andrew Wang, sur son compte à l'UBS. L'échange des documents contre le chèque bancaire eut lieu à l'issue d'un entretien téléphonique entre le banquier et le fils d'Andrew Wang (Bruno Wang).

« Il se produisit ensuite un événement lourd de conséquences pour la suite. M. d'Ambrières, contrôlé par la douane suisse à l'aller, ne voulait pas prendre le risque de franchir la frontière en retour avec en sa possession les documents remis par M. Wang fils. Il les confia donc à M. Jean-Marie Boivin, qui les déposa dans un coffre lui appartenant dans une banque privée suisse. M. Boivin, en litige avec le groupe DCNS, a refusé de les restituer (M. Boivin a résisté aux demandes pressantes qui lui ont été faites, y compris par des responsables de haut niveau de l'Administration française tels que Alain Juillet), et les détient toujours. »

Cet épisode n'est qu'une mince illustration du « pouvoir de nuisance » de Jean-Marie Boivin, dont l'État français découvrira bientôt l'étendue. Début 2004, la DCN décide en effet de mettre un terme à ses relations commerciales avec Jean-Marie Boivin et ses associés luxembourgeois, dont l'avocat d'affaires René Faltz, le comptable Yves Schmidt et l'administratrice Carine Bittler. Les liens entre la DCN et les Luxembourgeois avaient été scellés dès 1994, d'abord via la société Heine, puis, à partir de juin 2000, au travers d'une nouvelle entité, baptisée Eurolux.

La DCN se contente de verser, le 1er juillet 2004, une indemnité de résiliation de contrat d'un montant de

610 200 euros. Une somme jugée largement insuffisante par les Luxembourgeois. Ce sera le point de départ d'un incroyable bras de fer entre Jean-Marie Boivin et les autorités françaises. Le début d'un chantage d'État. « Messieurs Boivin et Schmidt nous ont dit qu'on ne pouvait pas fermer ça comme ça, qu'il y avait des droits de suite », s'est souvenu devant le juge Philippe Japiot, président de DCN International entre 2001 et 2007[1].

« Les prétentions financières sont montées progressivement. D'abord 2 millions d'euros, en 2004, puis 4, puis 6, jusqu'à 8 millions en 2006... Les premiers courriers de plainte de Jean-Marie Boivin ou de ses associés étaient envoyés à la DCN. Et plus le temps a passé, plus cela montait dans la hiérarchie. Jusqu'à ce que l'Élysée, le ministère de la Défense ou celui des Finances se mettent à recevoir des courriers », confie Gérard-Philippe Menayas[2].

En 2006, le montant des réclamations explose. « Ils voulaient une indemnisation qu'ils estimaient à 8 millions d'euros. Ils ont écrit un peu partout, à l'Élysée notamment », a confirmé Philippe Japiot sur procès-verbal[3]. La requête est même matérialisée par une facture portant le n° 248, envoyée par Heine à DCN International.

Mais la DCN refuse catégoriquement de négocier, comme l'atteste une lettre du 6 juin 2006[4] du P-DG du groupe, Jean-Marie Poimbœuf, adressée au ministre des Finances de l'époque, Thierry Breton. Le patron de la DCN y fait justement référence à l'une des missives reçues par l'État français et rédigée par Yves Schmidt, l'un des

1. Audition devant le juge Trévidic du 29 janvier 2010.
2. Entretien avec les auteurs.
3. Audition devant le juge Trévidic du 29 janvier 2010.
4. En possession des auteurs.

dirigeants de Heine/Eurolux, sociétés que ce dernier présente comme des « shadow companies ».

« L'auteur de la lettre cherche, en invoquant les relations passées et révolues qui ont existé entre DCN International et la société de développement Heine S.A., à recevoir une indemnité non prévue contractuellement », s'émeut Jean-Marie Poimbœuf. Le P-DG de la DCN annonce alors à Thierry Breton qu'il décide de saisir la cour d'arbitrage de la Chambre de commerce internationale. Celle-ci donnera finalement raison à la DCN.

Erreur. Le ton monte. Les lettres se font de plus en plus menaçantes, lourdes de sous-entendus, malgré leur style policé. En clair, Jean-Marie Boivin et ses associés réclament aux autorités françaises de payer, sinon de vieilles et encombrantes affaires de corruption liées aux ventes d'armes pourraient bien sortir du placard.

« C'était du chantage pur et simple, inadmissible », s'agace encore aujourd'hui Gérard-Philippe Menayas, qui a eu à connaître en temps réel des moindres développements de ce dossier. « La DCN m'avait chargé d'entretenir des rapports courtois avec Jean-Marie Boivin, avec qui je déjeunais deux ou trois fois par mois à Paris. M. Japiot m'avait demandé de le voir pour le calmer, mais aussi pour savoir ce qu'il faisait, de même que l'avocat de DCN-I qui craignait les réactions de cet homme réputé instable », assure-t-il[1].

Grand et sec, le regard franc, le visage parfois agité de tics nerveux, Gérard-Philippe Menayas n'est pas homme à se livrer. Jusqu'à sa rencontre avec nous, dans le cabinet parisien de son avocat, un pénaliste réputé, Me Éric Hemmerdinger, cet homme aux faux airs d'aristocrate anglais avait refusé tout contact avec la presse.

---

1. Entretien avec les auteurs.

« J'ai toujours pensé qu'il fallait négocier avec M. Boivin dès 2004 et ne pas laisser les choses s'envenimer ainsi, reprend M. Menayas. Je considérais M. Boivin comme quelqu'un de dangereux vu tout ce qu'il était susceptible de savoir. C'est tout de même lui qui payait les intermédiaires chargés de la redistribution des fonds. »

Jean-Marie Boivin fait savoir dans son entourage qu'il a mis à l'abri dans le coffre d'une banque, à l'UBS de Zurich, des documents compromettants. Il en fait part aussi à Gérard-Philippe Menayas, qui prend l'habitude de rédiger un compte rendu, après chacune de ses entrevues avec Boivin. Une sorte d'assurance-vie.

Il se trouve que tous ces feuillets manuscrits ont été saisis par la police judiciaire, en 2007, lors d'une perquisition menée par les policiers de la DNIF, sur commission rogatoire des juges Hullin et Desset, au domicile de l'ancien directeur financier de DCN International. Placés sous scellés au siège de la police judiciaire sous l'intitulé « GPM 8 », ils n'ont à ce jour jamais été exploités par la justice, ni dévoilés par la presse.

Dommage. Ils sont passionnants. Le 18 novembre 2005, Gérard-Philippe Menayas, qui vient de s'entretenir avec Jean-Marie Boivin, écrit par exemple à propos du « jeu de révélation sur les rétros » : « JMB en déduit que le contenu du coffre de Zurich prend de la valeur et compte l'exploiter, en tant que de besoin. »

Ce coffre-fort devient l'objet de toutes les craintes. De tous les fantasmes, aussi. Selon Claude Thévenet, l'ancien agent de la DST qui travaillait alors pour le compte de la DCN, Gérard-Philippe Menayas lui aurait ainsi « demandé, en 2004, d'aller forcer le coffre de l'UBS de Zurich pour récupérer les documents. La DCN envisageait aussi de faire pression sur Boivin, via sa fille. C'était du délire ! Mais apparemment, les documents mis au coffre semblaient vraiment explosifs : originaux des contrats, dont certains portaient la signature de ministres, destination des commissions, etc. J'ai refusé cette mission[1] ».

Une « mission », digne de James Bond, parfaitement illégale et dont l'ancien directeur financier de la DCN dément aujourd'hui formellement avoir été le donneur d'ordre. M. Menayas ajoute toutefois : « En revanche, que certains à la DCN l'aient demandé, c'est possible, oui. Mais pas moi. Je ne vois pas bien comment on peut faire ce genre d'opération. » Le casse n'aura jamais lieu. Du moins, pas sous cette forme.

Compte rendus sous scellés

Au plus fort du « chantage Boivin », au deuxième semestre 2006, la DCN choisit en effet une autre option. Elle décide de s'adjoindre les services d'une jeune société d'intelligence économique, Épée, dirigée par un ancien colonel de l'armée de terre, Jacques Hogard, et l'ex-numéro 2 de la direction des opérations de la Direction générale de la sécurité extérieure (DGSE), Patrick Vaugien. Deux pointures du renseignement. « Au départ, on nous a réclamé des informations sur ce Boivin. J'étais alors très loin de me douter de ce qu'il y avait derrière tout cela, c'est-à-dire l'affaire des rétrocommissions. J'ignorais encore tout du travail de basse police que l'on nous demandera de faire, mais sans dire les choses clairement », regrette aujourd'hui Patrick Vaugien[2].

1. Entretien avec les auteurs.
2. *Idem.*

Pour commencer, Épée décide de sous-traiter une partie de sa mission à Thierry Lorho, un ancien agent de la DGSE, à qui il est demandé de rédiger en juillet 2006 des rapports d'environnement sur les activités luxembourgeoises de Jean-Marie Boivin. Puis Thierry Lorho prend, de son propre aveu, une initiative spectaculaire. Il veut aller plus loin, beaucoup plus loin, dans la « recherche » d'informations. Travaillant depuis quelques mois avec un hacker de talent, nommé Alain Quiros, il décide de pirater l'ordinateur de Jean-Marie Boivin, ce qui ne semble pas pour déplaire à ses employeurs. « Le patron de DCN, M. Poimbœuf, voulait comprendre ce qui se passait par rapport à ces courriers arrivés au sein des ministères et des entreprises de l'armement[1] », se justifiera Thierry Lorho devant un juge de Nanterre, Thomas Cassuto.

C'est dans le cadre de l'enquête de ce magistrat, portant initialement sur une série d'infiltrations informatiques illégales visant l'Agence française de lutte contre le dopage (AFLD), l'association Greenpeace ou encore un avocat spécialisé dans la défense des petits actionnaires, Me Frédérik-Karel Canoy, que les enquêteurs ont découvert que l'ordinateur de M. Boivin avait aussi été piraté.

« À l'époque, Jacques Chirac, le ministre de la Défense Mme Alliot-Marie, le ministre des Finances, avaient reçu des courriers dont la DCN était en copie où un certain Jean-Marie Boivin demandait 8 millions d'euros à la DCN et que s'il n'avait pas ces 8 millions d'euros, il sortait la liste des frégates, c'est-à-dire des rétrocommissions [...]. J'ai très peur sur ce dossier qui est un dossier d'État qui concerne les frégates et l'attentat de Karachi », a fait comprendre l'ancien agent de la DGSE au juge d'instruction Thomas Cassuto, lors d'un interrogatoire en

1. Audition devant le juge Thomas Cassuto du 9 novembre 2009.

novembre 2009. Une audition transmise depuis, à la demande du procureur de Nanterre Philippe Courroye, au parquet de Paris, puis aux juges Hullin et Desset.

Pour pénétrer l'ordinateur de Jean-Marie Boivin, le hacker Alain Quiros a placé un « cheval de Troie » dans les boîtes mail de sa cible dont il avait obtenu les adresses grâce à son commanditaire. « J'avais une fiche avec le nom de Jean-Marie Boivin, les e-mails, le téléphone. Cette fiche avait été donnée par la DCN à Épée, elle avait été donnée par un général de l'armement mais je ne sais pas son nom », a indiqué Thierry Lorho au juge Cassuto. Rien de plus simple ensuite pour le hacker que de « siphonner » l'ordinateur de Boivin à l'aide de mots-clés, fournis par Thierry Lorho. L'opération s'est déroulée en deux temps, en juillet et en septembre 2006.

Au total, 729 documents et dossiers informatiques seront récupérés. Parmi eux, la cartographie des sociétés liées à Heine, les lettres de réclamations de Boivin mais aussi une impressionnante liste de virements bancaires au cœur des grands contrats d'armement de la DCN. Manifestement, celui que les pontes de la DCN appellent « le maître chanteur » a du « biscuit », comme l'on dit trivialement.

Thierry Lorho recueille auprès du hacker les documents récupérés à la faveur de l'intrusion dans l'ordinateur de Jean-Marie Boivin, grave le tout sur un CD-ROM, qu'il remet au cabinet Épée et, affirme-t-il, à son officier traitant à la Direction centrale du renseignement intérieur (DCRI), connu sous le pseudonyme d'« Olivier ».

L'alerte est maximale. La France est au bord d'un scandale de premier ordre. L'élection présidentielle de 2007 approche et personne, au sommet de l'État, n'aurait vraiment à gagner à la divulgation publique des petits secrets de cuisine qui enveloppent les ventes d'armes. Surtout pas le candidat de l'UMP, Nicolas Sarkozy, qui en sait long sur la question.

C'est alors que l'opération du cabinet Épée entre dans une seconde phase, à l'automne 2006. Le 25 octobre, Patrick Vaugien, le directeur d'Épée, téléphone à Jean-Marie Boivin et lui donne rendez-vous pour le lendemain à Luxembourg. Précisément au 1, place du Théâtre-Luxembourg, c'est-à-dire au siège de la fiduciaire Comptabilux, société gestionnaire de Heine et Eurolux. Il se fait passer pour un lobbyiste lié à la DCN, sans être très clair.

Jean-Marie Boivin fera part de cette visite à Gérard-Philippe Menayas une semaine plus tard, le 3 novembre. Comme d'habitude, un compte rendu confidentiel[1] est rédigé par Gérard-Philippe-Menayas. Jamais évoqué jusqu'ici, son contenu est détonant. Voici ce qu'il relate :

« – PV [Patrick Vaugien] se présente accompagné […] à l'heure dite.

– Il est reçu par JMB et YS [Yves Schmidt]. Il arbore la Légion d'honneur.

– PV lui fait part une nouvelle fois de l'irritation des autorités françaises et luxembourgeoises quant aux courriers reçus, et plus. part. [et plus particulièrement] le courrier reçu par NS [Nicolas Sarkozy]. »

– YS répond qu'il n'a pas écrit à NS, et que les autorités luxembourgeoises, avec lesquelles il est en contact n'émettent aucune objection. Note que NS rencontre fréquemment JC Junker [le Premier ministre du Luxembourg].

– Le deuxième visiteur semble admettre que la lettre reçue par NS n'émanait pas de YS et menace physiquement JMB (avez-vous une assurance vie ? Ne craignez-vous pas

1. En possession des auteurs.

de passer par les fenêtres ?) YS répond, puis JMB, en cours de naturalisation, est protégé au Luxembourg.

– Les visiteurs demandent confirmation de la somme réclamée (8 M€). »

Patrick Vaugien confirme l'existence de cette rencontre, mais assure que le ton est resté « globalement très courtois ». Il précise aussi que « c'est Jean-Marie Boivin qui a parlé de ses documents en Suisse comme d'une assurance-vie et [qu']il n'y a jamais eu de menaces[1]. »

L'autre « visiteur » dont il est question dans le document est Thierry Lorho, l'homme du piratage informatique. « Je n'ai jamais menacé Boivin physiquement ! Je lui ai simplement fait savoir que dans ce type d'affaires, oui, il y avait des gens qui tombaient par les fenêtres, qu'il fallait qu'il fasse attention. Quel intérêt aurais-je eu à le menacer ? Nous venions sonder Jean-Marie Boivin sur ses motivations et nous sommes repartis très inquiets du Luxembourg, c'est exact », rapporte aujourd'hui l'ancien agent secret[2]. « On a peut-être été maladroits, c'est vrai. Nous n'étions là pour menacer personne, mais, au contraire, trouver un accord avec Jean-Marie Boivin dont l'indignation paraissait vraiment sincère. Après, qu'il ait perçu cela comme des menaces, c'est possible. De toute façon, cette affaire n'a jamais senti très bon. Elle nous a même convaincus, à Épée, de ne plus jamais travailler sur des dossiers franco-français », glisse de son côté Patrick Vaugien.

Le 20 novembre 2006, Jean-Marie Boivin s'entretient à nouveau avec Gérard-Philippe Menayas pour lui faire part de nouvelles informations très instructives sur cette

1. Entretien avec les auteurs.
2. *Idem.*

étrange visite d'octobre. GPM les couche *illico* sur papier, comme à son habitude.

« Les deux visiteurs du 26/10 étaient bien mandatés par NS (source Lux). Ils ont été informés que tout devait être réglé avant [la suite est illisible][1] », peut-on lire dans son compte rendu, qui serait resté secret sans la perquisition policière.

L'information n'est pas anecdotique. D'après ce document confidentiel auquel ni la police ni la justice n'ont donné suite à ce jour, « NS », c'est-à-dire Nicolas Sarkozy, alors ministre de l'Intérieur, aurait donc intercédé auprès de la DCN pour empêcher que soit révélée une potentielle affaire de corruption et/ou de financement politique occulte liée aux ventes d'armes, sept mois avant son élection à la présidence de la République. Avec, au cœur du dossier, le chantage d'un homme, Jean-Marie Boivin, qui sait tout des secrets d'Agosta, ce contrat maudit dont le même Nicolas Sarkozy fut l'un des principaux facilitateurs en 1994 depuis le ministère du Budget.

Dans ce même document secret du 20 novembre 2006, il est également fait état d'un courrier reçu par Nicolas Sarkozy le 18 septembre, qui « émanait de Michel Wolter ». Ce dernier est un ancien ministre de l'Intérieur luxembourgeois (1999-2004), une autre bonne connaissance de Jean-Marie Boivin et de l'avocat d'affaires René Faltz.

À la ligne suivante est évoqué le « coût du clearing », auquel une somme est adjointe : « 8 M€. » C'est-à-dire précisément ce que réclament Jean-Marie Boivin et ses associés. Puis il est fait mention de la « karcherisation des plateformes n°2 », probablement Heine et Eurolux. « Karchérisation » : un néologisme pas tout à fait neutre, puisque son emploi avait été popularisé quelques mois plus

1. En possession des auteurs.

tôt, dans la foulée d'une déclaration de Nicolas Sarkozy passée à la postérité[1].

Toujours dans le même compte rendu, Gérard-Philippe Menayas écrit : « Le versement est sollicité avant le 23/11 à 14 h 30, faute de quoi la liquidation sera prononcée le 24/11 et YS [Yves Schmidt, associé de Jean-Marie Boivin] se réserve le droit de faire une déclaration aux médias (!!!). »

La panique semble à son comble.

Ni Thierry Lorho ni Patrick Vaugien, les deux anciens agents secrets partis à la rencontre de Jean-Marie Boivin à la fin du mois d'octobre 2006, et que nous avons interrogés, ne confirment un lien direct entre leur équipée luxembourgeoise et le ministre de l'Intérieur français de l'époque, Nicolas Sarkozy. « Notre interlocuteur à la DCN était un certain Alex Fabarez [directeur délégué du groupe]. Mais après, je ne sais pas qui était vraiment derrière tout ça. Ce que je crois, c'est qu'en effet Nicolas Sarkozy a reçu certaines des lettres envoyées par Boivin ou ses associés », précise Patrick Vaugien[2].

À ce titre, il n'est pas inutile d'indiquer que les enquêteurs de la DNIF ont saisi en 2007 au siège de la DCN une note manuscrite non datée, mais signée du même Alex Fabarez et portant des mentions pour le moins intéressantes, relevées par un lieutenant de police dans un procès-verbal de constatation : « "Samuel Fringant" [ancien chef adjoint de cabinet de Nicolas Sarkozy à l'Intérieur puis à l'Élysée], suivi d'une flèche, puis "Sarko" ; puis "courrier" suivi d'une flèche et "Alliot-Marie fin septembre". »

1. En juin 2005, le ministre de l'Intérieur Nicolas Sarkozy promet de « nettoyer au Kärcher » la cité de La Courneuve, après la mort d'un enfant lors d'une fusillade, Sid-Ahmed Hammache, onze ans, tué d'une balle au bas de son immeuble, alors qu'il lavait une voiture.

2. Entretien avec les auteurs.

Un troisième compte rendu manuscrit, relatant une fois encore une rencontre entre MM. Menayas et Boivin, semble lui aussi confirmer que Nicolas Sarkozy a suivi de près ce chantage qui a fait paniquer de hauts responsables politiques français, quelques mois avant son accession à l'Élysée. Daté du 21 décembre 2006, le document en question évoque d'abord une entrevue entre Jean-Marie Boivin et une juge luxembourgeoise : « L'entretien a été court (1/2 H). L'ordonnance de la faillite sera rendue le 27/1/07. »

Il est ensuite indiqué que « YS [Yves Schimdt] et KB ont reçu à nouveau lettre du MinInt [ministère de l'Intérieur] ». Le courrier en question est « signé Laurent Solly, chef de cab. ». M. Solly était à cette date le chef de cabinet de Nicolas Sarkozy, place Beauvau. Le courrier serait daté du 15 décembre 2006, « en référence à une lettre du 29/11 ». Gérard-Philippe Menayas ajoute la remarque suivante : « JMB pense que cette lettre émane de Michel Wolter, ex MinInt, que NS a rencontré à Lux. Courant septembre. »

D'après le récit que lui en fait Jean-Marie Boivin, le courrier du chef de cabinet de Nicolas Sarkozy déclinerait « la compétence » du ministère de l'Intérieur français, indiquant toutefois que « le ministre demande de transmettre le courrier du 29/11 à MAM [Michèle Alliot-Marie, ministre de la Défense à l'époque] "que vous aviez saisie initialement" pour un examen approprié ».

Informé de l'existence de ce document, l'ancien ministre de l'Intérieur luxembourgeois, Michel Wolter, dément catégoriquement avoir soutenu de quelque manière que ce soit Jean-Marie Boivin dans son litige avec la DCN. « Je ne connais pas M. Nicolas Sarkozy (sauf à travers les médias) et je ne lui ai certainement pas écrit de lettre, ni en septembre 2006 ni à aucun autre moment de ma vie. Je ne saurais d'ailleurs pas à quel titre je l'aurais fait », explique-t-il[1].

Aujourd'hui chef des députés sociaux-chrétiens au parlement luxembourgeois – il a démissionné de son poste de ministre de l'Intérieur en 2004 –, Michel Wolter concède toutefois connaître Jean-Marie Boivin, « présenté par M. Faltz (je pense qu'ils ont travaillé ensemble) vers 2001-2002. Je l'ai vu à quelques reprises à cette époque dans des cadres privés et des réceptions mais ne l'ai plus revu ni entendu parler de lui ».

Interrogé sur cet épisode, Claude Guéant a semblé tomber des nues. Le secrétaire général de l'Élysée, qui assure n'avoir « entendu parler de Jean-Marie Boivin qu'au travers d'articles de presse », affirme : « Je n'ai pas le souvenir d'avoir reçu un courrier, menaçant ou pas, de ce monsieur. D'ailleurs, si cela avait été le cas je l'aurais transmis à un service spécialisé[2]. » « Quant aux affirmations comme quoi Nicolas Sarkozy aurait envoyé des gens voir ce M. Boivin ou aurait cherché à l'intimider, cela me semble tout simplement aberrant, cela n'a aucun sens », tranche le plus proche conseiller du chef de l'État.

Jean-Marie Boivin a-t-il obtenu gain de cause ? A-t-il finalement touché ses 8 millions d'euros ? Personne, officiellement, n'est au courant. Plus exactement, ceux qui savent ne parlent pas. Mais au moins une chose paraît établie : les lettres de réclamation ont cessé et Jean-Marie Boivin, qui partage sa vie entre le Luxembourg et les quartiers chics de Paris, près de l'Assemblée nationale, où il a un appartement, a désormais décidé de se faire très discret.

« Je ne parle jamais aux journalistes », s'est-il contenté de nous répondre. En vérité, il semble que M. Boivin, après

1. Mail adressé aux auteurs le 5 mars 2010.
2. Entretien avec les auteurs le 22 avril 2010.

en avoir longtemps fait planer la menace, n'ait jamais « parlé » à personne. Pas plus aux journalistes qu'aux magistrats.

Gérard-Philippe Menayas, acteur central de cet épisode caché qui en dit long sur les mœurs de la République, se disait dans son mémorandum saisi par la justice « personnellement persuadé » que Jean-Marie Boivin et ses associés avaient été « instrumentalisés par un mandataire occulte qui les finance (pourquoi et comment M. Boivin pouvait-il être de tous les voyages officiels du grand-duc et du Premier ministre aux quatre coins de la planète ?), mais DCN n'a jamais suivi mon conseil de lancer une enquête ».

Aujourd'hui, Gérard-Philippe Menayas constate lui aussi qu'à partir du début de l'année 2007, « on n'a plus entendu parler de Boivin[1] ». Et il ajoute : « Soit il a été payé, soit on l'a convaincu de se taire en le menaçant. »

1. Entretien avec les auteurs.

8

Un député face aux secrets d'État

Il est tellement réservé que même lorsqu'il parle, c'est à peine si l'on distingue le son de sa voix étouffée. Lui-même concède être d'une « timidité maladive ». Secrétaire de la commission nationale de la défense et des forces armées de l'Assemblée nationale, le député-maire de Cherbourg, Bernard Cazeneuve (PS), fait partie de ces élus qui ne cherchent pas à attirer l'attention des médias à tout prix, préférant creuser leur sillon dans un fief. Celui de Bernard Cazeneuve, c'est la Manche. Cherbourg-Octeville plus précisément, dont il est le maire depuis 2001, après avoir réussi à fusionner les deux communes – ce dont il tire une certaine fierté.

Proche de Laurent Fabius, ce petit bonhomme de quarante-six ans au regard vif fut parachuté par le PS en 1994 sur le canton d'Octeville. Avec succès. Victorieux aux législatives de 1997, il fut toutefois battu en 2002, avant de recouvrer son siège à l'Assemblée en 2007. Il préside également la communauté urbaine de Cherbourg depuis 2008.

Sous des dehors affables malgré son air strict, Bernard Cazeneuve affiche une détermination sans faille. À un journaliste de *L'Express* qui dressait son portrait[1], il affirma que sa principale qualité était « la ténacité ». Caricature de l'élu « anti-bling-bling », ce faux austère préfère l'étude du droit aux virées en yacht. Il fut d'ailleurs – fonctions tout à fait symboliques – juge titulaire à la Haute Cour de justice et à la Cour de justice de la République lors de son premier mandat de parlementaire. Il est également inscrit comme avocat au barreau de Cherbourg-Octeville depuis 2003. En 2006, il a rejoint un grand cabinet parisien spécialisé dans le droit des affaires, en qualité d'avocat non-associé. Il fut par ailleurs rapporteur, en 1998, de la mission d'information sur le génocide au Rwanda. Déjà une enquête du juge Bruguière…

« C'est un cataclysme »

Plus à l'aise dans l'examen des dossiers complexes que sur les marchés, Bernard Cazeneuve n'oubliera jamais ce funeste jour de mai 2002, lorsqu'il apprit l'attentat commis contre le bus de la DCN, à Karachi. « Je m'en rappelle comme si c'était hier. Comme tous les 8-Mai, j'avais un programme très organisé : dépôt d'une gerbe devant le monument dit "des cheminots" à 9 h 15, puis direction place de l'hôtel de ville, avant une dernière cérémonie au jardin public, le tout devant les associations de combattants, et les représentants de la DCN évidemment… », se remémore sans peine le maire de Cherbourg.

Dès qu'il arrive à la gare, Bernard Cazeneuve s'entend murmurer à l'oreille une affreuse rumeur : des employés de la DCN auraient été tués au Pakistan. « Je ne voulais

1. Pierre-Yves Lautrou, « Au scanner, Bernard Cazeneuve », *L'Express*, 4 octobre 2004.

pas y croire, je n'ai pas réagi, espérant que c'était un tuyau percé. Et puis j'ai croisé le regard du patron de la DCN. À voir son visage décomposé, j'ai compris. Arrivé au jardin public, je n'avais plus de doute, l'information était confirmée. Là, je me suis dit : "C'est un cataclysme". »

La DCN à Cherbourg, c'est un peu comme Peugeot à Sochaux. Des destins indissociables, des histoires communes, enchevêtrées. « À Cherbourg, c'est bien simple, absolument toutes les familles sont concernées, de près ou de loin, par la DCN », résume M. Cazeneuve. « J'ai perçu tout de suite, presque physiquement, l'immensité de la blessure. Surtout, je ne sais pas pourquoi, mais j'ai instantanément eu le pressentiment que cette immense tragédie allait échapper à ceux qui devaient en souffrir le plus. On était encore proche du 11-Septembre, et je me suis dit que le monde entier allait entrer dans Cherbourg pour regarder la douleur, et l'État français se l'approprier. »

Les trois jours suivants, le maire les passe enfermé dans son bureau, sans dormir, à s'occuper de milliers de formalités. Curieusement, il se refuse à rendre visite aux familles des victimes. « Il y avait un côté voyeur, intrusif, qui me faisait peur. Par pudeur, j'ai pensé qu'il valait mieux que je les laisse tranquilles. Il y avait une seconde raison. On venait de faire la réforme de la DCN, transformée en DCNS, j'avais eu des discussions très vives à ce sujet avec le ministre de la Défense Alain Richard, et, même si c'était parfaitement irrationnel, je ressentais une incommensurable culpabilité. »

Et puis, même s'il ne l'avoue que du bout des lèvres, Bernard Cazeneuve sait qu'à Cherbourg, à cette époque-là du moins, il est encore un peu considéré comme un « horsain ». Un étranger, en patois normand. Bernard Cazeneuve est rapidement « réquisitionné » par les services de l'État pour aider à la préparation de la grande cérémonie en hommage aux victimes de l'attentat. Une tâche dont il s'acquitte sans rechigner, même si ce qu'il voit ne fait que conforter son pressentiment. « J'ai ressenti du dégoût, j'avais le sentiment qu'on empêchait les victimes de vivre leur chagrin, qui leur était en quelque sorte confisqué. Je me souviens de cette chapelle ardente, où tout le monde défilait, mais où les familles n'avaient même pas leur place. Et ces réunions préparatoires aux cérémonies, où l'on parle de protocole, de scénographie, n'ont fait qu'accroître mon malaise. »

Bernard Cazeneuve n'a pas oublié l'arrivée à Cherbourg, le 13 mai, du président Chirac, tout juste réélu, et venu présider bien entendu les cérémonies. « Je devais l'accueillir puis le mener à l'endroit où il prononcerait son discours. En me saluant, il m'a dit : "Ah, monsieur le maire, comme je suis content de vous revoir, mais j'aurais préféré que ce soit dans d'autres conditions." J'étais stupéfait, car je ne l'avais jamais rencontré ! Cette phrase a renforcé le côté à la fois surréaliste et artificiel de la situation. » Ensuite, M. Cazeneuve se rendra à l'hôpital Bégin, pour visiter les survivants de l'attentat. Choqué – certains sont dans un état indescriptible –, le maire de Cherbourg fait même un malaise assez sérieux.

Ensuite, pendant cinq ans, c'est « le trou noir », comme il le dit lui-même. Entre 2002 et 2007, Bernard Cazeneuve n'est plus en première ligne. « C'est au député, pas au maire, de s'occuper des procédures d'indemnisation, par exemple. Et puis, de toute façon, personne n'avait de nouvelles de l'enquête. Ce qui était acquis, c'est que c'était un attentat signé Al-Qaida, point. » De temps en temps, il reçoit certains proches des victimes, pour les réconforter. Et participe chaque année à un dépôt de gerbe, accompagné des familles, mais sans aucun journaliste. Ce n'est du reste pas une cérémonie officielle. Surtout pas.

Se débrouiller seul

Le déclic se produit en décembre 2008, à la lecture d'un article du *Point*, reprenant et complétant les révélations du site *Mediapart*, parues deux mois auparavant, sur l'existence d'une autre piste jusqu'ici ignorée par la justice. « Ce papier a déclenché quelque chose chez moi, lâche Bernard Cazeneuve. Il y avait donc une affaire dans l'affaire ! La souffrance a été décuplée par le mensonge. Je me suis dit que je devais faire quelque chose, j'avais un devoir moral de faire éclater la vérité, en tant que maire de Cherbourg bien sûr, mais aussi comme parlementaire, qui a institutionnellement pour mission de contrôler l'exécutif. »

Courant 2009, Bernard Cazeneuve décide de lancer une mission d'information. Dès le départ, son initiative est mal accueillie. Il essuie un refus du bureau de l'Assemblée, présidé par Bernard Accoyer. Puis, avec son camarade François Loncle, il propose une mission conjointe « Défense-Affaires étrangères ». Cette fois, il se heurte à Axel Poniatowski (UMP), qui préside la commission des Affaires étrangères. « M. Poniatowski s'y est opposé catégoriquement. Il m'a dit : "Si on doit regarder tout ce qu'il y a derrière les contrats d'armement, on n'est pas sortis de l'auberge, en as-tu conscience ?" Je lui ai répondu qu'il ne s'agissait que d'un seul contrat. Alors, il m'a répliqué : "Si tu penses qu'il est possible d'en examiner un sans dévider toute la pelote et ouvrir la boîte de Pandore, tu te trompes." » Dès le départ, le message semble clair : on ne touche pas aux secrets d'État.

À l'exception notable de Jean-Marc Ayrault, député et maire (PS) de Nantes, Bernard Cazeneuve n'est pas soutenu. Y compris dans son groupe. « Certains y étaient favorables, mais pour des raisons d'opportunisme politique. Je les ai mis en garde, je leur ai dit : “Je ne veux pas d’exploitation politicienne. Le premier qui l’ouvre, ce n’est pas Sarkozy qu’il aura face à lui, c’est moi.” Mais bon, j’ai bien compris que je devrais me débrouiller seul. »

Rapidement, le député de la Manche repousse l’idée d’une commission d’enquête, qui dispose de pouvoirs plus étendus. « D’abord, elle est limitée à six mois, ce qui me paraissait gênant. Surtout, le risque était grand de voir le gouvernement m’expliquer qu’une enquête judiciaire étant en cours, ce n’était pas possible. Je ne voulais pas leur offrir un argument sur un plateau. Donc j’ai plaidé pour l’option “profil bas ”, une simple mission d’information. »

Finalement, l’entêtement du député est récompensé. En juillet 2009, est décidée la création d’une « mission d’information sur les circonstances ayant entouré l’attentat de Karachi ». Un intitulé suffisamment vague pour ne contrarier personne. « À ma grande surprise, Guy Tessier [député UMP des Bouches-du-Rhône], le président de la commission de la défense nationale et des forces armées, a fait savoir à mon groupe qu’il était d’accord. Cela m’a étonné, je me suis demandé pourquoi il avait accepté aussi facilement. » La réponse arrive à la rentrée : Bernard Cazeneuve découvre qu’il a été décidé que le président et le rapporteur de la mission seraient UMP, alors que traditionnellement, ils sont de deux bords différents.

Furieux, le maire de Cherbourg téléphone à Guy Tessier et lui indique que, dans ces conditions, il renonce. Efficace. Tessier cède et rappelle Cazeneuve. « OK, tu seras président et Yves Fromion rapporteur. » Le maire de Cherbourg accepte, même s’il n’ignore pas que le poste de rapporteur est beaucoup plus important. Bien lui en prend, car dès la première séance de la mission, Yves Fromion, député (UMP) du Cher, annonce à Bernard Cazeneuve :

« Cette histoire, c'est trop compliqué pour moi, je veux bien être président, mais pas rapporteur. »

Trop heureux de l'aubaine, Cazeneuve échange son poste contre celui de son collègue. Le tour est joué, le voilà rapporteur. Outre MM. Cazeneuve et Fromion, la mission compte un autre élu UMP (Franck Gilard, député de l'Eure), un député du Nouveau Centre (Francis Hillmeyer, élu du Haut-Rhin), et un parlementaire communiste (Jean-Jacques Candelier, député du Nord). Début octobre 2009, la mission commence ses auditions, qui ne sont pas publiques, contrairement à ce qui avait été décidé pour celles sur le Rwanda. « J'aurais préféré qu'elles le soient aussi, mais vu le climat, je ne l'ai même pas proposé, cela aurait été un motif pour refuser la mission », affirme Bernard Cazeneuve. Le « climat » ? Lourd, très lourd. « Dès le départ, j'ai constaté qu'on me regardait de travers dans les couloirs de l'Assemblée. Certains collègues longeaient les murs à mon passage, d'autres qui étaient d'habitude chaleureux, voire simplement aimables, sont devenus désagréables parfois, gênés toujours. Particulièrement du côté de l'UMP. »

« Tout cela est très grave »

Avec Yves Fromion, le rapport de force est permanent. « C'est vrai que cela a été un combat entre nous deux, confirme M. Cazeneuve. Lui me répétait : "Ce que veulent savoir les familles, c'est qui a tué leurs proches, point." Et moi je lui répliquais que l'intitulé de la mission était beaucoup plus large, que le contexte de la signature du contrat Agosta faisait partie de notre saisine. Entre nous, les relations étaient tendues, mais sans détestation. Il y avait une suspicion réciproque, mais pas d'animosité ! »

Les travaux de la mission, suivis avec assiduité par les cinq membres, vont se résumer à une succession d'auditions : responsables des services secrets, anciens ministres (François Léotard, Charles Millon...) ex-dirigeants de la DCN... La plupart recourent à la bonne vieille langue de bois. Tous déposent dans un petit local doté de micros – car tout est enregistré –, la salle 43-13 située dans une annexe de l'Assemblée, rue... Saint-Dominique, à quelques dizaines de mètres du cabinet d'Olivier Morice. Une proximité, au sens propre du terme, mais aussi au sens figuré à en croire Yves Fromion. « Je m'en suis expliqué avec lui. Il était persuadé que je me concertais avec l'avocat des parties civiles, s'emporte Bernard Cazeneuve. Il n'y a rien de plus faux, j'ai au contraire mis un sas étanche entre Me Morice et moi. » Le rapporteur de la mission ne cache d'ailleurs pas que certaines initiatives de l'avocat lui ont semblé déplacées, et qu'elles ont même nui à son propre travail. Par exemple la plainte pour « corruption », « entrave à la justice », « faux témoignage » et « extorsion » déposée en décembre 2009, qui a conduit le parquet de Paris à ouvrir une enquête préliminaire en février 2010. « Le gouvernement a alors saisi ce prétexte pour refuser de nous communiquer des documents, affirmant qu'ils intéressaient une enquête judiciaire. Une fois de plus... »

On est là au cœur des difficultés rencontrées par Bernard Cazeneuve : tout semble avoir été fait pour empêcher la mission d'avancer. Sur ce chapitre, le maire de Cherbourg est intarissable. Sa colère est froide mais violente. Ses mots très durs. Sans doute parce qu'ils ont été trop longtemps contenus (le député n'a jamais fait la moindre déclaration à la presse avant d'accepter de se confier aux auteurs).

« Pour résumer, commence Bernard Cazeneuve, je dirais que notre mission, c'est "l'enquête impossible". Je n'aime pas qu'on me prenne pour un couillon. Les exemples sont tellement nombreux... On demande au gouvernement les documents des services secrets d'avant l'attentat, notamment sur les dessous du contrat Agosta ? Il n'y en a pas, nous répond-on. Sauf que lors de son audition, François Léotard nous a dit l'inverse. Nicolas Bazire nous affirme qu'à Matignon, s'agissant des contrats d'armement, "on ne voit rien" ? Là encore, Léotard soutient exactement le contraire ! Michèle Alliot-Marie m'assure fin 2009 que tous les documents susceptibles de nous intéresser ont été déclassifiés ? C'est faux : la preuve, sans que l'on sache pourquoi, le ministère de la Défense en a "spontanément" communiqué d'autres fin janvier à la Commission consultative du secret de la Défense nationale (CCSDN). »

Autre exemple caricatural : des documents issus des ministères de la Défense et du Budget, pourtant déclassifiés par Lionel Jospin pour la Cour des comptes dans le cadre d'un rapport sur les dessous du contrat Agosta, ont été refusés à la mission d'information... « De manière générale, le gouvernement nous a refusé, sous des prétextes divers, à peu près tout ce que l'on demandait. Mais pourquoi donc la majorité ne veut-elle pas qu'on raconte tout ça ? » s'interroge, faussement naïf, Bernard Cazeneuve.

Pour le rapporteur de la mission, les choses sont claires : « Il y a eu une opération d'entrave, menée par les plus hautes autorités de l'État, visant à empêcher notre mission de travailler. Sans doute le gouvernement a-t-il eu peur qu'en coopérant, il expose le président de la République. En tout cas, les prérogatives du Parlement, supposé contrôler l'exécutif, ont été bafouées. C'est savoureux lorsque l'on sait que c'est ce gouvernement qui s'est engagé à renforcer ses pouvoirs... À cela s'ajoutent une instrumentalisation de la CCSDN et un mépris du pouvoir judiciaire. Tout cela est très grave. »

Bernard Cazeneuve le confie sans peine : « À plusieurs reprises [il a] failli claquer la porte. » « Je le ferai peut-être d'ailleurs, car je ne veux pas cautionner un rapport qui serait tronqué », menaçait-il encore à la mi-avril 2010. Le député socialiste se sera, jusqu'au bout, heurté à ses collègues de l'UMP, Yves Fromion s'étant ainsi publiquement opposé au mois de mars 2010 aux auditions de Dominique de Villepin et, surtout, d'Édouard Balladur[1]. Même la date de publication du rapport fit l'objet d'un bras de fer, qui tourna à l'avantage du président de la mission d'information. Yves Fromion exigea en effet que les travaux de la mission soient rendus publics à une date très précise : le mercredi 12 mai 2010. C'est-à-dire la veille du pont de l'Ascension... afin sans doute de lui assurer le moins de publicité possible. Le tout à la grande colère de Bernard Cazeneuve qui, minoritaire, dut s'incliner. Visiblement, il fallait en finir, et vite. À tel point que la mission d'information alla jusqu'à prendre le risque de se priver d'auditionner un témoin pourtant essentiel, à savoir l'auteur des rapports « Nautilus », l'ancien policier de la DST Claude Thévenet. Ce dernier ayant fait savoir aux députés qu'il était prêt à s'expliquer, mais qu'il ne serait pas disponible avant la fin du mois de mai du fait de ses obligations professionnelles, le principe de son audition fut tout bonnement abandonné. Jusqu'à ce que les parlementaires se ravisent in extremis et l'entendent le 28 avril, le même jour qu'Édouard Balladur.

1. Une information révélée par *Le Point*, sous la signature d'Hervé Gattegno, le 25 mars 2010. « Le rapporteur nous a fait part de son souhait de convoquer M. Balladur », déclarait Yves Fromion à l'hebdomadaire, avant d'expliquer pourquoi il s'y opposait : « Notre rôle est de rechercher les causes de l'attentat. Or aucun élément concret ne permet d'y impliquer M. Balladur. »

Rédacteur du rapport, Bernard Cazeneuve prévenait encore, alors qu'il finalisait sa rédaction, à la fin du mois d'avril : « J'ai cherché à être le script modeste d'une vérité incontestable, en me basant uniquement sur des faits, en adoptant en quelque sorte une "démarche notariale". Je n'ai pas l'intention de faire plaisir à qui que ce soit. » Difficile d'en douter.

9

Accès interdits

Les différents volets de l'affaire de Karachi, qu'ils soient financier, politique, diplomatique ou terroriste, ont en commun d'être en proie à un phénomène magique. Les documents les plus gênants pour le pouvoir ont été rendus quasi inaccessibles. Comme s'ils avaient été soigneusement placés à l'abri. Éloignés des regards indiscrets. Mis au secret. Ils sont soit placés sous scellés dans les armoires de la police judiciaire, soit bloqués à l'étranger, quand ils ne sont pas couverts par le secret-défense, que les autorités lèvent avec une parcimonie qui confine à la malice. Sans compter ceux dont il a été décidé qu'ils n'entraient pas dans la saisine des juges… Manifestement, de bonnes âmes veillent au grain.

Avec une sincérité confondante, le directeur central de la police judiciaire, Christian Lothion, ne dit pas vraiment autre chose. Ancien patron de la PJ de Lyon puis de Marseille, cet homme de terrain aux allures de « vieux beau » (cheveux poivre et sel, teint hâlé, visage creusé) ne cultive pas une passion particulière pour les affaires financières. Loin s'en faut. « À part les gros titres des journaux, ces affaires-là, à l'arrivée, c'est zéro. On n'est pas dans des peines graves. Vous ne risquez jamais perpét' quand vous faites des abus de biens sociaux[1] », observe-t-il.

Lorsqu'on lui demande pourquoi, dans l'enquête sur les turpitudes financières de la DCN, les documents les plus sensibles – notamment ceux relatifs à Jean-Marie Boivin, Nicolas Sarkozy et les rétrocommissions – ont été placés sous scellés par ses services, sans être exploités, Christian Lothion répond d'abord par une métaphore : « Il y a toujours des trucs qui ne sentent pas bon dans ces affaires. Le fumier, ça ne sent pas bon. Eh bien, quand on le remue, ça pue encore plus ! »

Puis il ajoute, sans faux-semblant : « Les affaires financières, ce sont toujours des quantités de documents que l'on met des mois à exploiter. On ratisse large. Donc on ne peut pas tout mettre au dossier d'instruction. Et il y a des choses qu'on met à l'écart pour ne pas les voir étalées dans la presse. On met à l'abri, en quelque sorte. »

Portant un coup de tampon en date du 11 février 2008, le bordereau récapitulatif des scellés de l'affaire DCN, instruite à Paris par les juges financiers Françoise Desset et Jean-Christophe Hullin, fait partie de ces éléments mis « à l'abri ». Au total, vingt-quatre dossiers, comportant chacun plusieurs dizaines de documents saisis un an plus tôt lors de perquisitions au siège de la DCN ou au domicile de Gérard-Philippe Menayas, sont répertoriés. On y retrouve les comptes rendus secrets des rencontres entre l'ancien directeur financier de DCN International et Jean-Marie Boivin, la chronologie montrant que Nicolas Sarkozy a donné son accord pour la création de la société offshore Heine en 1994, des notes

1. Entretien avec les auteurs.

manuscrites de responsables de la DCN aux périodes-clés de l'affaire, etc.

Autre exemple, tiré de l'instruction des juges Hullin et Desset : pendant quinze mois, les deux magistrats ont attendu le retour d'une commission rogatoire internationale (CRI) exécutée en janvier 2009 au Luxembourg. D'après plusieurs sources, des documents de première importance ont été découverts par des policiers grand-ducaux dans le coffre-fort personnel de Jean-Marie Boivin, l'homme de tous les secrets de la DCN. Mais, comme le droit luxembourgeois l'y autorise, Jean-Marie Boivin s'est immédiatement opposé à leur transmission à la justice française. Et les autorités luxembourgeoises n'ont guère montré d'empressement à débloquer la situation. Finalement, au mois d'avril 2010, huit gros cartons de documents ont été transmis à la justice française. Aux dernières nouvelles, ils sont toujours sous scellés dans les locaux de la Division nationale des investigations financières (DNIF).

Ce n'est pas tout. D'autres documents cruciaux ont, eux aussi, été « mis sous cloche ». Non plus à Paris, mais à Nanterre. Il s'agit des découvertes issues du *hacking* de l'ordinateur de Jean-Marie Boivin, mis au jour fin 2009 dans le cadre d'une instruction du juge Thomas Cassuto, qui enquêtait à l'origine sur une vaste affaire de piratage informatique visant notamment Greenpeace. Or, le commanditaire du piratage dont a été victime un ancien dirigeant de l'association écologiste, Yannick Jadot – il est aujourd'hui député européen –, est aussi celui qui a pris l'initiative de pénétrer, en 2006, l'ordinateur de Jean-Marie Boivin, alors en plein conflit avec la DCN. L'homme en question est un ancien agent de la DGSE reconverti dans le privé, Thierry Lorho (voir p. 271).

L'intégralité des fichiers piratés, que les policiers de l'OCLCTIC[1] sont parvenus à récupérer sur l'ordinateur du hacker, a subi un sort identique : tous ces fichiers ont été placés sous scellés. Eux aussi. Leurs intitulés laissent pourtant présager de leur intérêt : « SDI-Heine », « Liste des sociétés domiciliées.doc », « BOIVIN Jean-Marie.pdf » ou encore « RECU SWIFT », un fichier qui à trait selon toute vraisemblance à des virements bancaires de type *swift*[2]. Susceptible, donc, de permettre de retracer les commissions versées par la DCN – et, qui sait, les rétrocommissions en découlant. Aussi invraisemblable que cela puisse paraître, ces documents demeurent à ce jour inexploités.

Dans l'affaire de Karachi, le juge Trévidic aura également eu toutes les peines du monde à obtenir de l'institution judiciaire – un comble – la transmission des carnets que le général Rondot, ancien conseiller pour le renseignement au ministère de la Défense, a tenu pendant des années, avant qu'ils ne soient saisis dans le cadre de l'affaire Clearstream, puis placés sous scellés. Certaines notes, non exploitées à ce jour, sont susceptibles de contenir des informations intéressantes en relation avec l'attentat de Karachi. Après plusieurs demandes restées sans réponse, le juge a été contraint de passer à la « manière forte », par l'entremise d'un courrier sans équivoque : « Il m'importe tout particulièrement que les parties civiles ne puissent pas imaginer qu'il s'agisse là d'une obstruction pure et simple du ministère public à la recherche de la vérité », écrit-il le 9 avril 2010 au procureur général de Paris, François

1. Office central de lutte contre la criminalité liée aux technologies de l'information de la communication.

2. Swift est l'acronyme de Society for Worldwide Interbank Financial Telecommunication, une société privée dont l'objet est d'assurer le fonctionnement d'un réseau international de communication électronique entre acteurs des marchés.

Falletti. Une menace à peine voilée à l'efficacité garantie : quelques jours plus tard, comme par miracle, Marc Trévidic recevait enfin les carnets Rondot dont il attendait vainement la communication depuis des mois…

Du secret-défense au secret d'État

Un autre frein légal entrave la recherche de la vérité dans cette affaire à multiples facettes. Le juge Marc Trévidic, en charge de l'enquête sur les causes de l'attentat de Karachi, en subit directement les conséquences. Ce frein porte un nom : le secret-défense. En d'autres termes, l'outil juridique du secret d'État, que les gouvernements successifs se plaisent à opposer aux juges trop curieux pour les empêcher d'avancer dans leurs investigations – ce fut notamment le cas dans l'affaire des frégates de Taïwan que, du coup, le juge Renaud Van Ruymbeke a dû se résoudre à clôturer par un non-lieu général[1].

Pour ce qui est de l'affaire de Karachi, la manœuvre fut moins brutale. Plus habile. Le 1er juillet 2009, le juge Trévidic adresse au ministre de la Défense, Hervé Morin[2], une demande de déclassification d'informations protégées par

1. Dans son ordonnance de non-lieu, rendue le 1er octobre 2008, le juge Renaud Van Ruymbeke déplorait que « les différentes demandes de mainlevée du secret-défense, présentées au cours de l'instruction à plusieurs ministres de l'Économie et des Finances successifs, se (soient heurtées) systématiquement à une réponse négative de leur part ». « Ces refus réitérés des pouvoirs publics ont eu pour effet de paralyser les investigations et de conduire l'information dans une impasse », concluait le magistrat.

2. Hervé Morin fut membre du cabinet du ministre de la Défense François Léotard, comme conseiller technique chargé des relations avec le Parlement, entre 1993 et 1995. C'est-à-dire au moment de la signature des contrats Agosta et Sawari II.

le secret-défense. Sur trois feuillets, le magistrat détaille les raisons de sa requête : « La société DCN-I semblant être directement visée par cet attentat, il avait été initialement envisagé que celui-ci constitue une tentative de déstabilisation du pouvoir pakistanais par un groupe terroriste islamiste plus ou moins affilié à Al-Qaida à une période où le président pakistanais venait d'interdire plusieurs mouvements très proches de cette mouvance », écrit le juge pour commencer.

Qui poursuit :

« À cette hypothèse sur laquelle les enquêteurs continuent de travailler s'est ajoutée une autre piste d'enquête, à la suite de la découverte de rapports portant le nom de code Nautilus. [...] Il en ressort de façon synthétique que les commissions sur ce marché d'armement [le contrat Agosta], prévues légalement à l'époque, n'auraient pas été intégralement honorées. L'arrêt des versements aux intermédiaires de premier rang aurait eu pour cause une décision politique liée à la découverte de l'existence de rétrocommissions et aurait surtout eu pour conséquence la commission de l'attentat du 8 mai 2002. Selon ces rapports, des "personnalités militaires" auraient instrumentalisé un groupe islamiste afin que celui-ci commette l'attentat dans le but "d'obtenir le versement des commissions non honorées".

« En outre, et selon un rapport Nautilus en date du 26 juin 2002 que nous vous communiquons également en annexe, une demande de "commission supplémentaire" de la part "d'officiels pakistanais", formulée apparemment autour de l'année 2000, se serait "soldée par l'envoi d'une équipe du service action de la DGSE avec pour mission de faire passer le message qu'on ne faisait pas chanter la France". [...] Claude Thévenet, entendu comme témoin, a confirmé la teneur et la paternité de cette note en indiquant que, dans ses souvenirs, la demande de paiement de commissions supplémentaires avait eu lieu avant l'attentat mais que l'intervention de la DGSE avait eu lieu après. [...]

« L'acquittement récent, par ailleurs, de deux personnes condamnées à mort en première instance par la justice pakistanaise pour leur implication supposée dans l'attentat de Karachi a pour le moins affaibli la piste initiale, d'autant que l'analyse faite du dossier d'enquête pakistanais par les enquêteurs français avait elle-même mis en lumière la faiblesse patente de celui-ci. »

Au terme de son exposé, le juge Trévidic demande au ministre qu'il transmette à la Commission consultative du secret de la défense nationale (CCSDN) tous les documents susceptibles d'être « utile[s] à la recherche de la vérité » en vue de leur déclassification. Neuf jours plus tard, en marge du sommet du G8, à L'Aquila, en Italie, Nicolas Sarkozy se prononce publiquement en faveur de la levée du secret-défense sur tous les documents pouvant intéresser l'enquête du juge Trévidic sur Karachi. À l'unisson, ministres de la Justice (Michèle Alliot-Marie) et de la Défense (Hervé Morin) emboîtent le pas au président de la République sur le mode : « Pas d'inquiétude, la transparence sera totale. »

Le 21 octobre 2009, après avis favorable de la CCSDN, le ministère de la Défense transmet au juge quarante notes issues des archives de la DGSE. Première surprise : aucune de ces quarante notes déclassifiées par le gouvernement ne mentionne le contrat Agosta de 1994, dont certaines clauses sont encore tenues secrètes. Deuxième bizarrerie : les documents remis aux magistrats sont tous estampillés « confidentiel défense », le niveau de protection le plus faible. Aucun document classé « secret-défense » ni *a fortiori* « très secret défense » (le plus haut niveau de classification) ne fait partie du lot, ce qui peut sembler également assez inattendu pour une affaire de cette ampleur.

Troisième motif d'étonnement : les magistrats n'ont été destinataires d'aucun rapport sur les vérifications qu'ont pourtant effectuées sur place les services secrets français juste après l'attentat, ne serait-ce que pour s'assurer que toutes les conditions de sécurité étaient garanties pour les autres employés de la DCN. Rien non plus, mais c'est moins étonnant, ne vient confirmer dans les documents déclassifiés l'hypothèse, évoquée en procédure par Claude Thévenet, selon laquelle la DGSE aurait mené après l'attentat une opération de représailles contre des membres de l'appareil militaire pakistanais susceptibles d'être impliqués dans l'attaque du bus de la DCN.

Quatrième curiosité : on cherchera vainement toute allusion à l'enquête pour corruption ouverte par la justice pakistanaise en marge du contrat Agosta ou de la documentation des services secrets français sur les deux intermédiaires libanais Ziad Takieddine et Abdul Rahman El-Assir, dont on sait pourtant qu'ils ont été l'objet d'une surveillance aiguë de la DGSE. De même qu'aucune note ne mentionne les conséquences diplomatiques provoquées par la réorientation pour le moins inattendue de l'enquête de la justice française en 2008.

Le gouvernement n'aura finalement transmis au magistrat que des « fonds de tiroir », c'est-à-dire des rapports d'environnement sur les évolutions de l'enquête pakistanaise et l'implication d'Al-Qaida. Et le moins que l'on puisse dire, c'est que même les travaux déclassifiés de la DGSE n'offrent guère de certitudes sur cet aspect du dossier, si l'on compare par exemple les conclusions de 2002 avec celles de 2009 tirées par la centrale de renseignements.

Ainsi, la première note, datée du 16 mai 2002, huit jours après l'attentat contre la DCN, indique que « le caractère discret de la présence française au Pakistan et de ses interventions en Afghanistan ne justifiait pas en soi cet attentat ».

Une autre note du même jour précise :

« À l'évidence, les autorités pakistanaises entendent très fermement écarter toute piste intérieure qui ne pourrait susciter qu'un débat interne problématique. En engageant la responsabilité d'Al-Qaida, Islamabad doit cependant impérativement trouver un acteur extérieur qui ne mettra pas en cause la stabilité du pays, notamment en zone pachtoune où le dialogue est déjà difficile avec l'Inde. »

Sept ans plus tard, le 3 février 2009, alors que l'enquête des juges Trévidic et Jannier a pris une nouvelle direction, la DGSE couche finalement dans une note sa conviction concernant les causes de l'attentat :

« Viser la DCN à Karachi pour ces terroristes en lien avec Al-Qaida permettait de frapper à la fois une cible liée au complexe militaire et sécuritaire pakistanais, en représailles à l'alignement officiel du Pakistan sur la rhétorique antiterroriste de Washington, et de frapper un allié occidental des États-Unis engagé militairement en Afghanistan. »

Et la DGSE de conclure par une phrase qui touche au sublime : « Si l'identité du commanditaire demeure inconnue, son appartenance à Al-Qaida ne fait aucun doute. » Al-Qaida, forcément Al-Qaida. Soit exactement le contraire de ce que cette même DGSE écrivait au lendemain de l'attaque suicide… La volte-face, qui n'est justifiée par aucun nouvel élément d'enquête déterminant, est totale. Et déconcertante.

Mais il y a mieux. Comme par enchantement, le 20 janvier 2010, le ministère de la Défense fait savoir au juge

Trévidic que de nouveaux documents déclassifiés vont lui parvenir. Une transmission « spontanée » aussi tardive que surréaliste. Il s'agit en l'occurrence du compte rendu d'une mission effectuée à Karachi peu après l'attentat par le groupement d'intervention de la gendarmerie nationale (GIGN) afin d'évaluer la situation sur place du point de vue de la sécurité. À en croire la commission consultative du secret de la Défense nationale, un « avis favorable » – auquel s'est rangé le ministère de la Défense – a été donné à la déclassification de ce document de 137 pages. Sauf qu'en le parcourant, le juge Trévidic s'est aperçu que seules... trois pages étaient accessibles, les cent trente-quatre autres étant toujours classifiées ! Faut-il préciser que les trois pages en question ne présentaient strictement aucun intérêt pour l'enquête?

Surtout, cette nouvelle communication de pièces signifie une autre chose, désormais incontestable. Contrairement à ce qu'avait promis Nicolas Sarkozy à plusieurs reprises, le ministère de la Défense n'a pas donné à la justice, en octobre 2009, « tous » les documents nécessaires à l'enquête du juge Trévidic. « Force est de constater que les services de l'État ont trompé une nouvelle fois les parties civiles en ne transmettant pas la totalité des documents en relation avec l'attentat de Karachi », s'émeut alors Me Olivier Morice dans un courrier adressé au magistrat[1]. L'avocat va jusqu'à parler d'un « dysfonctionnement scandaleux de la procédure de déclassification ».

Pour parachever le tableau, la dernière des possibilités offertes à Marc Trévidic pour avoir accès aux documents que l'État cache – la perquisition – lui a été enlevée. À lui comme à tous les magistrats trop fouineurs. Sous l'impulsion du gouvernement, le Parlement a en effet voté en

1. Lettre en date du 21 janvier 2010.

juin 2009 une loi dont le principe est d'étendre le périmètre du secret-défense et de rendre impossible, dans les faits, toute perquisition judiciaire visant à obtenir des renseignements protégés.

Selon ce nouveau dispositif législatif très décrié, ce ne sont plus seulement des « informations » qui peuvent bénéficier du statut-forteresse de secret-défense mais également des « lieux » (publics ou privés, services secrets ou entreprises), dont la classification se fera au bon vouloir du pouvoir exécutif. Quant au magistrat qui voudra perquisitionner, il lui faudra désormais multiplier les démarches, rendant ainsi vaine l'opération, qui n'a de sens que si elle n'est pas ébruitée, afin d'éviter que des documents ne soient mis à l'abri – ou détruits.

Plus précisément, la perquisition souhaitée ne pourra se dérouler dans un lieu classifié (par le pouvoir exécutif) qu'après sa déclassification (par ce même pouvoir). En clair, le juge curieux devra prévenir, se justifier et attendre le feu vert des autorités avant d'agir. Autant dire que la principale force d'une perquisition – l'effet de surprise – est ici anéantie d'un claquement de doigts.

Vers la fin programmée des « affaires »

Des documents placés sous scellés, d'autres protégés par le secret-défense, une réforme attentatoire aux libertés de l'enquête… Il ne manque désormais plus qu'une étape à l'immense entreprise de verrouillage des dossiers sensibles voulue par le pouvoir, dont l'affaire de Karachi est aujourd'hui la plus parfaite incarnation : la suppression du juge d'instruction. L'objectif est transparent : ce qui est déjà compliqué avec un juge indépendant sera bientôt impossible sans.

Loin d'être un modèle absolu, le juge d'instruction est toutefois, dans le système judiciaire français, le seul magistrat qui jouisse de pouvoirs d'enquête importants sans être soumis hiérarchiquement au pouvoir exécutif, contrairement au parquet par exemple. Comme le bouclier fiscal ou le service minimum, sa suppression est un vieux rêve de Nicolas Sarkozy, qui n'a jamais eu de sympathie particulière – c'est un euphémisme – pour cette corporation.

Le chef de l'État tient tellement à cette réforme, « sa » réforme, que c'est à l'Élysée que tout se gère. Nicolas Sarkozy décide, ses ministres de la Justice successifs (Rachida Dati, puis Michèle Alliot-Marie) exécutent, en quelque sorte. Un exemple pour en attester. Le rapport du comité Léger, constitué en octobre 2008 pour réfléchir à une vaste réforme de la procédure pénale, dont la mesure la plus emblématique sera la suppression du juge d'instruction, a été remis à Nicolas Sarkozy en personne, en septembre 2009, et non pas à la garde des Sceaux, pourtant ministre de tutelle.

Avant cela, le comité présidé par le haut magistrat Philippe Léger avait déjà été au cœur de plusieurs polémiques. D'abord, parce que parmi ses membres figurait l'avocat personnel – et ami – de Nicolas Sarkozy, Me Thierry Herzog. Puis parce que le président de la République a cru bon de court-circuiter en janvier 2009 le travail du comité en annonçant lui-même la suppression du juge d'instruction, alors que les conclusions de la commission n'avaient même pas commencé à être rédigées. De fait, elles furent rendues neuf mois plus tard… calquées sur le chemin préalablement tracé par le chef de l'État.

Ce télescopage n'a pas été sans conséquence, fût-elle symbolique. Deux membres de la commission, la juge d'instruction parisienne Corinne Goetzmann et un journaliste des affaires judiciaires (Matthieu Aron, de France Info), ont décidé de claquer la porte du comité Léger, ne supportant pas les pressions à peine déguisées de l'exécutif sur leurs travaux en cours.

Que préconise concrètement aujourd'hui le texte ? Rendu public en mars 2010, l'avant-projet de réforme du ministère de la Justice prévoit de confier tous les pouvoirs d'investigation judiciaire au parquet, subordonné hiérarchiquement à l'exécutif, et de remplacer le juge d'instruction par un juge de l'enquête et des libertés (le JEL), qui sera cantonné à un rôle d'arbitre de la procédure. Son principal pouvoir sera de contrôler des éléments de l'enquête du parquet, comme les perquisitions, les écoutes téléphoniques ou les interrogatoires, et de faire droit à certaines demandes d'actes des parties civiles ou de la défense restées sans suite.

Il s'agit là d'un bouleversement dans la manière de « faire la justice » en France. Une bonne partie des professions judiciaires, magistrats et avocats en tête, est vent debout contre la réforme. Le Syndicat de la magistrature (SM, à gauche) crie à la « mise au pas » de la justice. Pour l'Union syndicale des magistrats (USM), plutôt réputée pour ses diagnostics modérés, la suppression du juge d'instruction n'est ni plus ni moins qu'une « régression démocratique ».

Quant à la Cour de cassation, la plus haute juridiction française, encore moins connue pour être un repaire de révolutionnaires, l'heure y est désormais à la fronde. Le 14 janvier 2010, lors de la rentrée judiciaire, le procureur général de la vénérable institution, Jean-Louis Nadal, n'a pas fait dans la nuance lors d'un discours qu'il a tenu, à contre-courant, devant un François Fillon et une Michèle Alliot-Marie médusés. Cette réforme est mauvaise et, par-dessus le marché, anticonstitutionnelle, a prévenu en substance le haut magistrat[1].

---

1. Dominique Simonnot, « Le drapeau noir flotte sur la Cour de cass' », *Le Canard enchaîné*, le 20 janvier 2010.

Dans le cas de l'affaire de Karachi, sans le volontarisme d'un juge farouchement indépendant, il est évident que rien n'aurait été possible : ni le revirement spectaculaire de l'enquête, avec la mise en suspens de la thèse Al-Qaida, ni son orientation vers une nouvelle piste, embarrassante pour le pouvoir en place, menant au financement politique occulte via les ventes d'armes à l'étranger.

La garde des Sceaux, Michèle Alliot-Marie, a beau promettre qu'« aucune affaire ne pourra être étouffée[1] » avec les nouvelles règles procédurales envisagées, rien n'y fait. Le mécontentement ne cesse de croître, le gouvernement refusant obstinément de rendre les membres du parquet (future colonne vertébrale de l'instruction) indépendants du pouvoir politique.

Le 9 mars 2010, près de 5 000 avocats et magistrats ont battu le pavé, du Palais de justice de Paris à la place Vendôme, pour dénoncer les dangers de la réforme, martelant des slogans tels que : « Suppression du juge d'instruction : la fin des perquisitions à l'Élysée ! » En tête de cortège, le président de l'Association française des magistrats instructeurs (AFMI), Marc Trévidic.

1. Le projet de loi sur la réforme de la procédure pénale, qui porte au total sur une refonte de quelque mille articles du code actuel, devrait être déposé à l'été 2010 devant le Parlement pour être discuté à l'automne. La nouvelle loi pourrait entrer en vigueur dès 2011.

10

La faille

On ne peut jamais tout contrôler. Même les murs en apparence les plus hermétiques présentent des failles. L'affaire de Karachi ne déroge pas à la règle. Les lourds secrets que l'État français tente par tous les moyens de protéger ont ceci de particulier que nombreux sont ceux qui les connaissent. Au moins en partie. Trop nombreux. Manifestement, certains de ces « initiés » ont décidé de briser l'omerta.

À l'évidence, il ne s'agit pas de la spécialité dont la France puisse le plus s'enorgueillir : les lettres anonymes. Certaines sont délirantes, d'autres injurieuses, beaucoup inexploitables ; quelques-unes, en revanche, apportent leur lot d'informations fiables. Les dossiers judiciaires, *a fortiori* lorsqu'ils sont médiatisés, semblent attirer irrésistiblement les « corbeaux » de tout poil. L'enquête sur l'attentat de Karachi n'avait aucune raison de faire exception.

Le courrier, posté à Paris, a été adressé le 22 février 2010 à l'avocat des familles des victimes de l'attentat, Me Olivier Morice. Craignant un piège, ce dernier s'est empressé de le communiquer au juge d'instruction Marc Trévidic. Celui-ci l'a immédiatement coté à sa procédure, avant d'en transmettre une copie au procureur de Paris. Comme une grenade dégoupillée qui brûle les doigts de celui qui l'a entre les mains. Un vrai mistigri. Sans doute parce que, depuis l'affaire Clearstream, magistrats et avocats redoutent plus que tout d'exploiter des pièces venant d'une source anonyme[1].

La missive en question est composée d'une note manuscrite rédigée sur du papier à en-tête du Crédit du Nord, d'une coupure de presse, reprenant des déclarations de Me Morice sur le volet financier de l'affaire de Karachi, le tout accompagné de deux bordereaux bancaires. Ils proviennent de l'agence Haussmann du Crédit du Nord et font état de deux mouvements de fonds intervenus en avril 1995 sur le compte n° 327 548 2 dont le titulaire est l'« AFICEB ». Comprendre l'Association pour le financement de la campagne d'Édouard Balladur.

Le premier bordereau porte la date du 26 avril 1995, soit trois jours après le premier tour marqué, dimanche 23 avril, par l'élimination du candidat Balladur, arrivé troisième derrière Lionel Jospin et Jacques Chirac. Il mentionne une remise d'espèces de 10 250 000 francs. La note manuscrite à en-tête du Crédit du Nord fait état du dépôt de « quatre sacs » remplis d'argent liquide – des billets de 100 et 500 francs uniquement. Uniquement des grosses coupures, donc. Troublant.

---

1. Le juge Renaud Van Ruymbeke a été vivement critiqué pour avoir accepté, en 2006, de joindre à son enquête sur les frégates de Taïwan des courriers présentés comme anonymes, alors qu'il connaissait l'identité de leur auteur, le vice-président d'EADS Jean-Louis Gergorin. Ce dernier, par l'entremise de son avocat, Me Thibault de Montbrial, avait accepté de fournir des listings Clearstream (qui se sont révélés être des faux) à condition de ne pas apparaître. MM. Van Ruymbeke et de Montbrial n'ont pas été mis en cause judiciairement, leur bonne foi ayant été reconnue.

Le lendemain, 27 avril, un dépôt plus modeste (200 000 francs tout de même) est effectué sur le même compte, toujours en liquide. En bas du bordereau, il est écrit, à la main : « Compléments/versement espèces du 26/04. » Une petite note tapée sur traitement de texte par le « Corbeau » assure par ailleurs que tous ces fonds ont été « déclarés comme provenant des collectes effectuées lors des meetings ». Reste à savoir comment interpréter ces documents bancaires, qui semblent authentiques[1]. Et comment expliquer l'absence de petites coupures ?

S'il paraît surprenant que plus de 10 millions de francs aient pu atterrir, en une seule fois, sur le compte de l'AFICEB, *a fortiori* trois jours après la défaite d'Édouard Balladur, il convient de rappeler que la circulation des espèces n'était pas forcément illicite. En vertu des lois de 1988, 1990 et 1995 évoquées précédemment (voir le chapitre « Une course de fond(s) », p. 177), à cette période, les dons des personnes physiques aux candidats étaient autorisés, à condition d'être plafonnés à 30 000 francs par personne – dont seulement 1 000 francs en liquide. En outre, le montant global des dons en espèces (donc inférieurs à 1 000 francs par donateur) ne pouvait excéder 20 % du montant total des dépenses autorisées par candidat. Soit, dans le cas de M. Balladur, qui pouvait dépenser 90 millions de francs, une somme de 18 millions de francs.

« La possibilité, pour les candidats, de recevoir des dons en espèces jusqu'à 20 % du plafond de dépenses (120 millions de francs pour les deux candidats présents au second tour, 90 pour les autres) inquiète aussi le Conseil constitutionnel : il estime que cela permet tous les

1. Le *Journal officiel* du 19 juillet 1995 précise, s'agissant de l'AFICEB : « N° du compte : 30076020213275480O200. Nom de l'agence : CDN Paris AG Haussmann. »

détournements de la loi et souhaite donc [...] un changement législatif lui permettant d'assurer un réel contrôle[1] », notait *Le Monde* dans un article publié quelques mois après l'élection présidentielle de 1995.

À l'époque expert-comptable mandaté par l'AFICEB pour valider ses comptes, Gérard Bienaimé, après s'être réfugié derrière « le secret professionnel », a tout de même consenti à faire part de ses souvenirs, fort vagues au demeurant. « Très sincèrement, je ne me souviens plus du détail, c'est très vieux tout cela. Néanmoins, je me rappelle que, d'un point de vue comptable, je n'avais eu aucune difficulté pour valider les comptes de la campagne de M. Balladur, ce qu'a d'ailleurs fait ensuite, à son tour, le Conseil constitutionnel. Tout était en ordre. Si tel n'avait pas été le cas, je n'aurais pas donné mon feu vert, et j'aurais saisi les autorités compétentes, le procureur de la République par exemple. » M. Bienaimé précise, s'agissant de la remise d'argent liquide, que « le problème n'est pas de connaître le montant versé sur le compte bancaire. Ce qu'il faut, c'est suivre l'argent. En d'autres termes, vérifier d'où viennent les espèces, identifier leur origine. Logiquement, dans le cas présent, des factures avaient dû être fournies[2] ».

M. Balladur n'ayant pas souhaité s'exprimer, pas plus que Jean-Claude Aurousseau, alors président de l'AFICEB, restait à connaître l'opinion de René Galy-Dejean, longtemps député et maire (RPR) du XVe arrondissement de Paris, et à l'époque trésorier de la campagne d'Édouard Balladur. Dans un ouvrage passé totalement inaperçu, publié en 2007 et vendu à quelques centaines

1. Thierry Bréhier, « "Observations" mitigées du Conseil constitutionnel sur son rôle d'arbitre de la présidentielle », *Le Monde*, 31 décembre 1995.

2. Entretien avec les auteurs.

d'exemplaires seulement dans son arrondissement d'élection[1], M. Galy-Dejean évoqua en termes elliptiques cette période : « S'agissant de mon implication personnelle, Édouard Balladur me demanda d'assurer la responsabilité de trésorier de sa campagne, mission fort délicate. Sur ce point et alors que de nombreux journalistes m'ont souvent approché pour voir si, à tout hasard, il n'y aurait pas là matière à glaner un peu de grain à moudre, j'ai toujours éludé ce genre de questions. » Que de sous-entendus en quelques lignes ! En quoi s'agissait-il d'une « mission fort délicate » ? Et pourquoi vouloir « éluder » le sujet ? Le choix d'un tel verbe n'est pas neutre chez cet amoureux de la langue française. Voici la définition qu'en donne par exemple le *Larousse* : « Éviter quelque chose, s'y soustraire adroitement ; esquiver, escamoter : Éluder une difficulté »...

Costume strict, regard sévère : on croit sans peine René Galy-Dejean, qui a accepté sans rechigner le principe d'une rencontre, lorsqu'il explique pourquoi Édouard Balladur l'avait pressenti pour occuper le poste de trésorier pour sa campagne électorale de 1995. « Je pense avoir été choisi pour ma rigueur morale et intellectuelle[2] », lance-t-il d'emblée sans fausse modestie. S'il se dit certain de n'avoir couvert aucune irrégularité, l'ancien élu du XVe (il a été maire RPR de l'arrondissement de 1983 à 2008 et député de la circonscription de 1991 à 2007) ouvre des yeux ronds lorsqu'on lui présente les documents bancaires faisant état du versement en liquide de plus de 10 millions de francs, en billets de 100 et 500 francs, sur le compte de l'AFICEB juste après le premier tour.

---

1. René Galy-Dejean, *Circonstances et convictions*, éditions Numéris, 2007.
2. Entretien avec les auteurs.

« Cela ne me dit rien. Une telle somme, tout de même, je ne l'aurais pas oubliée, assure René Galy-Dejean. Ce qui me trouble le plus, c'est qu'il s'agisse de grosses coupures, alors que je n'en voyais quasiment jamais passer. » L'ancien trésorier explique en effet que l'essentiel des espèces était collecté à l'occasion des meetings. « C'était une source de financement non négligeable. Je me souviens notamment d'un des derniers meetings, au Bourget, fin mars 1995, au cours duquel on avait essayé d'extraire le maximum d'argent. C'est le député Hugues Bassot [décédé dans un accident de voiture en décembre 1995] qui collectait les fonds. Mais c'était l'argent des militants et des sympathisants, donc presque toujours des petites coupures, comme des billets de 10, 20 voire 50 francs, et jamais des billets neufs. Non, vraiment, je ne comprends pas... »

Les révélations d'un militaire

Jean-Louis Porchier est parfaitement inconnu du grand public. Cravate sobre, chemise bleu ciel, cet homme brun, légèrement trapu, à la mise impeccable, correspond parfaitement à l'image qu'on peut se faire du militaire de carrière. Lorsqu'il s'exprime, il est précis et rigoureux. Ses propos n'en ont que plus de force.

Jean-Louis Porchier a donc consacré sa vie à l'armée française. À la marine, plus précisément. Après un passage obligé par l'École navale – il est le vice-président de l'association des anciens élèves de ce prestigieux établissement, d'où sortent les officiers de marine –, il a été un excellent sous-marinier. Ce n'est pourtant pas à ce titre qu'il a eu connaissance de l'affaire de Karachi. Ou plus exactement du contrat Agosta, dont il n'ignore rien des dessous. Car Jean-Louis Porchier, soixante-trois ans, fait partie des

« sachants », des initiés. À une petite nuance près. Lui a décidé de parler, de soulager sa conscience. Après avoir tergiversé au téléphone, il a accepté de nous rencontrer. Son témoignage est édifiant.

Tout commence à l'été 1995. Membre depuis quelques années déjà du Contrôle général des armées (l'inspection générale du ministère de la Défense[1]), Jean-Louis Porchier est nommé « rapporteur spécialisé auprès du comité des prix de revient des fabrications d'armement ». Rapidement, le contrôleur général Porchier se spécialise dans le suivi des programmes navals. À la fin de l'année 1996, un ingénieur de l'armement vient le trouver pour lui faire part des difficultés causées par le contrat Agosta, signé avec le Pakistan deux ans auparavant. « Il m'a dit que l'exécution du contrat était une catastrophe, sans doute parce que la DCN n'avait jamais réalisé un tel marché à l'exportation. Il y avait une pression pakistanaise terrible, le transfert de technologie se passait très mal... Bref, je me suis dit qu'il fallait diligenter une enquête », raconte Jean-Louis Porchier. Il plaide sa cause au ministère de la Défense et obtient satisfaction, au printemps 1997. Le directeur du cabinet de Charles Millon, qui va bientôt laisser sa place au socialiste Alain Richard, dissolution ratée oblige, lui signe une lettre de mission.

« J'ai démarré l'enquête après l'été 1997. Cela a été une mission très lourde, extrêmement difficile, mais aussi un

1. Le Contrôle général des armées (CGA) assiste le ministre de la Défense en vérifiant, dans tous les organismes soumis à son autorité ou à sa tutelle, l'observation des lois, règlements et instructions ministérielles ainsi que l'opportunité des décisions et l'efficacité des résultats au regard des objectifs fixés et du bon emploi des deniers publics. Le CGA, qui compte une centaine de contrôleurs généraux, intervient soit *a posteriori*, soit de façon préventive, tant à l'échelon de l'administration centrale qu'à celui des établissements et services déconcentrés.

travail passionnant, fascinant même. D'habitude, je ne travaillais que sur des dossiers nationaux, là c'était autre chose », se souvient Jean-Louis Porchier. Sa mission va durer près de deux ans. Un premier rapport est rendu en mai 1998. À l'issue duquel, devant les anomalies constatées, une seconde enquête lui est confiée, cette fois conjointement avec l'Inspection générale des finances (IGF). Le premier rapport sera inclus dans le second.

Au mois de mars 1999, il rend son rapport définitif au ministre de la Défense. Que contient-il ? Le contrôleur général Porchier a beaucoup hésité avant d'accepter de se livrer. Et pour cause : le document est toujours classé « confidentiel défense », et donc parfaitement inaccessible. Il a d'ailleurs refusé de le communiquer à la mission d'information conduite par le député Bernard Cazeneuve, qui l'a discrètement auditionné au mois de décembre 2009. Comme il l'a fait devant la mission, M. Porchier a trouvé un compromis, et accepté de résumer le contenu du fameux rapport. « J'ai mis au jour des fautes et des irrégularités qui méritaient des sanctions au niveau le plus élevé, je veux dire jusque dans l'entourage du ministre de la Défense de l'époque, François Léotard », révèle le contrôleur général. « Je pense même que ça méritait d'aller au pénal. Que d'anomalies il y avait dans ce contrat ! On avait recours à DCN-I alors qu'on n'aurait pas dû, il n'y avait aucun respect du code des marchés publics, et il n'y avait même pas de devis réel !... »

Ce n'est pas tout : « J'ai établi que les membres du cabinet du ministre de la Défense avaient, en 1994, maquillé le contrat. Ils ont écrit qu'il serait surfinancé, c'est-à-dire que les Pakistanais paieraient avant, de telle sorte que l'État français n'aurait à avancer aucune somme. Or, non seulement c'était faux, mais j'ai prouvé que les membres du cabinet savaient que c'était faux », s'exclame le militaire.

Il y a plus grave encore. « Très rapidement, il est apparu que ce contrat avait été signé à perte. Et que, en plus de coûter beaucoup d'argent à la France plutôt que de lui en rapporter, tout le monde s'en était moqué. Pourtant, c'était une perte énorme. Sur un contrat de 5,4 milliards de francs, je chiffrais dans mon rapport la perte à environ 1,3 milliard ! Cela m'avait bien entendu choqué », tonne Jean-Louis Porchier. Ce dernier en est plus que jamais persuadé : « Il y avait une volonté de prendre ce contrat quoi qu'il en coûte. Je me souviens qu'il y avait eu beaucoup d'interventions politiques avant la signature. Il y avait eu des pressions de Léotard, des demandes très fermes, insistantes même, pour que ce contrat se fasse. Les motivations affichées étaient industrielles : l'argument était qu'il fallait sauver les arsenaux de Cherbourg. Alors qu'en fait, j'ai découvert que ce marché était bien insuffisant pour les remettre à flot… »

Autre motif d'interrogation pour le militaire : « Cela me semblait délicat, et même très risqué d'avoir mis notre technologie entre les mains d'un État comme le Pakistan. On leur a par exemple vendu notre savoir-faire en matière de sonar, du matériel hyper-sensible. »

Jean-Louis Porchier se rappelle aussi s'être « intéressé de près au rôle joué par le ministère du Budget de l'époque [Nicolas Sarkozy], ainsi qu'aux services du Premier ministre. Bercy jouait un rôle central, car il accordait la garantie de l'État. En me rendant aux archives de la DGA [direction générale de l'armement], j'ai vu de nombreux "bleus"[1] de Matignon sur le sujet témoignant de l'importance accordée au contrat Agosta en 1994. »

1. Documents de couleur bleue consacrant, par écrit, les arbitrages rendus à l'occasion de réunions interministérielles organisées à l'hôtel Matignon.

Enfin, son enquête a porté sur les intermédiaires, même s'il n'a pu aller très loin. « Un contrôleur général a des pouvoirs limités, ce n'est pas un juge d'instruction. Et puis, le circuit des commissions, et éventuellement des rétrocommissions, on sait que ça part vite à l'étranger, en dehors de tout contrôle. À l'époque, la convention OCDE n'était pas encore entrée en application, et corrompre des décideurs étrangers était autorisé. J'avais juste pointé que les commissions représentaient 10 % du contrat, ce qui n'était pas mal. Toutefois, comme je ne voulais pas passer pour un imbécile, j'avais écrit au terme de mon rapport, s'agissant des sommes versées aux intermédiaires, que mon enquête n'avait pas pu établir la destination finale des fonds. Cette petite phrase était destinée à faire comprendre que je n'étais pas dupe. »

Pour l'anecdote – mais en est-ce une ? –, Jean-Louis Porchier se souvient que sa mission sur les dessous d'Agosta lui avait donné l'idée d'enquêter sur le contrat des frégates avec l'Arabie saoudite, Sawari II, également signé fin 1994, où apparaissaient les mêmes intermédiaires – et les mêmes suspicions. « Mais ma demande n'avait pas été acceptée », glisse-t-il dans un petit sourire. De même que son ministère rejeta, dans le cadre de sa seconde mission, d'exaucer son souhait de se rendre au Pakistan. « Cela m'a été refusé immédiatement, à cause de la mention dans le premier rapport de l'existence de commissions, et du sous-entendu sur les rétrocommissions. »

En juillet 1999, sur la foi des investigations menées par Jean-Louis Porchier, le ministère de la Défense saisira la cour de discipline budgétaire et financière (CDBF) de la Cour des comptes « de faits concernant la direction des constructions navales (DCN) et faisant présumer des irrégularités dans la gestion d'une opération de vente de sous-marins au Pakistan ». La Cour des comptes évaluera quant à elle les pertes à

« seulement » 500 millions de francs, prononcera de très modestes sanctions, cantonnées à l'échelon administratif (voir le chapitre « Les hommes du Premier ministre », p. 193).

Reste un élément essentiel, explosif. Lui ne figure pas dans le rapport qui dort aux archives du ministère de la Défense – et dont le juge Marc Trévidic aimerait toutefois sans doute pouvoir prendre connaissance. C'est une confidence, recueillie fin 1997 par Jean-Louis Porchier, au cours de sa première mission. Une petite bombe. Jean-Louis Porchier :

« J'ai été amené à rencontrer l'un des principaux adjoints du secrétaire général de la Défense nationale (SGDN), déjà en poste au moment de la signature du contrat Agosta, en 1994. L'un des personnages les mieux informés de France sur les dessous des marchés d'armement. Voici en substance ce qu'il m'a dit : "Ce contrat est vraiment une ânerie, une ineptie, et ce de tous les points de vue. Il ne sert à rien aux Pakistanais, qui ne pourront pas s'opposer à l'Inde avec trois pauvres sous-marins. Pour Cherbourg pareil, c'est *peanuts*. Par ailleurs, cela coûte beaucoup d'argent à l'État français, puisque le contrat est largement déficitaire. En fait, cela a servi, côté pakistanais, à blanchir l'argent sale, l'argent de la drogue. Et, côté français, à financer les politiques." Je lui ai demandé ce qu'il voulait dire par là, et il m'a répondu : "C'est simple, 10 % des commissions versées aux intermédiaires étaient destinés aux rétrocommissions en France, soit à peu près 50 millions de francs. La moitié de cette somme a servi à financer la campagne d'Édouard Balladur, l'autre moitié à renflouer les caisses du Parti républicain." J'étais scandalisé. Et manifestement, mon interlocuteur aussi. Je me souviens qu'il était formel, il était très précis, donc visiblement bien informé. »

Cette révélation est évidemment d'importance. Pourquoi le contrôleur général Porchier n'en fit-il pas part dans son rapport ? « Je suis un pur et dur, réplique le militaire. Quand j'écris quelque chose, il faut que je puisse le prouver. Et puis, si j'avais couché noir sur blanc une chose pareille, mon rapport aurait été taillé en pièces...» Désormais tout proche de la retraite, Jean-Louis Porchier a conservé un souvenir amer de cette mission. « Mon rapport, qui stigmatisait un dysfonctionnement total du contrat Agosta, a été rendu dans l'indifférence générale. » Le militaire est d'autant plus outré qu'il juge aujourd'hui que « l'hypothèse selon laquelle ce contrat n'a été signé que dans le but de dégager de l'argent pour les politiques est manifestement la plus crédible ». « Les marchés publics sont des pompes à finance pour les partis, il n'y a aucune raison que les marchés d'armement, qui portent sur des sommes colossales et qui sont beaucoup plus difficiles à contrôler, échappent à la règle. »

L'homme qui s'est confié fin 1997 au contrôleur général Porchier n'est pas le premier venu. Il s'agit de Michel Ferrier, un inspecteur général de l'armement qui a occupé, de 1987 à 2002, un poste-clé : celui de directeur des technologies et des transferts sensibles du secrétariat général de la Défense nationale (SGDN, un service rattaché au Premier ministre[1]). À ce titre, il présidait la Commission interministérielle pour l'étude des exportations de matériel

1. Service du Premier ministre travaillant en liaison avec la Présidence de la République, le secrétariat général de la Défense nationale assiste le chef du gouvernement dans l'exercice de ses responsabilités en matière de défense et de sécurité nationales. En vertu d'un décret du 13 janvier 2010, il a été rebaptisé SGDSN (secrétariat général de la défense et de la sécurité nationale). À cette occasion, les missions du secrétariat général ont été élargies à l'ensemble des questions stratégiques de défense et de sécurité, qu'il s'agisse de la programmation militaire, de la politique de dissuasion, de la programmation de sécurité intérieure, de la sécurité économique et énergétique, de la lutte contre le terrorisme ou de la planification des réponses aux crises.

de guerre (CIEEMG), passage obligé pour toutes les ventes de matériel militaire à l'étranger. Pour l'anecdote – mais en est-ce une ? –, entre 1993 et 1995, son épouse occupait un poste de conseiller technique auprès de M. Balladur, à Matignon.

Sollicité, Michel Ferrier, manifestement embarrassé, n'a pas infirmé les déclarations du contrôleur général Porchier, mais a refusé d'en dire plus, invoquant le secret-défense. « J'ai répondu aux députés de la mission d'information, qui m'ont effectivement demandé de confirmer les propos rapportés par M. Porchier. Mais je ne souhaite pas entrer dans le détail. Tout ce que je peux vous dire, c'est qu'à mon poste, j'ai dû traiter 100 000 dossiers. Et que le dossier Agosta était très important. Le reste, je ne me sens pas autorisé à le dévoiler, sauf bien sûr si je suis convoqué par un juge d'instruction[1]. »

À ce jour, ni M. Ferrier, ni le contrôleur général Porchier n'ont été interrogés par la justice.

Une autre personnalité n'a jamais été entendue par la justice sur cette affaire. Il s'agit d'Yves Bonnet. Son profil en fait pourtant un témoin « parfait » : président-fondateur en 2003 du Centre international de recherches et d'études du terrorisme et l'Aide aux victimes du terrorisme (CIRET-AVT), il a été le patron de la direction de la surveillance du territoire (DST) de 1982 à 1985, député de Cherbourg entre 1993 et 1997, rapporteur du budget de la Marine à l'Assemblée nationale et membre de l'UDF ! Inutile de préciser qu'il a suivi de près, en 1994, la signature du contrat Agosta.

Lui aussi a des révélations à faire. « Je me souviens que le contrat Agosta était très important pour l'arsenal. J'y étais moi-même très favorable, je me disais que cela

1. Entretien avec les auteurs.

constituerait un ballon d'oxygène pour la ville[1]. » Pourtant, après la signature du contrat, Yves Bonnet est destinataire d'informations troublantes. « Il m'est apparu qu'il y avait des choses pas claires, ce contrat ne sentait à l'évidence pas très bon. Je me suis dit que la représentation nationale devait se saisir de cela. »

Et l'ancien député de révéler qu'il demanda, dès la fin de l'année 1996, douze ans avant Bernard Cazeneuve, « la création d'une commission d'enquête parlementaire sur DCN-I, dont le but réel était d'examiner les dessous du contrat Agosta. Mais ça, je ne l'avais pas précisé. J'avançais masqué, pour qu'on ne m'envoie pas promener. Je ne voulais pas d'une mission d'information. Une commission d'enquête a beaucoup plus de pouvoirs, puisqu'elle dispose de moyens coercitifs et que les personnes auditionnées prêtent serment, elles ne peuvent pas mentir. » Yves Bonnet lâche, dans un long soupir : « Tout le monde était opposé à ma démarche, à l'UDF bien sûr, mais pas seulement. Ils avaient bien compris ce que je cherchais. Le ministre de la Défense Charles Millon n'en voulait pas, quant à la commission de la Défense de l'Assemblée nationale, ses membres m'ont regardé avec des yeux ronds, comme si j'avais proféré une insanité. J'ai vite compris que je gênais. Ma proposition de résolution, déposée en novembre 1996, fut évidemment rejetée, ce qui est à mes yeux révélateur. » À la place, Yves Bonnet dut se contenter de rédiger, en février 1997, un vague rapport « sur l'avenir » de la DCN. « Document sans aucun intérêt », comme le concède bien volontiers aujourd'hui son auteur.

Mais qu'avait donc découvert de si embarrassant l'ancien directeur du contre-espionnage ? « Tout le monde me parlait des commissions qui avaient été versées, de leurs

1. Entretien avec les auteurs.

véritables destinataires... Soyons clair : ce que je visais, à travers ma demande de commission d'enquête, c'étaient les rétrocommissions qui, d'après ce qu'on m'avait rapporté, avaient servi à financer la campagne présidentielle d'Édouard Balladur. Manifestement, si j'en crois ce que j'ai lu depuis, mes informations étaient bonnes... »

Lorsqu'on lui demande sur quoi il se basait à l'époque, Yves Bonnet est à deux doigts de s'énerver. « Je ne me fiais pas à des rumeurs, ça c'est sûr. J'étais très introduit dans les milieux militaires, notamment auprès de l'état-major de la Marine. Les marins sont des gens honnêtes, ils détestent ce genre de choses. Ces amiraux, ces ingénieurs qui venaient me trouver, éprouvaient du dégoût à l'idée que les politiques se soient "servis" sur ce contrat. Alors, ils m'ont fait des confidences. Et croyez-moi, deux de ces personnes tenaient leurs informations de première main. »

Yves Bonnet n'en dira pas plus. Du moins à des journalistes. En revanche, il se dit « prêt à répondre aux questions du juge Trévidic ». Après recoupements, il apparaît que ses deux principaux informateurs sur les dessous financiers du contrat Agosta occupaient bien des postes stratégiques à ce moment-là : il s'agit de l'amiral Jean-Charles Lefebvre, nommé chef d'état-major de la Marine le 1er juillet 1994 (poste qu'il a quitté au mois de mai 1999), que nous n'avons pu joindre, et de l'ingénieur général de l'armement Alain Tournyol du Clos, directeur de DCN-Cherbourg à l'époque de la signature du contrat Agosta, qui n'a pas donné suite à nos sollicitations.

Eux non plus n'ont jamais été questionnés par la justice. Ils font partie de ces « initiés » susceptibles de détenir les dernières pièces du puzzle, et de relancer une affaire que l'on pensait définitivement classée. Plus de quinze ans après les faits, le spectre du financement occulte d'une partie de la droite française ressurgit. Troublante métaphore : même conçu comme l'Agosta 90B, avec une autonomie décuplée afin de séjourner sous l'eau plus longtemps, un sous-marin finit toujours par remonter à la surface.

ANNEXES

Ils n'ont pas souhaité s'exprimer

Michèle Alliot-Marie, Emmanuel Aris, Édouard Balladur*, Nicolas Bazire, Jean-Louis Bruguière, Jacques Chirac, Hermine de Clermont-Tonnerre, Jean-François Copé, la Direction des constructions navales (DCN), la Direction générale de la sécurité extérieure (DGSE), Renaud Donnedieu de Vabres, René Faltz, Maurice Gourdault-Montagne, Georges Holleaux, Philippe Japiot, Alain Juppé, François Léotard, Jean-Marie Poimbœuf, Abdul Rahman El-Assir, Philippe Rondot, Nicolas Sarkozy, Yves Schmidt.

* Sollicité par mail le 12 février 2010, M. Balladur n'a pas souhaité nous rencontrer, mais il nous a fait parvenir un courrier, dans lequel il ne répond à aucune des questions posées. Voici la liste des questions qui lui ont été adressées, suivies de sa lettre.

Questions adressées à M. Édouard Balladur par les auteurs (mail du 12 février 2010)

Monsieur le Premier ministre,

1) D'après deux notes de la Direction des constructions navales (DCN) du 24 juin et du 3 août 1994, envoyées au ministère de la Défense, le contrat Agosta, à savoir la vente de sous-marins au Pakistan, ne pouvait être que déficitaire pour l'État français. Il sera pourtant signé le 21 septembre 1994 à Islamabad. Pour quelles raisons votre gouvernement a-t-il conclu cet important marché d'armement malgré ces avertissements ?

2) Est-il, à votre connaissance, exact, que le Pakistan a financé l'achat des trois sous-marins Agosta 90B de la DCN grâce à un portage de l'Arabie saoudite ?

3) Plusieurs témoins entendus dans le cadre de l'instruction du juge Marc Trévidic sur les causes de l'attentat de Karachi, dont Gérard-Philippe Menayas (ancien directeur financier de la DCN) et Emmanuel Aris (ancien directeur international), ont affirmé que les intermédiaires Ziad Takieddine et Abdul Rahman El-Assir ont été « imposés » à la DCN par le pouvoir politique français de l'époque dans le cadre du contrat Agosta, alors qu'un réseau d'agents de la SOFMA était déjà en action. Pourquoi votre gouvernement a-t-il, à en croire ces témoignages concordants, « imposé » ces deux intermédiaires ?

4) Les deux intermédiaires en question ont également été missionnés par les autorités françaises auprès de la DCN dans les négociations portant sur la première version du contrat dit Sawari II avec l'Arabie saoudite. Comment expliquez-vous l'omniprésence de MM. Takieddine et El Assir dans les deux principaux contrats d'armement français signés par votre gouvernement ?

5) Plusieurs témoins entendus dans le cadre de l'instruction du juge Marc Trévidic ont également indiqué que ces intermédiaires étaient connus pour être « proches » de vous et votre gouvernement. Savez-vous ce que ces témoins peuvent entendre par « proches » ?

6) Avez-vous déjà rencontré M. Ziad Takieddine ? Si oui, dans quelles circonstances ?

7) Avez-vous déjà rencontré M. Abdul Rahman El-Assir ? Si oui, dans quelles circonstances ?

8) Un ancien agent de la Direction de la surveillance du territoire (DST), Claude Thévenet, chargé dès 2002 par la DCN d'une enquête sur les causes de l'attentat de Karachi évoque dans un rapport en date du 7 novembre 2002 une note émanant de la Direction générale des services extérieurs (DGSE) faisant état de « relations financières développées » entre M. Abdul Rahman El-Assir et vous-même. Quelle est la réalité de ces « relations financières » ?

9) Avez-vous déjà rencontré l'homme d'affaires pakistanais Amir Lodhi ?

10) Savez-vous si Amir Lodhi a joué un rôle particulier dans le cadre du contrat Agosta ?

11) Dans le cadre du contrat Sawari II, le cheikh Ali Bin Mussalam est intervenu à plusieurs niveaux des négociations. Quel fut son rôle exact ?

12) Avez-vous déjà rencontré le cheikh Ali Bin Mussalam ?

13) À votre connaissance, M. Ali Bin Mussalam a-t-il également joué un rôle particulier dans le cadre du contrat Agosta avec le Pakistan ?

14) L'ancien chef de la marine pakistanaise, Mansurul Haq, a été condamné au Pakistan pour des faits de corruption révélés dans le cadre du contrat Agosta. Après avoir plaidé coupable, M. Haq été condamné à verser à l'État pakistanais, en janvier 2002, la somme de 7,5 millions de dollars (soit le montant de la corruption qui lui a été reprochée). Pouvez-vous nous confirmer que la France avait dû corrompre – bien que cette corruption fût à l'époque légale – des officiels et/ou militaires pakistanais pour emporter le contrat Agosta face à la concurrence, notamment suédoise ?

15) À votre connaissance, le Premier ministre pakistanais de l'époque, Benazir Bhutto, son mari, Asif Ali Zardari, ou certains de leurs proches, ont-ils fait part au gouvernement français de prétentions financières particulières pour faciliter la signature du contrat avec la France ?

16) Quelle était la nature exacte de votre Association pour la Réforme et comment était assuré son financement ?

17) Connaissez-vous un certain Georges Chalouhi ?

18) D'après une note baptisée « Nautilus » (dont l'auteur est Claude Thévenet, ancien agent de la DST) saisie au siège de la DCN par la police, l'annulation du versement de com-

missions décidée en 1995 par le président Chirac « visait à assécher les réseaux de financement occultes de l'Association pour la Réforme d'Édouard Balladur. » La note ajoute : « Après l'échec de sa candidature, au printemps 1995, ce financement devait être transféré à l'Association pour la Réforme. Les valises d'argent étaient déposées à la boutique Arije, située au rez-de-chaussée du 50, rue Pierre-Charron, avant de monter dans les étages » (où était située l'Association pour la Réforme). Confirmez-vous cela ?

19) Dans un rapport en date du 5 mars 2007, le commandant de police Jean-Marie Fiaschi évoque une note chronologique découverte au siège de la DCN dans le cadre d'une affaire financière impliquant l'entreprise. Il écrit : « Cette chronologie [...] retrace les agissements du représentant de la DCNI au Luxembourg, Jean-Marie Boivin, d'août 1994 à 2004, avec notamment la création des sociétés Heine et Eurolux. Elle fait ainsi apparaître que la création de Heine, au deuxième semestre 1994, s'est faite après accord de Nicolas Bazire, directeur de cabinet du Premier Ministre Edouard Balladur, et du ministre du Budget, Nicolas Sarkozy, et fait un lien entre ces faits et le financement de la campagne électorale de M. Balladur pour l'élection présidentielle de 1995. » Quel est votre commentaire sur ces informations ?

20) Outre les financements officiels, avez-vous bénéficié, pour financer votre campagne présidentielle de 1995, de fonds en espèces ?

21) Que pensez-vous de la plainte pour corruption déposée par Me Olivier Morice – avocat des familles de victimes de l'attentat – qui vous vise indirectement, et qui vise aussi Nicolas Sarkozy qui serait, à en croire l'avocat, « au cœur de la corruption » dans l'affaire de Karachi ?

22) L'ancien ministre de la Défense Charles Millon a confirmé publiquement être intervenu en 1995/1996 sur demande du président Jacques Chirac pour mettre fin au système des commissions et rétrocommissions versées en marge des contrats d'armement, notamment entre 1993 et 1995. À quel moment aviez-vous été informé de cette initiative de MM. Chirac et Millon?

23) Charles Pasqua, qui était votre ministre de l'Intérieur entre 1993 et 1995 et un soutien de poids à votre candidature à l'élection présidentielle, a également dénoncé publiquement l'existence de rétrocommissions en marge de grands contrats d'armement, notamment celui des sous-marins Agosta. Est-il possible qu'il ait été destinataire d'informations dont vous n'auriez pas eu connaissance à Matignon ?

24) Plusieurs documents internes, saisis par la police à la DCN, font par ailleurs état d'un retour de commissions en France dans le cadre du contrat Agosta. Et plusieurs documents et témoignages recueillis dans deux instructions judiciaires distinctes (la première sur l'attentat de Karachi ; la seconde sur une affaire de corruption impliquant la DCN déjà mentionnée) évoquent eux aussi le financement de votre campagne présidentielle de 1995 au moyen de ces rétrocommissions. Quel est votre commentaire sur ces informations ?

25) En tant que ministre des Finances puis que Premier ministre, avez-vous jamais entendu parler de l'existence de rétrocommissions en marge des grands contrats d'armement signés par la France ?

26) Nicolas Sarkozy s'est-il occupé directement (ou au moins l'a-t-il supervisé) du financement de votre campagne, dont il était le directeur, à l'occasion de l'élection présidentielle de 1995 ?

Edouard Balladur

Paris, le 17 février 2010

Monsieur,

Vous avez bien voulu m'écrire pour me poser des questions qui concernent les causes de l'attentat qui, le 8 mai 2002 à Karachi, a fait onze morts et douze blessés parmi nos compatriotes employés par la Direction des constructions navales. Aux victimes de ce drame doivent aller nos pensées, on leur doit la vérité. C'est pourquoi je souhaite que l'instruction ouverte à la section anti-terroriste de Paris fasse toute la lumière sur cette douloureuse affaire.

Mais servir la vérité ne signifie pas accorder crédit à de fausses informations. Aux vingt-six questions que vous me posez sur le rôle que j'aurais pu jouer en tant que Premier Ministre dans la conclusion d'un contrat de fournitures d'armes au Pakistan, je me bornerai à répondre par deux observations :

La première, c'est qu'en 1994 je me suis limité à prendre une décision de principe sur la conclusion de ce contrat d'armement, pour des raisons tenant à la politique étrangère de la France. Pour le reste, la procédure suivie a été la procédure courante, les organismes compétents ayant eu à se prononcer sur les aspects commerciaux, techniques, juridiques et financiers de cette opération. Je n'ai rien eu à connaître notamment de la décision de versement de commissions afférentes à ce contrat, de leur montant et de leurs modalités, pour cette affaire comme pour d'autres du même ordre.

Dans ma deuxième observation, je relèverai que depuis quelques mois l'on a assisté à la diffusion systématique dans la presse d'affabulations malveillantes. Tous ceux qui ont examiné le dossier n'ont pas manqué de noter l'absence totale d'élément précis, de preuve ou d'information sur les faits et les personnes cités dans certains documents sur l'origine desquels il est permis de s'interroger.

Outre ces deux observations, je me pose un certain nombre de questions :

- Sur quels faits précis les autorités qui, en 1996, ont décidé la suppression du versement des commissions se sont-elles fondées ?

- Pourquoi cette décision de 1996 aurait-elle été la cause d'un attentat commis en 2002, six ans après ?

- Comment pouvait-on affirmer en 1996 que ces commissions devaient être supprimées parce qu'elles étaient destinées à financer ma campagne électorale, alors que celle-ci était terminée depuis un an et que ses comptes avaient été approuvés par le Conseil constitutionnel ?

- Comment peut-on affirmer que l'Association pour la réforme avait pour vocation le financement de ma campagne, alors qu'elle a été fondée la campagne électorale étant terminée, plusieurs mois après mon départ de l'Hôtel Matignon ?

- Comment expliquer que le rapport payé en 2002 par la Direction des constructions navales, et qui contient ces allégations, soit resté sans suite pendant six ans ?

- Surtout, pourquoi toutes ces insinuations et affabulations surgissent-elles depuis un an selon une périodicité qui pourrait conduire à s'interroger sur ses motifs ?

Cette affaire pourrait donner lieu à bien d'autres questions. Permettez-moi de vous suggérer de vous poser en tout cas celles-là. De toute façon, si vous deviez écrire un livre alors qu'une instruction judiciaire est en cours, je vous serais obligé d'y publier la lettre que je vous adresse.

Je vous prie d'agréer, Monsieur, l'expression de ma considération distinguée.

Édouard BALLADUR

Monsieur Fabrice **LHOMME**
MEDIAPART
8, passage Brulon
75012 PARIS

Extraits d'une note rédigée quinze jours après l'attentat de Karachi par le général Philippe Rondot, conseiller pour le renseignement et les opérations spéciales (CROS) du ministère de la Défense. (Voir le chapitre « "Chantage" ».)

23 MAI 2002

17h30 : Entretien avec D de VILLEPIN :

- Ministre des Affaires étrangères (à son bureau)

- en AFGHANISTAN + PAKISTAN : ne pas s'engager
- en PALESTINE
  - l'attentat de KARACHI : interrogations sur le rôle de l'ISi
- la menace terroriste : la France n'est pas précisément ciblée
- l'instruction judiciaire concernant R. DONNEDIEU de VABRE
- ses « imprudences » + connexion cheikh MOUSSALEM

Extraits de la traduction d'un fax envoyé le lendemain de l'attentat à l'agent spécial américain Randall Bennett, présent sur les lieux du drame. Selon l'adjoint de M. Bennett, des enquêteurs pakistanais font déjà un lien entre l'attaque suicide et le contrat Agosta. (Voir le chapitre « Al-Qaida, forcément Al-Qaida ».)

TRADUCTION d'un fax en date du 9 mai 2002

Adressé à :
Rendall BENNETT – officier de sécurité du Consulat Général des Etat-Unis

Par son adjoint :
Bashir ZAHOORUDDIN

« FSNI a parlé à l'Officier enquêteur de la Naval qui a interviewé le personnel blessé de la Naval.

Aucune de ces personnes n'a remarqué un véhicule venu se parquer à côté du bus. Le chauffeur du bus ne l'a pas vu non plus dans son rétroviseur. Cependant, un témoin oculaire a déclaré que l'explosion s'est produite aussitôt que la porte du bus a été fermée et qu'il n'avait vu personne descendre de la voiture, ce qui renforce la thèse de l'attaque suicide. Les enquêteurs ne pensaient pas que AL QAIDA choisirait une autre cible que les Américains.

Les enquêteurs pensent que c'était les Anglais qui devaient être les secondes cibles dans la ligne de mire mais pas les Français.

Les officiers de la naval sont convaincus que cette attaque avait pour but de saborder le projet franco-pakistanais de construction de sous- marins.

[...]

Extraits d'un document du Service de coopération technique internationale de la police (SCTIP), au Pakistan, émis trois semaines avant l'attentat de Karachi. (Voir le chapitre « Al-Qaida, forcément Al-Qaida ».)

N°083/02/SCTIP/PAK/KAR

Karachi, le 16 avril 2002

NOTE D'INFORMATION

Pays concerné : **PAKISTAN**

OBJET : SITUATION à KARACHI
[...]

A) Informations obtenues

Selon certaines sources bien informées, il semblerait que des menaces sérieuses d'attentat, contre des occidentaux, soient programmées par les groupes terroristes pakistanais.
Ces informations étaient obtenues, au cours d'entretiens informels, auprès de deux hauts fonctionnaires pakistanais (le N°2 au Criminal Investigation Départment - l'équivalent à nos SRPJ mais comprenant en plus une section anti-terroriste- et le second, Général d'Armée, chef suprême de l'Airport Sécurity Force (pas d'équivalent en France).
Les premières cibles seraient seulement les citoyens américains et Anglais. Concernant le sort qui était réservé aux autres résidents étrangers qu'ils soient publics ou privés, ils n'avaient semble t'il pas d'informations mais des consignes de prudence étaient toutefois recommandées (changements d'itinéraires fréquents, pas de véhicules en stationnement sans surveillance, éviter les quartiers populaires etc...).
C'est au cours des enquêtes menées dans les milieux subversifs que mes interlocuteurs recueillaient ces informations.

Extraits d'une lettre envoyée le 2 septembre 2002 par le P-DG de DCN International au juge antiterroriste Jean-Louis Bruguière, en charge de l'enquête sur l'attentat de Karachi. (Voir le chapitre « Al-Qaida, forcément Al-Qaida ».)

DCN
INTERNATIONAL

Monsieur Jean-Louis Bruguière
Premier Vice-Président chargé de l'instruction
Tribunal de grande instance de Paris
Palais de Justice
4 Boulevard du Palais
75001 Paris

Paris, le 2 septembre 2002

N/Réf : DCNI / PAKISTAN

Monsieur le Président,
[...]
DCN International est en effet titulaire d'un contrat conclu avec la République Islamique du Pakistan le 21 septembre 1994, dont l'objet est la livraison de trois sous marins à la marine de ce pays, à la construction desquels travaillaient précisément les victimes de l'attentat du 8 mai 2002 (pièce n° 2).

C'est à raison de l'exécution de ce contrat que les onze ingénieurs et techniciens ont été assassinés dans des conditions particulièrement odieuses et que douze de leurs collègues ont été gravement blessés dans l'exercice de leur mission.
[...]
A travers les ingénieurs et techniciens, spécialistes dans le domaine de la construction de sous-marins, frappés le 8 mai 2002, c'est le cœur même et l'activité de DCN International qui étaient visées et, tout particulièrement, l'exécution du contrat du 21 septembre 1994.
[...]
Enfin, c'est parce que DCN International a conclu et mené à bien le contrat du 21 septembre 1994 que des personnels ont été pris pour cibles, ce qui est moralement insupportable.
[...]

Monsieur Philippe Japiot
Président Directeur Général

Extraits d'un télégramme « confidentiel diplomatie » envoyé en avril 2008 au lendemain d'une rencontre à l'Élysée entre Nicolas Sarkozy et les familles des victimes de l'attentat. L'auteur du télégramme, l'ambassadeur français au Pakistan en personne, demande à ce que la justice française entérine la piste Al-Qaïda. (Voir le chapitre « "Chantage" ».)

CONFIDENTIEL DIPLOMATIE	M.LE_CHEF_DU_SCTIP

M.LE_CHEF_DU_SCTIP
STIP_M_RATIER CAD REDACTEURS
MINX MINX STIC BDXX DSTX DSTX INSP MONS DFAE STGR CMD

TD ISLAMABAD 318 LE 11 AVRIL 2008
ILMB 5842 LE 11/04/08 A 18H22

ROUTINE
CHIFFRE CONFIDENTIEL DIPLOMATIE
ORIGINE : AMBASSADEUR

OBJET : SUITES DE L'ATTENTAT DE KARACHI DU 8 MAI 2002.

1.EN RECEVANT LES FAMILLES DES VICTIMES DE L'ATTENTAT DE KARACHI DU 8 MAI 2002, M. LE PRESIDENT DE LA REPUBLIQUE A DEMANDE QUE TOUT SOIT MIS EN OEUVRE POUR QUE LA PROCEDURE RELATIVE A CET ATTENTAT TERRORISTE SOIT ACCELEREE ET QUE L'AMBASSADE A ISLAMABAD SOIT TOUT A FAIT MOBILISEE POUR FAIRE AVANCER CETTE AFFAIRE(SOURCE DEPECHE AFP).

2.COMME ON LE SAIT, APRES SA VISITE AU PAKISTAN FIN MARS 2006 (CF TD ISLAMABAD 261/2006),LE JUGE BRUGUIERE A DELIVRE, EN JANVIER 2007, UN MANDAT D'ARRET INTERNATIONAL A L'ENCONTRE DE MATTEUR-REHMAN, PRESENTE PAR LES AUTORITES PAKISTANAISES COMME UN PERSONNAGE CLEF DU TERRORISME SECTAIRE PROCHE D'AL-QAEDA ET IMPLIQUE DANS PLUSIEURS ATTENTATS TERRORISTES D'ENVERGURE.

[...]

3.VU D'ICI, IL ME PARAITRAIT APPROPRIE QUE L'AUTORITE JUDICIAIRE FRANCAISE ADRESSE, PAR VOIE DIPLOMATIQUE, AUX AUTORITES PAKISTANAISES, LA DEMANDE DE RECHERCHE ET D'ARRESTATION EN VUE D'EXTRADITION.

4.JE RAPPELLE AUSSI QU'A L'ISSUE DE LA MISSION DU JUGE BRUGUIERE, L'IDEE AVAIT ETE EVOQUEE D'UNE AUTRE VISITE AU PAKISTAN DU MAGISTRAT CHARGE DE CETTE AFFAIRE (CF TD DE REFERENCE).CETTE PROPOSITION QUI MARQUERAIT NOTRE DETERMINATION A VOIR PROGRESSER LA PROCEDURE, GARDE, A MON SENS, TOUTE SON ACTUALITE./.

Extraits du jugement condamnant l'ancien chef de la marine pakistanaise, Mansurul Haq, poursuivi pour corruption dans le cadre de la signature de plusieurs contrats militaires, dont le contrat Agosta. Mansurul Haq a dû rembourser 7,5 millions de dollars au Trésor pakistanais fin 2001. (Voir les chapitres « Mission "Nautilus" » et « Pots-de-vin : "Du balayeur au Premier ministre" ».)

COTE D 1227/15

ÉTUDE DE CAS

L'EX-CHEF DE FORCES NAVALES PAKISTANAISES REND 7,5 MILLIONS DE DOLLARS ACCEPTÉS À TITRE DE COMMISSIONS ET DE RÉTRO COMMISSIONS DANS DES CONTRATS AFFÉRENTS À LA DÉFENSE

(L'EX-AMIRAL) MANSUR-UL-HAQ MET FIN SA MISE EN ACCUSATION PAR UNE NÉGOCIATION DE PEINE ALORS QUE LE GOUVERNEMENT DU PAKISTAN LE DESTITUE ET RÉVOQUE LES PRIVILÈGES DONT IL BÉNÉFICIAIT APRÈS SON DÉPART À LA RETRAITE

1. La plus grosse affaire de réception de commissions et de rétro commissions par le chef des forces armées du Pakistan a finalement trouvé son aboutissement lorsque l'accusé a rendu 7,5 millions de dollars au Ministère des Finances. Lorsque Mansur-ul-Haq était en poste à titre de chef d'état-major de la marine, il avait reçu des commissions et des rétro commissions dans le cadre de différents contrats afférents à la défense. À cause de sa conduite inconvenante, indigne d'un officier et d'un gentleman, il avait été mis à la retraite anticipée le 29 avril 1997. Par la suite, en 1998, il avait quitté le pays pour s'installer à Austin, Texas aux Etats-Unis. En 1999, après la création du *NAB*, en collaboration avec l'assistance judiciaire d'organisations étrangères spécialisées, de nouvelles investigations ont été initiées sur les prétendues rétro commissions reçues par l'accusé ce qui a ouvert la voie à une avancée importante permettant le recueil d'éléments de preuve concrets et la découverte de ses avoirs illégaux à l'étranger.

2. Le 22 octobre 2001, l'accusé a été mis en accusation par le tribunal et il a présenté une requête en négociation de peine pour plaider coupable et verser 3,36 millions de dollars américains. La requête a été rejetée. Une seconde requête acceptant le versement de 7,5 millions de dollars (la totalité de la somme découverte contre lui) a été acceptée. À titre de premier versement, il a payé 6,2792 millions de dollars sur la somme ayant fait l'objet de sa négociation à partir des coffres du *Fatima Trust* appartenant aux membres de sa famille par l'intermédiaire d'une société offshore, la Messer Moylegrove, enregistrée à Jersey. L'accusé est tenu de verser le solde dans un délai de quinze mois. L'accusé a également accepté de rendre au gouvernement du Pakistan tous ses avoirs et ses biens accumulés par des moyens illégaux si et lorsque ceux-ci seraient découverts par le *NAB*.

[...]

Extraits d'un mémorandum déposé en avril 2008 devant les juges d'instruction parisiens Françoise Desset et Jean-Christophe Hullin par l'ancien directeur financier et administratif de DCN International, Gérard-Philippe Menayas. (Voir le chapitre « La corruption au cœur de la République ».)

DE GAULLE FLEURANCE & ASSOCIÉS

SOCIÉTÉ D'AVOCATS

Paris, le 13 juin 2008

Cabinet de Mme Françoise DESSET
Président chargé de l'instruction
Fax 01 44 32 98 78

Objet : MENAYAS/*Memorandum* du 29/4/08
Parquet n° 0602792012
Instruction n° JIRSAF 1/08
Nos réf. ABM/GDM-1133

Madame le Président,

Nous vous prions de bien vouloir trouver ci-joint le *memorandum* du 29/4/08 de Monsieur Gérard Philippe MENAYAS ainsi qu'une reproduction des pièces figurant à l'annexe 2 dudit document.

[...]

pour protéger l'image et les intérêts moraux et matériels de DCN / DCNI, c'est-à-dire en dernier ressort de l'Etat français, j'ai organisé, à partir de 1994, avec l'aide de M. Jean-Marie Boivin (*qui est également polyglotte et dispose d'un réseau international de relations tout à fait surprenant*), un spécialiste juridique et financier des plateformes offshore, un système qui a démontré par la suite sa robustesse. J'avais recruté M. Boivin pour son expertise, acquise dans le groupe CHARGEURS auprès de Jérôme Seydoux.

Le principe général du dispositif consistait à faire transiter les règlements faits aux agents par deux étages de société offshore, le premier constituant un coupe-circuit amont, le second un coupe-circuit aval. Pour accroître la discrétion, chaque paiement était « splitté », ce qui rendait impossible toute traçabilité (cf dossier n° 12). Le premier étage était formé de deux sociétés : l'une « HEINE » domiciliée au Luxembourg, l'autre « MARLINDOON » domiciliée en Irlande. Le deuxième étage comportait plusieurs sociétés, dont les noms étaient régulièrement changés, et domiciliés à l'Ile de Man, aux Bahamas, aux Iles Vierges Britanniques, et aux Iles Cayman.

Parmi les banques opératrices, il faut noter DRESDNER BANK et la Royal Bank of Scotland. La principale plateforme était la plateforme luxembourgeoise, la société HEINE, gérée par des experts juridiques fiscaux et comptables, sous la direction d'un avocat important de la place luxembourgeoise, Me René Faltz.

Les services de la DGI étaient pleinement informés de ce dispositif

[...]

Fin 1994, DCNI emportait, face à la concurrence d'un chantier suédois aujourd'hui dans le périmètre du groupe THYSSEN, un contrat de fourniture de trois sous-marins au PAKISTAN, pour un montant de 5,5 milliards de francs.

[...] . Le nouveau Premier Ministre exigera que l'on arrête le paiement des sommes restant dues à M. Takieddine (environ 60 MF) et les services du Ministre de la Défense que l'on fasse pression sur lui pour qu'il accepte la destruction de l'original du contrat signé avec lui. Celles-ci n'ont pas abouti (*ces « amicales » pressions ont été exercées par un consultant en sécurité, M. Frédéric Bauer, recommandé par le cabinet du Ministre de la Défense, et qui a facturé DCNI pour ses services (non couronnés de succès) à hauteur d'un montant de 100 000 francs HT* - cf dossier n° 13) ; l'original du contrat est toujours détenu par un avocat suisse de Genève, Me Natural.

En revanche, selon les informations que j'ai pu recueillir, l'arrêt des paiements aurait pu avoir une conséquence dramatique : l'attentat de KARACHI du 8 mai 2002, en rétorsion contre la défaillance française dans l'accomplissement de ses engagements commerciaux (cf dossier n° 15 in fine).

M. Takieddine était dans cette affaire associé à M. Abdulrahman Al Asir, beau-frère d'Adnan Kashoggi ; j'ai eu l'occasion de les rencontrer à deux reprises en compagnie du PDG de DCNI, M. Castellan, dans l'appartement de M. Al Asir, avenue Henri Martin. L'association de MM Takieddine et Al Asir n'était pas limitée au Pakistan ; elle couvrait également l'Arabie Saoudite, et plus particulièrement le contrat SAWARI II. Ce contrat d'Etat à Etat entre la France et l'Arabie Saoudite a été signé une première fois en 1994 : d'un montant de 19 milliards de francs, il prévoyait la livraison de deux frégates. Les FCE étaient non seulement au-delà des standards habituels saoudiens (18 %) mais en plus, leur paiement était accéléré, de telle sorte que la trésorerie nette du contrat était négative pendant plus de deux ans, ce qui était tout à fait inhabituel dans un contrat de défense sur ce pays. Dans cette première version, DCNI s'était engagé à l'égard de M. Takieddine à hauteur de 3 % du contrat (engagement signé par M. Emmanuel Aris, préalablement approuvé par M. Castellan, comme tous les engagements signés par M. Aris).

[...]

Lorsque les accords DCN / EUROLUX ont été interrompus début 2004, DCNI a versé l'indemnité de résiliation contractuellement prévue (610 000 euros). Les luxembourgeois ont considéré que cette somme était insuffisante pour les dédommager de l'interruption d'une relation qui avait démarré non pas en 2001 avec la création d'EUROLUX, mais en 1994 avec celle de HEINE.

[...]

Certes, DCNI a gagné le contentieux, mais les luxembourgeois ont contre-attaqué en portant le débat sur la place publique : les gouvernements français et luxembourgeois, ainsi que DCNS et THALES, reçoivent régulièrement des courriers de réclamation, les prétentions financières des ex-partenaires de DCNI augmentant avec le temps (elles s'établissent aujourd'hui à 8 millions d'euros et sont matérialisées par une facture n° 248 adressée en 2007 par HEINE à DCNI). Visiblement, le temps qui passe (déjà 4 ans) ne les décourage pas ; je suis personnellement persuadé qu'ils sont aujourd'hui instrumentés par un mandataire occulte (*pourquoi et comment M. Boivin pouvait-il être de tous les voyages officiels du Grand Duc et du Premier Ministre aux quatre coins de la planète ?*) qui les finance, mais DCNS n'a jamais suivi mon conseil de lancer une enquête.

ANNEXE 1

Organisation mise en place chez DCN International (DCNI) pour assurer le règlement des rémunérations dues aux agents internationaux

(cette organisation a fonctionné de 1994 à fin septembre 2000. Elle a été opérée par M. Jean-Marie Boivin, qui se rendait régulièrement dans ces différentes plateformes sous la supervision conjointe de M. Castellan, PDG de DCNI, et de moi-même)

A) départ France

. banques opératrices : banque SAN PAOLO, banque OBC (groupe ABN AMRO), banque VEUVE MORIN-PONS ;

. banques conservatrices des accords dans leur coffres : BNP PARIBAS (rue d'Antin) et DEXIA banque privée (succédant à la B.I.M.P., la relation ayant été établie avec M. Hervé de Carmoy, alors PDG de la banque) .

B) plateformes n° 1 (Europe)

1. Luxembourg

. avocats : René Faltz (6 rue Heine), assisté de Mme Carine Bittler et de Mr Yves Schmit ;

société utilisée : société de développement international HEINE ;

. banque : DRESDNER BANK.

2. Irlande

. avocats : cabinet GERRARD-SCALLAN-O'BRIAN, Mr Casement, Mme Mac Dermott ;

société utilisée : MARLINDOON ;

. banque : Irish Permanent – MM. Philip Duff et Kevin Burke.

C) plateformes n° 2 (hors Europe)

1. Ile de Man

. avocats : Mr Paul Dougherty, associé SIMCOCKS, 50 Athol Street à Douglas ;

société utilisée : FORMOYLE ET GAILMER (par Mr Takieddine) ;

. banque : Royal Bank of Scotland – MM Barber et Leonard.

2. Bahamas

. avocats : MM Peter Higgs et Philip Dunklin, cabinet HIGGS & JOHNSON ;

société utilisée : REDRIDGE ex REDCLIFF ex RIVERHILL ;

. banque : Royal Bank of Scotland – MM Terry Capel, Jan Lebreton, David Baron.

3. Iles Vierges Britanniques

. avocats : Mr Christopher Mac Kenzie, cabinet SMITH – HUGHES – RANWORTH – MAC KENZIE ; Mr Michael Riegels – cabinet HARVEY – WESTWOOD – RIEGELS (Mr Riegels a été membre du Privac Council de la Reine d'Angleterre)

. société utilisée : CROSSLEY FINANCIAL.

4. Iles Cayman

. avocats : Mr Truman Bodden et Mr Barry Smith – cabinet TRUMAN BODDEN (Mr Bodden était chief minister, c'est-à-dire Premier Ministre).

. banque : Canadian Imperial Bank of Commerce – Mr Ben Gillooly.

Extraits des rapports « Nautilus » des 26 juin, 11 septembre et 7 novembre 2002, rédigés par un ancien agent du contre-espionnage français, Claude Thévenet, employé par la Direction des constructions navales (DCN) pour enquêter sur les causes de l'attentat de Karachi. (Voir le chapitre « Mission "Nautilus" ».)

NAUTILUS

Après de nombreux contacts, tant en Europe qu'au Pakistan, nous parvenons à la conclusion que l'attentat de Karachi du 8 mai 2002 a été réalisé grâce à des complicités au sein de l'armée et au sein des bureaux de soutien aux guérillas islamises de l'ISI[1].

Les personnalités militaires ayant instrumentalisé le groupe islamiste qui a mené à bien l'action poursuivaient un but financier. Il s'agissait d'obtenir le versement de commissions non honorées, et promises par le réseau El Assir lors de la signature du contrat de septembre 1994.

L'annulation de ces commissions avait été décrétée en 1995, à la suite de l'alternance politique en France, et visait à assécher les réseaux de financement occultes de l'Association pour la Réforme d'Edouard Balladur. Le financement singulier de l'acquisition de ces sous-marins par le Pakistan, grâce à un portage ordomé par la famille royale saoudienne, a longtemps laissé supposer un arrangement amiable sur le non-paiement de ces commissions. Les liens entre le président Français et les dirigeants saoudiens le permettaient théoriquement. Cependant, la décision du 12 janvier 2002 du président Pervez Musharraf de stopper le financement des guérillas islamistes au Pakistan a rompu cet équilibre, localement, conduisant plusieurs chefs militaires à choisir un mode d'opposition fondée sur la violence politique.

[...]

L'un des principaux intermédiaires pour la France, Abdul Rahman el Assir, était en relations avec des réseaux criminels. Les services de sécurité français le savaient depuis le courant de l'année 1991. Au Pakistan, la découverte des intermédiaires autrefois employés par Mansurul Haq, chef d'état-major de la marine, indique l'existence d'un double circuit de financement, en faveur des islamistes et en faveur de la partie française.

1. Nous avons obtenu une fiche de personnalité émanant de la DGSE datée du 21 octobre 1996 présentant l'essentiel des activités d'Abdul Rahman Salaheddine el Assir entre 1983/85 et 1991.

[...]

Nous relevons qu'en 1987, el Assir, administrateur d'une société dénommée Commerce Extérieur, est suspecté d'abriter des activités criminelles, en particulier des ventes d'armes et de drogue. Il agirait dans ce cadre en relation avec son frère, Mohamed Rabih el Assir. Nous relevons qu'en 1991, le poste de la CIA de Rabat l'a soupçonné de se livrer à des blanchiments de capitaux.

Il a été porté à notre connaissance une fiche de la DGSE portant le chiffre 1 en sous impression et rédigée à la même période (ce marquage signifie que la fiche était seulement destinée au directeur général du service). Celle-ci porte sur les relations financières développées entre el Assir et Edouard Balladur. Il ne nous a pas été possible de prendre connaissance du contenu complet de ce document.

[...]

NAUTILUS

1. Depuis plusieurs années la DGSE s'est vu confier la mission d'appuyer de ses moyens nos exportateurs, notamment en matière d'armement.

Ceci n'est pas sans provoquer un certain mécontentement chez des militaires qui s'estiment détournés de leurs véritables buts et engagés dans des opérations financières qui les dépassent et des « coups tordus nauséabonds (sic).»

Il y a quelques temps (sans doute un an et demi ou deux ans, voire plus), dans le cadre du contrat de fourniture de sous-marins Agosta au Pakistan, une demande de commission supplémentaire de la part d'officiels pakistanais s'est soldée par l'envoi d'une équipe du service action de la DGSE avec pour mission de faire passer le message « qu'on ne faisait pas chanter la France ». Au moins un ressortissant pakistanais aurait perdu la vie au cours de cette opération « Homo ».

[...]

Extraits d'une chronologie saisie au siège de la DCN par la police judiciaire. Il est notamment indiqué pour l'année 1994 que Nicolas Sarkozy, alors ministre du Budget du gouvernement Balladur, a donné son autorisation pour la création d'une société offshore, Heine, par laquelle ont transité les commissions du contrat Agosta avec le Pakistan. Un financement occulte de la campagne présidentielle d'Édouard Balladur, dont M. Sarkozy fut l'un des piliers, est également évoqué. (Voir le chapitre « "Sarkozy est mon ami, OK ?" ».)

- Novembre – ~~Octobre ?~~ : création HEINE

[...]

- EAR fait savoir officiellement à DCA que Nicolas BAZIRE, Directeur de Cabinet du Premier Ministre Balladur est d'accord
- Nicolas SARKOZY donne également son accord depuis le Ministère des Finances – Bercy

[...]

1995 .
- Préparation de la très grosse opération
- Monsieur T.

[...]

- Grosse opération (février)

[...]

- Préparation SWII
- Pour payer campagne BAL, AGO refuse de payer 2ème réseau. Loi spéciale de BAL pour 4ème mandat.
- Election P en mai

Extraits d'une chronologie des rendez-vous du cheikh Ali Bin Mussalam en marge du contrat Sawari 2 avec l'Arabie saoudite établie par son secrétariat. (Voir le chapitre « Les hommes du Premier ministre ».)

EMPLOI DU TEMPS DU SHEIK ALI

30 octobre 1993	Sheik Ali à Paris Rencontre Bazire Chef du Cabinet Balladur et Ziyad Taki El Din Visite Léotard
[...]	
18 novembre 1993	Sheik Ali et Mohammed Bin Fadh / Rencontre Balladur et Bazire
[...]	
24 décembre 1993	Sheik Ali à Paris/Taki El Din - Rencontre Léotard
[...]	
1er janvier 1994	Sheik Ali, Balladur et Bazire
2 janvier 1994	Sheik Ali à Paris - Départ Bazire en Arabie
7 janvier 1994	Balladur en Arabie
[...]	
18 mars 1994	Sheik Ali rencontre avec Léotard et Ziyad Taki El Din à Paris, puis départ à Genève
6 avril 1994	Sheik Ali rencontre Léotard, Donnedieu de Vabres
[...]	
26 avril 1994	El Assir + Taki El Din - DCN (Aris)
[...]	
26 mai 1994	Sheik Ali à Paris - Rencontre Léotard
[...]	
13 juin 1994	Recontre Sheik Ali et Léotard
[...]	
5 juillet 1994	Sheik Ali rencontre Léotard
[...]	
20 juillet 1994	Sheik Ali rencontre Léotard

[...]	
9 août 1994	Donnedieu de Vabres - Sheik Ali Bureau A.H.
[...]	
26 octobre 1994	Sheik Ali rencontre Léotard
[...]	
19 novembre 1994	Signature Contrat Sawari II au Maroc Prince Sultan + Léotard
[...]	
21 décembre 1994	Déjeuner Sheik Ali - Léotard au Ministère
22/23 décembre 1994	Demande de rencontrer Balladur
02 janvier 1995	Skeik Ali à Paris, rencontre Léotard
[...]	
10 mars, 1995	10h45 Sheik Ali rencontre au Prince de Galles Donnedieu de Vabres et Zŷ/ed Taki El Din
[...]	
13 avril, 1995	Donnedieu de Vabres rencontre Sheik Ali Prince de Galles et Taki El Din
14 avril, 1995	Sheik Ali rencontre Douffiagues et Taki El Din.
[...]	
23 Avril 1995	Sheik Ali à Genève
[...]	
14 Octobre 1995	Charles Millon en Arabie
[...]	
15 Juillet 1996	Prince Sultan au courant de l'affaire Sheik Ali - Arrêt des paiements
[...]	

Extraits d'une note de la Société française de matériels d'armement (SOFMA), envoyée à DCN International moins d'un mois avant la signature du contrat Agosta. Le « M. Frère » évoqué dans le document est l'homme d'affaires Amir Lodhi. Il fut chargé de redistribuer à des décideurs pakistanais une partie des commissions versés par la DCN, selon les résultats d'une enquête de la cour des comptes pakistanaise. (Voir le chapitre « Pots-de-vin : "Du balayeur au Premier ministre" ».)

SOFMA

SOCIETE FRANÇAISE DE MATERIELS D'ARMEMENT

PARIS, LE 23 août 1994

DGD/

N/RÉFÉRENCE À RAPPELER

Note à :

- DCN-I

OBJET : Accords Pakistan sous-marins

La finalisation du contrat sous-marins étant proche, les accords écrits ou oraux passés par la SOFMA avec nos amis ont besoin d'être validés, confirmés ou ajustés.

1. Le cumul des engagements pris avec les tiers s'élève à 6,25 %, conformément aux accords donnés par DCN-I à SOFMA. Cependant, certains accords avaient une validité limitée au 30 juin 1994 ou au 30 octobre 1994.

   Si la signature a lieu en septembre 1994, la mise en vigueur du contrat peut prendre deux à trois mois selon la rapidité des banques à négocier. La validité doit donc être étendue au 31 décembre 1994.

[...]

Il a été promis à M. FRERE 0,25 % supplémentaires si l'option 2 pour la construction des sous-marins était retenue par le client.

[...]

H. GUITTET
Directeur Général Délégué

Extraits d'un contrat de « consultance » liant DCN-I à l'intermédiaire Ziad Takieddine au sujet des sous-marins Agosta vendus en 1994 au Pakistan. Ce document a été publié en juin 2008 par le site *Bakchich.info.*

CONSULTANCY AGREEMENT

MERCOR FINANCE INC. PANAMA - C/O Etude de Maître Ming, 5 avenue Léon Gaud - 1211 - GENEVE

It is set out and agreed as follows:

1- The present Agreement relates exclusively to the possible supply by Seller of 3 Agosta submarines to Customer i.e. Pakistanese Government (hereinafter called the Project).

5- In compensation of Consultant's services and subject to the Contract placed with Seller coming into force, Seller shall grant Consultant a remuneration of 4 per cent (four) calculated on the total value of contract at the date of signature.

For Seller

Mr.Emmanuel ARIS

Title: Vice-President International

For Consultant

Mr.Ziad TAKIEDDINE

Extraits d'une note confidentielle de DCN International dans laquelle son responsable des affaires juridiques indique que le reliquat de commissions non versées en marge du contrat Agosta à l'agent d'influence libanais Ziad Takieddine est toujours provisionné dans les comptes de l'entreprise en janvier 2001, soit quinze mois avant l'attentat de Karachi. (Voir le chapitre « Les hommes du président ».)

DCN INTERNATIONAL

CONFIDENTIEL

Note

DATE : 24 janvier 2001 REF 2001/50/DFA/800000/IGU

DE : GRO

A : GPM – OFO

OBJET : Affaire T

Dans le cadre du programme S.M. Pakistan, un accord de consultance avait été signé le 12 juillet 1994 et amendé le 24 janvier 1995.

Durant l'exécution de ce contrat, une décision de surseoir à exécution a été prise à la demande de nos autorités.

Le Consultant ne s'étant pas manifesté depuis 1996, le solde de 15% restant dû n'a pas été honoré mais est resté provisionné dans nos comptes.

La question est de savoir si DCN International peut désormais considérer cette dette comme susceptible d'être retirée et la provision correspondante supprimée de nos comptes.

[…]

Guy ROBIN

Extraits d'une note de juillet 2000 saisie à la DCN. Le document évoque la suspension du versement des commissions promises à Ziad Takieddine en marge d'Agosta à cause de « retours illicites de tout ou partie des commissions en France ». (Voir le chapitre « Les hommes du président ».)

CONSULTANCY AGREEMENT 12 juillet 1994

NOTE SUR LE DOSSIER

1. Faits

L'accord de Consultancy a été signé par DCNI le 12 juillet 1994. Il contient une clause (article 9) prohibant formellement tout retour de commission en France ou au profit de résidents ou sociétés français.

[...]

Le marché ouvrant droit à commission a été conclu le 21.9.94 et est entré en vigueur le 15.1.199~~6~~.5

Les commissions ont été versées jusqu'au 15 juillet 1996 avec quelques retards en 1995 ayant fait l'objet d'une relance du Consultant en octobre 1995.

En juillet 1996 les paiements sont bloqués sur instructions des autorités françaises faisant état de retours illicites de tout ou partie des commissions en France.

L'arrêt des paiements n'a, de manière surprenante, entraîné aucune réaction de la part du Consultant, resté silencieux jusqu'ici.

[...]

Compte tenu des sanctions pénales frappant les faits de corruption commis en France, cette disposition contractuelle est fondamentale et sa violation constitue une rupture contractuelle justifiant la résiliation du contrat, le rappel des commissions versées et, à tout le moins, l'arrêt de tout règlement futur. Il a été décidé de se contenter de cette dernière mesure qui n'a d'ailleurs soulevé aucune protestation et n'a entraîné aucune action judiciaire de la part du Consultant. Ce silence est une présomption d'acquiescement, mais une présomption seulement, étant précisé que la prescription de la demande est en droit suisse de dix ans (article 127 Code des Obligations) et s'applique année par année.

[...]

Extraits des compte-rendus secrets des rencontres de 2006 entre Gérard-Philippe Menayas, le directeur financier de DCN International, et Jean-Marie Boivin, ancien mandataire financier de la DCN. Selon plusieurs témoignages et documents, celui-ci aurait menacé les autorités françaises, entre 2004 et 2007, de révéler plusieurs affaires de corruption liées aux ventes d'armes si une somme de 8 millions d'euros ne lui était pas versée en dédommagement de la résiliation de son contrat avec la DCN. Le « N.S. » évoqué dans ce document est Nicolas Sarkozy. « JMB » est Jean-Marie Boivin. « YS » est Yves Schmidt, l'un de ses associés. (Voir le chapitre « "N.S." ».)

Résumé des propos de JMB, le 3/11/06.

Mercredi 25/10.

• Entretien de presse sur avion Paris/Lux. de 15.4 [illegible]

[...]

• Reçoit un appel téléphonique de Patrick Vaughan, lui annonçant sa visite à Lux. le lendemain à 11h30.

Jeudi 26/10

• P.V. se présente, accompagné, le lendemain à l'heure dite.

• Il est reçu par JMB et YS [illegible] d'honneur.

• P.V. leur fait part une nouvelle fois de l'irritation des autorités françaises et lux. quant aux courriers reçus, et plus part. le courrier reçu par N.S.

• YS répond qu'il n'a pas écrit à N.S., et que les autorités lux., avec lesquelles il est en contact régulier, n'émettent aucune objection. Note que YS rencontre fréquemment J.C. JUNKER.

• Le deuxième visiteur semble admettre que la lettre reçue par NS n'émanait pas de YS et menace plus [illegible] JMB (avez-vous une bonne assurance-vie ? ne craignez-vous pas de passer par la fenêtre ?). YS répond pour JMB, en cas de criminalisation, [illegible]

• Les deux visiteurs demandent confirmation de la somme réclamée (8 M€)

• JS devaient le maintien en vie de HH et EL, et la liquidation des plateformes de rang 2

Idem. (Voir le chapitre « "N.S." ».)

JMB, le 20/11/08

- les 2 visiteurs du 26/10 étaient bien mandatés par NS (Spence Lux). Ils ont été informés que tout devait être signé avant fin [illegible]
- le courrier du 18/9 à NS émanait de Michel WALTER!
- le coût du leasing (18 M€) correspond à < salaires + charges + frais > JMB + rémunérations de l'É[illegible] n° 2 (étant entendu que ceci correspond à la demande des visiteurs du 26/10.)
- la réponse est sollicitée avant le 23/11 à 14H30, faute de quoi la liquidation sera prononcée le 24/11 et NS se réserve le droit de faire une déclaration aux media (!!)

Idem. (Voir le chapitre « "N.S." ».)

JNB le 21/12/06

[...]

• YS et KB ont reçu à nouveau une lettre du MIN INT :

→ signée Laurent Solly, chef. de cab.

→ datée du 15/12 en réponse à une lettre du 29/11

JNB pense que cette lettre émane de Michel WOLTER ex MinInt, que NS a rencontré à Lux. courant sept.

→ déclinant la compétence du MININT mais indiquant que le Ministre demande de transmettre le courrier du 29/11 à TRAN "que vous avez saisie initialement" pour un examen approprié.

[...]

Extraits d'une lettre envoyée en juin 2006 par Jean-Marie Poimbœuf, P-DG de la DCN, au ministre de l'Économie de l'époque, Thierry Breton, au sujet de l'affaire Heine/Boivin. (Voir le chapitre « "N.S." ».)

Monsieur Thierry Breton
Ministre de l'Economie et des Finances et de l'Industrie

139, rue de Bercy
75572 PARIS CEDEX 12

N° 06 0 00085 JMP/MDB

Paris, le 6 juin 2006

Monsieur le Ministre,

Suite au courrier que vous avez reçu ainsi que d'autres administrateurs de DCN SA, de la part de M. Yves Schmidt, administrateur d'une société luxembourgeoise dénommée « Société de Développement International Heine S.A » qu'il qualifie de « shadow company , je porte à votre connaissance les informations suivantes.

[...]

Dans ces conditions, les déclarations mettant en cause DCN International doivent être prises avec les plus extrêmes précautions et DCN International ne saurait être redevable des éventuelles dettes de la Société de Développement Heine S.A. à l'égard de tiers et des administrations luxembourgeoises. Il n'y a pas non plus lieu à donner des directives à cette société quant à son administration ou sa liquidation.

[...]

Jean-Marie Poimboeuf
Président Directeur Général

Extraits de la liste des documents et fichiers informatiques piratés par un *hacker* qui s'est introduit à l'été 2006 dans l'ordinateur de Jean-Marie Boivin, à la demande d'un ancien agent de la DGSE employé par la DCN. (Voir le chapitre « "N.S." ».)

Fichiers concernant la société Eurolux/Heine

Découvrons un répertoire nommé LUX, qui contient **759 documents et dossiers** relatifs aux sociétés EUROLUX et HEINE

Nom	Chemin	Taille	Création	Modification	Accès:
SDI-Heine	\M-secur\Troj\Bifrost_V1.102\Downloads\LUX	16,0 Ko	24/09/2006 19:52:30	24/09/2006 19:52:32	24/09/2006
Eurolux-divers	\M-secur\Troj\Bifrost_V1.102\Downloads\LUX	64,0 Ko	24/09/2006 19:52:42	24/09/2006 19:52:44	24/09/2006
Copie de tableau recap société domiciliées..xls	\M-secur\Troj\Bifrost_V1.102\Downloads\LUX	38,0 Ko	25/07/2006 15:14:15	25/07/2006 15:14:18	28/07/2006
Copie de tableau recap société..xls	\M-secur\Troj\Bifrost_V1.102\Downloads\LUX	41,0 Ko	25/07/2006 15:14:21	25/07/2006 15:14:24	28/07/2006
liste des societes domiciliees.doc	\M-secur\Troj\Bifrost_V1.102\Downloads\LUX	32,5 Ko	25/07/2006 15:14:38	25/07/2006 15:14:40	28/07/2006
RECU SWIFT.pdf	\M-secur\Troj\Bifrost_V1.102\Downloads\LUX	226 Ko	25/07/2006 15:15:09	25/07/2006 15:15:20	28/07/2006
[…]	\M-				
BOIVIN Jean-Marie.pdf	\M-secur\Troj\Bifrost_V1.102\Downloads\LUX	246 Ko	25/07/2006 15:17:00	25/07/2006 15:17:12	28/07/2006

[…]

Bordereaux bancaires indiquant que, dans les jours qui ont suivi le premier tour de l'élection présidentielle de 1995, le compte de l'Association de financement de la campagne électorale d'Édouard Balladur (AFICEB) a été crédité de 10 250 000 francs en espèces. (Voir le chapitre « La faille ».)

Crédit du Nord

t) pour continuer
ier

LOT COMPTABLE — Réf : 22062 - 28039

nque : 30076 Agence comptabilisatrice : 2021 Date comptable : 27/4/1995
ot : Francs

Page : 1/1

Ctrl	C/G	Compte	Monnaie	Montant	Libellé	Cpl
OK	C	2021 327548 2	FRF	200 000,00	55	+

mplément
ate de valeur : 26/4/1995 Forcage cpte : Non — Autres compléments : Non
uméro de chèque : Exon.commiss. : Non
ibellé complet (40 c.)
OMPLEMENT. S/VERSEMENT ESPECES DU 26.04.

VERSEMENT ESPÈCES

N° 2035932

EFFECTUÉ LE 26/4/95 A L'AGENCE DE Haussmann (02)
PAR AFICEB
EN FAVEUR DE SON COMPTE / DU COMPTE DE
OUVERT A L'AGENCE CI-DESSUS / A L'AGENCE DE / CHEZ

AGENCE	NUMÉRO DE COMPTE
021	327548 2

CODE OPÉR.	MONTANT	VALEUR
55	F 10.050.000	

DÉTAIL DU VERSEMENT	
500	
200	
100	
50	
20	
10	
5	
2	
1	
MONNAIE	
TOTAL	

AGENCE	N° DE COMPTE	COMPTE PARTICULIER

LIBELLÉ COMPLÉMENTAIRE

Zone à utiliser si le compte à créditer est un compte de COMPTABILITÉ GÉNÉRALE.

LE DÉPOSANT — LE GUICHETIER

Note manuscrite de la banque Crédit du Nord indiquant que les espèces créditées sur le compte de l'AFICEB ont été transportées dans « 4 sacs ». (Voir le chapitre « La faille ».)

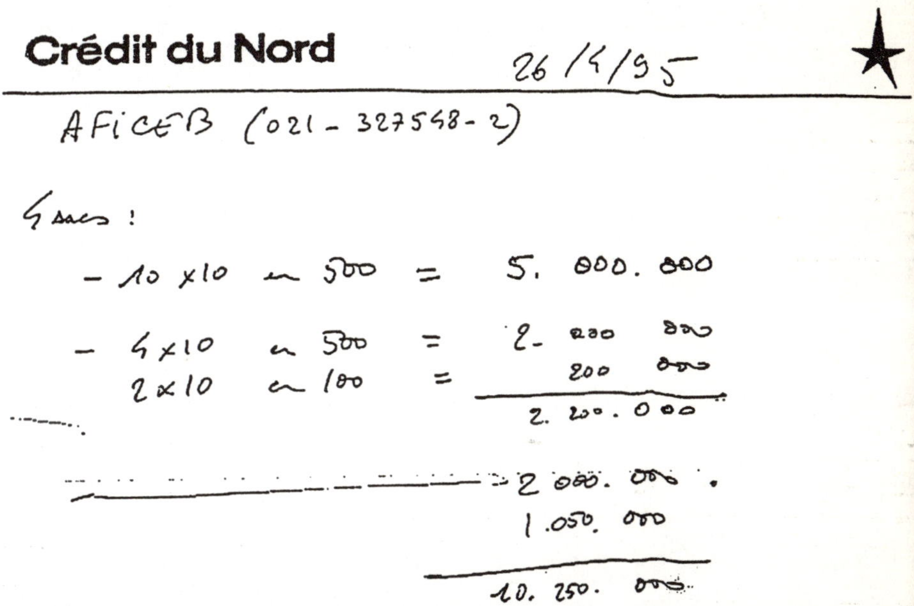

Crédit du Nord 26/4/95

AFICEB (021-327548-2)

4 sacs :

- 10 x 10 en 500 = 5.000.000
- 4 x 10 en 500 = 2.000.000
  2 x 10 en 100 = 200.000

2.200.000

2.000.000

1.050.000

10.250.000

Bibliographie

Baer Robert, *La chute de la CIA, Les mémoires d'un guerrier de l'ombre sur les fronts de l'islamisme*, J.C. Lattès, 2001

Baer Robert, *Or Noir et Maison Blanche, Comment l'Amérique a vendu son âme pour le pétrole saoudien*, J.C. Lattès, 2003

Balencie Jean-Marc et La Grande Arnaud de (dir.), *Mondes rebelles, guérillas, milices, groupes terroristes*, Michalon, 2001

Balladur Édouard, *Le pouvoir ne se partage pas. Conversations avec François Mitterrand*, Fayard, 2009

Besson Sylvain, *La Conquête de l'Occident. Le projet secret des islamistes*, Seuil, 2005

Bruguière Jean-Louis, *Ce que je n'ai pas pu dire*, entretiens avec Jean-Marie Pontaut, Robert Laffont, 2009

Chirac Jacques, *Chaque pas doit être un but,* NiL éditions, 2009

Dasquié Guillaume, *Al Qaida vaincra*, Éditions Privé/Flammarion, 2005

Ekaizer Ernesto, *Yo, Augusto*, Aguilar, 2003 (en espagnol)

Giesbert Franz-Olivier, *La Tragédie du président. Scène de la vie politique 1986-2006*, Flammarion, 2006

Hersh Seymour, *Dommages collatéraux, la face obscure de la « guerre contre le terrorisme »*, Denoël Impacts, 2005

Jean-Pierre Thierry, *Taïwan Connexion : scandales et meurtres au cœur de la République*, Robert Laffont, 2003
Labévière Richard, *Les Coulisses de la terreur*, Grasset, 2003
Léger Laurent, *Trafics d'armes. Enquête sur les marchands de mort*, Flammarion, 2006
Lenoir Jean-Pierre, *L'État trafiquant* (avec la collaboration de Pascal Auchlin), Robert Laffont, 1992
Musharraf Pervez, *In the Line of Fire, A Memoir*, Free Press, 2006
Noir Victor, *Nicolas Sarkozy ou le destin de Brutus*, Denoël Impacts, 2005
Ottenheimer Ghislaine, *Les Deux Nicolas, la machine Balladur*, Plon, 1994
Péan Pierre et Cohen Philippe, *La Face cachée du* Monde, Mille et une nuits, 2003
Péan Pierre, *Le Monde selon K.*, Fayard, 2009
Sanger David E., *L'Héritage. Les grands défis internationaux*, Belin, 2009
Spitzer Sébastien, *Raisons d'État : contre-enquête sur le juge Bruguière*, Éditions Privé, 2007

Table

Pour l'éditeur, le principe est d'utiliser des papiers composés de fibres naturelles, renouvelables, recyclables et fabriquées à partir de bois issus de forêts qui adoptent un système d'aménagement durable.

En outre, l'éditeur attend de ses fournisseurs de papier qu'ils s'inscrivent dans une démarche de certification environnementale reconnue.

Cet ouvrage a été composé
par Nord Compo à Villeneuve-d'Ascq

Impression réalisée par
CPI BRODARD ET TAUPIN
La Flèche (Sarthe)

pour le compte des Éditions Stock
31, rue de Fleurus, 75006 Paris
en mai 2010

Imprimé en France

Dépôt légal : mai 2010
N° d'édition : 02 – N° d'impression : 58225
54-07-6239/5